Diogen

CW00781555

Joseph Roth

*Meister-
erzählungen*

*Ausgewählt von Daniel Keel
Mit einem Nachwort von
Stefan Zweig*

Diogenes

Inhalt

Stationschef Fallmerayer

1933

I

Das merkwürdige Schicksal des österreichischen Stationschefs Adam Fallmerayer verdient, ohne Zweifel, aufgezeichnet und festgehalten zu werden. Er verlor sein Leben, das, nebenbei gesagt, niemals ein glänzendes – und vielleicht nicht einmal ein dauernd zufriedenes – geworden wäre, auf eine verblüffende Weise. Nach allem, was Menschen voneinander wissen können, wäre es unmöglich gewesen, Fallmerayer ein ungewöhnliches Geschick vorauszusagen. Dennoch erreichte es ihn, es ergriff ihn – und er selbst schien sich ihm sogar mit einer gewissen Wollust auszuliefern.

Seit 1908 war er Stationschef. Er heiratete, kurz nachdem er seinen Posten auf der Station L. an der Südbahn, kaum zwei Stunden von Wien entfernt, angetreten hatte, die brave und ein wenig beschränkte, nicht mehr ganz junge Tochter eines Kanzleirats aus Brünn. Es war eine »Liebesehe« – wie man es zu jener Zeit nannte, in der die sogenannten »Vernunft-Ehen« noch Sitte und Herkommen waren. Seine Eltern waren tot. Fallmerayer folgte, als er heiratete, immerhin einem sehr maßvollen Zuge seines maßvollen Herzens, keineswegs dem Diktat seiner Vernunft. Er zeugte zwei Kinder – Mädchen und Zwillinge. Er hatte einen Sohn erwartet. Es lag in seiner Natur begründet, einen Sohn zu erwarten und die gleichzeitige Ankunft zweier Mädchen als eine peinliche Überraschung, wenn nicht als eine Bosheit Gottes anzusehen. Da er aber materiell gesichert und pensionsberechtigt war, gewöhnte er sich, kaum waren drei Monate seit der Geburt verflossen, an die Freigebigkeit der Natur, und er begann, seine Kinder zu lieben. Zu lieben: das heißt: sie mit der überlieferten bürgerlichen Gewissenhaftigkeit eines Vaters und braven Beamten zu versorgen.

An einem Märztag des Jahres 1914 saß Adam Fallmerayer, wie gewöhnlich, in seinem Amtszimmer. Der Telegraphenapparat tickte unaufhörlich. Und draußen regnete es. Es war ein verfrühter Regen. Eine Woche vorher hatte man noch den Schnee von den Schienen schaufeln müssen, und die Züge waren mit erschrecklicher Verspätung angekommen und abgefahren. Eines Nachts auf einmal hatte der Regen angefangen. Der Schnee verschwand. Und gegenüber der kleinen Station, wo die unerreichbare, blendende Herrlichkeit des Alpenschnees die ewige Herrschaft des Winters versprochen zu haben schien, schwebte seit einigen Tagen ein unnennbarer, ein namenloser graublauer Dunst: Wolke, Himmel, Regen und Berge in einem.

Es regnete, und die Luft war lau. Niemals hatte der Stationschef Fallmerayer einen so frühen Frühling erlebt. An seiner winzigen Station pflegten die Expreßzüge, die nach dem Süden fuhren, nach Meran, nach Triest, nach Italien, niemals zu halten. An Fallmerayer, der zweimal täglich, mit leuchtend roter Kappe grüßend, auf den Perron trat, rasten die Expreßzüge hemmungslos vorbei; sie degradierten beinahe den Stationschef zu einem Bahnwärter. Die Gesichter der Passagiere an den großen Fenstern verschwammen zu einem grauweißen Brei. Der Stationschef Fallmerayer hatte selten das Angesicht eines Passagiers sehen können, der nach dem Süden fuhr. Und der »Süden« war für den Stationschef mehr als lediglich eine geographische Bezeichnung. Der »Süden« war das Meer, ein Meer aus Sonne, Freiheit und Glück.

Eine Freikarte für die ganze Familie in der Ferienzeit gehörte gewißlich zu den Rechten eines höheren Beamten der Südbahn. Als die Zwillinge drei Jahre alt gewesen waren, hatte man mit ihnen eine Reise nach Bozen gemacht. Man fuhr mit dem Personenzug eine Stunde bis zu der Station, in der die hochmütigen Expreßzüge hielten, stieg ein, stieg aus – und war noch lange nicht im Süden. Vier Wochen dauerte der Urlaub. Man sah die reichen Menschen der ganzen Welt – und es war, als seien diejenigen, die man gerade sah, zufällig auch die reichsten. Einen Urlaub hatten sie nicht. Ihr ganzes Leben war ein einziger Urlaub. So weit man sah – weit und breit –, hatten die reichsten Leute der Welt auch keine Zwillinge; besonders nicht Mädchen. Und überhaupt: Die reichen Leute waren es erst, die den Süden nach dem Süden brachten. Ein Beamter der Südbahn lebte ständig mitten im Norden.

Man fuhr also zurück und begann seinen Dienst von neuem. Der Morseapparat tickte unaufhörlich. Und der Regen regnete.

Fallmerayer sah von seinem Schreibtisch auf. Es war fünf Uhr nachmittags. Obwohl die Sonne noch nicht untergegangen war, dämmerte es bereits, vom Regen kam es. Auf den gläsernen Vorsprung des Perrondachs trommelte der Regen ebenso unaufhörlich, wie der Telegraphenapparat zu ticken pflegte – und es war eine gemütliche, unaufhörliche Zwiesprache der Technik mit der Natur. Die großen, bläulichen Quadersteine unter dem Glasdach des Perrons waren trocken. Die Schienen aber – und zwischen den Schienenpaaren die winzigen Kieselsteine – funkelten trotz der Dunkelheit im nassen Zauber des Regens.

Obwohl der Stationschef Fallmerayer keine phantasiebegabte Natur war, schien es ihm dennoch, daß dieser Tag ein ganz besonderer Schicksalstag sei, und er begann, wie er so zum Fenster hinausblickte, wahrhaftig zu zittern. In sechsunddreißig Minuten erwartete er den Schnellzug nach Meran. In sechsunddreißig Minuten – so schien es Fallmerayer – würde die Nacht vollkommen sein – eine fürchterliche Nacht. Über seiner Kanzlei, im ersten Stock, tobten die Zwillinge wie gewöhnlich; er hörte ihre trippelnden, kindlichen und dennoch ein wenig brutalen Schritte. Er machte das Fenster auf. Es war nicht mehr kalt. Der Frühling kam über die Berge gezogen. Man hörte die Pfiffe rangierender Lokomotiven wie jeden Tag und die Rufe der Eisenbahnarbeiter und den dumpf scheppernden Anschlag der verkoppelten Waggons. Dennoch hatten heute die Lokomotiven einen besonderen Pfiff – so war es Fallmerayer. Er war ein ganz gewöhnlicher Mensch. Und nichts schien ihm sonderbarer, als daß er an diesem Tage in all den gewohnten, keineswegs überraschenden Geräuschen die unheimliche Stimme eines ungewöhnlichen Schicksals zu vernehmen glaubte. In der Tat aber ereignete sich an diesem Tage die unheimliche Katastrophe, deren Folgen das Leben Adam Fallmerayers vollständig verändern sollten.

II

Der Expreßzug hatte schon von B. aus eine geringe Verspätung angekündigt. Zwei Minuten, bevor er auf der Station L. einlaufen sollte, stieß er infolge einer falsch gestellten Weiche auf einen wartenden Lastzug. Die Katastrophe war da.

Mit eilig ergriffener und völlig zweckloser Laterne, die irgendwo auf dem Bahnsteig gestanden hatte, lief der Stationschef Fallmerayer die Schienen entlang dem Schauplatz des Unglücks entgegen. Er hatte das Bedürfnis gefühlt, irgendeinen Gegenstand zu ergreifen. Es schien ihm unmöglich, mit leeren, gewissermaßen unbewaffneten Händen dem Unheil entgegenzurennen. Er rannte zehn Minuten, ohne Mantel, die ständigen Peitschenhiebe des Regens auf Nacken und Schultern.

Als er an der Unglücksstelle ankam, hatte man die Bergung der Toten, der Verwundeten, der Eingeklemmten bereits begonnen. Es fing an, heftiger zu dunkeln, so, als beeilte sich die Nacht selber, zum ersten Schrecken zurechtzukommen und ihn zu vergrößern. Die Feuerwehr aus dem Städtchen kam mit Fackeln, die mit Geprassel und Geknister dem Regen mühsam standhielten. Dreizehn Waggons lagen zertrümmert auf den Schienen. Den Lokomotivführer wie den Heizer – sie waren beide tot – hatte man bereits fortgeschafft. Eisenbahner und Feuerwehrmänner und Passagiere arbeiteten mit wahllos aufgelesenen Werkzeugen an den Trümmern. Die Verwundeten schrien jämmerlich, der Regen rauschte, die Fackelfeuer knisterten. Den Stationschef fröstelte im Regen. Seine Zähne klapperten. Er hatte die Empfindung, daß er etwas tun müsse wie die andern, und gleichzeitig Angst, man würde es ihm verwehren zu helfen, weil er selbst das Unheil verschuldet haben könnte. Dem und jenem unter den Eisenbahnern, die ihn erkannten und im Eifer der Arbeit flüchtig grüßten, versuchte Fallmerayer mit tonloser Stimme irgend etwas zu sagen, was ebensogut ein Befehl wie eine Bitte um Verzeihung hätte sein können. Aber niemand hörte ihn. So überflüssig in der Welt war er sich noch niemals vorgekommen. Und schon begann er zu beklagen, daß er sich nicht selbst unter den Opfern befinde, als sein ziellos umherirrender Blick auf eine Frau fiel, die man soeben auf eine Tragbahre gelegt hatte. Da lag sie nun, von den Helfern verlassen, von denen sie gerettet worden war, die großen, dunklen Augen auf die Fackeln in ihrer nächsten Nähe gerichtet, mit einem silbergrauen Pelz bis zu den Hüften zugedeckt und offenbar nicht imstande, sich zu rühren. Auf ihr großes, blasses und breites Angesicht fiel der unermüdliche Regen, und das schwankende Feuer der Fackeln zuckte darüber hin. Das Angesicht selbst leuchtete, ein nasses, silbernes Angesicht, im zauberhaften Wechsel von Flamme und

Schatten. Die langen, weißen Hände lagen über dem Pelz, regungslos auch sie, zwei wunderbare Leichen. Es schien dem Stationsvorsteher, daß diese Frau auf der Bahre auf einer großen, weißen Insel aus Stille ruhe, mitten in einem betäubenden Meer von Lärm und Geräusch, und daß sie sogar Stille verbreite. In der Tat war es, als ob all die hurtigen und geschäftigen Menschen einen Bogen um die Bahre machen wollten, auf der die Frau ruhte. War sie schon gestorben? Brauchte man sich nicht mehr um sie zu kümmern? Der Stationschef Fallmerayer näherte sich langsam der Bahre.

Die Frau lebte noch. Unverletzt war sie geblieben. Als Fallmerayer sich zu ihr niederbeugte, sagte sie, ohne seine Frage abzuwarten – ja sogar wie in einer gewissen Angst vor seinen Fragen –, ihr fehle nichts, sie glaube, sie könne aufstehn. Sie habe höchstens lediglich den Verlust ihres Gepäcks zu beklagen. Sie könne sich bestimmt erheben. Und sie machte sofort Anstalten aufzustehn. Fallmerayer half ihr. Er nahm den Pelz mit der Linken, umfaßte die Schulter der Frau mit der Rechten, wartete, bis sie sich erhob, legte den Pelz um ihre Schultern, hierauf den Arm um den Pelz, und so gingen sie beide, ohne ein Wort, ein paar Schritte über Schienen und Geröll in das nahe Häuschen eines Weichenwärters, die wenigen Stufen hinauf, in die trockene, lichtvolle Wärme.

»Hier bleiben Sie ein paar Minuten ruhig sitzen«, sagte Fallmerayer. »Ich habe draußen zu tun. Ich komme gleich wieder.«

Im selben Augenblick wußte er, daß er log, und er log wahrscheinlich zum erstenmal in seinem Leben. Dennoch war ihm die Lüge selbstverständlich. Und obwohl er in dieser Stunde nichts sehnlicher gewünscht hätte, als bei der Frau zu bleiben, wäre es ihm doch fürchterlich gewesen, in ihren Augen als ein Nutzloser zu erscheinen, der nichts anderes zu tun hatte, während draußen tausend Hände halfen und retteten. Er begab sich also eilig hinaus – und fand, zu seinem eigenen Erstaunen, jetzt den Mut und die Kraft, zu helfen, zu retten, hier einen Befehl zu erteilen und dort einen Rat, und obwohl er die ganze Zeit, während er half, rettete und schaffte, an die Frau im Häuschen denken mußte und obwohl die Vorstellung, er könnte sie später nicht wiedersehn, grausam war und grauenhaft, blieb er dennoch tätig auf dem Schauplatz der Katastrophe, aus Angst, er könnte viel zu früh zurückkehren und also seine Nutzlosigkeit vor der Fremden beweisen. Und als verfolgten ihn ihre Blicke und feuerten ihn an, gewann er sehr schnell Vertrauen zu seinem Wort und zu seiner Vernunft, und er erwies sich als flinker, kluger und mutiger Helfer.

Also arbeitete er zwei Stunden etwa, ständig denkend an die wartende Fremde. Nachdem Arzt und Sanitäter den Verletzten die notwendige Hilfe geleistet hatten, machte sich Fallmerayer daran, in das Häuschen des Weichenstellers zurückzukehren. Dem Doktor, den er kannte, sagte er hastig, drüben sei noch ein Opfer der Katastrophe. Nicht ganz ohne Selbstbewußtsein betrachtete er seine zerschürften Hände und seine beschmutzte Uniform. Er führte den Arzt in die Stube des Weichenwärters und begrüßte die Fremde, die sich nicht von ihrem Platz gerührt zu haben schien, mit dem fröhlichselbstverständlichen Lächeln, mit dem man längst Vertrauten wiederzubegegnen pflegt.

»Untersuchen Sie die Dame!« sagte er zum Arzt. Und er selbst wandte sich zur Tür.

Er wartete ein paar Minuten draußen. Der Arzt kam und sagte: »Ein kleiner Schock, nichts weiter. Am besten, sie bleibt hier. Haben Sie Platz in Ihrer Wohnung?«

»Gewiß, gewiß!« antwortete Fallmerayer. Und gemeinsam führten sie die Fremde in die Station, die Treppe hinauf, in die Wohnung des Stationschefs.

»In drei, vier Tagen ist sie völlig gesund«, sagte der Arzt.

In diesem Augenblick wünschte Fallmerayer, es möchten viel mehr Tage vergehen.

III

Der Fremden überließ Fallmerayer sein Zimmer und sein Bett. Die Frau des Stationsvorstehers handelte geschäftig zwischen der Kranken und den Kindern. Zweimal täglich kam Fallmerayer selbst. Die Zwillinge wurden zu strenger Ruhe angehalten.

Einen Tag später waren die Spuren des Unglücks beseitigt, die übliche Untersuchung eingeleitet, Fallmerayer vernommen, der schuldige Weichensteller vom Dienst entfernt. Zweimal täglich rasten die Expreßzüge wie bisher am grüßenden Stationschef vorbei.

Am Abend nach der Katastrophe erfuhr Fallmerayer den Namen der Fremden: Es war eine Gräfin Walewska,

Russin, aus der Umgebung von Kiew, auf der Fahrt von Wien nach Meran begriffen. Ein Teil ihres Gepäcks fand sich und wurde ihr zugestellt: braune und schwarze lederne Koffer. Sie rochen nach Juchten und unbekanntem Parfüm. So roch es nun in der ganzen Wohnung Fallmerayers.

Er schlief jetzt – da man sein Bett der Fremden gegeben hatte – nicht in seinem Schlafzimmer, neben Frau Fallmerayer, sondern unten, in seinem Dienstzimmer. Das heißt: Er schlief überhaupt nicht. Er lag wach. Am Morgen gegen neun Uhr betrat er das Zimmer, in dem die fremde Frau lag. Er fragte, ob sie gut geschlafen und gefrühstückt habe, ob sie sich wohl fühle. Ging mit frischen Veilchen zu der Vase auf der Konsole, wo die alten gestern gestanden hatten, entfernte die alten Blumen, setzte die neuen in frisches Wasser und blieb dann am Fußende des Bettes stehen. Vor ihm lag die fremde Frau, auf seinem Kissen, unter seiner Decke. Er murmelte etwas Undeutliches. Mit großen, dunklen Augen, einem weißen, starken Angesicht, das weit war wie eine fremde und süße Landschaft, auf den Kissen, unter der Decke des Stationsvorstehers, lag die fremde Frau. »Setzen Sie sich doch«, sagte sie, jeden Tag zweimal. Sie sprach das harte und fremde Deutsch einer Russin, eine tiefe, fremde Stimme. Alle Pracht der Weite und des Unbekannten war in ihrer Kehle.

Fallmerayer setzte sich nicht. »Entschuldigen schon, ich hab' viel zu tun«, sagte er, machte kehrt und entfernte sich.

Sechs Tage ging es so. Am siebenten riet der Doktor

der Fremden weiterzufahren. Ihr Mann erwartete sie in Meran. Sie fuhr also und hinterließ in allen Zimmern und besonders im Bett Fallmerayers einen unauslöschbaren Duft von Juchten und einem namenlosen Parfüm.

IV

Dieser merkwürdige Duft blieb im Hause, im Gedächtnis, ja, man könnte sagen, im Herzen Fallmerayers viel länger haften als die Katastrophe. Und während der folgenden Wochen, in denen die langwierigen Untersuchungen über genauere Ursachen und detaillierteren Hergang des Unglücks ihren vorschriftsmäßigen Verlauf nahmen und Fallmerayer ein paarmal einvernommen wurde, hörte er nicht auf, an die fremde Frau zu denken, und wie betäubt von dem Geruch, den sie rings um ihn und in ihm hinterlassen hatte, gab er beinahe verworrene Auskünfte auf präzise Fragen. Wäre sein Dienst nicht verhältnismäßig einfach gewesen und er seit Jahren nicht bereits selbst zu einem fast mechanischen Bestandteil des Dienstes geworden, er hätte ihn nicht mehr guten Gewissens versehen können. Im stillen hoffte er von einer Post zur andern auf eine Nachricht der Fremden. Er zweifelte nicht daran, daß sie noch einmal schreiben würde, wie es sich schickte, um für die Gastfreundschaft zu danken. Und eines Tages traf wirklich ein großer, dunkelblauer Brief aus Italien ein. Die Walewska schrieb, daß sie mit ihrem Mann weiter südwärts gefahren sei. Augenblicklich befände sie sich in Rom. Nach Sizilien wollten sie und ihr

Mann fahren. Für die Zwillinge Fallmerayers kam einen Tag später ein niedlicher Korb mit Früchten und vom Mann der Gräfin Walewska für die Frau des Stationschefs ein Paket sehr zarter und duftender blasser Rosen. Es hätte lange gedauert, schrieb die Gräfin, ehe sie Zeit gefunden habe, ihren gütigen Wirten zu danken, aber sie sei auch eine längere Zeit nach ihrer Ankunft in Meran erschüttert und der Erholung bedürftig gewesen. Die Früchte und die Blumen brachte Fallmerayer sofort in seine Wohnung. Den Brief aber, obwohl er einen Tag früher gekommen war, behielt der Stationschef noch etwas länger. Sehr stark dufteten Früchte und Rosen aus dem Süden, aber Fallmerayer war es, als röche der Brief der Gräfin noch kräftiger. Es war ein kurzer Brief. Fallmerayer kannte ihn auswendig. Er wußte genau, welche Stelle jedes Wort einnahm. Mit lila Tinte, in großen, fliegenden Zügen geschrieben, nahmen sich die Buchstaben aus wie eine schöne Schar fremder, seltsam gefiederter, schlanker Vögel, dahinschwebend auf tiefblauem Himmelsgrund. »Anja Walewska« lautete die Unterschrift. Auf den Vornamen der Fremden, nach dem er sie zu fragen niemals gewagt hatte, war er längst begierig gewesen, als wäre ihr Vorname einer ihrer verborgenen körperlichen Reize. Nun, da er ihn kannte, war es ihm eine Weile, als hätte sie ihm ein süßes Geheimnis geschenkt. Und aus Eifersucht, um es für sich allein zu bewahren, entschloß er sich, erst zwei Tage später den Brief seiner Frau zu zeigen. Seitdem er den Vornamen der Walewska wußte, kam es ihm zu Bewußtsein, daß der seiner Frau – sie hieß Klara – nicht schön war. Als er nun sah, mit welch gleich-

gültigen Händen Frau Klara den Brief der Fremden entfaltete, kamen ihm auch die fremden Hände der Schrei-
berin in Erinnerung – so, wie er sie zum erstenmal erblickt hatte, über dem Pelz, regungslose Hände, zwei
schimmernde, silberne Hände. Damals hätte ich sie küssen sollen – dachte er einen Augenblick. »Ein sehr netter
Brief«, sagte seine Frau und legte den Brief weg. Ihre
Augen waren stahlblau und pflichtbewußt, nicht einmal
bekümmert. Frau Klara Fallmerayer besaß die Fähigkeit,
sogar Sorgen als Pflichten zu werten und im Kummer
eine Genugtuung zu finden. Das glaubte Fallmerayer –
dem derlei Überlegungen oder Einfälle immer fremd gewesen waren – auf einmal zu erkennen. Und er schützte
heute nacht eine dringende dienstliche Obliegenheit vor,
mied das gemeinsame Zimmer und legte sich unten im
Dienstraum schlafen und versuchte sich einzureden,
oben, über ihm, in seinem Bett, schliefe noch immer die
Fremde.

Die Tage vergingen, die Monate. Aus Sizilien flogen
noch zwei bunte Ansichtskarten heran, mit flüchtigen
Grüßen. Der Sommer kam, ein heißer Sommer. Als die
Zeit des Urlaubs herannahte, beschloß Fallmerayer, nirgends hinzufahren. Frau und Kinder schickte er in eine
Sommerfrische nach Österreich. Er blieb und versah seinen Dienst weiter. Zum erstenmal seit seiner Verheira-
tung war er von seiner Frau getrennt. Im stillen hatte er
sich zuviel von dieser Einsamkeit versprochen. Erst als
er allein geblieben war, begann er zu merken, daß er keineswegs allein hatte sein wollen. Er kramte in allen Fä-
chern; er suchte nach dem Brief der fremden Frau. Aber

er fand ihn nicht mehr. Frau Fallmerayer hatte ihn vielleicht längst vernichtet.

Frau und Kinder kamen zurück, der Juli ging zu Ende. Da war die allgemeine Mobilisierung da.

V

Fallmerayer war Fähnrich in der Reserve im Einundzwanzigsten Jägerbataillon. Da er einen verhältnismäßig wichtigen Posten versah, wäre es ihm, wie mehreren seiner Kollegen, möglich gewesen, noch eine Weile im Hinterland zu bleiben. Allein Fallmerayer legte seine Uniform an, packte seinen Koffer, umarmte seine Kinder, küßte seine Frau und fuhr zu seinem Kader. Dem Bahnassistenten übergab er den Dienst. Frau Fallmerayer weinte, die Zwillinge jubelten, weil sie ihren Vater in einer ungewohnten Kleidung sahen. Frau Fallmerayer verfehlte nicht, stolz auf ihren Mann zu sein – aber erst in der Stunde der Abfahrt. Sie unterdrückte die Tränen. Ihre blauen Augen waren erfüllt von bitterem Pflichtbewußtsein.

Was den Stationschef selbst betraf, so empfand er erst, als er mit einigen Kameraden in einem Abteil geblieben war, die grausame Entschiedenheit dieser Stunden. Dennoch glaubte er zu fühlen, daß er sich durch eine ganz unbestimmte Heiterkeit von all den in seinem Abteil anwesenden Offizieren unterschied. Es waren Reserveoffiziere. Jeder von ihnen hatte ein geliebtes Haus verlassen. Und jeder von ihnen war in dieser Stunde begeisterter

Soldat. Jeder zugleich auch ein trostloser Vater, ein trostloser Sohn. Fallmerayer allein schien es, daß ihn der Krieg aus einer aussichtslosen Lage befreit hatte. Seine Zwillinge kamen ihm gewiß bedauernswert vor. Auch seine Frau. Gewiß, auch seine Frau. Während aber die Kameraden, begannen sie von der Heimat zu sprechen, alle zärtliche Herzlichkeit, derer sie fähig sein mochten, in Mienen und Gebärden offenbarten, war es Fallmerayer, als müßte er, um es ihnen gleichzutun, sobald er von den Seinen zu erzählen begann, wenn auch keine lügnerische, so doch eine übertriebene Bangigkeit in Blick und Stimme legen. Und eigentlich hatte er eher Lust, mit den Kameraden von der Gräfin Walewska zu sprechen als von seinem Haus. Er zwang sich zu schweigen. Und es kam ihm vor, daß er doppelt log: einmal, weil er verschwieg, was ihn im Innersten bewegte, und zweitens, weil er hie und da von seiner Frau und seinen Kindern erzählte – von denen er in dieser Stunde viel weiter entfernt war als von der Gräfin Walewska, der Frau eines feindlichen Landes. Er begann, sich ein wenig zu verachten.

VI

Er rückte ein. Er ging ins Feld. Er kämpfte. Er war ein tapferer Soldat. Er schrieb die üblichen herzlichen Feldpostbriefe nach Hause. Er wurde ausgezeichnet, zum Leutnant ernannt. Er wurde verwundet. Er kam ins Lazarett. Er hatte Anspruch auf Urlaub. Er verzichtete und ging wieder ins Feld. Er kämpfte im Osten. In freien Stunden, zwischen Gefecht, Inspizierung, Sturmangriff, begann er, aus zufällig gefundenen Büchern Russisch zu lernen. Beinahe mit Wollust. Mitten im Gestank des Gases, im Geruch des Bluts, im Regen, im Sumpf, im Schlamm, im Schweiß der Lebendigen, im Dunst der faulenden Kadaver verfolgte Fallmerayer der fremde Duft von Juchten und das namenlose Parfüm der Frau, die einmal in seinem Bett, auf seinem Kissen, unter seiner Decke gelegen hatte. Er lernte die Muttersprache dieser Frau und stellte sich vor, er spräche mit ihr, in ihrer Sprache. Zärtlichkeiten lernte er, Verschwiegenheiten, kostbare russische Zärtlichkeiten. Er sprach mit ihr. Durch einen ganzen großen Weltkrieg war er von ihr getrennt, und er sprach mit ihr. Mit kriegsgefangenen Russen unterhielt er sich. Mit hundertfach geschärftem Ohr vernahm er die zartesten Tönungen, und mit geläufiger Zunge sprach er sie nach. Mit jedem neuen Klang der fremden Sprache, den er lernte, kam er der fremden Frau näher. Nichts mehr wußte er von ihr, als was er zuletzt von ihr gesehn hatte: flüchtigen Gruß und flüchtige Unterschrift auf einer banalen Ansichtskarte. Aber für ihn lebte sie; auf ihn wartete sie; bald sollte er mit ihr sprechen.

Er kam, weil er Russisch konnte, als sein Bataillon an die Südfront abkommandiert wurde, zu einem der Regimenter, die eine kurze Zeit später in die sogenannte Okkupationsarmee eingereiht wurden. Fallmerayer wurde zuerst als Dolmetscher zum Divisionskommando versetzt, hierauf zur »Kundschafter- und Nachrichtenstelle«. Er gelangte schließlich in die Nähe von Kiew.

VII

Den Namen Solowienki hatte er wohl behalten. Mehr als behalten: Vertraut und heimisch war ihm dieser Name geworden.

Ein leichtes war es, den Namen des Gutes herauszufinden, das der Familie Walewski gehörte. Solowki hieß es und lag drei Werst südlich von Kiew. Fallmerayer geriet in süße, beklemmende und schmerzliche Erregung. Er hatte das Gefühl einer unendlichen Dankbarkeit gegen das Schicksal, das ihn in den Krieg und hierhergeführt hatte, und zugleich eine namenlose Angst vor allem, was es ihm jetzt erst zu bereiten begann. Krieg, Sturmangriff, Verwundung, Todesnähe: Es waren ganz blasse Ereignisse, verglichen mit jenem, das ihm nun bevorstand. Lediglich eine – wer weiß: vielleicht unzulängliche – Vorbereitung für die Begegnung mit der Frau war alles gewesen. War er wirklich für alle Fälle gerüstet? War sie überhaupt in ihrem Hause? Hatte sie nicht der Einmarsch der feindlichen Armee in gesichertere Gegenden getrieben? Und wenn sie zu Hause lebte, war ihr Mann mit ihr? Man mußte auf alle Fälle hingehn und sehn.

Fallmerayer ließ einspannen und fuhr los.

Es war ein ziemlich früher Morgen im Mai. Man fuhr im leichten, zweirädrigen Wägelchen an blühenden Wiesen vorbei, auf gewundener, sandiger Landstraße, durch eine fast unbewohnte Gegend. Soldaten marschierten klappernd und rasselnd dahin, zu den üblichen Exerzierübungen. Im lichten und hohen blauen Gewölbe des Himmels verborgen trillerten die Lerchen. Dichte, dunkle Flecken kleiner Tannenwäldchen wechselten ab mit dem hellen, fröhlichen Silber der Birken. Und der Morgenwind brachte aus weiter Ferne abgebrochenen Gesang der Soldaten aus entlegenen Baracken. Fallmerayer dachte an seine Kindheit, an die Natur seiner Heimat. Nicht weit von der Station, an der er bis zum Kriege Dienst getan hatte, war er geboren worden und aufgewachsen. Auch sein Vater war Bahnbeamter gewesen, niederer Bahnbeamter, Magazineur. Die ganze Kindheit Fallmerayers war, wie sein späteres Leben, erfüllt gewesen von den Geräuschen und Gerüchen der Eisenbahn wie von denen der Natur. Die Lokomotiven pfiffen und hielten Zwiesprache mit dem Jubel der Vögel. Der schwere Dunst der Steinkohle lagerte über dem Duft der blühenden Felder. Der graue Rauch der Bahnen verschwamm mit dem blauen Gewölk über den Bergen zu einem einzigen Nebel aus süßer Wehmut und Sehnsucht. Wie anders war diese Welt hier, heiter und traurig in einem, keine heimliche Güte mehr auf mildem, sanftem Abhang, spärlicher Flieder hier, keine vollen Dolden mehr hinter sauber gestrichenen Zäunen. Niedere Hütten mit breiten, tiefen Dächern aus Stroh, wie Kapuzen, winzige Dörfer, verloren in der Weite und sogar in dieser übersichtlichen Fläche doch gleichsam verborgen. Wie verschieden waren die Länder! Waren es auch die menschlichen Herzen? Wird sie mich auch begreifen? – fragte sich Fallmerayer. Wird sie mich auch begreifen? – Und je näher er dem Gute der Walewskis kam, desto heftiger loderte die Frage in seinem Herzen. Je näher er kam, desto sicherer schien es ihm auch, daß die Frau zu Hause war. Bald zweifelte er gar nicht mehr daran, daß ihn noch Minuten nur von ihr trennten. Ja, sie war zu Hause.

Gleich am Anfang der schütteren Birkenallee, die den sachten Aufstieg zum Herrenhaus ankündigte, sprang Fallmerayer aus dem Wagen. Zu Fuß legte er den Weg zurück, damit es noch ein wenig länger dauere. Ein alter Gärtner fragte nach seinen Wünschen. Er möchte die Gräfin sehen, sagte Fallmerayer. Er wolle es ausrichten, meinte der Mann, entfernte sich langsam und kam bald wieder. Ja, die Frau Gräfin war da und erwartete den Besuch.

Die Walewska erkannte Fallmerayer selbstverständlich nicht. Sie hielt ihn für einen der vielen militärischen Besucher, die sie in der letzten Zeit hatte empfangen müssen. Sie bat ihn, sich zu setzen. Ihre Stimme, tief, dunkel, fremd, erschreckte ihn und war ihm wohlvertraut zugleich, ein heimischer Schauder, ein wohlbekannter, liebevoll begrüßter, seit undenklichen Jahren sehnsüchtig erwarteter Schrecken. »Ich heiße Fallmerayer!« sagte der Offizier. – Sie hatte natürlich den Namen vergessen. »Sie erinnern sich«, begann er wieder, »ich bin der Stationschef von L.« Sie trat näher zu ihm, faßte seine Hände, er roch ihn wieder, den Duft, der ihn undenkliche Jahre verfolgt, umgeben, gehegt, geschmerzt und getröstet hatte. Ihre Hände lagen einen Augenblick auf den seinen.

»Oh, erzählen Sie, erzählen Sie!« rief die Walewska. Er erzählte kurz, wie es ihm ging. »Und Ihre Frau, Ihre Kinder?« fragte die Gräfin. »Ich habe sie nicht mehr gesehen!« sagte Fallmerayer. »Ich habe nie Urlaub genommen.«

Hierauf entstand eine kleine Stille. Sie sahen sich an. In dem breiten und niederen, weiß getünchten und fast kahlen Zimmer lag die Sonne des jungen Vormittags golden und satt. Fliegen summten an den Fenstern. Fallmerayer sah still auf das breite, weiße Gesicht der Gräfin. Vielleicht verstand sie ihn. Sie erhob sich, um eine Gardine vor das mittlere der drei Fenster zu ziehen. »Zu hell?« fragte sie. »Lieber dunkel!« antwortete Fallmerayer. Sie kam an das Tischchen zurück, rührte ein Glöckchen, der alte Diener kam; sie bestellte Tee. Die Stille zwischen ihnen wich nicht: Sie wuchs im Gegenteil, bis man den Tee brachte. Fallmerayer rauchte. Während sie ihm den Tee einschenkte, fragte er plötzlich: »Und wo ist Ihr Mann?«

Sie wartete, bis sie die Tasse gefüllt hatte, als müßte sie erst eine sehr vorsorgliche Antwort überlegen. »An der Front natürlich!« sagte sie dann. »Ich höre seit drei Monaten nichts mehr von ihm. Wir können ja jetzt nicht korrespondieren!« »Sind Sie sehr in Sorge?« fragte Fallmerayer. »Gewiß«, erwiderte sie, »nicht weniger als Ihre Frau um Sie wahrscheinlich.« »Verzeihen Sie, Sie haben recht, ich war recht dumm«, sagte Fallmerayer. Er blickte auf die Teetasse.

Sie hätte sich geweigert, erzählte die Gräfin weiter, das Haus zu verlassen. Andere seien geflohen. Sie fliehe nicht, vor ihren Bauern nicht und auch nicht vor dem Feind. Sie lebe hier mit vier Dienstboten, zwei Reitpferden und einem Hund. Geld und Schmuck habe sie vergraben. Sie suchte lange nach einem Wort, sie wußte nicht, wie man »vergraben« auf deutsch sage, und zeigte auf die Erde. Fallmerayer sagte das russische Wort. »Sie können Russisch?« fragte sie. »Ja«, sagte er, »ich habe es gelernt, im Felde gelernt.« Und auf russisch fügte er hinzu: »Ihretwegen, für Sie, um einmal mit Ihnen sprechen zu können, habe ich Russisch gelernt.«

Sie bestätigte ihm, daß er vorzüglich spreche, so als hätte er seinen inhaltsschweren Satz nur gesprochen, um seine sprachlichen Fähigkeiten zu beweisen. Auf diese Weise verwandelte sie sein Geständnis in eine bedeutungslose Stilübung. Aber gerade diese ihre Antwort bewies ihm, daß sie ihn gut verstanden habe.

Nun will ich gehen, dachte er. Er stand auch sofort auf. Und ohne ihre Einladung abzuwarten und wohl wissend, daß sie seine Unhöflichkeit richtig deuten würde, sagte er: »Ich komme in der nächsten Zeit wieder!« – Sie antwortete nicht. Er küßte ihre Hand und ging.

VIII

Er ging – und zweifelte nicht mehr daran, daß sein Geschick anfing, sich zu erfüllen. Es ist ein Gesetz, sagte er sich. Es ist unmöglich, daß ein Mensch einem andern so unwiderstehlich entgegengetrieben wird und daß der andere zugeschlossen bleibt. Sie fühlt, was ich fühle. Wenn sie mich noch nicht liebt, so wird sie mich bald lieben.

Mit der gewohnten sicheren Solidität des Beamten und Offiziers erledigte Fallmerayer seine Obliegenheiten. Er beschloß, vorläufig zwei Wochen Urlaub zu nehmen, zum erstenmal, seitdem er eingerückt war.

Seine Ernennung zum Oberleutnant mußte in einigen Tagen erfolgen. Diese wollte er noch abwarten.

Zwei Tage später fuhr er noch einmal nach Solowki. Man sagte ihm, die Gräfin Walewska sei nicht zu Hause und würde vor Mittag nicht erwartet. »Nun«, sagte er, »so werde ich im Garten so lange bleiben.« Und da man nicht wagte, ihn hinauszuweisen, ließ man ihn in den Garten hinter dem Hause.

Er sah zu den zwei Reihen der Fenster hinauf. Er vermutete, daß die Gräfin zu Hause war und sich verleugnen ließ. In der Tat glaubte er, bald hinter diesem, bald hinter jenem Fenster den Schimmer eines hellen Kleides zu sehen. Er wartete geduldig und geradezu gelassen.

Als es zwölf Uhr vom nahen Kirchturm schlug, ging er wieder ins Haus. Frau Walewska war da. Sie kam gerade die Treppe herunter, in einem schwarzen, engen und hochgeschlossenen Kleid, eine dünne Schnur kleiner Perlen um den Kragen und ein silbernes Armband um die enge linke Manschette. Es schien Fallmerayer, daß sie sich seinetwegen gepanzert hatte – und es war, als ob das Feuer, das ewig in seinem Herzen für sie brannte, noch ein neues, ein besonderes, kleines Feuerchen geboren habe. Neue Lichter zündete die Liebe an. Fallmerayer lächelte. »Ich habe lange warten müssen«, sagte er, »aber ich habe gern gewartet, wie Sie wissen. Ich habe hinten im Garten zu den Fenstern hinaufgeschaut und habe mir eingebildet, daß ich das Glück habe, Sie zu sehn. So ist mir die Zeit vergangen.«

Ob er essen wolle, fragte die Gräfin, da es gerade Zeit sei. Gewiß, sagte er, er habe Hunger. Aber von den drei

Gängen, die man dann servierte, nahm er nur die lächerlichsten Brocken.

Die Gräfin erzählte vom Ausbruch des Krieges. Wie sie in höchster Eile aus Kairo nach Hause heimgekehrt seien. Vom Garderegiment ihres Mannes. Von dessen Kameraden. Von ihrer Jugend hierauf. Von Vater und Mutter. Von der Kindheit dann. Es war, als suchte sie sehr krampfhaft nach Geschichten und als wäre sie sogar bereit, etwelche zu erfinden – alles nur, um den ohnehin schweigsamen Fallmerayer nicht sprechen zu lassen. Er strich seinen kleinen, blonden Schnurrbart und schien genau zuzuhören. Er aber hörte viel stärker auf den Duft, den die Frau ausströmte, als auf die Reden, die sie führte. Seine Poren lauschten. Und im übrigen: Auch ihre Worte dufteten, ihre Sprache. Alles, was sie erzählen konnte, erriet er ohnedies. Nichts von ihr konnte ihm verborgen bleiben. Was konnte sie ihm verbergen? Ihr strenges Kleid schützte ihren Körper keineswegs vor seinem wissenden Blick. Er fühlte die Sehnsucht seiner Hände nach ihr, das Heimweh seiner Hände nach der Frau. Als sie aufstanden, sagte er, daß er noch zu bleiben gedenke, Urlaub habe er heute, einen viel längeren Urlaub nehme er in einigen Tagen, sobald er Oberleutnant geworden sei. Wohin er fahren wolle? fragte die Gräfin. »Nirgendwohin!« sagte Fallmerayer. »Bei Ihnen will ich bleiben!« Sie lud ihn ein, zu bleiben, solange er wolle – heute und später. Jetzt müsse sie ihn allein lassen und sich im Hause ein wenig umsehen. Wolle er kommen – es gäbe Zimmer genug im Hause – und so viele, daß sie es nicht nötig hätten, einander zu stören.

Er verabschiedete sich. Da sie nicht mit ihm bleiben könne, sagte er, zöge er es vor, in die Stadt zurückzukehren.

Als er in den Wagen stieg, wartete sie auf der Schwelle, im strengen, schwarzen Kleid, mit ihrem weiten, hellen Antlitz darüber – und während er die Peitsche ergriff, hob sie sachte die Hand zu einem halben, gleichsam angestrengt gezügelten Gruß.

IX

Ungefähr eine Woche nach diesem Besuch erhielt der neuernannte Oberleutnant Adam Fallmerayer seinen Urlaub. Allen Kameraden sagte er, er wolle nach Hause fahren. Indessen begab er sich in das Herrenhaus der Walewskis, bezog ein Zimmer im Parterre, das man für ihn vorbereitet hatte, aß jeden Tag mit der Frau des Hauses, sprach mit ihr über dies und jenes, Gleichgültiges und Fernes, erzählte von der Front und gab nie acht auf den Inhalt seiner Rede, ließ sich erzählen und hörte nicht zu. In der Nacht schlief er nicht, schlief er ebensowenig wie vor Jahren daheim im Stationsgebäude, während der sechs Tage, an denen die Gräfin über ihm, in seinem Zimmer, genächtigt hatte. Auch heute ahnte er sie in den Nächten über sich, über seinem Haupt, über seinem Herzen.

Eines Nachts, es war schwül, ein linder, guter Regen fiel, erhob sich Fallmerayer, kleidete sich an und trat vor das Haus. Im geräumigen Treppenhaus brannte eine gelbe Petroleumlaterne. Still war das Haus, still war die Nacht, still war der Regen, er fiel wie auf zarten Sand, und sein eintöniges Singen war der Gesang der nächtlichen Stille selbst. Auf einmal knarrte die Treppe. Fallmerayer hörte es, obwohl er sich vor dem Tor befand. Er sah sich um. Er hatte das schwere Tor offengelassen. Und er sah die Gräfin Walewska die Treppen hinuntersteigen. Sie war vollkommen angezogen, wie bei Tag. Er verneigte sich, ohne ein Wort zu sagen. Sie kam nahe zu ihm heran. So blieben sie, stumm, ein paar Sekunden. Fallmerayer hörte sein Herz klopfen. Auch war ihm, als klopfte das Herz der Frau so laut wie das seine – und im gleichen Takt mit diesem. Schwül schien auf einmal die Luft geworden zu sein, kein Zug kam durch das offene Tor. Fallmerayer sagte: »Gehen wir durch den Regen, ich hole Ihnen den Mantel!« Und ohne eine Zustimmung abzuwarten, stürzte er in sein Zimmer, kam mit dem Mantel zurück, legte ihn der Frau um die Schultern, wie er ihr einmal den Pelz umgelegt hatte, damals, an dem unvergeßlichen Abend der Katastrophe, und hierauf den Arm um den Mantel. Und so gingen sie in die Nacht und in den Regen.

Sie gingen die Allee entlang, trotz der nassen Finsternis leuchteten silbern die dünnen, schütteren Stämme wie von einem im Innern entzündeten Licht. Und als erweckte dieser silberne Glanz der zärtlichsten Bäume der Welt Zärtlichkeit im Herzen Fallmerayers, drückte er seinen Arm fester um die Schulter der Frau, spürte durch den harten, durchnäßten Stoff des Mantels die nachgiebige Güte des Körpers, für eine Weile schien es ihm, daß sich ihm die Frau zuneige, ja, daß sie sich an in schmiege, und doch war einen hurtigen Augenblick später wieder geraumer Abstand zwischen ihren Körpern. Seine Hand verließ ihre Schultern, tastete sich empor zu ihrem nassen Haar, strich über ihr nasses Ohr, berührte ihr nasses Angesicht. Und im nächsten Augenblick blieben sie beide gleichzeitig stehn, wandten sich einander zu, umfingen sich, der Mantel sank von ihren Schultern nieder und fiel taub und schwer auf die Erde – und so, mitten in Regen und Nacht, legten sie Gesicht an Gesicht, Mund an Mund und küßten sich lange.

X

Einmal sollte Oberleutnant Fallmerayer nach Shmerinka versetzt werden, aber es gelang ihm, mit vieler Anstrengung, zu bleiben. Fest entschlossen war er zu bleiben. Jeden Morgen, jeden Abend segnete er den Krieg und die Okkupation. Nichts fürchtete er mehr als einen plötzlichen Frieden. Für ihn war der Graf Walewski seit langem tot, an der Front gefallen oder von meuternden kommunistischen Soldaten umgebracht. Ewig hatte der Krieg zu währen, ewig der Dienst Fallmerayers an diesem Ort, in dieser Stellung.

Nie mehr Frieden auf Erden.

Dem Übermut war Fallmerayer eben anheimgefallen, wie es manchen Menschen geschieht, denen das Übermaß ihrer Leidenschaft die Sinne blendet, die Einsicht raubt, den Verstand betört. Allein, schien es ihm, sei er auf der

Erde, er und der Gegenstand seiner Liebe. Selbstverständlich aber ging, unbekümmert um ihn, das große und verworrene Schicksal der Welt weiter. Die Revolution kam. Der Oberleutnant und Liebhaber Fallmerayer hatte sie keineswegs erwartet.

Doch schärfte, wie es in höchster Gefahr zu geschehen pflegt, der heftige Schlag der außergewöhnlichen Schicksalsstunde auch seine eingeschläferte Vernunft, und mit verdoppelter Wachsamkeit erkannte er schnell, daß es galt, das Leben der geliebten Frau, sein eigenes und vor allem ihrer beider Gemeinsamkeit zu retten. Und da ihm, mitten in der Verwirrung, welche die plötzlichen Ereignisse angerichtet hatten, dank seiner militärischen Grade und der besonderen Dienste, die er versah, immer noch einige, fürs erste genügende Hilfs- und sogar Machtmittel verblieben waren, bemühte er sich, diese schnell zu nutzen; und also gelang es ihm, innerhalb der ersten paar Tage, in denen die österreichische Armee zerfiel, die deutsche sich aus der Ukraine zurückzog, die russischen Roten ihren Einmarsch begannen und die neuerlich revoltierenden Bauern gegen die Gutshöfe ihrer bisherigen Herren mit Brand und Plünderung anrückten, zwei gut geschützte Autos der Gräfin Walewska zur Verfügung zu stellen, ein halbes Dutzend ergebener Mannschaften mit Gewehren und Munition und einem Mundvorrat für ungefähr eine Woche.

Eines Abends – die Gräfin weigerte sich immer noch, ihren Hof zu verlassen – erschien Fallmerayer mit den Wagen und seinen Soldaten und zwang seine Geliebte mit heftigen Worten und beinahe mit körperlicher Gewalt, den Schmuck, den sie im Garten vergraben hatte, zu holen und sich zur Abreise fertigzumachen. Das dauerte eine ganze Nacht. Als der trübe und feuchte Spätherbstmorgen zu grauen begann, waren sie fertig, und die Flucht konnte beginnen. In dem geräumigeren, von Zeltleinwand überdachten Auto befanden sich die Soldaten. Ein Militärchauffeur lenkte das Personen-Automobil, das dem ersten folgte und in dem die Gräfin und Fallmerayer saßen. Sie hatten beschlossen, nicht westwärts zu fahren, wie damals alle Welt tat, sondern südlich. Man konnte mit Sicherheit annehmen, daß alle Straßen des Landes, die nach dem Westen führten, von rückflutenden Truppen verstopft sein würden. Und wer weiß, was man noch an den Grenzen der neu entstandenen westlichen Staaten zu erwarten hatte! Möglich war immerhin – und wie es sich später zeigte, war es sogar Tatsache –, daß man an den westlichen Grenzen des russischen Reiches neue Kriege angefangen hatte. In der Krim und im Kaukasus hatte die Gräfin Walewska außerdem reiche und mächtige Anverwandte. Hilfe war von ihnen selbst unter diesen veränderten Verhältnissen immerhin noch zu erwarten, sollte man ihrer bedürftig werden. Und was das wichtigste war: Ein kluger Instinkt sagte den beiden Liebenden, daß in einer Zeit, in der das wahrhaftige Chaos auf der ganzen Erde herrschte, das ewige Meer die einzige Freiheit bedeuten müsse. An das Meer wollten sie zuallererst gelangen. Sie versprachen den Männern, die sie bis zum Kaukasus begleiten sollten, jedem eine ansehnliche Summe in purem Gold. Und wohlgemut, wenn auch in natürlicher Aufregung, fuhren sie dahin.

Da Fallmerayer alles sehr wohl vorbereitet und auch jeden möglichen und unwahrscheinlichen Zufall im voraus berechnet hatte, gelang es ihnen, innerhalb einer sehr kurzen Frist – vier Tage waren es im ganzen – nach Tiflis zu kommen. Hier entließen sie die Begleiter, zahlten ihnen den ausgemachten Lohn und behielten lediglich den Chauffeur bis Baku. Auch nach dem Süden und nach der Krim hatten sich viele Russen aus den adligen und gutbürgerlichen Schichten geflüchtet. Man vermied, obwohl man es sich vorgenommen hatte, Verwandte zu treffen, von Bekannten gesehen zu werden. Vielmehr bemühte sich Fallmerayer, ein Schiff zu finden, das ihn und seine Geliebte unmittelbar von Baku nach dem nächsten Hafen eines weniger gefährdeten Landes bringen konnte. Dabei ließ es sich nicht vermeiden, daß man andre, mit den Walewskis mehr oder weniger bekannte Familien traf, die ebenfalls, wie Fallmerayer, nach einem rettenden Schiff Ausschau hielten – und daß die Gräfin über die Person Fallmerayers wie über ihre Beziehungen zu ihm lügenhafte Auskünfte geben mußte. Schließlich sah man ein, daß man nur in Gemeinschaft mit den andern die geplante Art der Flucht bewerkstelligen konnte. Man einigte sich also mit acht andern, die Rußland auf dem Seewege verlassen wollten, fand schließlich einen zuverlässigen Kapitän eines etwas gebrechlich aussehenden Dampfers und fuhr zuerst nach Konstantinopel, von wo aus regelmäßige Schiffe nach Italien und Frankreich immer noch abgingen.

Drei Wochen später gelangte Fallmerayer mit seiner geliebten Frau nach Monte Carlo, wo die Walewskis vor dem Kriege eine kleine Villa gekauft hatten. Und nun glaubte sich Fallmerayer auf dem Höhepunkt seines Glücks und seines Lebens. Von der schönsten Frau der Welt wurde er geliebt. Mehr noch: Er liebte die schönste Frau der Welt. Neben ihm war sie jetzt ständig, wie ihr starkes Abbild jahrelang in ihm gelebt hatte. In ihr lebte er jetzt selbst. In ihren Augen sah er stündlich sein eigenes Spiegelbild, wenn er ihr nahe kam – und kaum gab es eine Stunde im Tag, in der sie beide einander nicht ganz nahe waren. Diese Frau, die kurze Zeit vorher noch zu hochmütig gewesen wäre, um dem Wunsch ihres Herzens oder ihrer Sinne zu gehorchen: diese Frau war nun ohne Ziel und ohne Willen ausgeliefert der Leidenschaft Fallmerayers, eines Stationschefs der österreichischen Südbahn, sein Kind war sie, seine Geliebte, seine Welt. Wunschlos wie Fallmerayer war die Gräfin Walewska. Der Sturm der Liebe, der seit der Schicksalsnacht, in der sich die Katastrophe auf der Station L. zugetragen hatte, im Herzen Fallmerayers zu wachsen angefangen hatte, nahm die Frau mit, trug sie davon, entfernte sie tausend Meilen weit von ihrer Herkunft, von ihren Sitten, von der Wirklichkeit, in der sie gelebt hatte. In ein wildfremdes Land der Gefühle und Gedanken wurde sie entführt. Und dieses Land war ihre Heimat geworden. Was alles in der großen, ruhelosen Welt vorging, bekümmerte die beiden nicht. Das Gut, das sie mitgenommen hatte, sicherte ihnen auf mehrere Jahre hinaus ein arbeitsloses Leben. Auch machten sie sich keine Sorgen um die Zukunft. Wenn sie den Spielsaal besuchten, geschah es aus Übermut. Sie konnten es sich leisten, Geld zu verlieren – und sie verloren in der Tat, wie um dem Sprichwort gerecht zu werden, das sagt, wer Glück in der Liebe habe, verliere im Spiel. Über den Verlust waren beide beglückt; als bedürften sie noch des Aberglaubens, um ihrer Liebe sicher zu sein. Aber wie alle Glücklichen waren sie geneigt, ihr Glück auf eine Probe zu stellen, um es, bewährte es sich, womöglich zu vergrößern.

XI

Hatte die Gräfin Walewska auch ihren Fallmerayer ganz für sich, so war sie doch – wie es sonst nur wenige Frauen können – keineswegs imstande, längere Zeit zu lieben, ohne den Verlust des Geliebten zu fürchten (denn es ist oft die Furcht der Frauen, sie könnten den geliebten Mann verlieren, die ihre Leidenschaft steigert und ihre Liebe). So begann sie denn eines Tages, obwohl Fallmerayer keinen Anlaß dazu gegeben hatte, von ihm zu fordern, er möge sich von seiner Frau scheiden lassen und auf Kinder und Amt verzichten. Sofort schrieb Adam Fallmerayer seinem Vetter Heinrich, der ein höheres Amt im Wiener Unterrichtsministerium bekleidete, daß er seine frühere Existenz endgültig aufgegeben habe. Da er aber nach Wien nicht kommen wolle, möge, wenn dies überhaupt möglich, ein geschickter Advokat die Scheidung veranlassen.

Ein merkwürdiger Zufall – so erwiderte ein paar Tage später der Vetter Heinrich – habe es gefügt, daß Fallmerayer schon vor mehr als zwei Jahren in der Liste der

Vermißten gestanden habe. Da er auch niemals habe von sich hören lassen, sei er von seiner Frau und von seinen wenigen Blutsverwandten bereits zu den Toten gezählt worden. Längst verwaltete ein neuer Stationschef die Station L. Längst habe Frau Fallmerayer mit den Zwillingen Wohnung bei ihren Eltern in Brünn genommen. Am besten sei es, man schweige weiter, vorausgesetzt, daß Fallmerayer bei den ausländischen Vertretungen Österreichs keine Schwierigkeiten habe, was den Paß und dergleichen betreffe.

Fallmerayer dankte seinem Vetter, versprach, ihm allein fernerhin zu schreiben, bat um Verschwiegenheit und zeigte den Briefwechsel der Geliebten. Sie war beruhigt. Sie zitterte nicht mehr um Fallmerayer. Allein einmal von der rätselhaften Angst befallen, welche die Natur in die Seelen der so stark liebenden Frauen gesät hat (vielleicht, wer weiß, um den Bestand der Welt zu sichern), forderte die Gräfin Walewska von ihrem Geliebten ein Kind – und seit der Minute, in der dieser Wunsch in ihr aufgetaucht war, begann sie, sich den Vorstellungen von der vorzüglichen Beschaffenheit dieses Kindes zu ergeben; gewissermaßen sich der unerschütterlichen Hingabe an dieses Kind zu weihen. Unbedacht, leichtsinnig, beschwingt, wie sie war, erblickte sie in ihrem Geliebten, dessen maßlose Liebe ja erst ihre schöne, natürliche Unbesonnenheit geweckt hatte, dennoch das Muster der vernünftigen, maßvollen Überlegenheit. Und nichts erschien ihr wichtiger, als ein Kind in die Welt zu setzen, das ihre eigenen Vorzüge mit den unübertrefflichen ihres geliebten Mannes vereinigen sollte.

Sie wurde schwanger. Fallmerayer, wie alle verliebten Männer dem Schicksal dankbar wie der Frau, die es erfüllen half, konnte sich vor Freude nicht lassen. Keine Grenzen mehr hatte seine Zärtlichkeit. Unwiderleglich bestätigt sah er seine eigene Persönlichkeit und seine Liebe. Erfüllung wurde ihm jetzt erst. Das Leben hatte noch gar nicht begonnen. In sechs Monaten erwartete man das Kind. Erst in sechs Monaten sollte das Leben beginnen.

Indessen war Fallmerayer fünfundvierzig Jahre alt geworden.

XII

Da erschien eines Tages in der Villa der Walewskis ein Fremder, ein Kaukasier namens Kirdza-Schwili, und teilte der Gräfin mit, daß der Graf Walewski dank einem glücklichen Geschick und wahrscheinlich gerettet durch ein besonders geweihtes, im Kloster von Pokroschni geweihtes Bildnis des heiligen Prokop der Unbill des Krieges wie den Bolschewiken entronnen und auf dem Wege nach Monte Carlo begriffen sei. In ungefähr vierzehn Tagen sei er zu erwarten. Er, der Bote, früherer Ataman Kirdza-Schwili, sei auf dem Wege nach Belgrad, im Auftrag der zaristischen Gegenrevolution. Seines Auftrages habe er sich nunmehr entledigt. Er wolle gehn.

Dem Fremden stellte die Gräfin Walewska Fallmerayer als den getreuen Verwalter des Hauses vor. Während der Anwesenheit des Kaukasiers schwieg Fallmerayer. Er begleitete den Gast ein Stück Weges. Als er zurückkam, fühlte er zum erstenmal in seinem Leben einen scharfen, jähen Stich in der Brust.

Seine Geliebte saß am Fenster und las.

»Du kannst ihn nicht empfangen!« sagte Fallmerayer. »Fliehen wir!«

»Ich werde ihm die ganze Wahrheit sagen«, erwiderte sie. »Wir warten!«

»Du hast ein Kind von mir!« sagte Fallmerayer, »eine unmögliche Situation.«

»Du bleibst hier, bis er kommt! Ich kenne ihn! Er wird alles verstehn!« antwortete die Frau.

Sie sprachen seit dieser Stunde nicht mehr über den Grafen Walewski.

Sie warteten.

Sie warteten, bis eines Tages eine Depesche von ihm eintraf. An einem Abend kam er. Sie holten ihn beide von der Bahn ab.

Zwei Schaffner hoben ihn aus dem Waggon, und ein Gepäckträger brachte einen Rollstuhl herbei. Man setzte ihn in den Rollstuhl. Er hielt sein gelbes, knochiges, gestrecktes Angesicht seiner Frau entgegen, sie beugte sich über ihn und küßte ihn. Mit langen, blaugefrorenen, knöchernen Händen versuchte er, immer wieder umsonst, zwei braune Decken über seine Beine zu ziehen. Fallmerayer half ihm.

Fallmerayer sah das Angesicht des Grafen, ein längliches, gelbes, knöchernes Angesicht, mit scharfer Nase, hellen Augen, schmalem Mund, darüber einen herabhängenden, schwarzen Schnurrbart. Man rollte den Grafen wie eines der vielen Gepäckstücke den Perron entlang.

Seine Frau ging hinter dem Wagen her, Fallmerayer voran.

Man mußte ihn – Fallmerayer und der Chauffeur – ins Auto heben. Der Rollwagen wurde auf das Dach des Autos verladen.

Man mußte ihn in die Villa hineintragen. Fallmerayer hielt den Kopf und die Schultern, der Diener die Füße.

»Ich bin hungrig«, sagte der Graf Walewski.

Als man den Tisch richtete, erwies es sich, daß Walewski nicht allein essen konnte. Seine Frau mußte ihn füttern. Und als, nach einem grausam schweigenden Mahl, die Stunde des Schlafs nahte, sagte der Graf: »Ich bin schläfrig. Legt mich ins Bett.«

Die Gräfin Walewska, der Diener und Fallmerayer trugen den Grafen in sein Zimmer im ersten Stock, wo man ein Bett bereitet hatte.

»Gute Nacht!« sagte Fallmerayer. Er sah noch, wie seine Geliebte die Kissen zurechtrückte und sich an den Rand des Bettes setzte.

XIII

Hierauf reiste Fallmerayer ab; man hat nie mehr etwas von ihm gehört.

Triumph der Schönheit

Novelle
1935

I

Ich halte viel von der Menschenkenntnis meines alten
Freundes Doktor Skowronnek. Seit mehr als fünfundzwanzig Jahren ist er Arzt in einem berühmten Kurort
für Frauen, wo die wundertätigen Quellen Gebärmutter-
leiden, Unfruchtbarkeit und Hysterie heilen sollen. Mein
Freund, der Doktor Skowronnek, versichert es jedenfalls.
Immerhin spricht er fast mit der gleichen Überzeugung
von der wunderbaren, wenn auch leichter zu erklärenden
Wirkung, die eine erhebliche Anzahl junger, kräftiger
und liebesdurstiger Männer auf die trostbedürftigen Patientinnen des Kurorts in jeder Saison auszuüben pflegen.
Pünktlich wie gewisse Zugvögel treffen nämlich bei
»Eröffnung der Saison« die jungen Männer in jenem Kurort ein und wetteifern mit der Heilkraft der berühmten
Quellen. Mein Freund, Doktor Skowronnek, hat jedenfalls innerhalb eines Vierteljahrhunderts Gelegenheit gehabt, die körperlichen und seelischen Krankheiten der
Frauen kennenzulernen. Nehmen wir an, er hätte nur
dreißig Damen in der Saison zu behandeln, so hätte er,
nach fünfundzwanzig Jahren, nicht weniger als sieben-
hundertundfünfzig Frauen gründlich kennengelernt. Ich

glaube also, recht zu haben, wenn ich viel von der Welt-
kenntnis meines Freundes halte.

Infolgedessen pflege ich auch alle Ehemänner, die mir
von Krankheiten (echten oder eingebildeten) ihrer
Frauen erzählen, zu Doktor Skowronnek zu schicken. Er
behandelt die Männer, die an ihren Frauen gewöhnlich
mehr zu leiden haben als die Frauen an ihren Krankheiten, ebenfalls als Patienten – und dies mit Recht. Ja, ich
betrachte meinen Freund, den Doktor, eher als einen
Ehemänner-Arzt denn als einen Frauenarzt – obwohl er
selbst nichts davon wissen will und behauptet, es schade
seinem Ruf. Ich aber kenne ihn. Und ich weiß, daß er
hinter einer Art beichtväterlicher Güte, mit der er die
kranken Damen auf Herz und Nieren prüft, die Sorge um
die den Patientinnen hörigen Herren verbirgt. Wer so viel
Frauen untersucht hat, muß schließlich eine leidenschaftliche Solidarität mit den Männern empfinden.

So geschah es denn eines Tages, daß ich einem meiner
Bekannten, dem Ingenieur M., den Rat gab, den Doktor
Skowronnek aufzusuchen; allein zuerst, ohne die kranke
Frau, von der mir der Ingenieur ein langes und breites
erzählt hatte. Der Ingenieur war ein junger Mann, erst
seit zwei Jahren verheiratet, ohne Kinder. Nach einem
Jahr glücklicher Ehe – oder was man so nennt – hatte die
Frau angefangen, über Schmerzen im Kopf, im Rücken,
im Bauch, im Hals, in der Nase, in den Augen, in den
Füßen zu klagen. Man soll nicht verallgemeinern: aber
ich habe die Erfahrung gemacht, daß Ingenieure – und
besonders Brückenbauingenieure, solch einer war mein
Bekannter – von der Konstitution der Frauen keine Ah-

43

nung haben. Es mag Ausnahmen geben. Der Brückenbauingenieur aber, von dem ich hier erzähle, war ganz und gar von der Panik ergriffen, die jeden braven Mann erfaßt, wenn er eine Frau leiden oder auch nur weinen sieht. (Es ist die Panik des Gesunden vor dem Kranken, des Starken vor der Ohnmacht. Es gibt nichts Schlimmeres als die Mischung aus Liebe, Mitleid und Bangnis um das Geliebte und Bemitleidete. Eine gesunde Xanthippe ist besser und erträglicher als eine kränkliche Julia.) Und also riet ich dem Ingenieur, den Doktor Skowronnek aufzusuchen.

Bei seiner Zusammenkunft mit dem Doktor war ich auch anwesend – auf des Ingenieurs ausdrücklichen Wunsch und gegen meinen eigenen. Ich befand mich ungefähr in der Lage eines Menschen, der hinter der dünnen Wand eines Hotelzimmers seinen Nachbarn peinliche private Dinge sagen hört – und außerstande ist, etwas dagegen zu tun. Ich bemühte mich, an anderes zu denken. Ich ließ mir Zeitungen kommen. Allein, die berufliche Neugier des Schriftstellers siegte über private Bemühungen um private Diskretion, und ich hörte, ohne hören zu wollen, sozusagen mit einem beruflichen Ohr, alle Dinge, die im Augenblick und in diesem Zusammenhang nicht erzählt werden können.

Doktor Skowronnek verhielt sich schweigsam. Er hörte nur zu. Schließlich entließ er den Ingenieur mit der Aufforderung, er möchte seine Frau in die Sprechstunde schicken.

Der Ingenieur verließ uns. Und da ich die Schweigsamkeit meines Freundes nicht begriff, fing ich an, selber um die Frau des Ingenieurs besorgt zu sein, und fragte:

»Sagen Sie, ist das so schlimm, was er von der Frau erzählt hat? Warum haben Sie geschwiegen?« »Nicht schlimm und nicht gut!« erwiderte der Doktor. »Es ist nur gewöhnlich. Und wenn ich nicht vor einiger Zeit eine besondere Geschichte erlebt hätte, ich wäre auch nicht so schweigsam geblieben. Aber seitdem ich diese besondere Geschichte kenne, habe ich aufgehört, die Männer der kranken Frauen zu bemitleiden. Unheilbare sind nicht mehr zu behandeln. Wer sich selbst töten will, den kann man nicht retten. Unheilbare Selbstmörder sind die Männer ganz bestimmter kranker Frauen. Und damit Sie mir glauben, will ich Ihnen diese Geschichte erzählen. Schreiben Sie sie eines Tages auf.«

Und Doktor Skowronnek begann zu erzählen:

II

»Vor vielen Jahren, ich war damals noch ein unbekannter praktischer Arzt in einer mittelgroßen Stadt, kam eines Tages in meine Sprechstunde ein junger Mann. Nun, ich hatte damals nicht viele Patienten. An manchen Tagen zeigte sich überhaupt keiner. Ich saß da, wartete und las Kriminalromane. Ich hätte vielleicht medizinische Bücher lesen sollen, aber mein Respekt vor den Naturwissenschaften und den Erkenntnissen meiner berühmten Kollegen war eben immer geringer als mein Interesse für Verbrecher und Polizei. Sie begreifen, daß ein Arzt, der wenig zu tun hat, von einem seltenen Patienten geradezu fasziniert wird. Dennoch ließ ich ihn im Vorzimmer warten, wie es wohl jeder nichtbeschäftigte Arzt tut. Ich ließ den jungen Mann erst nach einigen Minuten eintreten – (und Sie können mir glauben, ich litt in diesen paar Minuten mehr Ungeduld als er). Ungeduld ist, wie Sie wissen, eine gefährliche Krankheit, sie führt manchmal sogar zum Tode durch Selbstmord. Nun, ich bezwang mich. Mit um so intensiverer Freude weidete ich mich an dem Anblick des Mannes, als er endlich eintrat. Natürlich suchte ich mechanisch ebenso nach Anzeichen einer äußerlich erkennbaren Krankheit in seiner Gestalt und in seinem Gesicht wie nach Anzeichen etwaiger Wohlhabenheit an seiner Kleidung. Ich sah sofort, es war ein beruhigender Patient. Er gehörte offenbar nicht nur den guten, sondern sogar den höheren Ständen an – und eine gefährliche Krankheit, die mich wahrscheinlich genötigt hätte, ihn einer medizinischen Kapazität abzutreten, hatte er auch nicht. Er war gesund, groß, sehnig, hübsch, von braunem Teint, er hatte ein schmales, sympathisches Gesicht, helle Augen, einen edlen Nacken, eine gutgewölbte Stirn, kräftige, lange Hände, er war sicher und schüchtern zugleich, also, was man gute Rasse nennt. Ich vermutete in ihm einen Ministerialbeamten von guten Eltern und mittlerer Begabung und wahrscheinlich mit einem jener Leiden behaftet, die man in der Gesellschaft ›galante‹ nennt.

Ich hatte mich nicht sehr getäuscht. Es war ein junger Diplomat, unserer Botschaft in England zugeteilt, Sohn eines bekannten Munitionsfabrikanten, also reicher, als ich gedacht hätte, und seine Krankheit war tatsächlich eine ›galante‹. Er war aufs Geratewohl zu mir gekommen.

Mit dem Hausarzt seiner Eltern wollte er sich nicht beraten. Er schlug also das Adreßbuch der Ärzte auf, tippte mit dem Bleistift auf einen Namen – es war der meine – und suchte mich unverzüglich auf. Ich behandelte ihn munter und sorgsam. Er gefiel mir. Ich erzählte ihm Anekdoten. Als er geheilt war, gestand er mir, daß er es fast bedaure, nicht noch eine andere, harmlose Krankheit zu haben, solange sein Urlaub dauere. Ich untersuchte ihn, er war leider kerngesund. Ich fragte ihn, ob er wenigstens eine Leidenschaft habe. ›Nein‹, sagte er, ›außer der Musik gar keine.‹ Musik ist, wie Sie wissen, auch meine Leidenschaft. Und kurz und gut: Die Musik machte uns erst zu Verbündeten, später zur Freunden.«

Hier ließ Doktor Skowronnek eine Pause eintreten. Dann sagte er: »Bis zu seinem Tode waren wir gute Freunde.«

»Er ist also jung gestorben? Und wohl plötzlich?«

»Jung und langsam und an der gefährlichsten und gewöhnlichsten aller Krankheiten: Er starb nämlich an einer Frau, und zwar an seiner eigenen...«

III

»Unsere Freundschaft hörte nicht auf, auch nachdem er seinen Urlaub beendet hatte und wieder nach London abgereist war. Im Gegenteil: Die Entfernung verstärkte unsere Freundschaft. Wir wechselten fast jede Woche Briefe. Meine Praxis war miserabel; ich wartete oft stundenlang auf einen Patienten und las meine Kriminalromane. Eines Tages schrieb er mir, ich solle für ein paar Wochen nach England kommen, als sein Gast.

Ich fuhr nach London. Ich verstand kein Wort Englisch, war also gezwungen, bei jedem Schritt die Hilfe meines Freundes in Anspruch zu nehmen. Sie erkennen einen Menschen der sogenannten ›guten Rasse‹ immer daran, daß es Ihnen unmöglich ist, Dankbarkeit für seine kleinen und größeren Hilfeleistungen zu empfinden, geschweige denn, sie auszudrücken. Sie kommen niemals oder fast niemals in die Lage, einem wirklichen Herrn ›Danke schön!‹ zu sagen. Ja, er weiß es so einzurichten, daß man immer glaubt, seine kleinen Dienste und Gefälligkeiten kämen ihm selbst zugute und die eigene Hilflosigkeit wäre eigentlich sein Nutzen. So war es auch mit meinem Freunde. Niemals habe ich einen vornehmeren Gastgeber gesehen. Sein diskretes Verhalten ward mit der Zeit derart, daß es mir zeitweilig fast vorkam, er hätte eine Art Schuldbewußtsein mir gegenüber. Ja, er beschämte mich. Ich dachte daran, daß ich ihn aus törichter beruflicher Eitelkeit im Wartezimmer hatte sitzen lassen, als er zum erstenmal zu mir gekommen war, und ich gestand ihm eines Tages, daß ich ihn ohne Grund hatte warten lassen. Er verstand mich gar nicht, oder er tat so, als ob er mich nicht verstünde. ›Wahrscheinlich‹, so sagte er, ich erinnere mich genau, ›hatten Sie doch etwas zu tun, Sie wissen es selbst nicht mehr. Übrigens auch mir passiert es, daß ich Menschen warten lasse, obwohl ich ganz unbeschäftigt bin. Ich muß mich sammeln, bevor ich einen Fremden empfange. Das ist ganz selbstverständlich.‹

Hatte ich vorher an seine mittelmäßige Begabung gedacht, so gewann ich im Laufe der Zeit die Überzeugung, daß seine geradezu unterstrichene Mittelmäßigkeit lediglich eine vornehme Bescheidenheit war, wie es oft bei Menschen guter Rasse der Fall ist. Er hatte nicht den geringsten Ehrgeiz. Er gab mir oft Gelegenheit, Einblick in seine berufliche Tätigkeit zu nehmen. Und immer wieder sah ich, daß es sein höchstes, aber auch selbstverständliches Bemühen war, sich *nicht* vor den anderen, seinen Kollegen, hervorzutun. Er war das Gegenteil von einem ehrgeizigen Diplomaten. Er kannte wohl alle Dummheiten seiner Kollegen, aber er bemühte sich, nicht viel klüger zu erscheinen, als sie waren. Ehrgeizig ist der Plebejer. Der wirklich noble Mensch ist anonym. Es gibt eine Kraft in der angeborenen Noblesse, die größer ist als das Licht des Ruhms, der Glanz des Erfolges, die Macht des Siegers. Ehrgeiz ist, wie gesagt, eine Eigenschaft des Plebejers. Er hat keine Zeit. Er kann es nicht erwarten, zu Ehre, Macht, Ansehn, Ruhm zu gelangen. Der noble Mensch aber hat Zeit zu warten, ja, sogar zurückzustehn.

So also war mein Freund. Obwohl älter als er, begann ich, eine Art Ehrfurcht vor ihm zu empfinden. Ich liebte ihn und verehrte ihn.

Eine Woche vor meiner Abreise gestand er mir, daß er verliebt sei.

Nun, es ist selbstverständlich, daß sich ein junger Mann verliebt. Ich selbst, der ich damals noch nicht der ›ausgekochte‹ Frauenarzt war, der ich heute bin, wie Sie wissen, hatte mich schon ein paarmal verliebt. Aber da es sich um meinen Freund handelte, erschrak ich. Denn ich fühlte, daß dieser vornehme Mensch einem tiefen Gefühl ohnmächtig ausgeliefert sein mußte und daß es in seiner Natur gelegen war, den Gegenstand, den er zu lieben glaubte, mit den edelsten Eigenschaften auszustatten, die er selbst besaß. Wenn die Liebe, wie das Sprichwort sagt, schon alle gewöhnlichen Menschen blind macht, wie erst die auserwählten und vornehmen!

Ich erschrak also. Und ich sagte meinem Freunde, daß ich wünsche, seine Geliebte zu sehen.

›Auch Sie werden sich verlieben‹, antwortete er – mit der Naivität der Liebenden, die glauben, der Gegenstand ihrer Liebe sei unwiderstehlich.

Gut! – Wir trafen uns also alle drei eines Abends.

Es war eine junge Dame aus der sogenannten guten Gesellschaft. Hübsch, gewiß! Eine blonde Jungfrau mit himmelblauen Augen, starken Zähnen, einem etwas zu langen und langweiligen Kinn und ausgesprochen guter Figur. Gewiß hatte sie ›Manieren‹ – was man so nennt. Sie war eben aus guter Familie. Gewiß war sie auch in meinen Freund verliebt – warum denn nicht? So verliebt, wie es nur Mädchen aus guter Familie sein können, für die Liebe zu einem jungen Mann von Stand und Rang so etwas ist wie Sünde ohne Gefahr, Laster ohne fluchwürdige oder sträfliche Folgen. Die jungen Mädchen dieser Art sind nicht hungrig; sie sind nur genäschig. Der Hunger, den man befriedigen muß, bringt, unter Umständen, fürchterliche Strafe. Die Genäschigkeit aber, der man Genüge tut, bringt keinen Schaden, nur Lust und die Genugtuung: man wäre ein bißchen gefährdet gewesen. Es ist der Unterschied wie zwischen dem Besuch, den man etwa einer Menagerie abstattet, und dem Versuch, in den Käfig der Löwen zu steigen. Dies alles wußte mein Freund natürlich nicht. Ihm schien die Tatsache, daß eine Tochter aus bester englischer Familie ihn heimlich küßte, Beweis genug für ihre tiefe Liebe zu ihm. Ihm war's, als hätte sie tausend Meilen durch die Gefahren irgendeiner Wüste zurückgelegt, nur, um ihm einen Kuß zu gewähren. Er fand sie tapfer, tollkühn, opfermutig und obendrein sehr gescheit.

Nun, sie war sehr dumm! Sie ist es noch heute. Sie hat ihn ins Grab gebracht. Sie ist alt und ziemlich häßlich geworden, aber sie ist immer noch dumm! So ungerecht die Natur auch ist in ihrer Bosheit, die Männer blind zu machen, wenn sie lieben: Sie gleicht diese Ungerechtigkeit aus, indem sie den Glanz der Frauen, der die Männer einst geblendet hat, ziemlich früh erlöschen läßt und indem sie die alten Damen zwingt, mit den Jahren die zweifelhafte Hilfe der Friseure, Masseure und Chirurgen in Anspruch zu nehmen, damit die verfallenen Brüste, Bäuche, Wangen und Schenkel wieder eine halbwegs annehmbare Form bekommen. Als eine Art von aufgebesserten Gipsfiguren sinken die einstmals schönen Frauen ins Grab. Die Männer aber, die weise genug waren, nicht an ihnen zu sterben, werden von der Natur belohnt: Bekleidet mit der Würde des Silbers und der nicht minderen Würde der Gebrechlichkeiten gehen sie in den Schoß Gottes ein.

IV

In den besseren Kreisen folgt gewöhnlich die Heirat der Verlobung wie dem Blitz der Donner. Mein Freund heiratete, kurze Zeit nachdem ich ihn verlassen hatte, ging auf die Hochzeitsreise, passierte bei der Rückkehr unsere Stadt und besuchte mich mit seiner Frau. Sie waren beide hübsch, sie boten einen gefälligen Anblick, sie schienen füreinander geschaffen zu sein. Am Abend begleitete ich sie in ein Lokal, wo Offiziere, höhere Beamte, Adelige und ein paar Gutsbesitzer verkehrten. In einer mittleren Stadt, in sogenannten besseren Lokalen, sieht man sich nach jedem Gast um, geschweige denn nach Fremden, die man nicht kennt. Das Aufsehen aber, das mein Freund erregte, als er mit seiner Frau ankam, war kein gewöhnliches, sondern etwa mit der Überraschung zu vergleichen, die ein außerordentliches Naturphänomen bei ahnungslosen Menschen hervorzurufen pflegt. Es war wie ein Märchen. Alle Gespräche verstummten. Die Kellner hielten ein in ihren beflissenen Dienstgängen. Der Chef vergaß, sich zu verneigen. Es war ein warmer Spätsommerabend, die Fenster standen offen, und der sachte Wind bewegte die rötlichen Gardinen. Aber ich hatte den Eindruck, daß auch diese Gardinen aufgehört hatten, sich zu bewegen. Wie Götter wirkten meine Freunde. Mein Freund fühlte es und beeilte sich, in die nächste freie Loge zu kommen. Seine Frau aber schien das betroffene, ja fast betretene Schweigen der Menschen gar nicht zu merken. Sie trug ein Lorgnon, es war damals bei manchen Leuten Mode, ob sie nun schwache oder normale Augen hatten. Das Lorgnon hob sie nun an die Augen, einen Augenblick nur natürlich, für den Bruchteil einer Sekunde. Sie ließ es sofort wieder fallen. Aber mein Freund hatte es bemerkt, und es muß ihn getroffen haben, ebenso wie mich. Denn er berührte unwillkürlich den Arm seiner Frau – es war eine zärtliche und sanfte Mahnung.

Als wir in der Loge saßen, hob die Frau meines Freundes noch ein paarmal das Lorgnon an die Augen. Ich bin überzeugt, daß sie nicht das geringste Interesse an all dem hatte, was im Saal vorging. Wahrscheinlich betrachtete sie den Kronleuchter durch das Glas. Aber meinen Freund und mich reizte diese Art, das Glas an die Augen zu führen. Es ist eine hochmütige Bewegung, ein Lorgnon ist ein ziemlich hochmütiger Gegenstand, und die bescheidenste Frau, die sich seiner bedient, kann unter Umständen sehr arrogant erscheinen. Ich habe wirklich vornehme und in der Tat kurzsichtige Damen gekannt, die eine ganz besondere, nahezu verschämte Art hatten, das Lorgnon zu gebrauchen, so etwa, wie es ihre ganz besondere Art war, die Röcke zu heben. Nun, es fehlte der Frau meines Freundes gewiß nicht an guten Manieren! Aber es fehlte ihr die wirkliche Noblesse. Diese besteht nicht so sehr darin, was man tut, als darin, was man unterläßt. Sie besteht aber in der Hauptsache darin, daß man fühlt, was den andern ›schockieren‹ könnte; daß man es rechtzeitig fühlt, noch ehe etwas geschehen ist.

Die Frau meines Freundes tat das Gegenteil. Als wäre sie eine durchaus kleine Bürgerin aus London, mokierte sie sich über die mittelmäßige Eleganz unserer Stadt, über die lässige Haltung der Offiziere, über die eilfertige

Dienstbarkeit des Personals, über die unmodischen Hüte der Damen. Mein Freund lächelte, verliebt und bekümmert und beschämt zu gleicher Zeit. Hie und da versuchte er, uns in Schutz zu nehmen. Einmal, ich erinnere mich, wurde er sogar deutlich und sagte etwa: ›Aber Gwendolin! Du hast eine kleine, scharfe Zunge. Schwätzt sie so weiter, mußt du sie dem Doktor zeigen! Nicht wahr, Doktor?‹ Und weil er fühlte, daß sein Scherz keineswegs sehr gelungen war, fuhr er ernsthaft fort: ›Der Aufenthalt hier behagt meiner Frau nicht. Wir werden morgen abend aufbrechen.‹

Um meinen Freund nicht merken zu lassen, daß ich die Mittelmäßigkeit seines Scherzes erkannt hatte, versuchte ich, sozusagen seinen Intentionen zu folgen, und sagte: ›Zeigen Sie schnell die Zunge dem Onkel Doktor!‹ – Sie streckte mir sofort ihr schmales, beinahe karmesinrotes Zünglein entgegen, und Sie können mir glauben, es ist mein Beruf, ich habe leider vieltausendmal Frauenzungen anschaun müssen: Hier, beim Anblick dieses Züngleins, hatte ich den vielleicht allzu primitiven, aber sehr überzeugenden Eindruck: eine Schlange.

Am nächsten Vormittag kam mein Freund zu mir. ›Wir fahren heute abend‹, sagte er. ›Ich will mich verabschieden.‹ ›Werde ich Ihre schöne Frau nicht wiedersehn?‹ ›Bitte, kommen Sie zur Bahn, am Abend. Ich bin hierhergekommen, damit wir sozusagen einen Separatabschied nehmen.‹

Ich sah, daß er nicht sehr glücklich war. Ich schlug ihm einen Spaziergang vor. Ich weiß, daß man verschwiegene Dinge leichter im Gehen sagt als im Sitzen. Man sagt's eben nicht Aug' in Aug'. Der Sprechende wie der Zuhörer, sie blicken beide zu Boden. Eine laute Straße befreit manchmal die menschliche Brust genauso wie Alkohol oder auch, wenn Sie wollen, wie jener stille Kirchenwinkel, in dem gewöhnlich der Beichtstuhl wartet. Wir gingen also spazieren. Und da erzählte er mir, daß es schon während der Hochzeitsreise ein paar Unstimmigkeiten zwischen Gwendolin und ihm gegeben hätte. Es begann bei der Musik. Sie liebte Wagner. Er beschimpfte ihn. Nichts konnte einen Musiker seiner Art – und auch meiner Art – so sehr reizen wie ein Wohlgefallen an Wagner. Gewiß, die Liebhaber Wagners sind ebenfalls musikalische Menschen. Aber die musikalischen Menschen könnte man in zwei feindliche Gruppen teilen: in Mozart-Liebhaber und Wagner-Anhänger. Merken Sie, daß ich nicht einmal Wagner-Liebhaber mehr sagen kann? Ich sage: ›Anhänger‹. Menschen mit Ohren für Posaunen und Kesselpauken – und Menschen mit Ohren für Cello, Geige und Flöte. Eher werden sich zwei Taubstumme verständigen als zwei musikalische Menschen, von denen einer Mozart liebt und der andere Wagner. Beides zusammen kann man meiner Meinung nach nicht. Ich glaube, es sind im Grunde taube Menschen, die beides lieben; oder wenn sie hören, sind's Kapellmeister.

Nun, ich brauche Ihnen nichts mehr zu sagen: Sie vertrugen sich wie Mozart und Wagner. Ich wußte sofort, daß diese Ehe zerbrochen war. Aber ich sagte: ›Spielen Sie zu Hause Mozart, lieben Sie viel, schlafen Sie mit Ihrer Frau, ein Kind sollte sie bald bekommen.

Schwangerschaft ändert manchmal den musikalischen Geschmack. Fahren Sie mit Gott.‹

Wir umarmten uns, jetzt schon. Ich begriff, daß er mich
vor seiner Frau am Bahnhof niemals hätte umarmen können.

Ich kam zum Zug. Gwendolin gab mir die Hand zum
Kuß und stieg rasch ein, ein Lächeln für zehn Kreuzer um
den holden Mund. (Die Damen lächeln merkwürdigerweise genauso wie die armen Straßenmädchen; das heißt,
wenn sie konventionellen Abschied nehmen; so lächeln
die Mädchen, wenn sie eine Bekanntschaft machen.)

Mein Freund wäre gerne noch zu mir auf den Perron
heruntergestiegen. Aber er fürchtete sich, es war, als hielte
ihn seine Frau hinten am Rock fest. Er beugte sich nur zum
Fenster heraus, gab mir noch einmal die Hand – und ich
ging – lange noch vor der Abfahrt des Zuges.

v

Ich kenne nicht die internationalen Gesetze oder Sitten der
Diplomatie. Ich glaube aber, daß es nicht üblich ist, daß
ein Diplomat eine Frau aus dem Lande heiratet, in dem er
als der Vertreter seines eigenen fungiert. Ausnahmen gibt
es, ich habe schon von einigen gehört. Mein Freund gehörte allerdings nicht zu diesen. Unser damaliger Botschafter dürfte ein strenger Formalist gewesen sein. Mein
Freund mußte, weil er eine Engländerin geheiratet hatte,
London verlassen. Sein neuer Posten war kein anderer als
Belgrad.

Ich habe nicht erwähnt, daß die Frau meines Freundes die einzige Tochter ihrer Eltern war. Sie wissen: Engländer reisen zwar viel in der Welt herum, sie kennen sogar die verschiedenen Länder besser als andere Westeuropäer; aber sie schicken ihre Töchter nicht gerne in unwirtliche Gegenden. Einen kürzeren oder längeren Besuch verdient jedes Land; auch das unwirtlichste. Aber seinen ständigen Wohnsitz behält man in England, zumindest in einer der besseren englischen Kolonien. Wahrscheinlich hätten die Schwiegereltern meines Freundes nichts dagegen gehabt, wenn er zum Beispiel nach Indien gegangen wäre. Serbien aber flößte ihnen einen wahren Horror ein. Auch Frau Gwendolin hatte unsagbare Angst vor Belgrad und weigerte sich hinzufahren, indes mein Freund darauf bestand, daß die Frau ihn begleitete. Von den bibelkundigen, gläubigen Protestanten, die seine Schwiegereltern waren, führte er das bekannte Wort an, daß die Frau dem Manne überallhin zu folgen habe: vergebens. Es kam zum ersten ernstlichen Konflikt. Mein Freund fuhr nach Wien. Im Ministerium des Äußeren versuchte er alles Unmögliche, um seine Versetzung nach Paris oder wenigstens nach Madrid zu erreichen. Vergebens. Es gab andere, es gab, wie Sie wissen, im alten Österreich viele Protektionskinder. Paris, Madrid, Lissabon waren besetzt. Man brauchte übrigens tatsächlich einen tüchtigen Legationsrat in Belgrad. Man konnte sich dort auszeichnen. Der Sektionschef Baron S. im Ministerium wußte die Qualitäten meines Freundes zu schätzen, war auch ein wenig um dessen Karriere besorgt. Kurz, es war unmöglich. Man mußte nach Belgrad.

Zufällig – oder besser: nicht zufällig, denn ich glaube nicht an Zufälle – sollte ich im April jenes Jahres zum erstenmal meine Stellung als Kurarzt antreten. Ich gab meine Praxis auf, wir hielten im Februar. Unter zwanzig praktischen Ärzten, wahrscheinlich lauter armen Teufeln wie ich selbst, hatte die Kurverwaltung gerade mich ausgesucht. Ich wußte dieses Glück zu schätzen. Ich gab davon aller Welt sofort Kunde und natürlich auch meinem Freund in London. Er schrieb mir, es träfe sich herrlich. Da er ungefähr im März nach Belgrad müsse, könnte seine Frau bis zum April in London bleiben, dann zu mir kommen, die ganze Saison in meiner Obhut bleiben und erst im August nach Belgrad fahren. Sein Glück sei mein Posten, nicht das meinige.

Der Arme! Er hatte keine Ahnung davon, wie Frauenbäder auf gewisse jüngere Frauen wirken!

Er sollte es erst später erfahren.

VI

Die Frau war mit dem Plan einverstanden. Im März sollte mein Freund nach Belgrad fahren, im April seine Frau zu mir in den Kurort kommen. Von mir behandelt und durch die wundertätigen Quellen unseres Bades gestärkt, vielleicht gar in ihrem Sinne gewandelt, würde sie dann – so hoffte mein Freund – ohne Heimweh und Kummer ihrem Mann nach Belgrad folgen können.

Nun, sehen Sie: Es gibt wenig Frauen, mit denen man etwas Festes abmachen kann. Nicht, daß sie nicht Wort hielten oder mit Absicht täuschen wollten: nein! Ihre Konstitution verträgt keine feste Abmachung. Wenn sie entschlossen sind, ein Übereinkommen einzuhalten, wehrt sich, ohne daß sie es selbst wollen, ihr Körper. Sie werden einfach krank.

Zu den wenigen Frauen, mit denen man etwas Festes abmachen kann, gehörte nun die Frau meines Freundes keineswegs. Sie gehörte vielmehr zu jenen, die krank werden, das heißt: zu jenen, deren Körper sich gegen ihre redlichen Vorsätze wehrt – und sie erkrankte tatsächlich, genau einen Tag vor der Abreise meines Freundes nach Belgrad. Nicht sie selbst, begreifen Sie mich recht! – ihre Konstitution wollte sich nicht in das Unvermeidliche fügen. – Was ihr eigentlich fehlte? – Gott allein kann es wissen, Er, der die Eva schuf. Ein Frauenarzt weiß nur selten, was einer Frau fehlt.

Es begann mit dem Magen und der ihm benachbarten Gebärmutter. Die hastigen Ärzte in London einigten sich, wie gewöhnlich in solchen Fällen, auf eine Blinddarmentzündung. Mein Freund erbat und erhielt einen Aufschub von zwei Tagen. Man operierte die Frau. Der Blinddarm war, wie jeder zweite Blinddarm, den man herausnimmt, natürlich vereitert. (Der Ihrige, der meinige, sie sind auch vereitert.) Die Ärzte und mein Freund bildeten sich ein, die Frau sei aus großer Lebensgefahr errettet. Beglückt, wie jeder Liebende, über die Rettung des geliebten Wesens, fuhr mein Freund auf seinen neuen Posten nach Belgrad.

Es blieb dennoch bei der Abmachung. Etwa Mitte April kam Frau Gwendolin zu mir, in meinen Kurort.

Natürlich holte ich sie bei der Bahn ab. Sie sah aus wie eine Göttin, eine Göttin ohne Blinddarm, eine Göttin in Rekonvaleszenz. Sie litt und triumphierte zugleich und bezog aus ihrer Rekonvaleszenz allerhand Kräfte für ihren Triumph. Selbstverständlich hatte ich etwa eine halbe Stunde zu tun, bevor alle Koffer abgeholt und verstaut waren. Es waren etwa zwölf Stück. Kleider und Wäsche genug, um zwanzig Frauen für zwei bis drei Jahre auszustatten. Ich brachte Frau Gwendolin im Hotel Imperial unter und bat sie, morgen in meine Sprechstunde zu kommen.

Sie kam, ich untersuchte sie. Ich erinnere mich genau an diese Untersuchung, nicht nur, weil Gwendolin die Frau meines Freundes, sondern auch, weil sie eine meiner ersten Patientinnen war. Der Blinddarm war weg. Man sah den Schnitt, aber die Frau behauptete, man hätte ›etwas drin vergessen‹. Sie hatte Hunger, Übelkeiten, Herzweh, Herzklopfen, Magenschmerzen, Krämpfe und immer wieder Hunger. Schwangerschaftserscheinungen, wie Sie wissen. Aber nein, sie war nicht schwanger! Es ist so ziemlich das einzige, was ein Frauenarzt feststellen kann, mit einiger Sicherheit. Sie war nicht schwanger! Nach einiger Überlegung kam ich auf die banalste aller Krankheiten. Diese schöne, elegante Dame – nichts Menschliches ist einem Menschen fremd – hatte leider einen Bandwurm.

Aber wie sollte ich ihr das mitteilen, ohne sie zu kränken? – Ich begann zuerst, von Parasiten zu sprechen, von harmlosen, dann von gefährlichen und schilderte den Bandwurm als einen der gefährlichsten Feinde der weiblichen Schönheit. Als ich sie endlich soweit hatte, daß sie selbst ihren Wurm für äußerst interessant halten mußte, begann ich mit Vorschriften, Diät und Rezepten. Und noch niemals, seitdem Bandwürmer bestehen, ward einer so ernst genommen. Er war für Frau Gwendolin eine besondere Persönlichkeit. Alle ihre Gelüste und Schwächen schob sie seinem Einfluß zu. So kam sie zum Beispiel zu mir am Morgen und sagte: ›Denken Sie, heute nacht hat er mich geweckt, er wollte absolut Champagner!‹ – Er – das war der Bandwurm natürlich. Oder ein anderes Mal: ›Ich wollte zu Hause bleiben, wie Sie es mir geraten haben, Doktor, aber er wollte nicht, er machte mir Übelkeiten, ich mußte ausgehn, tanzen.‹ Und so fort. Sie schätzte ihren Wurm weit höher als ihren Mann. Er war ihr Verführer, ihr Ablaßgeber, ihr Held. Er gab ihr alles, was eine Frau ihresgleichen brauchte: Leiden, Schwäche, Lust, Gelüste. Er ließ sie tanzen, trinken, essen, alles Verbotene entschuldigte dieser Wurm. Er nahm sozusagen alle ihre Sünden auf sein Gewissen. Eine Woche später sogar eine wirkliche Sünde.

Geben Sie zu, daß ich der einzige Arzt der Welt sein dürfte, der einen solchen, geradezu schlangenartigen Bandwurm behandelt hat?

VII

Etwa eine Woche später schrieb mir mein Freund aus Belgrad, ich möchte ja nicht den Geburtstag seiner Frau vergessen. Er fand statt am 1. Mai, ein Datum, das man leicht behält. Am frühen Nachmittag, bevor meine Sprechstunde begann, ging ich mit einem gewaltigen Strauß roter Rosen ins Hotel Imperial zu meiner Schutzbefohlenen. Eigentlich hatte ich die Blumen unten beim Portier zurücklassen wollen. Ich weiß nicht, ob es Ihnen auch so geht, manchen Männern geht es jedenfalls ähnlich wie mir: Ich komme mir sehr lächerlich vor mit Blumen in der Hand. Ein Mann, der etwas auf sich hält, sollte keine Blumen tragen. Aber es war die Frau meines Freundes, meine Schutzbefohlene, meine Patientin und ein ›Geburtstagskind‹. Ich entschloß mich also, den Rosenstrauß unter den Arm zu nehmen und in den Lift zu steigen. Ich ließ mich im ersten Stock anmelden. Ich sah, wie der livrierte Kellner an die Tür der Frau Gwendolin klopfte, einmal, zweimal, dreimal. Keine Antwort. ›Die Dame schläft vielleicht – oder sie badet‹, sagte ich. ›Nein‹, erwiderte der Etagenkellner, ›ich habe ihr soeben Champagner gebracht, mit zwei Gläsern.‹ ›Hat sie Besuch?‹ ›Gewiß‹, sagte der Kellner, ›der Doktor von Nummer 32.‹ ›Wer ist das?‹ ›Das ist der junge Rechtsanwalt aus Budapest, Herr Doktor Jenö Lakatos.‹

Nun, ich wußte genug. Zwar war es meine erste Saison in diesem Badeort. Aber ich war ja kein ›heuriger Has'‹, wie man bei uns sagt; und ich wußte, was die jungen Advokaten aus Budapest in Frauenbädern zu suchen hatten. Im allgemeinen, im Prinzip sozusagen, hatte ich ja nichts dagegen. Hier aber handelte es sich um die Frau meines Freundes, für die ich ihm einigermaßen verantwortlich war. Ja, ich selbst fühlte mich schon betrogen an seiner Statt. Ich bin Junggeselle geblieben. Aber ich habe die Erfahrung gemacht, daß wir gar nicht selbst zu heiraten brauchen, wenn wir verheiratete Freunde haben. Es ist, als heiratete man gewissermaßen die Frauen aller seiner guten Freunde mit, ließe sich mit den Freunden von den Frauen scheiden und würde mit den Freunden von den Frauen betrogen – wenn man nicht zufällig selbst der Betrüger seines Freundes ist.

Ich stand also ratlos da, in dem noblen, blendend weiß getünchten Korridor des Hotels, auf einem dunkelroten Läufer und blickte ratlos auf den blaubefrackten Zimmerkellner, den Blumenstrauß unter dem Arm, sehr lächerlich – nicht wahr?! Mir war, als fühlte ich an meiner Hüfte die schönen Rosen welken, Rosenleichen hielt ich schon. Ich beschloß, wieder hinunterzugehn. Da öffnete sich auf einmal die Tür. Heraus kam, aber mit dem Rücken zuerst, der Lakatos von Nummer 32. Ich sah ihn also zuerst von hinten. Aber es genügte vollkommen. Ein kleines, rundes Köpfchen mit glänzenden, schwarzen, geölten Haaren: als ob die Natur selbst Perücken herstellte. Ein großer, quadratischer Rumpf, eine Art bekleideter Kommode. Darunter der Körperteil, den man nicht nennt, mindestens sechsmal umfangreicher als der Kopf, hellgraue Hose, knallgelbe Schuhe. Dies war Lakatos. Er warf durch die halboffene Tür Kußhändchen ins Zimmer, kicherte, verneigte sich, schloß endlich die Tür, wandte sich um – und sah sich dem Kellner und mir gegenüber. Sein Angesicht, das lediglich aus schwarzen Knopfäugelchen, einem Näschen und einem pechschwarzen Schnurrbärtchen bestand, war wie aus Wachs, gerötetem Wachs. Er hatte keine Hautfarbe, sondern eine Art

Schminke. Im übrigen: Er wurde gar nicht verlegen. Er lächelte uns zu. Er steckte die Hände in die Hosentaschen und ging zu seinem Zimmer, zur Nummer 32. Wie gerne hätte ich ihm mit meinem mächtigen Rosenstrauß ins Gesicht geschlagen. Ich hätte so gewußt, warum ich eigentlich zum ersten und einzigen Male in meinem Leben Blumen schleppte. Aber ich mußte zur Frau Gwendolin und ihr zum Geburtstag gratulieren.

In einem Anfall törichter Ratlosigkeit sagte ich zum Kellner: ›Die gnädige Frau ist sehr krank! Sie hat nämlich einen Bandwurm.‹

›Jawohl, Herr Doktor‹, sagte der Schlingel. ›Er ist soeben weggegangen.‹«

VIII

Doktor Skowronnek machte eine Pause, sah auf die Uhr, bestellte einen Cognac und sagte: »Ich sehe eben, daß ich Sie schon lange aufhalte. Gedulden Sie sich bitte, meine eigentliche Geschichte kommt erst.«

Er trank den Cognac und fuhr fort:

»Die Begebenheiten, von denen ich zuletzt gesprochen habe, fallen in das Jahr 1910. Sie erinnern sich an jene Zeit, es gab Stürme auf dem Balkan, mein Freund in Belgrad hatte keinen leichten Posten. Seine Briefe wurden immer seltener, zwei-, dreimal im Jahr besuchte er seine Eltern, ich sah ihn nur außerhalb meiner Saison, das heißt, wenn er zufällig im Winter kam – denn ich wohnte immer noch in jener mittelgroßen Stadt, in der ich meine

Praxis angefangen hatte, und zog nur im Frühling in meinen Kurort.

Die Besuche meines Freundes waren so kurz, daß wir kaum Zeit fanden, ein Konzert zu besuchen, geschweige denn, gemeinsam zu musizieren. Die seltenen Abende, an denen wir uns trafen, wollten wir mit Gesprächen verbringen. Aber es kam im Laufe dieser Jahre zwischen uns zu keinem richtigen Gespräch mehr. Die Musik hatte uns zu Freunden gemacht. Ohne Musik – so empfand ich es damals deutlich – erstarrte das von Natur diskrete Herz meines Freundes. Wir saßen hart nebeneinander, aber wie getrennt durch eine Wand aus Eis. Unsere Blicke mieden sich gegenseitig. Trafen sie sich manchmal für eine Sekunde, so war's eine fast körperliche, zärtliche, aber flüchtige Berührung. Wenn du nur alles wüßtest, schienen seine Augen zu sagen. Und meine Augen fragten: Also, was ist denn geschehen? Es war nichts zu machen. Die Musik fehlte uns. Sie allein war das fruchtbare Feuer unserer Freundschaft gewesen. Mein Freund schämte sich – das wußte ich. Einen vornehmen Menschen hindert nichts so sehr am Sprechen und Erzählen wie die Scham. Wenn ein vornehmer Mensch sich schämt, schweigt er, verschweigt er sogar Wichtiges – und die Scham kann ihn sogar bis zur vulgärsten aller menschlichen Schwächen führen: nämlich bis zur Lüge. Ja, ich hatte ein paarmal die Empfindung, daß mein Freund lüge. Aber Sie kennen mich: Ich bin kein Moralist. Das will heißen: Ich beurteile die Menschen nicht nach ihren Handlungen und Reden, sondern nach den Gründen ihrer Handlungen und Reden. Und ich tat also, als nähme ich seine Lügen für pure Wahrheiten. Er aber fühlte, daß ich genauso log wie er selbst. Es waren peinliche Gespräche.

Sein Gesicht war verändert. Er hatte, trotz seiner Jugend, leicht angegraute Schläfen, statt einer gesunden, gebräunten Hautfarbe eine bleiche und gelbliche. Über dem ursprünglichen Glanz seiner schönen, hellen Augen lag ein grauer Schleier, der graue Schleier der Lüge eben. Nach jedem neuen Besuch, den er mir im Laufe dieser Jahre abstattete, fand ich, daß seine Schultern schmaler und abfallend geworden waren, sein Rücken runder, seine Arme schlaffer. Immer fragte ich ihn nach seiner Frau. Dann begann er, von ihr zu erzählen; so viel zu erzählen, daß ich mit Recht glauben konnte, er verschwiege noch viel mehr, als er erzählte. Es war, als ob ein Mensch mit sehr viel Kleidern, mit viel zuviel Kleidern und Mänteln Blößen zudecken wollte. Frau Gwendolin war – wollte ich meinem Freund glauben – brav, heiter, treu, ernst und ausgelassen zugleich, ein Sprühteufel und eine gütige Fee, eine Hausfrau und eine flotte Tänzerin, verführerisch und außerordentlich bescheiden, eine Dame und ein süßes Mädchen, kurz: eine Gattin, wie sie ein Diplomat brauchen konnte.

›Und was macht der Bandwurm?‹ fragte ich hie und da, in Erinnerung an die freche Antwort des Zimmerkellners aus dem Hotel Imperial.

›Meine Frau ist ganz gesund‹, sagte mein Freund.

Ich zweifelte nicht daran. An ihrer Gesundheit hätte ich am wenigsten und zuallerletzt gezweifelt.

IX

Dann kam der Krieg.

Mein Freund (er war Oberleutnant der Reserve bei den Neuner-Dragonern) rückte am ersten Tage der Mobilisierung ein. Sein Regiment stand an der russischen Grenze. Frau Gwendolin kam in unsere Stadt, zu den Eltern meines Freundes, mit einem Empfehlungsbrief an mich ausgerüstet. In diesem Brief wünschte mein Freund, ich möchte in der Saison seine Frau mit mir nehmen und – so hieß es wörtlich – ›auf sie achtgeben‹.

Man rechnete damals, wie Sie wissen, mit einem Feldzug von einigen Monaten. Ich selbst ahnte, daß es Jahre dauern würde. Auch wußte ich, daß es mir nicht möglich sein werde, auf die Frau ›achtzugeben‹. Aber ich tat, wie mir geheißen ward. In der Saison nahm ich die Frau mit mir, in den Kurort.

Nun, ich bekam leider sofort, das heißt: kurz nachdem die Saison begonnen hatte, den Befehl, als Landsturmarzt einzurücken. Und ich überließ Frau Gwendolin der Obhut eines meiner Kollegen, der durch einen körperlichen Fehler – er hatte einen Buckel – vom Militärdienst befreit war.

Erst zwei Jahre später – ich hatte in einem Typhus-Spital gearbeitet und war selbst erkrankt – durfte ich ins Hinterland zurück. Am Vormittag war ich Landsturmarzt in Uniform und untersuchte kranke Soldaten. Am Nachmittag behandelte ich die weniger kranken Frauen, deren Männer meist im Felde standen und die ich mit ruhigem Gewissen eigentlich der weniger dezenten Behandlung durch meine rekonvaleszenten Soldaten hätte überlassen dürfen. Es war damals eine günstige Zeit für die Damen. Ein Lakatos, von der Art, wie ich ihn einst aus dem Zimmer der Frau meines Freundes hatte kommen sehn, war ein Waisenknabe gegen die robusten Bauern aus Bosnien, Herzegowina, Kroatien, Slowenien. Niemals hatten die wunderbaren Quellen unseres Frauenbads so herrliche Heilerfolge gehabt wie in der Zeit des Krieges, in der in unserem Kursalon die braven Krieger ihre Heilung abwarteten.

Frau Gwendolin war natürlich da... Sie schien ihr Vaterland, das feindliche England, ihre Abstammung vergessen zu haben. Die äußerst bunte Männlichkeit der österreichisch-ungarischen Armee hatte wahrscheinlich jedes Gefühl für England in ihrem schönen Busen ausgelöscht. Sie war eine österreichische Patriotin geworden, kein Wunder! – Liebe allein bestimmt die Haltung der Frauen.

Als der Krieg zu Ende war, kam mein Freund zurück, immer noch verliebt und wie jeder verliebte Mann überzeugt, daß ihm seine Frau die Treue gehalten habe. Nun, ich brauche Ihnen nicht zu sagen, daß Frau Gwendolin ziemlich erbittert war über das Ende des Krieges, vielleicht auch über die Rückkehr ihres Mannes. Sie fiel ihrem Mann um den Hals mit der Gewandtheit, die sie im Lauf der Kriegsjahre angenommen hatte und die mein Freund selbstverständlich mit der Leidenschaft für ihn verwechselte.

Es gab keine österreichisch-ungarische Monarchie mehr. Mein Freund, der noch im verkleinerten und ver-

änderten Österreich seine Karriere hätte fortsetzen können (denn er war im Grunde ein leidenschaftlicher Diplomat), gab seinen Beruf auf. Er hatte Geld genug. Reich
genug waren auch die Eltern seiner Frau. Und er beschloß, sein Leben der Frau Gwendolin zu widmen.

X

Sie reisten durch die neutral gebliebenen Länder. Mein
Freund wollte, wie er sagte, den ›guten alten Frieden‹
wiederfinden. Er fand ihn nirgends. Er kehrte heim. Die
Fabrik seines Vaters hatte keine Möglichkeit mehr, Waffen und Munition herzustellen. Alle vorhandenen Waffen
mußten vernichtet oder den siegreichen Mächten ausgeliefert werden. Eines Tages erkrankte auch noch der Vater meines Freundes. Man durfte immerhin die Fabrik
nicht ohne weiteres zugrunde gehen lassen. Anderen Mu-
nitionsfabriken war es gelungen, ihre Werke umzuwan-
deln: Statt der Granaten und Gewehrläufe erzeugte man
Fahrräder, Maschinenteile, Wagen, Räder, Automobile.
Auch mein Freund wollte es versuchen. Mit der Gewissenhaftigkeit, die ihm eigen war, begann er, die Industrie-
fächer von Grund auf zu studieren. Er besichtigte Fabri-
ken in England, Deutschland, in der Schweiz. Als er genügend Erfahrung zu haben glaubte, kehrte er zurück:
Allein – er hatte seine Frau in London bei ihren Eltern
gelassen. Er war unternehmungslustig, voller Hoffnung.
Fast schien es, als begrüße er das Schicksal, das ihn aus
seiner noblen Laufbahn geworfen hatte. Er hatte in der

Tat auch kaufmännische Fähigkeiten, einen Instinkt für Menschen und Dinge. Wir kamen oft zusammen. Natürlich musizierten wir und besuchten Konzerte.

Einmal kam er zu mir, zu einer außergewöhnlichen Stunde. Er wußte, daß ich spät zu Bett zu gehen pflegte. Es war eine Stunde nach Mitternacht. Er legte eine Aktenmappe auf den Tisch, blieb vor mir stehen und fragte:

›Sagen Sie mir die Wahrheit, Sie wissen es, ist meine Frau treu? – Hat sie mich betrogen? Wie oft? Mit wem?‹

Eine schwierige Situation, Sie begreifen. Es gehört zu den Gesetzen der Ritterlichkeit, eine Frau nicht zu verraten. Außerdem hatte ich ein paarmal gesehen, daß sich der Zorn verliebter Männer nicht gegen die betrügerischen Frauen kehrt, sondern gegen die warnenden und mahnenden Freunde. Ich weiß heute noch nicht, welche Pflicht die dringlichere ist: die Frau zu schonen oder dem Freund die Wahrheit zu sagen. Im Lauf meiner langen Praxis als Frauenarzt bin ich zwar sozusagen immer ritterlicher geworden, das heißt, ich habe Übung bekommen in der rücksichtsvollen Behandlung der Frauen; aber auch immer rücksichtsloser in der Beurteilung dieses schwachen Geschlechts, dessen Kräften wir niemals gewachsen sein werden. Es war mein bester, mein einziger Freund. Ich sah ihn an, ich erhob mich auch nicht und sagte ruhig:

›Ihre Frau hat Sie oft betrogen.‹

Er setzte sich, kehrte die Aktentasche um und leerte auf meinem Tisch ihren Inhalt aus: Militärschleifen, Kokarden, Edelweiß, Metallknöpfe, Spiegelchen, lauter Zeug, wie es die Soldaten den Mädchen während des Krieges zu schenken pflegten.

Schließlich gab's auch Liebesbriefe, kleine, große, einfache, bunte Kärtchen und blaue Feldpostkarten. Mein Freund stand da und starrte auf den bunten Haufen. Dann sah er mich lange an und fragte:

›Warum haben Sie mir nichts gesagt?‹

›Das war nicht meine Aufgabe‹, erwiderte ich.

›So!‹ schrie er plötzlich, ›nicht Ihre Aufgabe! Ich pfeife auf Ihre Freundschaft, hören Sie, ich pfeife auf Sie!‹

Er raffte den ganzen Kram in die Aktentasche, schloß sie, sah mich nicht mehr an und verließ das Haus.

›Nun hab' ich einen Freund verloren!‹ sagte ich mir. – Schlimmer, viel schlimmer, als wenn man eine Frau verliert.

Ich hätte noch zwei Wochen Zeit gehabt. Aber ich fuhr schon am nächsten Morgen in meinen Kurort.

Dorthin wurde mir ein aufgeregtes Telegramm der Frau Gwendolin nachgeschickt. Auch ihr sollte ich umgehend die Wahrheit sagen: ob ihr Mann erkrankt sei, sie wüßte nicht, warum sie plötzlich zu ihm kommen müsse.

Ich schickte das Telegramm ohne ein begleitendes Wort meinem Freunde zu.

XI

Vier Wochen später kamen beide plötzlich zu mir. Das heißt: Zuerst stürzte mein Freund in mein Zimmer. Es hatte sich etwas Furchtbares ereignet. In hastigen Sätzen erzählte er: Es hatte eine der üblichen Szenen gegeben. Die Frau versuchte zu leugnen. Er nannte und zeigte die sogenannten ›erdrückenden Beweise‹. Die Frau entschloß sich, unter Tränen natürlich, nach London für immer zurückzufahren. Die Koffer waren gepackt, das Billett gekauft. Eine Stunde vor der Abfahrt des Zuges kam sie in seine Fabrik. Das bekannte ›letzte Lebewohl‹. Selbstverständlich brachte sie Blumen. Sie glauben gar nicht, welch ein elender Abklatsch schlechter Romane das Leben ist. Oder: wie Sie gleich sehen werden: medizinischer Lehrbücher. Sie benahm sich merkwürdig. Sie sank auf die Knie und küßte meinem Freund die Schuhspitzen. Er konnte sich ihrer nicht erwehren. Sie schlug ihn auch ins Gesicht. Hierauf fiel sie, steif wie eine Kleiderpuppe, auf den Boden. Man konnte sie nicht aufheben. Sie haftete am Teppich wie angelötet. Hierauf verfiel sie in Zuckungen. Man brachte sie nach Hause, man berief Ärzte, man fuhr mit ihr nach Wien, zu den Koryphäen. Ihr Zustand ist beinahe unverändert schlecht, aber innerhalb der Krankheit gibt es muntere Abwechslungen. Bald ist ein Arm gelähmt, bald ein Bein. Einmal zittert ihr Kopf, ein anderes Mal ein Augenlid. Tagelang kann sie nichts essen, sie erbricht sich beim Anblick von Nahrungsmitteln. Ein paarmal mußte man sie auf der Bahre in die Kirche tragen, sie wollte beten. Auf den Mann ist sie böse. Ihrer Meinung nach ist er der Urheber ihrer Leiden.

Mein armer Freund hielt sich tatsächlich für den Schuldigen. ›Ich habe sie vernichtet‹, sagte er. ›Meine Schuld! Alles, was sie getan hat: meine Schuld! Ich war taub und blind. Junge Frauen läßt man nicht allein. Was hätte sie tun sollen, ganze Tage und Nächte, ohne mich? Und wie brutal hab' ich mit ihr abgerechnet! Es tat mir ja gar nicht wirklich weh! Nur mein elender Stolz war beleidigt. Gekränkte, blöde, männliche Eitelkeit. Kein Doktor kann ihr helfen. Nur Sie, mein Freund! Verzeihen Sie mir alles!‹

›Auch ich kann ihr nicht helfen, lieber armer Freund!‹ sagte ich. ›Nur sie selber könnte sich helfen, wenn sie wollte. Aber sie ist ja eben krank, weil sie sich nicht helfen will. Wir nennen das in der Medizin: die Flucht in die Krankheit. Es ist geradezu ein Musterbeispiel für diese pathologische Erscheinung. Es gibt nur eines: Retten Sie sich selbst. Geben Sie Ihre Frau in ein gutes Sanatorium.‹

›Niemals!‹ schrie er. ›Ich verlasse sie niemals.‹

›Gut!‹ sagte ich. ›Wie Sie wollen. Gehn wir zu Ihrer Frau.‹

Sie empfing mich mit einem holden Lächeln, ihren Mann mit einem strengen Blick. Keine geniale Schauspielerin hätte das vermocht. Ihr rechtes Auge leuchtete mir selig entgegen, ihr linkes sandte finstere Blitze gegen meinen Freund. Gestern noch hatten ihre Lider gezuckt. Heute konnte sie mir nur die Linke geben, denn die Rechte war steif. Die Beine? – Ja, die waren heute gut. – ›Stehen Sie auf!‹ befahl ich in dem Ton, in dem ich als Militärarzt zu den Soldaten hatte sprechen müssen. Sie erhob sich. ›Kommen Sie ans Klavier! Wir wollen versuchen zu spielen!‹ Sie trat ans Klavier. Wir setzten uns. Und nun brachte ich meinem Freund ein unerhörtes Opfer. Denken Sie: Ich, ich spielte – nun, was, glauben Sie, spielte ich? – Wagner! – Und was von Wagner? – Den Pilgerchor. – Und ihre rechte Hand bewegte sich. – ›Wagner ist ein großer Meister!‹ sagte sie, als wir fertig waren. ›Ja, gnädige Frau! Als Heilmittel für kranke Damen ist er unübertrefflich‹, erwiderte ich.

›Sie sind der einzige Arzt in der Welt!‹ jubelte mein Freund. Denken Sie, er hatte gar nicht gemerkt, daß ich zum erstenmal in meinem Leben Wagner gespielt hatte!

So viel vermag eine Frau, und noch mehr! Denn von dieser Stunde an ließ sie mir nur ein paar Pausen am Tag, meinem Freund nicht eine einzige. Wir saßen Tag um Tag, Nacht um Nacht neben ihr, besser gesagt: um sie herum. In den kurzen Pausen, in denen ich allein sein durfte beziehungsweise meine anderen Patientinnen behandelte, hatte mein Freund kein leichtes Leben. Ich fühlte, mit welcher Inbrunst er mich erwartete. Wenn ich kam, umarmte er mich, blieb mit mir eine lange Weile im Vorzimmer, ich wußte genau, wie er sich danach sehnte, mit mir allein zu sein, zwei Stunden, einen Abend; und ich fühlte sein Herz klopfen, sein armes, furchtsames Herz, das Herz eines Sklaven, den die Herrin drohend erwarten kann. Kamen wir dann ins Zimmer, so fragte die Frau regelmäßig: ›Was habt ihr so lange draußen zu tun? Es ist ja warm! Der Doktor hat ja keinen Mantel! Was habt ihr vor mir für Geheimnisse? Ach Gott! Immer werde ich betrogen!‹

Ich konnte mich nicht enthalten, ihr eines Tages zu antworten: ›An jeden von uns kommt einmal die Reihe…‹

Sie rächte sich an jenem Tage. Ihr linker Fuß erstarrte, erkaltete, und ich mußte ihn eine Stunde lang frottieren.

Mein Freund stand ihr zu Häupten und streichelte ihre Haare. Wir sprachen kein Wort.

Als der linke Fuß beinahe wieder warm geworden war, fragte ich meinen Freund: ›Und was ist eigentlich mit Ihrer Fabrik?‹

›Fabrik? – Welche Fabrik?‹ rief die Kranke.

›Beruhige dich‹, sagte der Mann. ›Der Doktor meint meine Fabrik. Ich habe sie längst verkauft, lieber Freund, wir leben vom Konto.‹

Tag für Tag wiederholten sich derartige Szenen. Manchmal gingen wir alle drei aus. Dann führten wir, nein, wir schleppten geradezu die Frau in der Mitte. An unser beider Armen hing sie, die süße Last. Wir aßen, tranken und schwiegen.

Einmal, ich erinnere mich, gingen wir in ein Tanzlokal. Sie wissen, daß ich kein leidenschaftlicher Tänzer bin. Ich hasse jede Art von Exhibitionismus – und das ist – offen gestanden – der Tanz seit dem Ende des Krieges. Da ich aber nun einmal schon, meines Freundes wegen, Wagner mit der Frau gespielt hatte, beschloß ich auch, mit ihr zu tanzen. Was muß ein Frauenarzt nicht alles! Nun, wir tanzten. Mitten im Shimmy flüsterte sie: ›Ich liebe dich, Doktor, ich liebe nur dich.‹ – Ich antwortete natürlich nicht. Als wir zum Tisch zurückkehrten, sagte ich zu meinem Freunde: ›Ihre Frau hat mir eben ihre Liebe gestanden. Ich bin der einzige Arzt, den sie liebhat.‹

Ein paar Tage später, die Saison ging schon zu Ende, riet ich meinem Freund, er möchte mit seiner Frau nach England fahren, zu den Schwiegereltern, und – wenn er wolle – im nächsten Jahr wieder zu mir kommen.

›Im nächsten Jahr kommen wir als Gesunde zu Ihnen‹, sagte er. Und sie fuhren nach London.

XII

Im nächsten Jahr kamen sie wieder, aber keineswegs als Gesunde. Ich spreche in der Mehrzahl: Denn mein Freund war genauso krank wie seine Frau. Typhus ist weniger ansteckend als Hysterie, müssen Sie wissen. Ein Irrsinniger ist nicht deshalb gefährlich, weil er seine normale Umgebung körperlich bedrohen könnte, sondern weil er die Vernunft seiner normalen Umgebung allmählich vernichtet. Der Irrsinn in dieser Welt ist stärker als der gesunde Menschenverstand, die Bosheit ist mächtiger als die Güte.

Ich hatte den Winter über wenig Nachrichten von meinem Freund bekommen. Mein Rat war vielleicht ein schlimmer gewesen. Im Hause ihrer Eltern gewann die Bosheit der Frau neue Kräfte, es war geradezu eine Schmiedeanstalt für ihre Waffen. Ärzte, Hypnotiseure, Gesundbeter, Magnetiseure, Pfarrer, alte Weiber: nichts konnte ihr helfen. Eines Tages behauptete sie, die Beine nicht mehr bewegen zu können. Und kennzeichnenderweise war es kurz nach einem Abend, an dem ihr Mann – mit seinem Schwiegervater übrigens – zum erstenmal seit dem Ausbruch ihrer Krankheit zu irgendeinem Bankett gegangen war. Nun, die Beine waren tatsächlich steif. Krücken, Holzbeine, Prothesen sind beweglicher. Die unbewegten, unbeweglichen Beine magerten rapide ab, indes der Oberkörper der Frau ständig zunahm. Man mußte sie im Rollstuhl fahren. Und da sie keinen fremden Menschen um sich duldete, mußte sie natürlich ihr Mann, mein Freund, im Rollstuhl fahren. Als er wieder zu mir kam, war er alt und grau geworden. Aber, schlimmer als dies: Dieser noble Mensch hatte die Haltung und die Allüren eines Dieners – was sag' ich: eines Knechtes angenommen. Wie ein Rekrut beim Anruf seines Feldwebels, so erstarrte er, wenn seine Frau ihn rief. Ihre Stimme war heiser und zugleich schärfer geworden. Wie eine sirrende Säge schnitt sie durch die Luft. Dabei hatte sie blitzende, lachende, heitere Augen, ein angenehmes Lächeln, rosige Wangen, die immer voller wurden, ein Grübchen im Kinn, das immer fetter wurde, sie glich einem gelähmten Weihnachtsengel, ohne Flügel, auf armseligen, stockdünnen, harten, unbeweglichen Beinen. Mein Freund aber, wie gesagt, sah aus wie ein Lakai. Ein alter Herrschaftskutscher hätte sich neben ihm wie ein Fürst ausgenommen. Mein Freund schlich mit schiefen Schultern einher, auf geknickten Beinen, vielleicht kam es davon, daß er ewig den Karren mit seiner süßen Last durch das Leben stoßen mußte. Ja, verprügelt – das ist das richtige Wort: verprügelt sah er aus! Vielleicht schlug sie ihn auch dann und wann.

Ich fragte ihn, wie es mit der Liebe sei, ich meine, mit der körperlichen. Nun, denken Sie: Dieser Mann mußte Nacht für Nacht seine Frau entkleiden, auf seinen Armen ins Bett tragen und selbstverständlich neben ihr liegen. Er fürchtete, der Arme, diese Frau würde ihn noch einmal betrügen, wenn er sie nicht liebte. Ja, er schwärmte noch von ihrer Schönheit! Mir schwärmte er von ihrer Schönheit vor, der ich ihren fett gewordenen Oberkörper und ihre stabdünnen Beine gesehen hatte!

Am stärksten plagte ihn ihre Eifersucht. Sie konnte keinen Augenblick allein bleiben, sie lehnte Krankenschwestern ab – aus Angst, ihr Mann könnte sich in die Schwester verlieben. Aber sie war auch auf mich eifersüchtig, auf das Zimmermädchen, den Zimmerkellner, den Hotelportier, den Liftboy. Ins Konzert und ins Café und ins Restaurant schleppten wir sie beide gemeinsam, wie Zugesel, angeschnallt an den Griff ihres elenden, knarrenden Karrens, keuchend durch die schwülen Abende, manchmal durch Regen und Wind, einen Schirm haltend über ihren immer modischen Hut, die Decken unaufhörlich glättend über ihren steifen Knien. Modistinnen, Näherinnen, Schneiderinnen flatterten, wie Falter um das Licht, ins Hotel, in dem sie wohnte. Vor jedem dritten Schaufenster blieb man stehen. In Juwelierläden ließ sie sich rollen, stundenlang suchte sie nach passendem Schmuck. Jeden Vormittag kam der Friseur ins Haus. Jeden Morgen mußte sie mein Freund ins Bad legen. Und während sie im Wasser mit Gummitieren spielte, las er ihr aus törichten englischen Gesellschaftsromanen und Magazinen vor.

Meine Behandlung nützte gar nichts mehr. Es war, wie wir Ärzte sagen, kein ›Gesundheitswillen‹ mehr in der Frau, die Psychose war schon allzu heimisch in ihr geworden. Sie lachte mich aus. Ich hatte keine Macht mehr über sie.

Niemals gelang es mir, allein mit meinem Freund zu sein. Sie ließ uns nicht eine Viertelstunde allein. Ich suchte nach einem Ausweg. Ich glaubte schließlich, einen gefunden zu haben: Da sie aus Eifersucht eine Schwester ablehnte – wie war es da mit einem Wärter? Ich kannte einen braven jungen Burschen aus unserem Krankenhaus.

Ich sprach mit ihm, er war einverstanden. Ich brachte ihn zu Frau Gwendolin, er gefiel ihr. ›Aber nicht jetzt‹, sagte sie, ›wir werden ihn mitnehmen, wenn wir zurückfahren. Hier mag ich euch beide nicht allein lassen.‹ Dabei blieb es. Kurz vor Saisonende fuhren sie mit dem jungen Wärter nach London.

Ich hatte eine kleine Genugtuung: Vielleicht konnte dieser Wärter wenigstens in London meinem armen Freund ein paar Atempausen verschaffen.

Aber es kam anders! Kaum zwei Monate später erhielt ich einen kurzen Brief meines Freundes.

Ich hätte immer recht gehabt, so schrieb er mir, jetzt wisse er es endlich, aber es sei nie zu spät, jetzt würde er seine Frau verlassen. Er hätte sie bei einer innigen Umarmung mit dem jungen Wärter ertappt. Ich würde bald Näheres hören.

Aber zwei Jahre vergingen, ich schrieb, ohne Antwort zu erhalten, ich hörte nichts mehr von meinem lieben Freund.

XIII

Eines Tages fuhr ich nach Paris und besuchte mehr aus langer Weile denn aus Interesse eines der vielen nächtlichen Lokale auf dem Montmartre, vor deren Türen falsche Kosaken Wache halten und echte Amerikaner hereinzulocken versuchen. Müde und fast gekränkt über meine eigene Dummheit, saß ich da und sah den tanzenden Paaren zu. Auf einmal erblickte ich Frau Gwendolin.

Sie war es, kein Zweifel! Im Arm eines glattgekämmten, ölig-schwarzhaarigen Gigolos tanzte sie einen sogenannten Java. Der Mann konnte kein anderer sein als Lakatos. Das heißt: Lakatos aus Budapest ist ein Typus, keine Persönlichkeit. Es mußte nicht unbedingt der alte Lakatos von Zimmer 32 sein.

Plötzlich fiel ihr Blick auf mich. Sie ließ ihren Tänzer stehen, kam an meinen Tisch, gesund, heiter, lächelnd, eine Göttin. Unwillkürlich bückte ich mich, um ihre Beine zu sehn. Gesunde, tadellose Beine in hellgrauen seidenen Strümpfen.

›Sie wundern sich, Doktor, was?‹ sagte sie. ›Ich setzte mich ein bißchen.‹

Sie setze sich.

›Wo ist Ihr Mann?‹ fragte ich. ›Warum schreibt er nicht?‹

Zwei große, glänzende Tränen erschienen auf Kommando, zwei Wachtposten der Trauer, in ihren Augenwinkeln.

›Er ist tot!‹ sagte sie. ›Er hat sich leider umgebracht. Wegen einer Dummheit.‹

Sie zog das Taschentuch und gleichzeitig den Spiegel aus dem Handtäschchen.

›Wann denn?‹ fragte ich.

›Vor zwei Jahren!‹

›Und wie lange sind Sie schon gesund?‹

›Anderthalb Jahre!‹

›Und ist das Ihr neuer Mann, mit dem Sie hier sind?‹

›Mein Bräutigam, Herr Lakatos, ein Ungar, famoser Tänzer, wie Sie vielleicht gesehen haben.‹

Ach, der Bandwurm! dachte ich und rief: ›Zahlen!‹ und bezahlte schnell und ließ die Frau sitzen, und ohne von ihr Abschied zu nehmen, ging ich hinaus.

Viele, viele Frauen gingen an mir vorüber, manche lächelten mir zu.

Lächelt nur, dachte ich, lächelt nur, dreht euch, wiegt euch, kauft euch Hütchen, Strümpfchen, Sächelchen! Rasch naht euch das Alter! Noch ein Jährchen, noch zwei! Kein Chirurg hilft euch, kein Perückenmacher. Entstellt, vergrämt, verbittert sinkt ihr bald ins Grab, und noch tiefer, in die Hölle. Lächelt nur, lächelt nur!...«

Die Büste des Kaisers

Novelle
1935

I

Im früheren Ostgalizien, im heutigen Polen, sehr ferne
der einzigen Eisenbahnlinie, die Przemysl und Brody
verbindet, liegt das Dörfchen Lopatyny, von dem ich im
Folgenden eine merkwürdige Geschichte zu erzählen gedenke.

Mögen die Leser freundlicherweise dem Erzähler
nachsehen, daß er den Tatsachen, die er mitzuteilen hat,
eine historisch-politische Erläuterung vorausschickt. Die
unnatürlichen Launen, welche die Weltgeschichte in der
letzten Zeit gezeigt hat, zwingen ihn zu dieser Erläuterung.

Denn die Jüngeren unter seinen Lesern bedürfen vielleicht der Erklärung, daß ein Teil des Gebietes im Osten,
das heute zur polnischen Republik gehört, bis zum Ende
des großen Krieges, den man den Weltkrieg nennt, eines
der vielen Kronländer der alten österreichisch-ungarischen Monarchie gewesen ist.

In dem Dorfe Lopatyny also lebte der Nachkomme
eines alten polnischen Geschlechts, der Graf Franz Xaver
Morstin – eines Geschlechtes, das (nebenbei gesagt) aus
Italien stammte und im sechzehnten Jahrhundert nach

Polen gekommen war. Der Graf Morstin hatte als junger Mann bei den Neuner-Dragonern gedient. Er betrachtete sich weder als einen Polen noch als einen Italiener, weder als einen polnischen Aristokraten noch als einen Aristokraten italienischer Abkunft. Nein: Wie so viele seiner Standesgenossen in den früheren Kronländern der österreichisch-ungarischen Monarchie war er einer der edelsten und reinsten Typen des Österreichers schlechthin, das heißt also: ein übernationaler Mensch und also ein Adeliger echter Art. Hätte man ihn zum Beispiel gefragt – aber wem wäre eine so sinnlose Frage eingefallen? –, welcher »Nation« oder welchem Volke er sich zugehörig fühle: der Graf wäre ziemlich verständnislos, sogar verblüfft vor dem Frager geblieben und wahrscheinlich auch gelangweilt und etwas indigniert. Nach welchen Anzeichen auch hätte er seine Zugehörigkeit zu dieser oder jener Nation bestimmen sollen? – Er sprach fast alle europäischen Sprachen gleich gut, er war fast in allen europäischen Ländern heimisch, seine Freunde und Verwandten lebten verstreut in der weiten und bunten Welt. Ein kleineres Abbild der bunten Welt war eben die kaiser- und königliche Monarchie, und deshalb war sie die einzige Heimat des Grafen. Einer seiner Schwäger war Bezirkshauptmann in Sarajevo, ein anderer Statthaltereirat in Prag, einer seiner Brüder diente als Oberleutnant der Artillerie in Bosnien, einer seiner Vettern war Botschaftsrat in Paris, ein anderer Grundbesitzer im ungarischen Banat, ein dritter stand in diplomatischen Diensten Italiens, ein vierter lebte aus purer Neigung zum Fernen Osten seit Jahren in Peking. Von Zeit zu Zeit pflegte Franz Xaver seine Verwandten zu besuchen, häufiger natürlich jene, die innerhalb der Monarchie wohnten. Es waren, wie er zu sagen pflegte, seine privaten »Inspektionsreisen«. Sie waren nicht nur den Verwandten, sondern auch den Freunden zugedacht, einigen früheren Mitschülern der Theresianischen Akademie, die in Wien lebten. Hier hielt sich der Graf Morstin zweimal im Jahr, Sommer und Winter, (zwei Wochen und länger) auf. Wenn er so kreuz und quer durch die Mitte seines vielfältigen Vaterlandes fuhr, so behagten ihm vor allem jene ganz spezifischen Kennzeichen, die sich in ihrer ewig gleichen und dennoch bunten Art an allen Stationen, an allen Kiosken, in allen öffentlichen Gebäuden, Schulen und Kirchen aller Kronländer des Reiches wiederholten. Überall trugen die Gendarmen den gleichen Federhut oder den gleichen lehmfarbenen Helm mit goldenem Knauf und dem blinkenden Doppeladler der Habsburger; überall waren die hölzernen Türen der k. u. k. Tabaktrafiken mit schwarz-gelben Diagonalstreifen bemalt; überall trugen die Finanzer die gleichen grünen (beinahe blühenden) Portepees an den blanken Säbeln; in jeder Garnison gab es die gleichen blauen Uniformblusen und die schwarzen Salonhosen der flanierenden Infanterieoffiziere auf dem Korso, die gleichen roten Hosen der Kavalleristen, die gleichen kaffeebraunen Röcke der Artillerie; überall in diesem großen und bunten Reich wurde jeden Abend gleichzeitig, wenn die Uhren von den Kirchtürmen neun schlugen, der gleiche Zapfenstreich geblasen, bestehend aus heiter tönenden Fragen und wehmütigen Antworten. Überall gab es die gleichen Kaffeehäuser mit den verrauchten Wölbungen, den dunklen Nischen, in denen Schachspieler wie merkwürdige Vögel hockten, mit den Buffets voll farbiger Flaschen und glitzernder Gläser, die von goldblonden und vollbusigen Kassiererinnen verwaltet wurden. Fast überall, in allen Kaffeehäusern des Reiches, schlich, die Knie schon etwas zittrig, auf aufwärts gestreckten Füßen, die Serviette im Arm, der backenbärtige Zahlkellner, fernes, demütiges Abbild der alten Diener Seiner Majestät, des hohen backenbärtigen Herrn, dem alle Kronländer, all die Gendarmen, all die Finanzer, all die Tabaktrafiken, all die Schlagbäume, all die Eisenbahnen, all die Völker gehörten. Und man sang in jedem Land andere Lieder; und in jedem Land trugen die Bauern eine andere Kleidung; und in jedem Land sprach man eine andere und einige verschiedene Sprachen. Und was den Grafen so entzückte, war das feierliche und gleichzeitig fröhliche Schwarz-Gelb, das mitten unter den verschiedenen Farben traulich leuchtete; das ebenfalls feierliche und heitere »Gott erhalte«, das heimisch war unter allen Volksliedern, das ganz besondere, nasale, nachlässige, weiche und an die Sprache des Mittelalters erinnernde Deutsch des Österreichers, das immer wieder hörbar wurde unter den verschiedenen Idiomen und Dialekten der Völker. Wie jeder Österreicher jener Zeit liebte Morstin das Bleibende im unaufhörlich Wandelbaren, das Gewohnte im Wechsel und das Vertraute inmitten des Ungewohnten. So wurde ihm das Fremde heimisch, ohne seine Farbe zu verlieren, und so hatte die Heimat den ewigen Zauber der Fremde.

In seinem Dorf Lopatyny war der Graf mehr als jede

amtliche Instanz, die die Bauern und die Juden kannten und fürchteten, mehr als der Richter im nächsten Kreisstädtchen, mehr als der Bezirkshauptmann dortselbst, mehr als einer der höheren Offiziere, die jedes Jahr bei den Manövern die Truppen befehligten, Hütten und Häuser zu Quartieren machten und überhaupt jene besondere kriegerische Macht des Manövers repräsentierten, die imposanter ist als die kriegerische Macht im wirklichen Krieg. Es schien den Leuten in Lopatyny, daß ein »Graf« nicht etwa nur ein Adelstitel sei, sondern auch ein ganz hoher Amtstitel. Die Wirklichkeit gab ihnen auch nicht unrecht. Denn der Graf Morstin konnte vermöge seines selbstverständlichen Ansehens Steuern ermäßigen, die kränklichen Söhne mancher Juden vom Militärdienst befreien, Gnadengesuche befördern, unschuldig oder zu hart Verurteilten die Strafe erleichtern, Fahrpreisermäßigungen für Arme auf der Eisenbahn durchsetzen, Gendarmen, Polizisten und Beamte, die ihre Befugnisse überschritten, einer gerechten Strafe zuführen, Lehramtskandidaten, die auf eine Stellung warteten, zu Gymnasial-Supplenten machen, ausgediente Unteroffiziere zu Trafikanten, Geldbriefträgern und Telegraphisten, studierende Söhne armer Bauern und Juden zu »Stipendiaten«. Wie gerne erledigte er dies alles! Er war in der Tat eine vom Staat nicht vorgesehene Instanz, die gewiß mehr beschäftigt war als die meisten staatlichen Ämter, bei denen er vorzusprechen und zu vermitteln hatte. Um seinen Pflichten zu genügen, beschäftigte er zwei Sekretäre und drei Schreiber. Außerdem, der Tradition seines Hauses getreu, übte er »herrschaftliche Wohltätigkeit« – wie man im Dorfe sagte. Seit mehr als hundert Jahren versammelten sich jeden Freitag vor dem Balkon des Hauses Morstin Landstreicher und Bettler aus der Gegend, um von den Lakaien in Papier gewickelte Kupfermünzen entgegenzunehmen. Gewöhnlich erschien der Graf auf dem Balkon und begrüßte die Armen. Und es war, als dankte er den Bettlern, die ihm dankten; als tauschten Geber und Nehmer Dankbarkeit aus.

Nebenbei gesagt: Es war nicht immer die Güte des Herzens, die alle diese Wohltätigkeit gebar, sondern eines jener ungeschriebenen Gesetze so mancher noblen Familien. Ihre Urahnen mochten noch vor Jahrhunderten aus purer Liebe zum Volk Wohltaten, Hilfe und Unterstützung ausgeübt haben. Allmählich aber, im Wandel der Geschlechter, war diese Güte gewissermaßen zu Pflicht und Überlieferung gefroren und erstarrt. Im übrigen war die heftige Hilfsbereitschaft des Grafen Morstin seine einzige Tätigkeit und seine Zerstreuung. Sie gab seinem ziemlich müßigen Leben eines Grandseigneurs, den, zum Unterschied von seinen Nachbarn und Standesgenossen, nicht einmal die Jagd interessierte, ein Ziel und einen Inhalt und eine ständig wohltuende Bestätigung seiner Macht. Hatte er diesem eine Tabaktrafik, jenem eine Lizenz, dem dritten einen Posten, dem vierten eine Audienz verschafft, so fühlte er sein Gewissen, aber auch seinen Stolz befriedigt. Mißlang ihm aber eine Vermittlung für den und jenen seiner Schutzbefohlenen, so war sein Gewissen unruhig und sein Stolz verletzt. Und er gab nicht nach, und er appellierte an alle Instanzen, bis er seinen Willen, das heißt: den seiner Protektionskinder, durchgesetzt hatte. Deswegen liebte und verehrte ihn die Bevölkerung. Denn das Volk hat keine richtige Vorstellung von den Beweggründen, die einen mächtigen Mann dazu führen, den Kleinen und Ohnmächtigen zu helfen. Es will einfach einen »guten Herrn« sehn – und es ist oft edelmütiger in seinem kindlichen Vertrauen zum Mächtigen als dieser, in dem es immer gläubig den Edelmütigen sieht. Es ist der tiefste und edelste Wunsch des Volkes, den Mächtigen gerecht und adelig zu wissen. Darum rächt es sich so grausam, wenn die Herren es enttäuschen – einem Kinde gleich, das zum Beispiel seine Spielzeuglokomotive vollends zerbricht, wenn sie einmal versagt hat. Deshalb gebe man dem Volk stabile Spielzeuge wie den Kindern und gerechte Mächtige.

Derlei Erwägungen hatte der Graf Morstin gewiß nicht, wenn er Protektion, Güte und Gerechtigkeit übte. Aber diese Erwägungen, die vielleicht den und jenen seiner Vorfahren zur Ausübung der Güte, Barmherzigkeit und Gerechtigkeit geführt hatten, wirkten lebendig im Blut – oder, wie man heutzutage sagt: im »Unterbewußtsein« des Enkels.

Und ebenso wie er den Schwächeren zu helfen sich verpflichtet fühlte, ebenso empfand er Hochachtung, Respekt und Gehorsam gegenüber denjenigen, die höhergestellt waren als er. Die Person Seiner kaiser- und königlichen Majestät, der er gedient hatte, war für ihn immer eine außerhalb alles Gewöhnlichen bleibende Erscheinung. Es wäre dem Grafen zum Beispiel unmöglich gewesen, den Kaiser als einen Menschen schlechthin zu sehn. Der Glaube an die überlieferte Hierarchie war so seßhaft und stark in der Seele Franz Xavers, daß er den Kaiser nicht etwa wegen seiner menschlichen, sondern wegen seiner kaiserlichen Eigenschaften liebte. Er gab jeden Verkehr mit Freunden, Bekannten und Verwandten auf, wenn sie in seiner Anwesenheit ein seiner Ansicht nach respektloses Wort über den Kaiser fallenließen. Vielleicht ahnte er damals schon, lange vor dem Untergang der Monarchie, daß leichtfertige Witze tödlicher sein können als die Attentate der Verbrecher und die feierlichen Reden ehrgeiziger und rebellischer Weltverbesserer. Dann hätte allerdings die Weltgeschichte den Ahnungen des Grafen Morstin recht gegeben. Denn die alte österreichisch-ungarische Monarchie starb keineswegs an dem hohlen Pathos der Revolutionäre, sondern an der ironischen Ungläubigkeit derer, die ihre gläubigen Stützen hätten sein sollen.

II

Eines Tages, es war ein paar Jahre vor dem großen Krieg, den man den Weltkrieg nennt, wurde dem Grafen Morstin »vertraulich« mitgeteilt, daß die nächsten Kaisermanöver in Lopatyny und Umgebung stattfinden würden. Ein paar Tage, eine Woche oder länger, sollte der Kaiser in seinem Hause wohnen. Und Morstin geriet in eine wahre Aufregung, fuhr zum Bezirkshauptmann, verhandelte mit den zivilen politischen Behörden und den Gemeindebehörden des nächsten Städtchens, ließ den Polizisten und Nachtwächtern der ganzen Umgebung neue

Uniformen und Säbel anschaffen, unterhielt sich mit den Geistlichen aller drei Konfessionen, dem griechisch-katholischen und dem römisch-katholischen Pfarrer und dem Rabbiner der Juden, schrieb dem ruthenischen Bürgermeister des Städtchens eine Rede auf, die dieser nicht lesen konnte, aber mit Hilfe des Lehrers auswendig lernen mußte, kaufte weiße Kleidchen für die kleinen Mädchen des Dorfes, alarmierte die Kommandanten der umliegenden Regimenter und all das »im Vertrauen« – dermaßen, daß man im Vorfrühling schon, lange noch vor den Manövern, weit und breit in der Gegend wußte, daß der Kaiser selbst zu den Manövern kommen würde. Um jene Zeit war der Graf Morstin nicht mehr jung, früh ergraut und hager, Junggeselle, ein Hagestolz, etwas seltsam in den Augen seiner robusteren Standesgenossen, ein wenig »komisch« und »wie aus einer anderen Welt«. Niemals hatte man in der Gegend eine Frau in seiner Nähe gesehn. Niemals auch hatte er den Versuch gemacht, sich zu verheiraten. Niemals hatte man ihn trinken gesehn, niemals spielen, niemals lieben. Er hatte keine andere sichtbare Leidenschaft als die, die »Nationalitätenfrage« zu bekämpfen. Um jene Zeit begann nämlich in der Monarchie diese sogenannte »Nationalitätenfrage« heftig zu werden. Alle Leute bekannten sich – ob sie wollten oder so tun mußten, als wollten sie – zu irgendeiner der vielen Nationen, die es auf dem Gebiete der alten Monarchie gab. Man hatte im neunzehnten Jahrhundert bekanntlich entdeckt, daß jedes Individuum einer bestimmten Nation oder Rasse angehören müsse, wollte es wirklich als bürgerliches Individuum anerkannt werden. »Von der Humanität durch Nationalität zur Bestialität«, hatte der österreichische Dichter Grillparzer gesagt. Man begann just damals mit der »Nationalität«, der Vorstufe zu jener Bestialität, die wir heute erleben. Nationale Gesinnung: Man sah um jene Zeit deutlich, daß sie der vulgären Gemütsart all jener entsprang und entsprach, die den vulgärsten Stand einer neuzeitlichen Nation ausmachen. Es waren Photographen gewöhnlich, im Nebenberuf bei der freiwilligen Feuerwehr, sogenannte Kunstmaler, die aus Mangel an Talent in der Akademie der bildenden Künste keine Heimat gefunden hatten und infolgedessen Schildermaler oder Tapezierer geworden waren, unzufriedene Volksschullehrer, die gerne Mittelschullehrer, Apothekergehilfen, die gerne Doktoren geworden wären, Dentisten, die nicht Zahnärzte werden konnten, niedere Post- und Eisenbahnbeamte, Bankdiener, Förster und überhaupt innerhalb jeder der österreichischen Nationen all jene, die einen vergeblichen Anspruch auf ein unbeschränktes Ansehen innerhalb der bürgerlichen Gesellschaft erhoben. Allmählich gaben auch die sogenannten höheren Stände nach. Und all die Menschen, die niemals etwas anderes gewesen waren als Österreicher, in Tarnopol, in Sarajevo, in Wien, in Brünn, in Prag, in Czernowitz, in Oderburg, in Troppau, niemals etwas anderes als Österreicher: sie begannen nun, der »Forderung der Zeit« gehorchend, sich zur polnischen, tschechischen, ukrainischen, deutschen, rumänischen, slowenischen, kroatischen »Nation« zu bekennen – und so weiter.

Um diese Zeit ungefähr wurde auch das »allgemeine, geheime und direkte Wahlrecht« in der Monarchie eingeführt. Graf Morstin haßte es, ebenso wie die moderne Auffassung von der »Nation«. Dem jüdischen Schankwirt Salomon Piniowsky, dem einzigen Menschen weit und breit, dem er einigermaßen Vernunft zutraute, pflegte er zu sagen: »Hör mich an, Salomon! Dieser ekelhafte Darwin, der da sagt, die Menschen stammten von den Affen ab, scheint doch recht zu haben. Es genügt den Menschen nicht mehr, in Völker geteilt zu sein, nein! – sie wollen bestimmten Nationen angehören. National – hörst du, Salomon?! – Auf solch eine Idee kommen selbst die Affen nicht. Die Theorie von Darwin scheint mir noch unvollständig. Vielleicht stammen aber die Affen von den Nationalisten ab, denn die Affen bedeuten einen Fortschritt. Du kennst die Bibel, Salomon, du weißt, daß da geschrieben steht, daß Gott am sechsten Tag den Menschen geschaffen hat, nicht den nationalen Menschen. Nicht wahr, Salomon?«

»Ganz recht, Herr Graf!« sagte der Jude Salomon.

»Aber«, fuhr der Graf fort, »etwas anderes: Wir haben diesen Sommer den Kaiser zu erwarten. Ich werde dir Geld geben. Du wirst deinen Laden ausschmücken und das Fenster illuminieren. Du wirst das Kaiserbild säubern und es ins Fenster stellen. Ich werde dir eine schwarzgelbe Fahne mit Doppeladler schenken, die wirst du vom Dach flattern lassen. Verstanden?«

Ja, der Jude Salomon Piniowsky verstand, wie übrigens alle, mit denen der Graf von der Ankunft des Kaisers gesprochen hatte.

Im Sommer fanden die Kaisermanöver statt, und Seine kaiser- und königliche Apostolische Majestät nahm Aufenthalt im Schloß des Grafen Morstin. Man sah den Kaiser jeden Morgen, wenn er ausritt, die Übungen zu besichtigen, und die Bauern und die jüdischen Händler aus der Umgebung versammelten sich, um ihn zu sehn, den Alten, der sie regierte. Und sobald er mit seiner Suite erschien, riefen sie: Hoch und Hurra und niech zyje – jeder in seiner Sprache.

Einige Tage nach der Abreise des Kaisers meldete sich beim Grafen Morstin der Sohn eines Bauern aus der Umgebung. Dieser junge Mensch, der den Ehrgeiz besaß, ein Bildhauer zu werden, hatte eine Büste des Kaisers aus Sandstein verfertigt. Der Graf Morstin war begeistert. Er versprach, dem jungen Bildhauer eine freie Stelle an der Akademie der Künste in Wien zu verschaffen.

Die Büste des Kaisers ließ er vor dem Eingang zu seinem Schlößchen aufstellen.

Hier blieb sie jahrelang, bis zum Ausbruch des großen Krieges, den man den Weltkrieg nennt.

Bevor er freiwillig einrückte, alt, hager, kahlköpfig und hohläugig, wie er im Laufe der Jahre geworden war, ließ der Graf Morstin die Kaiserbüste abnehmen, in Stroh verpacken und im Keller verbergen.

Dort ruhte sie nun, bis zum Ende des Krieges und der Monarchie, der Heimkehr des Grafen Morstin und der Errichtung der neuen polnischen Republik.

Der Graf Franz Xaver Morstin war also heimgekehrt. Aber konnte man das eine Heimkehr nennen? Gewiß, es waren noch die gleichen Felder, die gleichen Wälder, die gleichen Hütten, die gleiche Art der Bauern – die gleiche Art, sagen wir –, denn viele von jenen, die der Graf noch gekannt hatte, waren gefallen.

Es war Winter, man fühlte schon die nahenden Weihnachten. Wie immer um diese Zeit, wie einst lange noch vor dem Krieg, war die Lopatinka gefroren, auf den nackten Kastanien hockten reglos die Krähen, und über die Felder, auf die die westlichen Fenster des Hauses gingen, wehte der ewige sachte Wind des östlichen Winters. Es gab (infolge des Krieges) Witwen und Waisen im Dorf: genug Material für die Wohltätigkeit des heimgekehrten Herrn. Aber statt die Heimat Lopatyny als wiedergefundene Heimat zu begrüßen, begann der Graf Morstin, sich rätselhaften und ungewohnten Überlegungen über das Problem der Heimat überhaupt hinzugeben. Nunmehr, dachte er sich, da dieses Dorf Polen gehört und nicht Österreich: Ist es noch meine Heimat? Was ist überhaupt Heimat? Ist die bestimmte Uniform des Gendarmen und des Zollwächters, der uns in unserer Kindheit begegnet ist, nicht ebenso Heimat wie die Fichte und die Tanne, der Sumpf und die Wiese, die Wolke und der Bach? Verändern sich aber Gendarmen und Finanzwächter und bleiben auch Fichte und Tanne und Bach und Sumpf das gleiche: Ist das noch Heimat? War ich nicht – fragte sich der Graf weiter – nur deshalb heimisch in diesem Ort, weil er einem Herrn gehörte, dem ebenso viele unzählige andersartige Örter gehörten, die ich liebte? Kein Zweifel! Die unnatürliche Laune der Weltgeschichte hat auch meine private Freude an dem, was ich Heimat nannte, zerstört. Jetzt sprechen sie ringsherum und allerorten vom neuen Vaterland. In ihren Augen bin ich ein sogenannter Vaterlandsloser. Ich bin es immer gewesen. Ach! Es gab einmal ein Vaterland, ein echtes, nämlich eines für die »Vaterlandslosen«, das einzig mögliche Vaterland. Das war die alte Monarchie. Nun bin ich ein Heimatloser, der die wahre Heimat der ewigen Wanderer verloren hat.

In der trügerischen Hoffnung, außerhalb des Landes diesen Zustand vergessen zu können, beschloß der Graf, ehestens zu verreisen. Doch erfuhr er zu seinem Erstaunen, daß man eines Passes und einiger sogenannter Visen bedurfte, um in die Länder zu gelangen, die er zu seinen Reisezielen erwählt hatte. Schon war er alt genug, um Paß und Visen und all die Formalitäten, welche die ehernen Gesetze des Verkehrs zwischen Mensch und Mensch nach dem Kriege geworden waren, für phantastische und kindliche Träume zu halten. Aber ergeben in das Schicksal, den Rest seines Lebens in einem wüsten Traum zu verbringen, und dennoch in der Hoffnung, draußen, in andern Ländern, einen Teil jener alten Wirklichkeit zu finden, in der er vor dem Kriege gelebt hatte, fügte er sich den Anforderungen der gespenstischen Welt, nahm einen Paß, besorgte sich Visen und fuhr zuerst in die Schweiz, in das Land, von dem er glaubte, daß in ihm allein noch der alte Friede zu finden wäre, einfach weil es nicht den Krieg mitgemacht hatte.

Nun, er kannte die Stadt Zürich seit vielen Jahren. Wohl an die zwölf Jahre hatte er sie nicht mehr gesehn. Er glaubte, daß sie ihm nichts Besonderes zu geben haben würde, weder Gutes noch Böses. Sein Eindruck entsprach der nicht ganz unberechtigten Meinung der etwas verwöhnteren, um nicht zu sagen, abenteuersüchtigeren Welt über die braven Städte der braven Schweiz. Was sollte sich schon in ihnen ereignen können? Immerhin: Für einen Mann, der aus dem Krieg und aus dem Osten der früheren österreichischen Monarchie kam, war die Friedlichkeit einer Stadt, die lediglich die vor dem Kriege Geflüchteten gekannt hatte, bereits so etwas wie ein Abenteuer. Franz Xaver Morstin ergab sich in diesen Tagen der langentbehrten Friedlichkeit. Er aß, trank und schlief.

Eines Tages aber ereignete sich jener häßliche Vorfall in einer nächtlichen Bar in Zürich, der den Grafen Morstin in der Folge zwang, sofort das Land zu verlassen.

In jener Zeit war in den Zeitungen aller Länder oftmals die Rede von einem reichen Bankier gewesen, der nicht nur den größten Teil der habsburgischen Kronjuwelen als Pfänder gegen ein Darlehen an die kaiserliche Familie Österreichs genommen haben sollte, sondern auch die alte Krone der Habsburger. Kein Zweifel, daß diese Nachrichten den Mündern und Federn der leichtfertigen Kundschafter entstammten, die man Journalisten nennt; und mochte vielleicht auch die Nachricht, daß ein bestimmter Teil des Vermögens der kaiserlichen Familie in die Hände eines gewissenlosen Bankiers geraten sei, wahr sein, so gewiß doch nicht die alte Krone der Habsburger, wie Franz Xaver Morstin zu wissen glaubte.

Nun gelangte er eines Nachts in eine der wenigen und nur Kennern zugänglichen nächtlichen Bars der sittsamen Stadt Zürich, in der, wie man weiß, die Prostitution verboten ist, die Sittenlosigkeit verpönt und die Sünde ebenso langweilig wie kostspielig. Nicht etwa, daß der Graf nach ihr gesucht hätte! Nein: Die pure Friedlichkeit hatte begonnen, ihn zu langweilen und ihm schlaflose Nächte zu bereiten, und er hatte beschlossen, die Nächte sei es wo immer zu verbringen.

Er begann zu trinken. Er saß in einem der wenigen friedlichen Winkel, die es in diesem Lokal gab. Zwar störten ihn die amerikanischen neumodischen, rötlichen Lämpchen, das hygienische Weiß des Barmixers, der an einen Operateur erinnerte, das künstliche Blondhaar der Mädchen, das die Assoziation an Apotheken unmittelbar wachrief: Aber woran war er nicht schon alles gewöhnt, der arme, alte Österreicher? Immerhin schrak er aus der Ruhe auf, die er sich selbst mühsam in dieser Umgebung abgerungen hatte, als er eine knarrende Stimme rufen hörte: »Und hier, meine Damen und Herren, ist die Krone der Habsburger!«

Franz Xaver erhob sich. Er sah in der Mitte der länglichen Bar eine größere, heitere Gesellschaft. Sein erster Blick verriet ihm, daß alle Typen, die er haßte, obwohl er bis jetzt keinem einzigen ihrer Vertreter näher begegnet war, an jenem Tisch vertreten waren: blondgefärbte Frauen in kurzen Röcken und mit schamlosen (übrigens häßlichen) Knien, schlanke und biegsame Jünglinge von olivenfarbenem Teint, lächelnd mit tadellosen Zähnen wie die Propagandabüsten mancher Dentisten, gefügig, tänzerisch, feige, elegant und lauernd, eine Art tückischer Barbiere; ältere Herren mit sorgfältig, aber vergeblich verheimlichten Bäuchen und Glatzen, gutmütig, geil, jovial und krummbeinig, kurz und gut: eine Auslese jener Art von Menschen, die das Erbe der untergegangenen Welt vorläufig verwalteten, um es ein paar Jahre später an die noch moderneren und mörderischen Erben mit Gewinn abzugeben.

An jenem Tisch erhob sich nun einer der ältlichen Herren, schwenkte zuerst eine Krone in der Hand, setzte sie sich dann auf den kahlen Kopf, ging um den Tisch, trat in die Mitte der Bar, tänzelte, wackelte mit dem Kopf und mit der auf ihm sitzenden Krone und sang dabei nach der Melodie eines um jene Zeit populären Schlagers:

»Die heilige Krone trägt man so!«

Franz Xaver verstand zuerst keineswegs den Sinn dieses widerlichen Spektakels. Er empfand nur, daß die Gesellschaft aus würdelosen Greisen (betört von kurzgeschürzten Mannequins) bestand, aus Stubenmädchen, die ihren freien Tag feierten, aus Bardamen, die den Erlös für den Champagner und den eigenen Körper mit den Kellnern teilten, aus nichtsnutzigen Stutzern, die mit Frauen und Devisen handelten, breit wattierte Schultern trugen und flatternde Hosen, die wie Weiberröcke aussahen, ekelhaften Maklern, die Häuser, Läden, Staatsbürgerschaften, Reisepässe, Konzessionen, gute Ehepartien, Taufscheine, Glaubensbekenntnisse, Adelstitel, Adoptionen, Bordelle und geschmuggelte Zigaretten vermittelten. Es war die Gesellschaft, die in allen Hauptstädten der allgemein besiegten europäischen Welt, unwiderruflich entschlossen, vom Leichenfraß zu leben, mit satten und dennoch unersättlichen Mäulern das Vergangene lästerte, die Gegenwart ausbeutete und das Zukünftige preisend verkündete. Dies waren nach dem Weltkrieg die Herren der Welt. Der Graf Morstin kam sich selbst wie sein eigener Leichnam vor. Auf seinem Grab tanzten jene nun. Um den Sieg dieser Menschen vorzubereiten, waren Hunderttausende unter Qualen gestorben – und Hunderte durchaus ehrlicher Sittenprediger hatten den Untergang der alten Monarchie vorbereitet, ihren Zerfall herbeigesehnt und die Befreiung der Nationen! Nun aber, siehe da: Auf dem Grabe der alten Welt und rings um die Wiegen der neugeborenen Nationen und Sezessionsstaaten tanzten die Gespenster der nächtlichen *American Bar*.

Morstin rückte näher, um besser zu sehn. Die schattenhafte Natur dieser wohlgenährten, fleischlichen Gespenster weckte seine Neugier. Und er erkannte auf dem kahlen Schädel des krummbeinigen tänzelnden Mannes das Abbild – gewiß war es das Abbild – der Stephanskrone. Der Kellner, beflissen, seinen Gästen alles Bemerkenswerte mitzuteilen, kam zu Franz Xaver und sagte: »Das ist der Bankier Walakin, ein Russe. Er behauptet, alle Kronen der entthronten Monarchen zu besitzen. Jeden Abend kommt er mit einer anderen. Gestern war's die Zarenkrone. Heute ist es die Stephanskrone.«

Der Graf Morstin fühlte sein Herz stocken, eine Sekunde nur. In dieser einzigen Sekunde aber – es schien ihm später, daß sie zumindest eine Stunde gedauert hatte – erlebte er eine völlige Verwandlung seiner selbst. Es war, als wüchse in seinem Innern ein ihm unbekannter, erschreckender, fremder Morstin, stieg und wuchs, breitete sich aus, nahm Besitz vom Körper des alten, wohlbekannten und, weiter noch, vom ganzen Raum der *American Bar*. Nie in seinem Leben, seit seiner Kindheit nicht, hatte Franz Xaver Morstin den Zorn gekannt. Er besaß ein weiches Gemüt, und die Geborgenheit, die ihm sein Stand, seine Wohlhabenheit, der Glanz seines Namens, seine Bedeutung sicherten, hatte ihn bis jetzt gleichsam abgeschlossen von aller Roheit dieser Welt, vor jeder Begegnung mit ihrer Niedrigkeit. Gewiß hätte er sonst den Zorn früher kennengelernt. Es war, als fühlte er selbst in dieser einzigen Sekunde, in der sich seine Verwandlung vollzog, daß sich, lange schon vor ihm, die Welt verwandelt hatte. Es war, als erführe er jetzt, daß die eigene Verwandlung lediglich eine notwendige Folge der allgemeinen Verwandlung war. Viel größer noch als der ihm unbekannte Zorn, der jetzt in ihm aufstieg und wuchs und über die Grenzen seiner Persönlichkeit schäumte, mußte die Gemeinheit gewachsen sein, die Gemeinheit dieser Welt, die Niedertracht, die sich so lange geduckt hatte und verborgen unter dem Kleide der schmeichelnden »Loyalität« und der sklavischen Untertänigkeit. Es war, als erführe er, der allen Menschen, ohne sie zu prüfen, von vornherein die selbstverständliche Eigenschaft, Anstand zu besitzen, zugetraut hatte, in dieser Sekunde erst den Irrtum seines Lebens, den Irrtum jedes noblen Herzens: nämlich den, Kredit zu gewähren, schrankenlosen

Kredit. Und seine plötzliche Erkenntnis erfüllte ihn mit jener vornehmen Scham, die eine treue Schwester des vornehmen Zornes ist. Im Anblick der Niedrigkeit schämt sich der Vornehme doppelt: einmal, weil allein schon ihre Existenz ihn beschämt, dann auch, weil er sofort einsieht, daß sein Herz betört wurde. Er kommt sich betrogen vor – und sein Stolz rebelliert dagegen, daß man sein Herz hatte betrügen können.

Er war nicht mehr imstande, zu messen, zu wägen und zu überlegen. Es schien ihm, daß kaum irgendeine Art der Gewalttätigkeit bestialisch genug sein könnte, die Niedrigkeit jenes Mannes, der mit den Kronen auf dem kahlen Schädel eines Maklers tanzte, jeden Abend mit einer anderen, zu strafen und zu rächen. Ein Grammophon grölte das Lied vom »Hans, der was mit dem Knie macht«; die Barmädchen kreischten; die jungen Männer klatschten in die Hände; der Barmann, ganz in chirurgischem Weiß, klirrte mit Gläsern, Löffeln, Flaschen, schüttete und mixte, braute und zauberte aus metallenen Gefäßen die geheimnisvollen Zaubertränke der neuen Zeit, schepperte, rasselte und blickte von Zeit zu Zeit mit einem wohlwollenden Aug', das zugleich schon den Konsum kalkulierte, auf das Schauspiel des Bankiers. Die rötlichen Lämpchen zitterten bei jedem stampfenden Schritt des Glatzköpfigen. Das Licht, das Grammophon, die Geräusche, die der Mixer verursachte, das Gurren und Kreischen der Frauen versetzten den Grafen Morstin in eine verwunderliche Raserei. Es geschah das Unglaubliche: Er wurde zum erstenmal in seinem Leben lächerlich und kindisch. Er bewaffnete sich mit der halbgeleerten Sektflasche und mit einem blauen Siphon, trat nahe an die Fremden heran; während er mit der Linken das Sodawasser gegen die Tischgesellschaft verspritzte, als gälte es, einen häßlichen Brand zu löschen, hieb er mit der Rechten die Flasche gegen den Kopf des Tänzers. Der Bankier fiel zu Boden. Die Krone fiel ihm vom Kopf. Und während sich der Graf bückte, um sie aufzuheben, als gälte es, eine wirkliche Krone und alles, was sie darstellte, zu retten, stürzten sich über ihn Kellner, Mädchen und Stutzer. Betäubt von dem starken Parfüm der Mädchen, den Schlägen der jungen Männer, wurde der Graf Morstin schließlich auf die Straße gebracht. Dort, vor der Tür der *American Bar*, präsentierte ihm der beflissene Kellner die Rechnung, auf silbernem Tablett, unter freiem Himmel, sozusagen in Anwesenheit aller gleichgültigen, fernen Sterne: Denn es war eine heitere Winternacht.

Am nächsten Tag kehrte der Graf nach Lopatyny zurück.

V

Warum – sagte er sich unterwegs – nicht nach Lopatyny zurückkehren? Da meine Welt endgültig besiegt zu sein scheint, habe ich keine ganze Heimat mehr. Und es ist besser, ich suche noch die Trümmer meiner alten Heimat auf!

Er dachte an die Büste des Kaisers Franz Joseph, die in seinem Keller ruhte, und an den Leichnam dieses seines Kaisers, der längst in der Kapuzinergruft lag.

Ich war immer ein Sonderling – so dachte er weiter – in meinem Dorfe und in der Umgebung. Ich werde ein Sonderling bleiben.

Er telegraphierte an seinen Hausverwalter den Tag seiner Ankunft.

Und als er ankam, erwartete man ihn, wie immer, wie in früheren Zeiten, als hätte es keinen Krieg gegeben, keine Auflösung der Monarchie, keine neue polnische Republik.

Denn es ist einer der größten Irrtümer der neuen – oder, wie sie sich gerne nennen: modernen – Staatsmänner, daß das Volk (die »Nation«) sich ebenso leidenschaftlich für die Weltpolitik interessiert wie sie selber.

Das Volk lebt keineswegs von der Weltpolitik – und unterscheidet sich dadurch angenehm von den Politikern. Das Volk lebt von der Erde, die es bebaut, vom Handel, den es treibt, vom Handwerk, das es versteht. (Es wählt trotzdem bei den öffentlichen Wahlen, es stirbt in den Kriegen, es zahlt Steuern den Finanzämtern.) Jedenfalls war es so in dem Dorfe des Grafen Morstin, in dem Dorf Lopatyny. Und der ganze Weltkrieg und die ganze Veränderung der europäischen Landkarte hatten die Gesinnung des Volkes von Lopatyny nicht verändert. Wie? – Warum? – Der gesunde Menschenverstand der jüdischen Schankwirte, der ruthenischen und der polnischen Bauern wehrte sich gegen die unbegreiflichen Launen der Weltgeschichte. Ihre Launen sind abstrakt: die Neigungen und Abneigungen des Volkes aber sind konkret. Das Volk von Lopatyny zum Beispiel kannte seit Jahren die Grafen Morstin, die Vertreter des Kaisers und des Hauses

Habsburg. Es kamen neue Gendarmen, und ein Steuersequester ist ein Steuersequester, und der Graf Morstin ist der Graf Morstin. Unter der Herrschaft der Habsburger waren die Menschen von Lopatyny glücklich und unglücklich gewesen – je nach dem Willen Gottes. Immer gibt es, unabhängig von allem Wechsel der Weltgeschichte, von Republik und Monarchie, von sogenannter nationaler Selbständigkeit oder sogenannter nationaler Unterdrückung im Leben des Menschen eine gute oder eine schlechte Ernte, gesundes und faules Obst, fruchtbares und kränkliches Vieh, die satte und die magere Weide, den Regen zu Zeit und Unzeit, die fruchtbare Sonne und jene, die Dürre und Unheil brachte; für den jüdischen Händler bestand die Welt aus guten und aus schlechten Kunden; für den Schankwirt aus guten und aus schwachen Trinkern; für den Handwerker wieder war es wichtig, ob die Leute neue Dächer, neue Stiefel, neue Hosen, neue Öfen, neue Schornsteine, neue Fässer brauchten oder nicht. So war es wenigstens, wie gesagt, in Lopatyny. Und was unsere besondere Meinung betrifft, so geht sie dahin, daß sich die ganze große Welt gar nicht so sehr von dem kleinen Dörfchen Lopatyny unterscheidet, wie es die Volksführer und Politiker wissen wollen. Nachdem sie Zeitungen gelesen, Reden gehört, Abgeordnete gewählt, selber mit Freunden die Vorgänge in der Welt besprochen haben, kehren die braven Bauern, Handwerker und Kaufleute – und in den großen Städten auch die Arbeiter – in ihre Häuser und Werkstätten zurück. Und Kummer oder Glück erwarten sie zu Hause: kranke oder gesunde Kinder, zänkische oder friedliche

Weiber, zahlende oder säumige Kunden, zudringliche oder geduldige Gläubiger, ein gutes oder ein schlechtes Essen, ein sauberes oder ein schmutziges Bett. Ja, es ist unsere Überzeugung, daß sich die einfachen Menschen gar nicht um die Weltgeschichte kümmern, mögen sie auch an Sonntagen ein langes und breites von ihr reden. Aber dies mag, wie gesagt, unsere private Anschauung sein. Wir haben hier lediglich vom Dorfe Lopatyny zu berichten. Und dort war es so, wie wir es eben beschrieben haben.

Als der Graf Morstin heimgekehrt war, begab er sich sofort zu Salomon Piniowsky, dem klugen Juden, bei dem, wie bei keinem zweiten Menschen in Lopatyny, die Einfalt und die Klugheit einträchtig nebeneinander lebten, als wären sie Schwestern. Und der Graf fragte den Juden: »Salomon, was hältst du von dieser Erde?« »Herr Graf«, sagte Piniowsky, »nicht das geringste mehr. Die Welt ist zugrunde gegangen, es gibt keinen Kaiser mehr, man wählt Präsidenten, und das ist so, wie wenn ich mir einen tüchtigen Advokaten suche, wenn ich einen Prozeß habe. Das ganze Volk wählt sich also einen Advokaten, der es verteidigt. Aber – frage ich, Herr Graf, vor welchem Gericht? – Vor dem Gericht anderer Advokaten wiederum. Und hat das Volk selbst keinen Prozeß und hat es auch nicht nötig, sich zu verteidigen, so wissen wir doch alle, daß die Existenz des Advokaten allein uns schon Prozesse an den Hals schafft. Und so wird es jetzt fortwährend Prozesse geben. Ich habe noch die schwarzgelbe Fahne, Herr Graf, die Sie mir geschenkt haben. Was soll ich mit ihr? Sie liegt auf dem Dachboden. Ich hab' noch das Bild des alten Kaisers. Was soll ich nun? Ich lese Zeitungen, ich kümmere mich ein bißchen ums Geschäft, ein bißchen um die Welt, Herr Graf. Ich weiß, was sie für Dummheiten machen. Aber unsere Bauern haben keine Ahnung. Sie glauben einfach, der alte Kaiser hätte neue Uniformen eingeführt und Polen befreit. Er residiert nicht mehr in Wien, sondern in Warschau.«

»Laß sie nur«, sagte der Graf Morstin.

Und er ging nach Hause und ließ die Büste des Kaisers Franz Joseph aus dem Keller holen, und er stellte sie auf, vor dem Eingang zu seinem Haus.

Und vom nächsten Tage an – als hätte es keinen Krieg gegeben – als gäbe es keine neue polnische Republik – als ruhte der alte Kaiser nicht längst schon in der Kapuzinergruft – als gehörte dieses Dorf Lopatyny noch zu dem Gebiet der alten Monarchie: zog jeder Bauer, der des Weges vorbeizog, den Hut vor der sandsteinernen Büste des alten Kaisers, und jeder Jude, der mit seinem Päckchen vorbeizog, murmelte das Gebet, das der fromme Jude zu sagen hat beim Anblick eines Kaisers. Und die unscheinbare Büste, hergestellt in billigem Sandstein, von der unbeholfenen Hand eines Bauernjungen, die Büste im alten Waffenrock des toten Kaisers, mit Sternen, Abzeichen, goldenem Vlies, festgehalten im Stein, so wie das kindliche Auge des Burschen den Kaiser gesehen und geliebt hatte, gewann mit der Zeit auch einen besonderen, einen ganz eigenen künstlerischen Wert – selbst in den Augen des Grafen Morstin. Es war, als wollte der erhabene Gegenstand, je mehr Zeit verging, das Werk, das ihn darstellte, verbessern und veredeln. Wind und Wetter arbeiteten, wie mit künstlerischem Bewußtsein, an dem naiven Stein. Es war, als arbeiteten auch Verehrung und Erinnerung an diesem Standbild und als veredelte jeder Gruß der Bauern, jedes Gebet eines gläubigen Juden bis zu künstlerischer Vollkommenheit das hilflose Werk der jungen Bauernhand.

So stand das Bild jahrelang vor dem Hause des Grafen Morstin, das einzige Denkmal, das es im Dorf Lopatyny jemals gegeben hatte und auf das alle Einwohner des Dorfes mit Recht stolz waren.

Dem Grafen selbst aber, der das Dorf niemals mehr verließ, bedeutete dieses Denkmal mehr: Es gab ihm, verließ er das Haus, die Vorstellung, daß sich nichts geändert hatte. Allmählich – er wurde früh alt – ertappte er sich von Zeit zu Zeit auf ganz törichten Gedanken. Stundenlang verharrte er – obwohl er ja den gewaltigsten aller Kriege mitgemacht hatte – in der Vorstellung, dieser sei nur ein wüster Traum gewesen, und alle Veränderungen, die ihm gefolgt waren, seien noch wüstere Träume. Zwar sah er, jede Woche fast, daß seine Fürsprache bei Ämtern und Gerichten für seine Schutzbefohlenen nichts mehr nutzte, ja, daß sich neue Beamte über ihn lustig machten. Er war eher entsetzt als beleidigt. Schon war es allgemein bekannt in dem nächsten Städtchen wie in der Umgebung und auf den Gütern der Nachbarn, daß der »alte Morstin halb verrückt« sei. Man erzählte sich, daß er zu Hause die alte Uniform eines Rittmeisters der Dragoner trage, mit allen alten Orden und Auszeichnungen. Eines Tages fragte ihn ein Gutsbesitzer der Umgebung – ein gewisser Graf Walewski – geradeheraus, ob es wahr sei.

»Bis jetzt noch nicht«, erwiderte Morstin, »aber Sie bringen mich auf eine gute Idee. Ich werde meine Uniform anziehn – und zwar nicht zu Hause. Ich werde sie auch draußen tragen.«

Und also geschah es auch.

Von nun an sah man den Grafen Morstin in der Uniform eines österreichischen Rittmeisters der Dragoner – und die Einwohner verwunderten sich durchaus nicht darüber. Trat der Rittmeister aus dem Hause, so salutierte er vor seinem Allerhöchsten Kriegsherrn, vor der Büste des toten Kaisers Franz Joseph. Dann ging er den gewohnten Weg zwischen den zwei Tannenwäldchen, die sandige Straße entlang, die zum nächsten Städtchen führte. Die Bauern, die ihm begegneten, zogen die Hüte und sagten: »Gelobt sei Jesus Christus«, und sie fügten noch die Anrede »Herr Graf« dazu – als glaubten sie, der Herr Graf sei eine Art näherer Verwandter des Erlösers und zwei Titel wären besser. Ach! – seit langem nicht mehr konnte er ihnen helfen, wie er ihnen früher geholfen hatte! Zwar waren die kleinen Bauern immer noch ohnmächtig. Er aber, der Herr Graf, war kein Mächtiger mehr! – Und wie alle, die einst mächtig gewesen waren, galt er nunmehr noch weniger als die Ohnmächtigen: Fast gehörte er schon zu der Kaste der Lächerlichen in den Augen der Beamten. Aber das Volk von Lopatyny und Umgebung glaubte an ihn, immer noch, wie es an den Kaiser Franz Joseph glaubte, dessen Büste es zu grüßen pflegte. Den Bauern und den Juden von Lopatyny und Umgebung erschien der Graf Morstin keineswegs lächerlich, sondern ehrfurchtsvoll. Man verehrte seine hagere, dürre Gestalt, sein graues Haar, sein aschfarbenes, verfallenes Gesicht, seine Augen, die in eine Weite ohne Grenze zu blicken schienen; kein Wunder: Sie blickten nämlich in die verlorene Vergangenheit.

Da ereignete es sich eines Tages, daß der Woiwode von Lwow, das früher Lemberg hieß, eine Inspektionsreise unternahm und sich aus irgendeinem Grunde in Lopatyny aufhalten mußte. Man bezeichnete ihm das Haus des Grafen Morstin, zu dem er sich auch sofort aufmachte. Zu seinem Erstaunen erblickte er vor dem Hause des Grafen, mitten in einem Boskett, die Büste des Kaisers Franz Joseph. Er betrachtete sie lange, beschloß endlich, das Haus zu betreten und den Grafen selbst nach dem Sinn dieses Denkmals zu fragen. Aber er erstaunte noch mehr – ja, er erschrak beim Anblick des Grafen Morstin, der dem Woiwoden in der Uniform eines österreichischen Rittmeisters der Dragoner entgegenkam. Der Woiwode war selbst ein »Kleinpole«, daß heißt: Er stammte aus dem früheren Galizien. Er selbst hatte in der österreichischen Armee gedient. Der Graf Morstin erschien ihm wie ein Gespenst aus einem für ihn, den Woiwoden, längst abgelaufenen Kapitel der Geschichte.

Er bezwang sich und fragte vorerst gar nicht. Dann aber, als sie bei Tisch saßen, begann er, sich vorsichtig nach dem Denkmal des Kaisers zu erkundigen. – »Ja«, sagte der Graf, als ob es gar keine neue Welt gäbe, »Seine hochselige Majestät war acht Tage hier. Ein sehr begabter Bauernjunge hat die Büste gemacht. Sie hat immer hier gestanden. Solange ich lebe, wird sie hier stehen.«

Der Woiwode verschwieg den Entschluß, den er eben

gefaßt hatte, und sagte lächelnd und wie nebenbei: »Sie tragen immer noch die alte Uniform?«

»Ja«, erwiderte Morstin, »ich bin zu alt, um eine neue anzulegen. Im Zivil, wissen Sie, fühle ich mich seit dieser Veränderung der Verhältnisse nicht ganz wohl. Ich fürchte, man könnte mich dann mit manchen anderen verwechseln. – Auf Ihr Wohl«, fuhr der Graf fort – hob das Glas und trank seinem Gast zu.

Der Woiwode saß noch eine Weile, verließ dann den Grafen und das Dorf Lopatyny, setzte seine Inspektionsreise fort, kam in seine Residenz zurück und gab Auftrag, die Kaiserbüste vor dem Hause des Grafen Morstin zu entfernen.

Dieser Auftrag gelangte schließlich an den Bürgermeister (»Wojt« genannt) des Dörfchens Lopatyny und also unmittelbar hierauf zur Kenntnis des Grafen Morstin.

Zum erstenmal befand sich also der Graf im offenen Konflikt mit der neuen Macht, deren Dasein er bis jetzt kaum zur Kenntnis genommen hatte. Er sah ein, daß er zu schwach war, sich gegen sie aufzulehnen. Er erinnerte sich an die nächtliche Szene in der Züricher *American Bar*. Ach! Es hatte keinen Sinn mehr, die Augen vor der neuen Welt der neuen Republiken, der neuen Bankiers und Kronenträger, der neuen Damen und Herren, der neuen Herrscher der Welt zu schließen. Man mußte die alte Welt begraben. Aber man mußte sie würdig begraben.

Und der Graf Franz Xaver Morstin berief zehn der ältesten Einwohner des Dorfes Lopatyny in sein Haus – und darunter befand sich der kluge und zugleich einfäl-

tige Jude Salomon Piniowsky. Es kamen ferner: der grie-
chisch-katholische Pfarrer, der römisch-katholische und
der Rabbiner.

Und als sie alle versammelt waren, begann der Graf
Morstin folgende Rede:

»Meine lieben Mitbürger,

ihr alle habt noch die alte Monarchie gekannt, euer altes Vaterland. Seit Jahren ist es tot – und ich habe eingesehen – es hat keinen Sinn, nicht einzusehn, daß es tot sei.
Vielleicht wird es einmal auferstehn, wir Alten werden es
kaum noch erleben. Man hat uns aufgetragen, die Büste
Seiner hochseligen Majestät, des Kaisers Franz Joseph des
Ersten, ehestens wegzuschaffen.

Wir wollen sie nicht wegschaffen, meine Freunde!

Wenn die alte Zeit tot sein soll, so wollen wir mit ihr
verfahren, wie man eben mit Toten verfährt: Wir wollen
sie begraben.

Infolgedessen bitte ich euch, meine Lieben, mir zu helfen, daß wir den toten Kaiser, das heißt seine Büste, mit
aller Feierlichkeit und Ehrfurcht, die einem toten Kaiser
gebühren, von heute in drei Tagen auf dem Friedhof be-
statten.«

VI

Der ukrainische Schreiner Nikita Kolohin zimmerte
einen großartigen Sarg aus Eichenholz. Drei tote Kaiser
hätten in ihm Platz gefunden.

Der polnische Schmied Jaroslaw Wojciechowski

schmiedete einen gewaltigen Doppeladler aus Messing, der auf den Deckel des Sarges genietet wurde.

Der jüdische Thoraschreiber Nuchim Kapturak schrieb mit seinem Gänsekiel auf eine kleine Pergamentrolle den Segen, den die gläubigen Juden zu sprechen haben beim Anblick eines gekrönten Hauptes, wickelte sie in gehämmertes Blech und legte es in den Sarg.

Am frühen Vormittag – es war ein heißer Sommertag – zahllose unsichtbare Lerchen trillerten unter dem Himmel und zahllose unsichtbare Grillen wisperten ihnen Antwort aus den Wiesen – versammelten sich die Bewohner von Lopatyny um das Denkmal Franz Josephs des Ersten. Graf Morstin und der Bürgermeister betteten die Büste in den prachtvollen, großen Sarg. In diesem Augenblick begannen die Glocken der Kirche auf dem Hügel zu läuten. Alle drei Geistlichen stellten sich an die Spitze des Zuges. Den Sarg nahmen vier alte, kräftige Bauern auf die Schultern. Hinter ihm, mit gezogenem Säbel, im feldgrau verdeckten Dragonerhelm, ging der Graf Franz Xaver Morstin, in diesem Dorfe dem toten Kaiser der Nächste, ganz allein in jener Einsamkeit, welche die Trauer gebietet, und hinter ihm, mit rundem, schwarzem Käppchen auf dem silbrigen Kopf, der Jude Salomon Piniowsky, den runden Samthut in der Linken, die große schwarz-gelbe Fahne mit dem Doppeladler in der erhobenen rechten Hand. Und hinter ihm das ganze Dorf, die Männer und die Frauen.

Die Kirchenglocken dröhnten, die Lerchen trillerten, die Grillen wisperten unaufhörlich.

Das Grab war bereit. Man ließ den Sarg hinab, breitete

die Fahne über ihn – und Franz Xaver Morstin grüßte zum letztenmal mit dem Säbel den Kaiser.

Da erhob sich ein Schluchzen in der Menge, als hätte man jetzt erst den Kaiser Franz Joseph begraben, die alte Monarchie und die alte Heimat. Die drei Geistlichen beteten.

Also begrub man den alten Kaiser zum zweitenmal im Dorfe Lopatyny, im ehemaligen Galizien.

Ein paar Wochen später geriet die Kunde von diesem Vorfall in die Zeitungen. Diese schrieben ein paar witzige Worte über den Vorfall, unter der Rubrik »Glossen«.

VII

Der Graf Morstin aber verließ das Land. Er lebt jetzt an der Riviera, ein alter, verbrauchter Mann, der am Abend mit alten russischen Generälen Schach und Skat spielt. Ein paar Stunden am Tage schreibt er an seinen Erinnerungen. Wahrscheinlich werden sie keinen bedeutenden literarischen Wert besitzen: denn der Graf Morstin hat keine literarische Übung und auch keinen schriftstellerischen Ehrgeiz. Da er aber ein Mann von besonderer Gnade und Art ist, gelingen ihm zuweilen ein paar denkwürdige Sätze, wie, zum Beispiel, die folgenden, die ich mit seiner Erlaubnis hierhersetze:

»Ich habe erlebt«, schreibt der Graf, »daß die Klugen dumm werden können, die Weisen töricht, die echten Propheten Lügner, die Wahrheitsliebenden falsch. Keine menschliche Tugend hat in dieser Welt Bestand, außer einer einzigen: der echten Frömmigkeit. Der Glaube kann uns nicht enttäuschen, da er uns nichts auf Erden verspricht. Der wahre Gläubige enttäuscht uns nicht, weil er auf Erden keinen Vorteil sucht. Auf das Leben der Völker angewandt, heißt das: Sie suchen vergeblich nach sogenannten nationalen Tugenden, die noch fraglicher sind als die individuellen. Deshalb hasse ich Nationen und Nationalstaaten. Meine alte Heimat, die Monarchie, allein war ein großes Haus mit vielen Türen und vielen Zimmern, für viele Arten von Menschen. Man hat das Haus verteilt, gespalten, zertrümmert. Ich habe dort nichts mehr zu suchen. Ich bin gewohnt, in einem Haus zu leben, nicht in Kabinen.«

So stolz und so traurig schreibt der alte Graf. Gefaßt und friedvoll wartet er auf seinen Tod. Wahrscheinlich sehnt er sich auch nach ihm. Denn er hat in seinem Testament bestimmt, daß er im Dorfe Lopatyny bestattet werde – und zwar nicht in der Familiengruft, sondern neben dem Grab, in dem der Kaiser Franz Joseph liegt, die Büste des Kaisers.

Beichte eines Mörders
erzählt in einer Nacht

Roman
1936

Vor einigen Jahren wohnte ich in der Rue des Quatre
Vents. Meinen Fenstern gegenüber lag das russische Restaurant »Tari-Bari«. Oft pflegte ich dort zu essen. Dort
konnte man zu jeder Stunde des Tages eine rote Rüben-
suppe bekommen, gebackenen Fisch und gekochtes
Rindfleisch. Ich stand manchmal spät am Tage auf. Die
französischen Gasthäuser, in denen die altüberlieferten
Stunden des Mittagessens streng eingehalten wurden, bereiteten sich schon für die Nachtmähler vor. Im russischen Restaurant aber spielte die Zeit keine Rolle. Eine
blecherne Uhr hing an der Wand. Manchmal stand sie,
manchmal ging sie falsch; sie schien die Zeit nicht anzuzeigen, sondern verhöhnen zu wollen. Niemand sah nach
ihr. Die meisten Gäste dieses Restaurants waren russische
Emigranten. Und selbst jene unter ihnen, die in ihrer
Heimat einen Sinn für Pünktlichkeit und Genauigkeit besessen haben mochten, hatten ihn in der Fremde entweder verloren, oder sie schämten sich, ihn zu zeigen. Ja, es
war, als demonstrierten die Emigranten bewußt gegen die
berechnende, alles berechnende und so sehr berechnete
Gesinnung des europäischen Westens, und als wären sie
bemüht, nicht nur echte Russen zu bleiben, sondern auch

»echte Russen« zu spielen, den Vorstellungen zu entsprechen, die sich der europäische Westen von den Russen gemacht hat. Also war die schlecht gehende oder stehengebliebene Uhr im Restaurant »Tari-Bari« mehr als ein zufälliges Requisit: nämlich ein symbolisches. Die Gesetze der Zeit schienen aufgehoben zu sein. Und manchmal beobachtete ich, daß selbst die russischen Taxi-Chauffeure, die doch gewiß bestimmte Dienststunden einhalten mußten, ebensowenig um den Gang der Zeit bekümmert waren wie die anderen Emigranten, die gar keinen Beruf hatten und die von den Almosen ihrer bemittelten Landsleute lebten. Derlei berufslose Russen gab es viele im Restaurant »Tari-Bari«. Sie saßen dort zu jeder Tageszeit und spät am Abend und noch in der Nacht, wenn der Wirt mit den Kellnern abzurechnen begann, die Eingangstür schon geschlossen war und nur noch eine einzige Lampe über der automatischen Stahlkasse brannte. Gemeinsam mit den Kellnern und dem Wirt verließen diese Gäste die Speisestube. Manche unter ihnen, die obdachlos oder angetrunken waren, ließ der Wirt über Nacht im Restaurant schlafen. Es war zu anstrengend, sie zu wecken – und sogar wenn man sie geweckt hätte, wären sie doch gezwungen gewesen, nach einem andern Obdach bei einem andern Landsmann zu suchen. Obwohl ich an den meisten Tagen, wie gesagt, selbst sehr spät aufstand, konnte ich doch manchmal am Morgen, wenn ich zufällig an mein Fenster trat, sehen, daß »Tari-Bari« schon geöffnet war und »in vollem Betrieb«, wie der Ausdruck für Gasthäuser lautet. Die Leute gingen ein und aus. Sie nahmen dort offenbar das erste Frühstück und machmal sogar ein alkoholisches erstes Frühstück. Denn ich sah manche taumelnd herauskommen, die noch mit ganz sicheren Füßen eingetreten waren. Einzelne Gesichter und Gestalten konnte ich mir merken. Und unter diesen, die auffällig genug waren, um sich mir einzuprägen, befand sich ein Mann, von dem ich annehmen durfte, daß er zu jeder Stunde des Tages im Restaurant »Tari-Bari« anzutreffen sei. Denn sooft ich auch des Morgens ans Fenster kam, sah ich ihn drüben vor der Tür des Gasthauses, Gäste begleitend oder Gäste begrüßend. Und sooft ich am späten Nachmittag zum Essen kam, saß er an irgendeinem der Tische, mit den Gästen plaudernd. Und trat ich spät am Abend, vor »Geschäftsschluß« – wie die Fachleute sagen –, im »Tari-Bari« ein, um noch einen Schnaps zu trinken, so saß jener Fremde an der Kasse und half dem Wirt und den Kellnern bei den Abrechnungen. Im Laufe der Zeit schien er sich auch an meinen Anblick gewöhnt zu haben und mich für eine Art Kollegen zu halten. Er würdigte mich der Auszeichnung, ein Stammgast zu sein wie er – und er begrüßte mich nach einigen Wochen mit dem erkennenden und wortreichen Lächeln, das alte Bekannte füreinander haben. Ich will zugeben, daß mich dieses Lächeln am Anfang störte – denn das sonst ehrliche und sympathische Angesicht des Mannes bekam, wenn es lächelte, nicht geradezu einen widerwärtigen, wohl aber einen gleichsam verdächtigen Zug. Sein Lächeln war nicht etwas Helles, es erhellte also nicht das Gesicht, sondern es war trotz aller Freundlichkeit düster, ja, wie ein Schatten huschte es über das Angesicht, ein freundlicher Schatten. Und also wäre es mir lieber gewesen, wenn der Mann nicht gelächelt hätte.

Selbstverständlich lächelte ich aus Höflichkeit wieder. Und ich hoffte, daß dieses gegenseitige Lächeln vorläufig oder sogar für längere Zeit der einzige Ausdruck unserer Bekanntschaft bleiben würde. Ja, im stillen nahm ich mir sogar vor, das Lokal zu meiden, wenn der Fremde eines Tages etwa anfangen sollte, das Wort an mich zu richten. Mit der Zeit aber ließ ich auch diesen Gedanken fallen. Ich gewöhnte mich an das schattenhafte Lächeln, ich begann, mich für den Stammgast zu interessieren. Und bald fühlte ich sogar den Wunsch nach einer näheren Bekanntschaft mit ihm in mir wach werden.

Es ist an der Zeit, daß ich ihn etwas näher beschreibe: Er war groß gewachsen, breitschultrig, graublond. Mit klaren, manchmal blitzenden, durch Alkohol niemals benebelten blauen Augen sah er die Menschen geradewegs an, mit denen er sprach. Ein mächtiger, sehr gepflegter, graublonder, waagerechter Schnurrbart teilte den oberen Teil des breiten Angesichts von dem unteren, und beide Teile des Angesichts waren gleich groß. Dadurch erschien es etwas langweilig, unbedeutend, das heißt: ohne jedes Geheimnis. Hunderte solcher Männer hatte ich selbst in Rußland gesehn, Dutzende solcher Männer in Deutschland und in den anderen Ländern. Auffallend waren an diesem großen, starken Mann die zarten, langen Hände und ein sanfter, stiller, fast unhörbarer Schritt und überhaupt gewisse langsame, zaghafte und vorsichtige Bewegungen. Deshalb kam es mir zuweilen vor, daß sein Gesicht denn doch etwas Geheimnisvolles barg, insofern nämlich, als es seine gerade, leuchtende Offenheit nur spielte und daß der Mann die Leute, mit denen er sprach, nur deshalb so aufrichtig mit seinen blauen Augen anblitzte, weil er sich denken mochte, daß man Grund haben könnte, ihm zu mißtrauen, wenn er es etwa nicht täte. Und dennoch mußte ich mir bei seinem Anblick immer wieder sagen, daß er, wenn er eine so vollendete, allerdings naive Darstellung der personifizierten Aufrichtigkeit geben konnte, doch in der Tat ein großes Maß von Aufrichtigkeit besitzen mußte. Das Lächeln, mit dem er mir zuwinkte, war vielleicht nur aus Verlegenheit so dunkel: obwohl die großen Zähne blitzten und der Schnurrbart golden schimmerte, als verlöre er gleichsam während des Lächelns seine graue Mischfarbe und würde immer blonder. Man sieht, wie mir der Mann immer angenehmer wurde. Und bald begann ich sogar, mich auf ihn ein bißchen zu freuen, wenn ich vor der Tür des Gasthauses angelangt war, genauso auf ihn wie auf den vertrauten Schnaps und auf den vertrauten Gruß des dicken, angenehmen Wirtes.

Niemals hatte ich im »Tari-Bari« zu erkennen gegeben, daß ich die russische Sprache verstehe. Einmal aber, als ich an einen Tisch mit zwei Chauffeuren zu sitzen kam, wurde ich von ihnen gefragt, geradeheraus, welcher Nationalität ich sei. Ich antwortete, ich sei ein Deutscher. Wenn sie die Absicht hätten, Geheimnisse vor mir zu besprechen, in welcher Sprache auch immer, so möchten sie das bitte tun, nachdem ich wieder fortgegangen wäre. Denn ich verstünde so ziemlich alle europäischen Sprachen. Da aber gerade in diesem Augenblick ein anderer

Tisch frei wurde, erhob ich mich und ließ die Chauffeure allein mit ihren Geheimnissen. Also konnten sie mich nicht mehr fragen, was offenbar ihre Absicht gewesen war, ob ich auch Russisch verstehe. Und man wußte es also weiter nicht.

Aber man erfuhr es eines Tages, eines Abends vielmehr, oder, um ganz genau zu sein: in einer späten Nachtstunde. Und zwar dank dem Graublonden, der damals gerade gegenüber dem Büfett saß, ausnahmsweise schweigsam und beinahe düster, wenn diese Bezeichnung überhaupt auf ihn angewandt werden kann.

Ich trat kurz vor Mitternacht ein, mit der Absicht, einen einzigen Schnaps zu trinken und mich gleich darauf zu entfernen. Ich suchte mir also gar nicht erst einen Tisch, sondern blieb an der Theke stehen, neben zwei anderen späten Gästen, die ebenfalls nur auf einen Schnaps hereingekommen zu sein schienen, entgegen ihrem ursprünglichen Plan aber schon längere Zeit hiergeblieben sein mußten; denn mehrere geleerte und halbgeleerte Gläser standen vor ihnen, dieweil es ihnen vorkommen mochte, daß sie erst ein einziges getrunken hatten. So schnell vergeht manchmal die Zeit, wenn man in einem Lokal an der Theke stehen bleibt, statt sich zu setzen. Sitzt man an einem Tisch, so übersieht man in jeder Sekunde, wieviel man genossen hat, und merkt an der Anzahl der geleerten Gläser den Gang der Zeiger. Tritt man aber in ein Gasthaus ein, nur »auf einen Sprung«, wie man sagt, und bleibt auch am Schanktisch stehen, so trinkt man und trinkt und glaubt, es gehörte noch alles eben zu jenem einzigen »Sprung«, den man zu machen gedacht hatte. Das beobachtete ich an jenem Abend an mir selbst. Denn gleich den beiden andern trank auch ich eins und das andere und das dritte, und ich stand immer noch da, ähnlich einem jener ewig hastigen und ewig säumigen Menschen, die ein Haus betreten, den Mantel nicht ablegen, die Klinke in der Hand behalten, jeden Augenblick auf Wiedersehen sagen wollen und sich dennoch länger aufhalten, als wenn sie Platz genommen hätten. Beide Gäste unterhielten sich ziemlich leise mit dem Wirt auf russisch. Was an der Theke gesprochen wurde, konnte der graublonde Stammgast gewiß nur halb hören. Er saß ziemlich entfernt von uns, ich sah ihn im Spiegel hinter dem Büfettisch, er schien auch gar nicht gesonnen, etwas von dem Gespräch zu hören oder gar sich an ihm zu beteiligen. Auch ich tat nach meiner Gewohnheit so, als verstünde ich nichts. Auf einmal aber schlug ein Satz gleichsam von selbst an mein Ohr. Ich konnte mich seiner gar nicht erwehren. Dieser Satz lautete: »Warum ist unser Mörder heute so finster?« Einer der beiden Gäste hatte diesen Satz ausgesprochen und dabei mit dem Finger auf das Spiegelbild des Graublonden hinter dem Büfett gedeutet. Unwillkürlich wandte ich mich nach dem Stammgast um und verriet also, daß ich die Frage verstanden hatte. Man musterte mich auch sofort ein wenig mißtrauisch, in der Hauptsache aber verblüfft. Die Russen haben, nicht mit Unrecht, Angst vor Spitzeln, und ich wollte auf alle Fälle verhüten, daß sie mich für einen hielten. Gleichzeitig aber interessierte mich die immerhin ungewöhnliche Bezeichnung »unser Mörder« in dem Maße, daß ich zuerst zu fragen beschloß, warum man den Graublonden so nenne. Ich hatte, als ich mich umwandte, bemerken können, daß der so ungewöhnlich benannte Stammgast die Frage auch gehört hatte. Er nickte lächelnd. Und er hätte wohl sofort selbst geantwortet, wenn ich gleichgültig geblieben und nicht in dieser kurzen Minute der Gegenstand des Zweifels und des Mißtrauens geworden wäre. »Sie sind also Russe?« fragte mich der Wirt. – Nein, wollte ich antworten, aber zu meiner Verwunderung erwiderte statt meiner der Graublonde hinter meinem Rücken: »Dieser unser Stammgast versteht Russisch und ist ein Deutscher. Er hat immer nur aus Diskretion geschwiegen.« »So ist es«, bestätigte ich, drehte mich um und sagte: »Ich danke Ihnen, Herr!« »Bitte sehr!« sagte er, stand auf und ging auf mich zu. »Ich heiße Golubtschik«, sagte er, »Semjon Semjonowitsch Golubtschik.« Wir gaben uns die Hand. Der Wirt und die beiden anderen Gäste lachten. »Woher wissen Sie über mich Bescheid?« fragte ich. »Man ist nicht umsonst bei der russischen Geheimpolizei gewesen«, sagte Golubtschik. Ich konstruierte mir sofort eine phänomenale Geschichte. Dieser Mann hier, dachte ich, sei ein alter Beamter der Ochrana gewesen und habe einen kommunistischen Spitzel in Paris umgelegt; weshalb ihn auch diese weißrussischen Emigranten so harmlos und beinahe rührend »unseren Mörder« genannt hatten, ohne sich vor ihm zu scheuen. Ja, vielleicht steckten alle vier unter einer Decke.

»Und woher können Sie unsere Sprache?« fragte mich einer der beiden Gäste. – Und wieder antwortete statt meiner Golubtschik: »Er hat im Krieg an der Ostfront

gedient und war sechs Monate in der sogenannten Okkupationsarmee!« »Das stimmt!« bestätigte ich. »Er war
dann später«, fuhr Golubtschik fort, »noch einmal in
Rußland, will sagen: nicht mehr in Rußland, sondern in
den Vereinigten Sowjetstaaten, im Auftrag einer großen
Zeitung. Er ist Schriftsteller!« Mich verwunderte dieser
genaue Bericht über meine Person nur wenig. Denn ich
hatte schon ziemlich viel getrunken – und in diesem Zustand kann ich kaum noch das Merkwürdige von dem
Selbstverständlichen unterscheiden. Ich wurde sehr höflich und sagte ein wenig gespreizt: »Ich danke Ihnen für
das Interesse, das Sie mir so lange bewiesen haben, und
für die Auszeichnung, die Sie mir somit schenken!« Alle
lachten. Und der Wirt sagte: »Er spricht wie ein alter Petersburger Kanzleirat!« Damit war nun jeder Zweifel an
meiner Person ausgelöscht. Ja, man betrachtete mich sogar wohlwollend, und es folgten vier weitere Runden, die
wir alle gegenseitig auf unser Wohl tranken.

Der Wirt ging zur Tür, versperrte sie, löschte eine Anzahl Lampen und bat uns alle, Platz zu nehmen. Die Zeiger der Wanduhr standen auf halb neun. Ich trug bei mir
keine Uhr, und einen der Gäste nach der Zeit zu fragen
schien mir unschicklich. Ich machte mich vielmehr mit
dem Gedanken vertraut, daß ich hier die halbe oder die
ganze Nacht verbringen würde. Eine große Karaffe
Schnaps stand noch vor uns. Sie mußte mindestens, meiner Schätzung nach, zur Hälfte geleert werden. Ich fragte
also: »Warum nannte man Sie so merkwürdig vorhin,
Herr Golubtschik?«

»Das ist mein Spitzname«, sagte er, »aber auch wieder

nicht ganz nur ein Spitzname. Ich habe nämlich vor vielen Jahren einen Mann erschlagen und – wie ich damals glaubte – eine Frau auch.«

»Ein politisches Attentat?« fragte der Wirt, und es wurde mir also klar, daß auch die andern nichts wußten, außer dem Spitznamen.

»Keine Spur!« sagte Semjon. »Ich bin in keiner Beziehung eine politische Persönlichkeit. Ich mache mir überhaupt nichts aus öffentlichen Dingen. Ich liebe das Private. Nur das interessiert mich. Ich bin ein guter Russe, wenn auch ein Russe aus einem Randgebiet – ich bin nämlich im früheren Wolynien geboren. Aber niemals habe ich meine Jugendgenossen begreifen können, mit ihrer verrückten Lust, unbedingt das Leben für irgendeine verrückte oder auch meinetwegen normale Idee herzugeben. Nein! Glauben Sie mir! Das private Leben, die einfache Menschlichkeit ist wichtiger, größer, tragischer als alles Öffentliche. Und das ist vielleicht für heutige Ohren absurd. Aber das glaube ich, das werde ich bis zu meiner letzten Stunde glauben. Niemals hätte ich politische Leidenschaft genug aufbringen können, um einen Menschen aus politischen Gründen zu töten. Ich glaube auch gar nicht, daß politische Verbrecher besser oder edler sind als andere; vorausgesetzt, daß man der Meinung ist, ein Verbrecher, welcher Art er auch sei, könne kein edler Mensch sein. Ich zum Beispiel, ich habe getötet und halte mich durchaus für einen guten Menschen. Eine Bestie, um es glatt zu sagen: eine Frau, meine Herren, hat mich zum Mord getrieben.«

»Sehr interessant!« sagte der Wirt.

»Gar nicht! Sehr alltäglich«, sagte bescheiden Semjon Semjonowitsch. »Und doch nicht so ganz alltäglich. Ich kann Ihnen meine Geschichte ganz kurz erzählen. Und Sie werden sehn, daß es eine ganz simple Geschichte ist.«

Er begann. Und die Geschichte war weder kurz noch banal. Deshalb habe ich beschlossen, sie hier nachzuschreiben.

»Ich habe Ihnen eine kurze Geschichte versprochen«, begann Golubtschik, »aber ich sehe, daß ich wenigstens am Anfang weit ausholen muß; und ich bitte Sie also, nicht ungeduldig zu werden. Ich sagte Ihnen früher, daß mich nur das Privatleben interessiert. Ich muß darauf zurückkommen. Ich will damit sagen, daß man, wenn man genau achtgeben würde, unbedingt zu dem Resultat kommen müßte, daß alle sogenannten großen, historischen Ereignisse in Wahrheit zurückzuführen sind auf irgendein Moment im Privatleben ihrer Urheber oder auf mehrere Momente. Man wird nicht umsonst, das heißt, ohne private Ursache, Feldherr oder Anarchist oder Sozialist oder Reaktionär, und alle großen und edlen und schimpflichen Taten, die einigermaßen die Welt verändert haben, sind die Folgen irgendwelcher ganz unbedeutender Ereignisse, von denen wir keine Ahnung haben. Ich sagte Ihnen früher, ich sei Spitzel gewesen. Ich habe mir oft darüber den Kopf zerbrochen, warum gerade ich ausersehen war, ein so fluchwürdiges Gewerbe zu betreiben, denn es ruht kein Segen darauf, und es ist bestimmt Gott nicht wohlgefällig. Es ist auch noch heute so, der

Teufel reitet mich, ohne Zweifel. Sehn Sie, ich leb' ja heute nicht mehr davon, aber ich kann es nicht lassen, nicht lassen. Ganz gewiß gibt es einen solchen Teufel der Spionage oder der Spitzelei. Wenn mich einer interessiert, wie zum Beispiel dieser Herr hier, der Schriftsteller«, Golubtschik deutete mit dem Kopf gegen mich, »so kann ich nicht ruhen, so ruht es nicht eher in mir, als bis ich erforscht habe, wer er ist, wie er lebt, woher er stammt. Denn ich weiß natürlich noch mehr von Ihnen, als Sie ahnen. Sie wohnen da drüben und schauen manchmal des Morgens im Negligé zum Fenster hinaus. Na aber, es ist ja auch nicht von Ihnen die Rede, sondern von mir. Also fahren wir fort. Es war Gott nicht wohlgefällig, aber Sein unerforschter Ratschluß hatte es mir ja vorgezeichnet.

Sie kennen meinen Namen, meine Herren, ich sage lieber: meine Freunde. Denn es ist besser, ›meine Freunde‹ zu sagen, wenn man erzählt, nach guter, alter heimatlicher Sitte. Mein Name ist also, wie Sie wissen: Golubtschik*. Ich frage Sie selbst, ob das gerecht ist. Ich war immer groß und stark, schon als Knabe an Wuchs und Körperkraft weit stärker als meine Kameraden; und gerade ich muß Golubtschik heißen. Nun, es gibt noch etwas: Ich hieß gar nicht mit Recht so, das heißt: nach natürlichem Recht sozusagen. Denn das war der Name meines legitimen Vaters. Indessen: Mein wirklicher Name, mein natürlicher, der Name meines natürlichen Vaters war: Krapotkin – und ich bemerke eben, daß ich nicht

* Golubtschik heißt im Russischen: Täubchen.

ohne lasterhaften Hochmut diesen Namen ausspreche. Sie sehen: Ich war ein uneheliches Kind. Dem Fürsten Krapotkin gehörten, wie Sie wissen werden, viele Güter in allen Teilen Rußlands. Und eines Tages erfaßte ihn die Lust, auch ein Gut in Wolynien zu kaufen. Solche Leute hatten ja ihre Launen. Bei dieser Gelegenheit lernte er meinen Vater kennen und meine Mutter. Mein Vater war Oberförster. Krapotkin war eigentlich entschlossen gewesen, alle Angestellten des früheren Herrn zu entlassen. Als er aber meine Mutter sah, entließ er alle – mit Ausnahme meines Vaters. Und so kam es eben. Mein Vater, der Förster Golubtschik, war ein einfacher Mann. Stellen Sie sich einen gewöhnlichen, blonden Förster in dem üblichen Gewande des Försterberufes vor, und Sie haben meinen legitimen Vater vor Augen. Sein Vater, mein Großvater also, war noch Leibeigener gewesen. Und Sie werden begreifen, daß der Förster Golubtschik gar nichts dagegen einzuwenden hatte, daß der Fürst Krapotkin, sein neuer Herr, meiner Mutter häufige Besuche zu einer Stunde machte, in der die verheirateten Frauen bei uns zu Lande an der Seite ihrer angetrauten Männer zu liegen pflegen. Nun, ich brauche nichts weiter zu sagen: Nach neun Monaten kam ich zur Welt, und mein wirklicher Vater hielt sich bereits seit drei Monaten in Petersburg auf. Er schickte Geld. Er war ein Fürst, und er benahm sich genauso, wie sich ein Fürst zu benehmen hat. Meine Mutter hat ihn zeit ihres Lebens nicht vergessen. Ich schließe das aus der Tatsache, daß sie außer mir kein anderes Kind zur Welt gebracht hat. Das will also heißen, daß sie nach der Geschichte mit Krapotkin sich geweigert hat, ihre ›ehelichen Pflichten zu erfüllen‹, wie es in den Gesetzbüchern heißt. Ich selbst erinnere mich genau, daß sie niemals in einem Bett geschlafen haben, der Förster Golubtschik und meine Mutter. Meine Mutter schlief in der Küche, auf einem improvisierten Lager, auf der ziemlich breiten Holzbank, genau unter dem Heiligenbild, während der Förster ganz allein das geräumige Ehebett in der Stube einnahm. Denn er hatte genug Einkünfte, um sich Stube und Küche leisten zu können. Wir wohnten am Rande des sogenannten ›schwarzen Waldes‹ – denn es gab auch einen lichten Birkenwald, und der unsrige bestand aus Tannen. Wir wohnten abseits und etwa zwei bis drei Werst entfernt vom nächsten Dorf. Es hieß Woroniaki. Mein legitimer Vater, der Förster Golubtschik, war, im Grunde genommen, ein sanfter Mann. Niemals habe ich einen Streit zwischen ihm und meiner Mutter gehört. Sie wußten beide, was zwischen ihnen stand. Sie sprachen nicht darüber. Eines Tages aber – ich mochte damals etwa acht Jahre alt gewesen sein – erschien ein Bauer aus Woroniaki in unserem Haus, fragte nach dem Förster, der gerade durch die Wälder streifte, und blieb sitzen, als meine Mutter ihm sagte, daß ihr Mann vor dem späten Abend nicht nach Hause kommen würde. ›Nun, ich habe Zeit!‹ sagte der Bauer. ›Ich kann auch bis zum Abend warten und auch bis Mitternacht und auch später. Ich kann warten, bis ich eingesperrt werde. Und das hat noch mindestens einen Tag Zeit!‹ ›Warum sollte man Sie einsperren?‹ fragte meine Mutter. ›Weil ich Arina, meine leibliche Tochter Arina, mit diesen meinen Händen erwürgt habe‹, antwortete lächelnd der Bauer. Ich kauerte neben dem Ofen, weder meine Mutter noch der Bauer beobachteten mich im geringsten, und ich habe die Szene ganz genau behalten. Ich werde sie auch nie vergessen! Ich werde niemals vergessen, wie der Bauer gelächelt und wie er auf seine ausgestreckten Hände geblickt hat bei jenen fürchterlichen Worten. Meine Mutter, die gerade Teig geknetet hatte, ließ Mehl, das Wasser und das halbausgelaufene Ei auf dem Küchentisch, schlug das Kreuz, faltete dann die Hände über ihrer blauen Schürze, trat nahe an den Besuch heran und fragte: ›Sie haben Ihre Arina erwürgt?‹ ›Ja‹, bestätigte der Bauer. ›Aber warum denn, um Gottes willen?‹ ›Weil sie Unzucht getrieben hat mit Ihrem Mann, dem Förster Semjon Golubtschik. Heißt er nicht so, Ihr Förster?‹ Der Bauer sprach auch all das mit einem Lächeln, mit einem versteckten Lächeln, das hinter seinen Worten gleichsam hervorblinkte wie manchmal der Mond hinter finsteren Wolken. ›Ich bin schuld daran‹, sagte meine Mutter. Ich höre es noch, als ob sie es erst gestern gesprochen hätte. Ich habe ihre Worte behalten. (Damals aber verstand ich sie nicht.) Sie bekreuzigte sich noch einmal. Sie nahm mich bei der Hand. Sie ließ den Bauern in unserer Stube und ging mit mir durch den Wald, immerfort den Namen Golubtschik rufend. Nichts meldete sich. Wir kehrten ins Haus zurück, und der Bauer saß immer noch dort. ›Wollen Sie Grütze?‹ fragte meine Mutter, als wir zu essen begannen. ›Nein!‹ sagte lächelnd und höflich unser Gast, ›aber wenn Sie zufällig einen Samogonka im Hause haben – wäre ich nicht abgeneigt.‹ Meine Mutter schenkte ihm von unserem Selbstgebrannten ein, er trank, und ich erinnere mich genau, wie er den Kopf zurückwarf und wie an seinem von Borsten bewachsenen, zurückgeworfenen Hals gleichsam von außen zu sehen war, daß der Schnaps durch die Kehle rann. Er trank und trank und blieb sitzen. Endlich, die Sonne ging schon unter, es mag ein früher Herbsttag gewesen sein, kam mein Vater zurück. ›Ach, Pantalejmon!‹ sagte er. Der Bauer erhob sich und sagte ganz ruhig: ›Komm gefälligst hinaus!‹ ›Warum?‹ fragte der Förster. ›Ich habe eben‹, antwortete immer noch ganz ruhig der Bauer, ›Arina erschlagen.‹

Der Förster Golubtschik ging sofort hinaus. Sie blieben lange draußen. Was sie da gesprochen haben, weiß ich nicht. Ich weiß nur, daß sie lange draußen blieben. Es mochte wohl eine Stunde sein. Meine Mutter lag auf den Knien vor dem Heiligenbild in der Küche. Man hörte keinen Laut. Die Nacht war hereingebrochen. Meine Mutter zündete kein Licht an. Das dunkelrote Lämpchen unter dem Heiligenbild war das einzige Licht in der Stube, und niemals bis zu dieser Stunde hatte ich mich davor gefürchtet. Jetzt aber fürchtete ich mich. Meine Mutter lag die ganze Zeit auf den Knien und betete, und mein Vater kam nicht. Ich hockte neben dem Ofen. Endlich, es mochten drei oder mehr Stunden vergangen sein, hörte ich Schritte und viele Stimmen vor unserem Haus. Man brachte meinen Vater. Vier Männer trugen ihn. Der Förster Golubtschik muß ein ansehnliches Gewicht gehabt haben. Er blutete an allen Ecken und Enden, wenn man so sagen darf. Wahrscheinlich hatte ihn der Vater seiner Geliebten so zugerichtet.

Nun, ich will es kurz machen. Der Förster Golubtschik hat sich niemals mehr von diesen Schlägen erholt. Er konnte seinen Beruf nicht mehr ausüben. Er starb ein paar Wochen später, und man begrub ihn an einem eisigen Wintertag, und ich erinnere mich noch genau, wie die Totengräber, die ihn holen kamen, dicke, wollene Fäustlinge trugen und dennoch mit beiden Händen um sich schlagen mußten, damit es ihnen wärmer werde. Man lud meinen Vater Golubtschik auf einen Schlitten. Meine Mutter und ich, wir saßen auch in einem Schlitten, und während der Fahrt sprühte mir der helle Frost mit hunderttausend köstlichen, kristallenen Nadeln ins Gesicht. Eigentlich war ich froh. Dieses Begräbnis meines Vaters gehört eher zu den heiteren Erinnerungen meiner Kindheit.

Passons! – wie man in Frankreich sagt. Es dauerte nicht lange, und ich kam in die Schule. Und aufgeweckt, wie ich war, erfuhr ich bald, daß ich der Sohn Krapotkins war. Ich bemerkte es an dem Benehmen des Lehrers und einmal im Frühling an einem denkwürdigen Tage, an dem Krapotkin selber kam, unser Gut zu visitieren. Man schmückte das Dorf Woroniaki. Man hängte Girlanden an beiden Enden der Dorfstraße auf. Man stellte sogar eine Musikkapelle zusammen aus lauter Bläsern, und dazwischen gab es auch Sänger. Man übte eine Woche vorher, unter der Anleitung unseres Lehrers. Aber in dieser Woche ließ mich meine Mutter nicht in die Schule gehn, und nur unter der Hand gewissermaßen erfuhr ich von all den Vorbereitungen. Eines Tages kam Krapotkin wirklich. Und zwar direkt zu uns. Er ließ die Dorfstraße mit

Girlanden eine Dorfstraße mit Girlanden sein und die Musiker Musikanten und die Sänger Sänger, und er kam directement in unser Haus. Er hatte einen schönen dunklen und etwas angesilberten Knebelbart, roch nach Zigarren, und seine Hände waren sehr lang, sehr mager, sehr trocken, dürr sogar. Er streichelte mich, fragte mich aus, drehte mich ein paarmal herum, betrachtete meine Hände, meine Ohren, meine Augen, meine Haare. Dann sagte er, meine Ohren wären schmutzig und meine Fingernägel auch. Er zog ein elfenbeinernes Taschenmesser aus der Westentasche, schnitzte mir in zwei, drei Minuten aus einem ganz gewöhnlichen Holzbrett einen Mann mit Bart und langen Armen (später hörte ich, daß er ein sogenannter ›Kunstschnitzer‹ gewesen sei), dann sprach er noch leise mit meiner Mutter, und dann verließ er uns.

Seit diesen Tagen, meine Freunde, wußte ich natürlich ganz genau, daß ich nicht der Sohn Golubtschiks, sondern Krapotkins war. Natürlich tat es mir sehr leid, daß der Fürst verschmäht hatte, die geschmückte Dorfstraße zu passieren, die Musik und die Lieder zu hören. Am besten, so stellte ich mir vor, wäre es wohl gewesen, wenn er in einer großartigen Kalesche, an meiner Seite, von vier schneeweißen Schimmeln gezogen, ins Dorf gekommen wäre. Ich selbst wäre bei dieser Gelegenheit als der rechtmäßige, sozusagen gottgewollte Nachkomme des Fürsten von allen anerkannt worden, vom Lehrer, von den Bauern, von den Knechten, sogar von der Obrigkeit, und die Lieder und die Musik und die Girlanden hätten eher mir als meinem Vater gegolten. Ja, meine Freunde, so war ich damals: anmaßend, eitel, von einer uferlosen Phantasie bedrängt und sehr egoistisch. An meine Mutter dachte ich bei dieser Gelegenheit nicht im geringsten. Zwar begriff ich schon einigermaßen, daß es eine Art Schande war, wenn eine Frau ein Kind von einem andern als von ihrem angetrauten Mann bekam. Wichtig aber war nicht die Schande meiner Mutter und auch nicht meine eigene. Im Gegenteil: Es freute mich, und ich bildete mir viel darauf ein, daß ich nicht nur sozusagen von Geburt an ein besonderes Zeichen mit mir herumtrug, sondern auch, daß ich der leibliche Sohn unseres Fürsten war. Und nun aber, nachdem es so zweifellos und klar wie der Tag geworden war, ärgerte mich der Name Golubtschik nur noch mehr, und besonders, weil alle ihn so höhnisch aussprachen, seit dem Tode des Försters und seitdem der Fürst bei meiner Mutter gewesen war. Sie sprachen alle meinen Namen mit einem ganz besonderen Unterton aus, so als wäre es gar kein ehrlicher, gesetzlicher Name, sondern ein Spitzname. Und das ärgerte mich um so mehr, als ich ja selbst diesen lächerlichen und für mich gar nicht passenden Namen Golubtschik schon immer als einen Spott- und Spitznamen empfunden hatte, auch noch in den Zeiten, in denen man ihn gewissermaßen mit harmloser Ehrlichkeit auszusprechen pflegte. So wechselten also in meinem jungen Herzen damals die Gefühle in jäher Schnelligkeit, ich fühlte mich gedemütigt, ja erniedrigt und gleich darauf – oder besser: zugleich – wieder erhaben und hochmütig, und manchmal drängten sich alle diese Gefühle gleichzeitig in mir zusammen und kämpften gegeneinander, grausame Ungeheuer, meine Freunde, grausam in einer kleinen Knabenbrust.

Es war deutlich zu spüren, daß der Fürst Krapotkin seine starke, gnädige Hand über mir hielt. Zum Unterschied von allen anderen Knaben unseres Dorfes kam ich nach W. ins Gymnasium, im elften Jahre meines Lebens. An allerhand Anzeichen konnte ich bald bemerken, daß den Lehrern auch hier das Geheimnis meiner Geburt bekannt war, und ich freute mich nicht wenig darüber. Aber ich hörte auch nicht auf, mich über meinen unsinnigen Namen zu ärgern. Ich schoß schnell in die Höhe, ich wuchs fast ebensoschnell in die Breite, und ich hieß immer noch Golubtschik.

Je älter ich wurde, desto mehr kränkte ich mich darüber. Ich war ein Krapotkin, und ich hatte, zum Teufel, das Recht, mich Krapotkin zu nennen. Ich wollte noch ein bißchen warten. Ein Jahr vielleicht. Vielleicht überlegte es sich der Fürst in der Zwischenzeit und kam eines Tages herüber und verlieh mir, am liebsten vor den Augen aller Menschen, die mich kannten, seinen Namen, seinen Titel und alle seine märchenhaften Besitztümer. Ich wollte ihm keine Schande machen. Ich lernte gut und mit Ausdauer. Man war mit mir zufrieden. Und all das, meine Freunde, war doch keine echte Sache, es war doch nur teuflische Eitelkeit, die mich trieb, und nichts weiter. Bald sollte sie noch stärker in mir zu wirken anfangen. Bald begann ich mit meiner ersten, zwar noch nicht schändlichen Handlung, Sie sollen es sogleich hören.

Ich hatte mir also vorgenommen, ein ganzes Jahr zu warten, obwohl ich mir kurz nach diesem Entschluß vorzuhalten begann, daß ein ganzes Jahr eine viel zu lange Zeit wäre. Ich versuchte bald, mir selbst ein paar Monate abzuhandeln, denn die Ungeduld plagte mich sehr. Doch sagte ich mir zu gleicher Zeit, daß es eines Mannes, der entschlossen sei, sehr hoch emporzukommen – für einen solchen Mann hielt ich mich damals, meine Freunde –, daß es seiner unwürdig sei, ungeduldig zu werden und von seinen Entschlüssen abzuweichen. Auch fand ich bald eine Hilfe für meine Standhaftigkeit in der abergläubischen Überzeugung, daß der Fürst auf eine geheimnisvolle, geradezu magische Weise schon längst gefühlt haben müßte, was ich von ihm forderte. Denn ich bildete mir zuweilen ein, daß ich magische Kräfte besäße und daß ich überdies auf eine natürliche Weise mit ihm als mit meinem leiblichen Vater selbst über viele tausend Werst hinweg ständig verbunden wäre. Diese Einbildung beruhigte mich und bändigte zeitweilig meine Ungeduld. Als aber das Jahr verstrichen war, hielt ich mich für doppelt berechtigt, den Fürsten an seine Pflichten gegen mich zu mahnen. Denn daß ich ein ganzes Jahr ausgeharrt hatte, rechnete ich mir natürlich nicht gerade als ein geringes Verdienst an. Bald ereignete sich außerdem etwas, was mir den klaren Beweis dafür zu liefern schien, daß die Vorsehung selbst mein Vorhaben billigte. Es war kurz nach Ostern und schon recht voller Frühling. In dieser Jahreszeit fühlte ich immer – und noch heute fühle ich in den Frühlingsmonaten – eine frische Kraft im Herzen und in den Muskeln und eine ganz große unberechtigte und törichte Überzeugung, daß mir alles Unmögliche gelingen müsse. Nun ereignete sich der merkwürdige Zufall, daß ich eines Tages in der Pension, in der ich untergebracht war, der Zeuge eines Gesprächs wurde, das zwischen meinem Wirt und einem fremden Mann, den ich nicht sehen konnte, im Nebenzimmer geführt wurde. Ich hätte damals viel darum gegeben, den Mann zu sehen und selbst mit ihm zu sprechen. Ich durfte aber meine Anwesenheit nicht verraten. Offenbar hatte man geglaubt, ich sei nicht zu Hause beziehungsweise nicht in meinem Zimmer. Man hätte in der Tat auch nicht vermuten können, daß ich um diese Stunde zu Hause sei, und ich war nur zufällig in mein Zimmer gekommen. Mein Wirt, ein Postbeamter, unterhielt sich mit dem Fremden im Korridor ziemlich laut. Nach den ersten paar Worten, die ich vernahm, begriff ich sofort, daß der Fremde jener Beauftragte des Fürsten sein mußte, der jeden Monat für mich Kost, Quartier und Kleidung bezahlte. Offenbar hatte mein Wirt eine Preiserhöhung verlangt, und der Beauftragte des Fürsten wollte sie nicht anerkennen. ›Aber ich sage Ihnen doch‹, hörte ich den Fremden sprechen, ›daß ich ihn vor einem Monat nicht erreichen kann. Er ist in Odessa. Dort bleibt er sechs oder acht Wochen. Er will nicht gestört sein. Er öffnet keinen Brief. Er lebt da ganz abgeschlossen. Er schaut den ganzen Tag aufs Meer und kümmert sich um gar nichts. Ich wiederhole Ihnen: Ich kann ihn nicht erreichen.‹

›Wie lange soll ich also warten, mein Lieber?‹ sprach mein Wirt. ›Seitdem er hier lebt, hab’ ich sechsunddreißig Rubel ausgegeben, Extraspesen, einmal war er krank, sechsmal war der Arzt hier. Ich hab’s nicht ersetzt bekommen.‹ – Ich wußte – nebenbei gesagt –, daß mein Wirt log. Ich war niemals krank gewesen. Aber darauf achtete ich damals natürlich nicht. Mich regte die belanglose Tatsache, daß Krapotkin in Odessa lebte, in einem abgeschlossenen Haus am Meere, ungeheuer auf. Ein großer Sturm erhob sich in meinem Herzen. Das Meer, das abgeschlossene Haus, die Laune des Fürsten, sechs oder gar acht Wochen nichts von der Welt zur Kenntnis zu nehmen: all das beleidigte mich schwer. Es war, als hätte sich der Fürst zurückgezogen, nur, um von mir nichts mehr zu hören und als fürchtete er mich und nur mich auf dieser Welt.

So ist es also, sagte ich mir. Der Fürst hat auf dem magischen Wege meinen Entschluß vor einem Jahr vernommen. Er hat, aus begreiflicher Schwäche, nichts getan. Und nun, da das Jahr zu Ende geht, hat er Angst vor mir und verbirgt sich. Ich muß immerhin, damit Sie mich ganz kennenlernen, hinzufügen, daß ich sogar einer leisen Anwandlung von Großmut gegen den Fürsten damals fähig war. Denn er begann mir bald leid zu tun. Ich war geneigt, ihm seine Flucht vor mir als eine verzeihliche Schwäche auszulegen. So dreist überschätzte ich damals meine Kraft. War mein ganzer törichter Plan, den Fürsten zu zwingen, eine lächerliche Überheblichkeit, so war die kindische Großmut, mit der ich ihm seine angeblichen Schwächen verzeihen wollte, schon krankhaft zu nennen, wie die Ärzte sagen würden: ein ›psychotischer Zustand‹.

Eine Stunde, nachdem ich das früher erwähnte Gespräch belauscht hatte, fuhr ich zu meiner Mutter, mit dem letzten Rest des Geldes, das ich mir durch Stundengeben verdient hatte. Ich hatte sie Weihnachten zuletzt gesehen. Als ich sie jetzt wiedersah – sie erschrak übrigens, weil ich so plötzlich ins Haus fiel –, erkannte ich sofort, daß sie krank und sehr gealtert aussah. Im Laufe der wenigen Monate, in denen ich sie nicht gesehen hatte, waren ihre Haare grau geworden. Das erschreckte mich. Zum erstenmal sah ich deutlich an dem nächsten Menschen, den ich auf der Welt besaß, die Zeichen des unerbittlichen Alters. Und weil ich noch jung war, bedeutete mir das Alter nichts anderes als den Tod. Ja, der Tod war schon mit seinen grausigen Händen über den Scheitel meiner Mutter gefahren – nun waren ihre Haare welk und silbern. Sie wird also bald sterben, dachte ich ehrlich erschüttert. Und schuld daran, dachte ich weiter, ist der Fürst Krapotkin. Denn es lag mir begreiflicherweise daran, den Fürsten noch schuldiger zu machen, als er ohnehin in meinen Augen schon war. Je schuldiger er wurde, desto richtiger und berechtigter erschien mein Unternehmen.

Ich sagte also meiner Mutter, ich sei nur für ein paar Stunden gekommen, in einer höchst merkwürdigen und geheimen Angelegenheit. Ich müsse morgen nach Odessa. Nichts Geringeres sei passiert als die Tatsache, daß mich der Fürst rufen ließ. Mir die Botschaft zu überbringen, sei gestern jener Mann zu meinem Wirt gekommen, der Beauftragte des Fürsten. Sie, meine Mutter, sei der einzige Mensch, zu dem ich ein Wort davon verrate. Sie möge also schweigen, betonte ich dumm und wichtig. Ich ließ durchblicken, daß der Fürst vielleicht krank und im Sterben liege.

Kaum aber hatte ich diese lügenhafte Andeutung gemacht, als meine Mutter, die alles ruhig angehört hatte, kauernd auf der hölzernen Schwelle unseres Hauses, sofort aufsprang. Ihr Angesicht füllte sich mit Blut, Tränen rannen über ihre Wangen, sie breitete zuerst die Arme aus und schlug dann die Hände zusammen. Ich sah, daß ich sie erschreckt hatte, begann zu ahnen, was sie jetzt sagen würde, und erschrak selbst ungeheuerlich. ›Dann muß ich gleich mit dir!‹ sagte sie. ›Komm, komm, schnell, schnell, er darf nicht sterben, er darf nicht sterben, ich muß ihn sehn, ich muß ihn sehn!‹ So groß, so erhaben, möchte ich sagen, war die Liebe dieser einfachen Frau, die meine Mutter war. Viele Jahre waren vergangen, seitdem sie den letzten Kuß ihres Geliebten gespürt hatte, aber auf ihrem Leib fühlte sie den Kuß noch so lebendig, als hätte sie ihn gestern empfangen. Der Tod selbst hatte sie schon gestreichelt, aber selbst die Berührung des Todes konnte die Berührungen des Geliebten nicht verwischen und nicht vergessen machen. ›Hat er dir geschrieben?‹ fragte meine Mutter. ›Beruhige dich!‹ sagte ich. Und da meine Mutter nicht lesen und schreiben konnte, erlaubte ich mir noch eine schändlichere Lüge: ›Er hat mir mit eigener Hand ein paar Zeilen geschrieben, es kann ihm also so schlecht nicht gehen!‹ sagte ich.

Sie beruhigte sich im Augenblick. Sie küßte mich. Und ich schämte mich nicht, ihren Kuß zu empfangen. Sie gab mir zwanzig Rubel, ein ziemlich schweres Häuflein Silber in einem blauen Taschentuch. Das steckte ich mir ins Hemd, über den Gürtel.

Ich fuhr schnurstracks nach Odessa.

Ja, meine Freunde, ich fuhr nach Odessa, ich hatte ein reines Gewissen, ich empfand keine Reue, ich hatte mein Ziel vor Augen, und nichts sollte mich aufhalten. Es war ein strahlender Frühlingstag, als ich ankam. Zum erstenmal sah ich eine große Stadt. Es war keine gewöhnliche russische große Stadt, sondern erstens ein Hafen; und zweitens waren die meisten Straßen und Anlagen, wie ich bereits gehört hatte, ganz nach europäischem Muster angelegt. Vielleicht war Odessa mit Petersburg, jenem Petersburg, das ich in meiner Vorstellung trug, nicht zu vergleichen. Aber auch Odessa war eine große, eine riesengroße Stadt. Sie lag am Meer. Sie hatte einen Hafen. Und sie war eben die erste Stadt, in die ich ganz allein, aus eigenem Willen gereist war, die erste wunderbare Station auf meinem wunderbaren Weg ›nach oben‹.

Ich tastete, als ich den Bahnhof verließ, nach meinem Geld unter dem Hemd. Es war noch vorhanden. Ich nahm ein Zimmer in einem kleinen Gasthaus, in der Nähe des Hafens. Es war meiner Meinung nach nötig, möglichst nahe vom Fürsten zu wohnen. Da er, wie ich gehört hatte, in einem Hause ›am Meer‹ wohnte, stellte ich mir vor, es liege auch in der Nähe des Hafens. Ich zweifelte keinen Augenblick daran, daß mich der Fürst, sobald er nur erfahren haben würde, daß ich gekommen sei, nötigen müßte, bei ihm zu wohnen. Und dann hätte ich es nicht weit gehabt. Ich brannte vor Neugier, die Lage seines geheimnisvollen Hauses zu erfahren. Ich nahm an, daß alle Leute in Odessa wissen müßten, wo der Fürst wohnte. Aber ich wagte nicht, den Wirt meines Gasthofes zu fragen. Es war Angst, die mich hinderte, so offen Erkundigungen einzuholen, aber auch eine Art Wichtigtuerei. Schon kam ich mir selbst wie ein Fürst Krapotkin vor, und ich freute mich an der Vorstellung, daß ich sozusagen inkognito in einem viel zu billigen Hotel unter dem lächerlichen Namen Golubtschik abgestiegen sei. Ich beschloß, mich lieber beim nächsten Polizisten zu erkundigen.

Zuerst aber ging ich zum Hafen. Ich schlenderte langsam durch die lebendigen Straßen der großen Stadt, verweilte vor allen Schaufenstern, besonders vor jenen, in denen Fahrräder und Messer ausgelegt waren, und machte verschiedene Einkaufspläne. Morgen oder übermorgen konnte ich mir ja alles kaufen, was mir gefiel, sogar eine ganz neue Gymnasiasten-Uniform. So dauerte es lange, bis ich an den Hafen kam. Das Meer war tiefblau, hundertmal blauer als der Himmel und eigentlich auch schöner, weil man mit den Händen hineingreifen konnte. Und wie die unerreichbaren Wolken über den Himmel schwammen, so fuhren die schneeweißen großen und kleinen Schiffe, auch sie greifbar, über das nahe Meer. Ein großes, ein unbeschreibliches Entzücken erfüllte mein Herz, und ich vergaß sogar den Fürsten für eine Stunde. Manche Schiffe warteten im Hafen und schaukelten sachte, und wenn ich nahe herantrat, hörte ich den zärtlichen, unermüdlichen Anschlag des blauen Wassers an weißes, weiches Holz und schwarzes, hartes Eisen. Ich sah die Kräne wie große, eiserne Vögel durch die Luft schweben und ihre Lasten ausspeien in wartende Schiffe, aus weitgeöffneten, eisernen braunschwarzen Rachen. Jeder von Ihnen, meine Freunde, weiß, wie es ist, wenn man zum erstenmal in seinem Leben das Meer und den Hafen erblickt. Ich will euch nicht mit näheren Schilderungen aufhalten.

Nach einiger Zeit verspürte ich Hunger und ging in eine Konditorei. Ich war in einem Alter, in dem man, wenn man hungrig wird, nicht in ein Gasthaus, sondern in eine Konditorei geht. Ich aß mich satt. Ich glaube, daß ich damals Aufsehen mit meiner Genäschigkeit erregt habe. Ich fraß ein Zuckerwerk nach dem andern, ich hatte ja Geld in der Tasche, trank zwei Tassen stark gezuckerter Schokolade und wollte mich gerade entfernen, als plötzlich ein Herr an mein Tischchen trat und mir irgend etwas sagte, was ich nicht sofort verstand. Ich glaube, ich bin damals im ersten Augenblick sehr erschrocken gewesen. Erst als der Mann weitersprach, begann ich ziemlich langsam zu verstehen. Er sprach übrigens mit einem fremden Akzent. Ich merkte sofort, daß er kein Russe war, und diese Tatsache allein verdrängte meinen ersten Schrecken und weckte in mir eine Art Stolz. Ich weiß nicht recht, warum. Es scheint mir aber, daß wir Russen uns oft geschmeichelt fühlen, wenn wir Gelegenheit haben, mit einem Ausländer zu verkehren. Und zwar verstehen wir unter ›Ausländer‹ Europäer, jene Menschen also, die viel mehr Verstand haben dürften als wir, obwohl sie viel weniger wert sind. Es kommt uns zuweilen vor, daß Gott die Europäer begnadet hat, obwohl sie nicht an ihn glauben. Vielleicht aber glauben sie einfach deshalb nicht an Ihn, weil Er ihnen soviel geschenkt hat. Und also werden sie übermütig und glauben, sie hätten selbst die Welt erschaffen, und sind obendrein noch mit ihr unzufrieden, obwohl sie ja selbst, ihrer Meinung nach, die Verantwortung dafür haben. Siehst du – dachte ich bei mir – während ich den Ausländer betrachtete – es muß etwas Besonderes an dir sein, wenn dich ein Europäer so mir nichts, dir nichts anspricht. Er ist viel älter, vielleicht zehn Jahre älter als du. Wir wollen ihm höflich begegnen. Wir wollen ihm zeigen, daß wir ein gebildeter russischer Gymnasiast sind und kein gewöhnlicher Bauer...

Ich betrachtete mir also den Fremden: Er war, was man so einen ›Stutzer‹ nennt. Er hielt ein ganz weiches, feines Panama-Strohhütchen in der Hand, eines, wie es gewiß in ganz Rußland nicht zu kaufen war, und ein gelbes Rohrstöckchen mit silbernem Knauf. Er trug ein gelbliches Röckchen aus russischer Rohseide, eine weiße Hose mit zarten blauen Streifen und gelbe Knopfstiefel. Und statt eines Gürtels schlang sich um sein zartes Bäuchlein eine halbe, ja weniger: eine Viertelweste aus weißem, geripptem Stoff, zusammengehalten von drei wundervollen, schillernden Perlmuttknöpfchen. Außerordentlich wirkte seine geflochtene goldene Uhrkette mit großem Karabiner in der Mitte und vielen zierlichen Anhängseln, einem Revolverchen, einem Messerchen, einem Zahnstocher und einem niedlichen, winzigen Kuhglöckchen; alles aus purem Gold. Auch an das Angesicht des Mannes erinnere ich mich ganz genau. Er hatte pechschwarze, in der Mitte gescheitelte Haare, sehr dicht, eine kurze, knappe Stirn und ein winziges Schnurrbärtchen, aufwärtsgezwirbelt, so daß die Endchen direkt in die Nasenlöcher krochen. Die Hautfarbe war eine blasse, bleiche, was man so eine ›interessante‹ nennt. Das ganze Männchen kam mir damals sehr nobel vor, ein zierliches Herrchen aus europäischen Regionen. Wahrscheinlich, sagte ich mir, hätte er so einen gewöhnlichen Russen, wie sie hier in der Konditorei herumsitzen, gar nicht angesprochen. An mir aber sieht er sofort mit dem Kennerblick des Europäers, daß ich was Besonders bin, ein noch namenloser, aber echter Fürst, kein Zweifel.

›Ich sehe‹, sagte das fremde Herrchen, ›daß Sie hier in Odessa fremd sind, mein Herr! Ich bin es auch. Ich bin nicht aus Rußland. Wir sind also in einem gewissen Sinne Genossen, Schicksalsgenossen!‹

›Ich bin erst heute gekommen‹, sagte ich.

›Und ich vor einer Woche!‹

›Woher kommen Sie?‹ fragte ich.

›Ich bin Ungar, ich komme aus Budapest‹, antwortete er, ›gestatten Sie, daß ich mich vorstelle: Ich heiße Lakatos, Jenö Lakatos.‹

›Sie sprechen aber ganz gut Russisch!‹

›Gelernt, gelernt, lieber Freund!‹ sagte der Ungar und pochte dabei mit dem Knauf seines Rohrstäbchens auf meine Schulter. ›Wir Ungarn haben ein großes Sprachtalent!‹

Es war mir unangenehm, sein Stäbchen auf meiner Schulter zu fühlen, ich schüttelte es ab, er entschuldigte sich und lächelte, und man sah dabei seine glänzenden, weißen und etwas gefährlichen Zähne und noch ein Stückchen vom roten Zahnfleisch darüber. Seine schwarzen Augen blitzten. Ich hatte noch nie einen Ungarn gesehn, wohl aber mir eine genaue Vorstellung von ihnen gemacht nach all dem, was ich aus der Geschichte von ihnen wußte. Ich kann nicht sagen, daß es geeignet war, in mir irgendeinen Respekt vor diesem Volk zu wecken, das meiner Meinung nach noch weniger europäisch war als wir. Es waren Tataren, die sich nach Europa hineingestohlen hatten und dort sitzengeblieben waren. Sie waren Untertanen des Kaisers von Österreich, der sie so wenig schätzte, daß er uns Russen zu Hilfe gerufen hatte, als sie einst rebellierten. Unser Zar hatte dem österreichischen Kaiser geholfen, die rebellischen Ungarn zu unterdrükken. Und vielleicht hätte ich mich mit diesem Herrn Lakatos auch nicht näher eingelassen, wenn er nicht plötzlich etwas Überraschendes, mir unwahrscheinlich Imponierendes begonnen hätte. Er zog nämlich aus dem linken Täschchen seiner gerippten Viertelweste ein flaches, kleines Flakönchen, bespritzte sich die Rockklappen, die Hände und die breite, blaue, weißpunktierte Krawatte, und sofort erhob sich ein süßer Duft, der mich fast betäubte. Es waren, wie ich damals wähnte, geradezu himmlische Wohlgerüche. Ich konnte ihnen nicht widerstehen. Und als er mir sagte, wir sollten zusammen Nachtmahl essen gehn, erhob ich mich sofort und gehorchte.

Merken Sie daran, meine Freunde, wie grausam Gott mit mir umging, als er mir diesen parfümierten Lakatos auf die erste Kreuzung stellte, die ich auf meinem Weg zu passieren hatte. Ohne diese Begegnung wäre mein Leben ein ganz anderes geworden.

Lakatos aber führte mich geradewegs in die Hölle. Er parfümierte sie sogar.

Wir gingen also, der Herr Lakatos und ich. Erst als wir längere Zeit kreuz und quer durch die Straßen gegangen waren, bemerkte ich auf einmal, daß mein Begleiter hinkte. Er hinkte nur leicht, es war kaum zu sehen, es war eigentlich kein Hinken, sondern eher, als zeichnete der linke Fuß eine kleine Schleife, ein Ornament, auf das Pflaster. Niemals seither habe ich solch ein graziöses Hinken gesehn, es war kein Gebrechen, eher eine Vollkommenheit, ein Kunststück – und gerade diese Tatsache erschreckte mich sehr. Ich war damals, müßt ihr wissen, ungläubig und außerdem auch noch unermeßlich stolz auf meine Ungläubigkeit. Es schien mir, daß ich sehr gescheit sei, weil ich, trotz meinen jungen Jahren, bereits zu wissen glaubte, daß der Himmel aus blauer Luft bestehe und keine Engel und keinen Gott enthalte. Und obwohl ich das Bedürfnis hatte, an Gott und an die Engel zu glauben, und obwohl es mir in Wirklichkeit sehr leid tat, daß ich im ganzen Himmel nur blaue Luft sehen mußte und in allen Ereignissen auf Erden lauter blinde Zufälle, konnte ich doch auf mein hochmütiges Wissen nicht verzichten und nicht auf den Stolz, den es mir verlieh; dermaßen, daß ich, trotz meiner Sehnsucht, Gott anzubeten, dennoch gezwungen war, mich gleichsam selbst anzubeten. Als ich aber dieses graziöse, ja einschmeichelnde und liebenswürdige Hinken meines Genossen bemerkte, glaubte ich, im Nu zu fühlen, daß es ein Abgesandter der Hölle war, kein Mensch, kein Ungar, kein Lakatos, und ich erkannte auf einmal, daß meine Ungläubigkeit keine vollkommene war und daß jene Torheit, die ich damals meine ›Weltanschauung‹ nannte, sozusagen Lücken besaß. Denn hatte ich auch aufgehört, an Gott zu glauben, so waren die Furcht vor dem Teufel und der Glaube an ihn doch ganz lebendig und groß in mir geblieben. Und hatte ich auch vermocht, die sieben Himmel leerzufegen, so konnte ich doch die Hölle nicht von all ihren Schrekken säubern. Es war kein Zweifel, daß Lakatos hinkte, und ich gab mir zuerst alle Mühe, mir diese Tatsache auszureden, meinen eigenen Augen abzuleugnen, was sie so deutlich sahen. Hierauf sagte ich mir, daß auch Menschen selbstverständlich hinken können, ich erinnerte mich an alle Hinkenden, die ich kannte, an unseren Postboten Wassilij Kolohin zum Beispiel, an den Holzhacker Nikita Melaniuk und an den Schankwirt von Woroniaki, Stefan Olepszuk. Aber je deutlicher ich mir die bekannten Hinkenden ins Gedächtnis rief, desto deutlicher wurde auch der Unterschied zwischen ihrem Gebrechen und dem meines neuen Freundes. Manchmal, wenn ich glaubte, er könne es nicht bemerken und nicht übelnehmen, blieb ich unauffällig zwei, drei Schritte hinter ihm zurück und beobachtete ihn. Nein, es war kein Zweifel, er hinkte wirklich. Von hinten gesehen, war sein Gang noch merkwürdiger, seltsamer, zauberischer beinahe, es war, als zeichnete er mit dem linken Fuß wirklich unsichtbare, runde, kreisartige Zeichen auf den Boden, und sein linker gelber, spitzer und äußerst eleganter Knöpfelschuh schien mir plötzlich – aber nur sekundenlang – um ein bedeutendes länger zu sein als der rechte. Schließlich hielt ich es nicht aus, und um mir selbst zu beweisen, daß ich wieder einen sogenannten ›Rückfall‹ in meinen alten ›Aberglauben‹ erlitten hatte, beschloß ich, den Herrn Lakatos zu fragen, ob er wirklich hinke. Ich ging aber sehr vorsichtig zu Werke, überlegte die Frage ein paarmal und sagte schließlich: ›Haben Sie sich den linken Fuß verletzt, oder drückt Sie der Stiefel? Es scheint mir nämlich, daß Sie hinken.‹ Lakatos blieb stehen, hielt mich am Ärmel fest, damit auch ich stehenbleibe, und sagte: ›Daß Sie das erkannt haben! Ich muß schon sagen, junger Freund, ein Aug’ haben Sie wie ein Adler! Nein! Wirklich! Sie haben ein merkwürdig gutes Auge! Bisher haben’s nur wenige bemerkt. Aber ich kann’s Ihnen ja sagen. Wir kennen uns nicht lange, aber ich fühle mich schon ganz als Ihr alter Freund, ein älterer Bruder, könnte man sagen. Also ich habe mir den Fuß nicht verletzt, und mein Stiefel paßt auch ganz ausgezeichnet. Aber ich bin so geboren, ich hinke, seitdem ich gehe, und mit den Jahren habe ich angefangen, sogar eine Art eleganter Kunst aus meinem Gebrechen zu machen. Ich habe reiten und fechten gelernt, ich spiele Tennis, ich mache Hoch- und Weitsprünge mit Leichtigkeit, ich kann stundenlang wandern und sogar auf Berge steigen. Auch schwimmen und radfahren verstehe ich auf das beste. Wissen Sie, lieber Freund, niemals ist die Natur gütiger, als wenn sie uns ein kleines Gebrechen beschert. Wenn ich tadellos zur Welt gekommen wäre, hätte ich wahrscheinlich gar nichts gelernt.‹

Während Lakatos all dies sagte, hielt er mich, wie erwähnt, am Ärmel fest. Er stand an eine Häuserwand gelehnt, ich ihm gegenüber, fast mitten auf dem ziemlich schmalen Bürgersteig. Es war ein heller, fröhlicher Abend, die Menschen gingen lässig und frohgemut an uns vorbei, die abendliche Sonne vergoldete ihre Gesichter, alle Welt erschien mir anmutig und selig, nur ich war's nicht, und zwar deshalb nicht, weil ich mit Lakatos zusammenbleiben mußte. Zuweilen glaubte ich, ich müßte ihn im nächsten Augenblick verlassen, und es war mir doch so, als hielte er mich nicht nur am Ärmel fest, sondern gewissermaßen auch an der Seele; als hätte er einen Zipfel meiner Seele erwischt und ließe ihn nicht mehr los. Ich konnte damals weder reiten noch radfahren, und auf einmal schien es mir sehr schändlich, daß ich beides nicht konnte, obwohl ich doch kein Krüppel war. Nur eben: Golubtschik hieß ich, das war schlimmer als ein Krüppel sein, für mich, der ich doch eigentlich ein Krapotkin war und das Recht hatte, auf den edelsten Rossen der Welt zu reiten und, wie man zu sagen pflegt, in allen Sätteln gerecht zu sein. Daß aber dieser Ungar, dieser Herr Lakatos, alle edlen und adligen Sportarten beherrschte, obwohl er doch als ein Hinkender geboren war, daß er nicht einmal Golubtschik hieß und keinesfalls der Sohn eines Fürsten war, beschämte mich ganz besonders. Dazu kam, daß ich, der ich immer schon meinen lächerlichen Namen wie ein Gebrechen getragen hatte, auf einmal zu glauben begann, gerade dieser Name sei imstande, aus mir ebenso einen Allerweltskerl zu machen, wie der lahme Fuß des Herrn Lakatos ihm verholfen hatte, alle edlen und adligen Sportarten zu beherrschen. – Ihr seht, meine Freunde, wie der Teufel arbeitet . . .

Damals aber sah ich es nicht, ich ahnte es nur, aber es war schon mehr als eine Ahnung. Es war etwas zwischen einer Ahnung und einer Gewißheit. Wir gingen weiter.

›Jetzt wollen wir essen‹, sagte Lakatos, ›und dann kommen Sie zu mir, in mein Hotel. Es ist angenehm, wenn man in einer wildfremden Stadt etwas Nahes neben sich weiß, etwas Nahes, einen guten Freund, einen jüngeren Bruder.‹

Gut, wir gingen also essen. Wir gingen in die ›Tschornaja‹ – und, ja, wißt ihr, wohin, meine Freunde?«

Hier machte Golubtschik eine Pause. Er sah den Wirt an. Der Wirt sah mit seinen stark hervorquellenden, hellen Augen auf den Erzähler. Bei dem Wort »Tschornaja« war es, als entzündete sich in den Augen des Wirtes ein besonderes Licht, ein ganz besonderes. »Ja, die Tschornaja«, sagte er. »Eben die Tschornaja«, fing Golubtschik wieder an. »Dort gab es um jene Zeit ein Restaurant, das hieß genauso wie dieses hier, in dem wir jetzt sitzen, nämlich: ›Tari-Bari‹ – und der Wirt ist derselbe.«

Der Wirt, der dem Erzähler gegenübergesessen hatte, erhob sich jetzt, ging um den Tisch herum, breitete die Arme aus und umarmte Golubtschik. Sie küßten sich lange und herzlich. Sie tranken Brüderschaft; und auch wir alle, die Zuhörer, hoben die Gläser und leerten sie.

»Ja, so ist's!« begann Golubtschik wieder. »Dieser Wirt da, mein Bruder, seht ihr, Freunde, in seinem Restaurant hat sozusagen mein Unglück begonnen. Zigeunerinnen gab es dort, im alten ›Tari-Bari‹ in Odessa, großartige Geigenspieler und Zymbalisten. Und was für Weine, Kinder! Und alles bezahlte der Herr Lakatos. Und ich war zum erstenmal in meinem Leben in so einem Lokal. ›Trink nur, trink!‹ sagte der Herr Lakatos. Und ich trank.

›Trink nur!‹ wiederholte er. Und ich trank weiter.

Nach einiger Zeit, es mochte schon sehr spät sein, vielleicht lange nach Mitternacht – aber in der Erinnerung ist es mir, als sei jene ganze Nacht eine einzige lange, lange Mitternacht gewesen –, fragte mich Lakatos: ›Was suchst du eigentlich in Odessa?‹

›Ich bin gekommen‹, sagte ich (aber ich lallte es damals wahrscheinlich), ›um meinen eigentlichen Vater zu besuchen. Er erwartet mich seit mehreren Wochen.‹

›Und wer ist dein Vater?‹ fragte Lakatos.

›Der Fürst Krapotkin.‹

Hierauf schlug Lakatos mit der Gabel an das Glas und bestellte noch eine Flasche Champagner. Ich sah, wie er sich unter dem Tisch die Hände rieb und wie darüber, über dem Tisch, über dem weißen Tischtuch, sein schmales Angesicht aufleuchtete, sich plötzlich rötete und voller wurde, als hätte er seine Wangen aufgepustet.

›Ich kenne ihn, Seine Durchlaut meine ich‹, so begann Lakatos. ›Ich kann mir auch schon alles zusammenreimen. Er ist ein alter Fuchs, dein Herr Papa! Natürlich bist du sein illegitimer Sohn! Gnade dir Gott, wenn du auch nur den geringsten psychologischen Fehler machst! Mächtig und gefährlich mußt du auftreten! Er ist schlau wie ein Fuchs und feig wie ein Hase! Ja, mein Sohn, du bist nicht der erste, du bist nicht der einzige! Vielleicht irren Hunderte seiner unehelichen Söhne in Rußland herum. Ich kenne ihn. Ich habe Geschäfte mit ihm getätigt. Hopfengeschäfte! Ich bin nämlich von Beruf Hopfenhändler, mußt du wissen.

Also, tritt morgen ein, und laß dich melden als Golub-tschik, wohlverstanden! Und wenn man dich fragt, was du dem Fürsten zu sagen hast, so sag einfach: eine private Angelegenheit. Und stehst du drin, vor ihm, vor seinem schwarzen, großen Schreibtisch, der aussieht wie ein Sarg, und er fragt dich: Was wünschen Sie? – so sagst du: Ich bin Ihr Sohn, Fürst! – Fürst! sagst du. Nicht: Durchlaucht. – Und dann wirst du sehen. Ich traue deiner Klugheit. Ich führe dich hin. Und ich erwarte dich vor dem Schloß. Und ist er etwa unfreundlich, dein Herr Papa, so sag ihm, daß wir Mittel haben, Mittelchen. Und du hättest einen mächtigen Freund! Verstanden?‹

All dies verstand ich sehr wohl, es rann wie Honig in meinen Kopf, und ich drückte Herrn Lakatos die Hand unter dem Tisch, herzlich und fest. Er winkte eine der Zigeunerinnen heran, eine zweite, eine dritte. Vielleicht waren es noch mehr. Einer jedenfalls, jener, die sich an meine Seite gesetzt hatte, verfiel ich vollends. Meine Hand verfing sich in ihrem Schoß wie eine Fliege im Netz. Es war heiß, verworren, sinnlos, und dennoch eine große Seligkeit. Ich erinnere mich noch an den bleischweren, grauenden Morgen, an etwas Weiches, Warmes in einem fremden Bett, in einem fremden Zimmer, an schrille Glocken im Korridor und ganz besonders an einen tief beschämenden, einen schamlosen Jammer vor dem neuen Tag.

Als ich erwachte, stand die Sonne schon hoch am Himmel. Als ich die Treppe hinunterging, sagte man mir, das Zimmer sei bezahlt. Von Lakatos fand ich nur einen Zettel: ›Viel Glück!‹ stand darauf – und: ›Ich muß sofort verreisen. Gehen Sie selbst hin! Meine Wünsche begleiten Sie!‹

Also ging ich allein zum Schloß des Fürsten.

Das Haus meines Vaters, des Fürsten Krapotkin, stand einsam, stolz und weiß am Rande der Stadt. Obwohl es eine breite, gelbe, gut erhaltene Landstraße vom Strande trennte, schien es mir damals, es liege eigentlich hart am Ufer. So blau und mächtig war das Meer an jenem Morgen, an dem ich dem Hause des Fürsten entgegenging, daß es aussah, als schlüge es eigentlich immer mit seinen zärtlichen Wellen an die steinernen Treppen des Schlosses und als sei es nur zeitweilig zurückgewichen, um die Straße frei zu lassen. Überdies war, lange noch vor dem Schloß, eine Tafel angebracht, auf der geschrieben stand, daß allen Fuhrwerken die Weiterfahrt verboten sei. Es war gewiß, daß der Fürst in seiner sommerlichen, hochmütigen Ruhe nicht gestört sein wollte. Zwei Polizisten standen nahe dieser Tafel, sie beobachteten mich, während ich sie kühl und stolz anblickte, als hätte ich sie selber hierher befohlen. Wenn sie mich damals gefragt hätten, was ich hier zu suchen habe, ich hätte ihnen geantwortet, daß ich der junge Fürst Krapotkin sei. Eigentlich wartete ich auf diese Frage. Sie aber ließen mich passieren, folgten mir nur noch eine Weile mit ihren Blicken, ich spürte ihre Augen im Nacken. Je näher ich dem Hause Krapotkins kam, desto unruhiger wurde ich. Lakatos hatte versprochen, mich hierher zu begleiten. Nun hatte ich nur noch seinen Zettel in der Tasche. Laut und lebendig tönten in mir noch seine Worte wider: Sag ihm nicht Durchlaucht, sondern Fürst! – Er ist schlau wie ein Fuchs und feig wie ein Hase! – Immer langsamer, ja schleppender wurden meine Schritte, und auf einmal fühlte ich auch die grausame Hitze des Tages, der sich seiner Höhe näherte. Der Himmel war blau, das Meer zu meiner Rechten reglos, die Sonne in meinem Rücken unbarmherzig. Gewiß lag ein Gewitter in der Luft, und man merkte es nur noch nicht. Ich setzte mich eine Weile an den Wegrand. Aber als ich wieder aufstand, war ich noch müder als zuvor. Sehr langsam, die Kehle trocken, mit brennenden Füßen schleppte ich mich vor die strahlende Treppe des Hauses. Weiß waren die steinernen, flachen Stufen wie Milch und Schnee, und obwohl sie mit allen Poren die Sonne tranken, strömten sie mir doch eine wohltätige Kühle entgegen. Vor dem braunen, zweiflügeligen Portal stand ein mächtiger Schweizer in einem langen, sandgelben Mantel, mit einer großen schwarzen Mütze aus Bärenpelz (trotz der Hitze) und einem großen Zepter in der Hand, dessen goldener Knauf blitzte, eine Art Sonnenapfel. Ich stieg die flachen Stufen langsam empor. Der Schweizer schien mich erst zu erblicken, als ich knapp vor ihm stand, klein, verschwitzt und sehr armselig. Aber er rührte sich auch dann nicht, als er mich erblickt hatte. Nur seine großen blauen Kugelaugen ruhten auf mir wie auf einem Wurm, einer Schnecke, einem Nichts, und als wäre ich nicht ein Mensch wie er, ein Mensch auf zwei Beinen. So sah er zu mir eine Weile schweigsam herunter. Es war, als fragte er mich nur deshalb nicht nach meinem Begehr, weil er von vornherein wußte, daß ein so elendes Geschöpf die menschliche

Sprache gar nicht verstehen konnte. Auf meinen Scheitel, durch meinen Mützendeckel, brannte die Sonne fürchterlich und tötete die paar letzten Gedanken, die noch in meinem Gehirn rumorten. Bis jetzt hatte ich eigentlich weder Angst noch Bedenken empfunden. Ich hatte einfach nicht mit dem Schweizer gerechnet, noch weniger mit einem, der gar nicht den Mund auftat, um nach meinem Begehr zu fragen. Immer noch stand ich klein und jämmerlich vor dem gelben Koloß und seinem gefährlichen Zepter. Immer noch ruhten seine Augen, die so rund waren wie seine Zepterkugel, auf meiner erbarmungswürdigen Gestalt. Mir fiel keine passende Frage ein, meine Zunge lag trocken, unendlich groß und lastend in meinem Munde. Mir fiel damals ein, daß er eigentlich vor mir salutieren oder gar die schwere Mütze abnehmen müßte, der Zorn kochte in meiner Brust über so viel Schamlosigkeit eines Lakaien, eines Lakaien, der in meines eigenen Vaters Diensten stand. Ich muß ihm befehlen – dachte ich schnell –, die Mütze abzunehmen. Aber statt ihm diesen Befehl zu erteilen, zog ich selber vor ihm meine Mütze und stand nun noch elender da, barhäuptig und wie ein Bettler. Als hätte er just darauf gewartet, fragte er mich nunmehr mit einer überraschend dünnen, fast weiblichen Stimme nach meinem Begehr. – ›Ich möchte zum Fürsten!‹ sagte ich, sehr zag und leise. – ›Sind Sie angemeldet?‹ – ›Der Fürst erwartet mich.‹ – ›Bitte!‹ sagte er etwas lauter und schon mit einer männlichen Stimme.

Ich trat ein. Im Vestibül standen zwei sandgelb livrierte Lakaien, mit silbernen Litzen und Knöpfen, von den

Stühlen auf, sie erhoben sich wie durch einen Zauber, als wären sie steinerne Löwen gewesen, wie man sie manchmal vor herrschaftlichen Treppen sehen kann. Ich war wieder Herr über mich geworden, ich zerdrückte meine schöne Mütze in der Linken, das gab mir ein wenig mehr Festigkeit. Ich sagte, ich wolle den Fürsten sehn und er erwarte mich, und es sei eine private Angelegenheit. Man führte mich in einen kleinen Salon, da hing das Porträt des alten Krapotkin, wie ich aus der metallenen Plakette ersah, meines Großvaters also. Ich fühlte mich schon ganz zu Hause, obwohl mein Großvater ein sehr böses, gelbes, hageres und fremdes Gesicht machte. Ich bin Blut von deinem Blute! dachte ich. Mein Großvater! Ich werde euch zeigen, wer ich bin. Ich bin nicht Golubtschik. Ich bin euer! Oder, vielmehr, ihr seid mein!

Indessen hörte ich ein zartes silbernes Glöckchen läuten, nach einigen Minuten öffnete sich die Tür, und ein Diener verbeugte sich vor mir. Ich stand auf. Ich trat ein. Ich stand im Zimmer des Fürsten.

Er mußte vor nicht langer Zeit aufgestanden sein. Er saß hinter seinem mächtigen schwarzen Schreibtisch, der wirklich aussah wie ein Sarg, in dem man Zaren begräbt, bekleidet mit einem weichen silbergrauen, flauschigen Morgenrock.

Sein Angesicht hatte ich nicht genau in der Erinnerung behalten; jetzt erst gewahrte ich es. Es war mir jetzt, als sähe ich den Fürsten zum erstenmal in meinem Leben, und diese Erkenntnis bereitete mir einen unheimlichen Schrecken. Es war also gewissermaßen nicht mehr mein Vater, nicht der Vater, auf den ich mich vorbereitet hatte, sondern in der Tat ein fremder Fürst, der Fürst Krapotkin eben. Er erschien mir grauer, magerer, hagerer und länger und größer, obwohl er saß, als ich, der ich vor ihm stand. Als er gar fragte: ›Was wünschen Sie von mir?‹, verlor ich vollends die Sprache. Er wiederholte noch einmal: ›Was wünschen Sie von mir?‹ – Jetzt hörte ich genau seine Stimme, sie war heiser, und ein wenig böse klang sie, es war, so schien es mir damals, eine Art Bellen, als verträte der Fürst selber gewissermaßen einen seiner Hofhunde. In der Tat erschien plötzlich, ohne daß irgendeine der zwei Türen, die ich im Zimmer des Fürsten bemerkte, aufgegangen wäre, ein riesiger Wolfshund; ich wußte nicht, woher er kam, vielleicht hatte er hinter dem mächtigen Sessel des Fürsten gewartet. Der Hund blieb unbeweglich, er stand zwischen mir und dem Tisch, sah mich an, und auch ich sah ihn unverwandt an und konnte nicht den Blick von ihm wenden, obwohl ich doch den Fürsten, und nur ihn, anschauen wollte. Plötzlich begann der Hund zu knurren, und der Fürst sagte: ›Ruhe, Slavka!‹ Er knurrte selbst beinahe wie der Hund. ›Also, was wünschen Sie, junger Mann?‹ fragte der Fürst zum drittenmal.

Ich stand immer noch hart an der Tür. ›Treten Sie näher!‹ sagte Krapotkin.

Ich ging einen winzigen, einen armseligen winzigen Schritt vor und holte Atem. Dann sagte ich:

›Ich bin gekommen, um mein Recht zu fordern!‹

›Welches Recht?‹ fragte der Fürst.

›Mein Recht als Ihr Sohn!‹ sagte ich, ganz leise.

Es war eine kurze Weile still. Dann sagte der Fürst:

›Setzen Sie sich, junger Mann!‹, und er wies auf einen breiten Stuhl vor dem Schreibtisch.

Ich setzte mich, das heißt: Ich verfiel eigentlich diesem verhexten Stuhl. Seine weichen Armlehnen zogen mich an und hielten mich fest, ähnlich jenen fleischfressenden Pflanzen, die sorglose Insekten anziehen und vollends vernichten. Ich blieb sitzen, ohnmächtig, und da ich saß, kam ich mir noch schmachvoller vor als die ganze Zeit, in der ich gestanden hatte. Ich wagte nicht, meine Arme auf die Lehnen zu legen. Sie sanken wie gelähmt hinunter, sie hingen zu beiden Seiten des Lehnstuhls hinab, und auf einmal fühlte ich, wie sie sacht und äußerst blöde zu baumeln begannen, und ich hatte doch nicht die Kraft, sie festzuhalten oder gar wieder an mich zu ziehen. Auf meine rechte Wange schien die Sonne stark und blendend, nur mit dem linken Auge konnte ich den Fürsten sehen. Ich ließ aber beide Augen sinken und beschloß abzuwarten.

Der Fürst bewegte ein silbernes Tischglöckchen, der Diener kam. ›Papier und Bleistift!‹ befahl Krapotkin. Ich rührte mich nicht, mein Herz begann, sehr stark zu pochen, und meine Arme schlenkerten heftiger. Der Hund streckte sich behaglich aus und fing an zu grunzen.

Man brachte das Schreibzeug, der Fürst hub an: ›Also, Ihr Name?‹ – ›Golubtschik!‹ sagte ich. ›Geburtsort?‹ – ›Woroniaki.‹ – ›Der Vater?‹ – ›Tot!‹ – ›Den Beruf meine ich‹, sagte Krapotkin, ›nicht den Gesundheitszustand!‹ – ›Er war Förster!‹ – ›Noch andere Kinder vorhanden?‹ – ›Nein!‹ – ›Wo besuchen Sie das Gymnasium?‹ – ›In W.‹ – ›Sind die Zeugnisse gut?‹ – ›Ja!‹ – ›Wollen Sie weiterlernen?‹ – ›Jawohl!‹ – ›Denken Sie an einen bestimmten Beruf?‹ – ›Nein!‹

›So!‹ sagte der Fürst und legte Papier und Bleistift weg. Er stand auf, nun sah ich unter seinem auseinanderklaffenden Morgenrock eine ziegelrote Hose aus türkischer Seide, wie mir damals schien, und kaukasische, perlenbestickte Sandalen an seinen Füßen. Er sah genauso aus, wie ich mir damals einen Sultan vorstellte. Er näherte sich mir, gab dem Hund einen Tritt, das Tier schob sich knurrend zur Seite. Dann stand er hart vor mir, und ich fühlte seinen starken, harten Blick auf meinem gesenkten Scheitel wie eine Messerspitze.

›Stehen Sie auf!‹ sagte er. Ich erhob mich. Er überragte mich um zwei Köpfe. ›Sehen Sie mich an!‹ befahl er. Ich reckte den Kopf empor. Er betrachtete mich eine lange Weile. ›Wer hat Ihnen gesagt, daß Sie mein Sohn sind?‹ – ›Niemand, ich weiß es schon lange, ich habe es erlauscht und erraten!‹ – ›So‹, machte Krapotkin, ›und wer hat Ihnen gesagt, daß Sie irgendein Recht von mir zu fordern haben?‹ – ›Niemand – ich selbst glaube es.‹ – ›Und welches Recht?‹ – ›Das Recht, so zu heißen.‹ ›Wie zu heißen?‹ ›So‹, wiederholte ich, denn ich wagte nicht, zu sagen: ›so wie Sie!‹ – ›Krapotkin wollen Sie heißen, he?‹ – ›Ja!‹ – ›Hören Sie, Golubtschik‹, sagte er, ›wenn Sie wirklich mein Sohn sind, so sind Sie mir schlecht geraten, das heißt, dumm, total dumm.‹ Ich fühlte Spott, aber auch zum erstenmal ein wenig Güte in seiner Stimme. ›Sie müßten sich selbst sagen, junger Golubtschik, daß Sie dumm sind. Gestehen Sie es?‹ – ›Nein!‹ – ›Nun, ich werde Ihnen erklären: In ganz Rußland habe ich wahrscheinlich viele Söhne, wer kann es wissen? Ich war lange Jahre jung, viel zu lange war ich jung. Sie selbst haben vielleicht schon Söhne. Auch ich war einmal Gymnasiast. Meinen ersten Sohn bekam die Frau des Schuldieners, meinen zweiten die Tochter desselben Schuldieners. Der erste dieser zwei Söhne ist ein ehelicher Kolohin, der zweite ein unehelicher Kolohin. An diese beiden Namen, wenn es überhaupt zwei Namen sind, erinnere ich mich, weil es eben die ersten waren. Meinen Förster Golubtschik aber hatte ich ganz vergessen, wie so viele andere, wie so viele andere. Es können doch nicht hundert Krapotkins in der Welt herumlaufen, wie? Und nach was für einem Recht und Gesetz? Und gäbe es selbst diesbezüglich ein Gesetz, wer garantiert mir, daß es wirklich meine Söhne sind? He? Und dennoch sorge ich für sie alle, soweit sie meiner Privatkanzlei bekannt sind. Da ich aber auf Ordnung halte, habe ich sämtliche diesbezüglichen Adressen meinen Sekretären angegeben. Und nun? Haben Sie was daran auszusetzen?‹

›Ja!‹ sagte ich.

›Was denn, junger Mann?‹

Jetzt konnte ich den Fürsten ganz gelassen ansehn. Ich war nun ruhig genug, und wenn unsereins ruhig wird, wird es auch frech und unverschämt, und also sagte ich: ›Mich gehen meine anderen Brüder gar nichts an. Mir handelt es sich nur darum, daß ich mein Recht finde.‹

›Welches Recht? – Sie haben gar kein Recht. Fahren Sie nach Haus. Grüßen Sie meinetwegen Ihre Mutter. Lernen Sie fleißig. Und werden Sie was Rechtes!‹

Ich machte keinerlei Anstalten wegzugehn. Ich begann, hartnäckig und ungezogen: ›Einmal waren Sie in Woroniaki und haben mir Männchen aus Holz geschnitzt und dann –‹, ich wollte von seiner Hand sprechen, die hart, hager und väterlich mein Gesicht gestreichelt hatte – da flog plötzlich die Tür auf, der Hund sprang empor, begann jubelnd zu bellen, das Angesicht des Fürsten verklärte sich, es leuchtete auf. Ein junger Mensch, kaum älter als ich, ebenfalls in Gymnasiasten-Uniform, sprang herein, der Fürst breitete die Arme aus, küßte den jungen Mann mehrere Male auf beide Wangen, dann endlich wurde es still, der Hund wedelte nur noch mit dem Schwanz. Da erst erblickte mich der junge Mann. ›Herr Golubtschik!‹ sagte der Fürst. ›Mein Sohn!‹

Der Sohn lachte mich an. Er hatte ganz blitzende Zähne, einen breiten Mund, einen gelblichen Teint und eine feine, harte Nase. Er sah dem Fürsten nicht ähnlich, weniger ähnlich als ich, dachte ich damals.

›Nun, leben Sie wohl!‹ sagte der Fürst zu mir. – ›Lernen Sie gut!‹ Er streckte mir die Hand hin. Dann aber zog er sie zurück, sagte: ›Warten Sie!‹ und ging zum Schreibtisch. Er zog eine Schublade auf und entnahm ihr eine schwere goldene Tabaksdose. – ›Hier‹, sagte er, ›nehmen Sie das zum Andenken! Gehen Sie mit Gott!‹

Er vergaß, mir die Hand zu geben. Ich dankte nicht, nahm die Dose, verneigte mich und verließ das Haus.

Aber kaum war ich wieder draußen, vorbei an dem Schweizer, den ich in einer Art Verwirrung und Angst sogar grüßte und der mir nicht einmal mit einem Blick erwiderte, als ich bereits genau zu fühlen glaubte, daß mir ein großer Schimpf angetan worden war. Die Sonne stand schon hoch im Mittag. Ich fühlte Hunger – und schämte mich seltsamerweise dieses Gefühls: Es erschien mir niedrig und vulgär und meiner unwürdig. Man hatte mich gekränkt, und siehe da: Ich war nur hungrig. Ich war eben vielleicht doch nur Golubtschik, nichts mehr als ein Golubtschik.

Ich ging die hellbesonnte, glatte, sandige Straße zurück, auf der ich vor kaum zwei Stunden hierhergekommen war, ich ließ den Kopf buchstäblich hängen, ich hatte die Empfindung, er könnte sich nie mehr aufrecht halten, er war schwer und wie geschwollen; als hätte man ihn verprügelt, meinen armen Kopf. Die zwei Polizisten standen immer noch an der gleichen Stelle. Auch jetzt sahen sie mir lange nach. Eine Weile, nachdem ich sie passiert hatte, vernahm ich einen schrillen Pfiff.

Er kam von links, vom Ufer des Meeres her, der Pfiff erschreckte, aber er erfrischte mich auch gewissermaßen, ich hob den Kopf und erblickte meinen Freund Lakatos. Munter stand er da, sein hellgelbes, sonniges Röckchen schimmerte fröhlich, sein Stöckchen wedelte mir entgegen, sein feines, ebenso sonniges Panamahütchen lag neben ihm, auf dem Kies. Er hob es eben auf und näherte sich mir. Munter und ohne sichtbare Beschwer nahm er die ziemlich steile Anhöhe, die an dieser Stelle die Straße vom Meer trennte, und in wenigen Minuten stand er schon neben mir und reichte mir seine glatte Hand.

Erst in diesem Augenblick merkte ich, daß ich immer noch in meiner Rechten die Tabaksdose des Fürsten hielt, und ich verbarg sie, so flink ich konnte, in meiner Tasche. So schnell ich aber auch diese Bewegung vollführt hatte, meinem Freund Lakatos war sie nicht entgangen, ich merkte es an seinem Blick und an seinem Lächeln. Er sagte zuerst gar nichts. Er tänzelte nur fröhlich neben mir einher. Dann, als die ersten Häuser der Stadt vor uns auftauchten, fragte er: ›Nun, es ist gelungen, hoffe ich?‹ – ›Nichts ist gelungen‹, erwiderte ich, und eine große Wut erfüllte mich gegen Lakatos. ›Wenn Sie mich begleitet hätten‹, sprach ich weiter, ›wie Sie mir gestern versprochen hatten, wäre alles ganz anders gekommen. Sie haben gelogen! Warum schrieben Sie mir, daß Sie verreisen müssen? Warum sind Sie überhaupt noch da?‹ – ›Wie?‹ rief Lakatos, ›habe ich etwa nichts anderes zu tun? Glauben Sie, ich kümmere mich um Ihre Affären? Ich bekam in der Nacht ein Telegramm, ich solle abreisen. Es stellte sich aber heraus, daß ich noch bleiben könne. Nun ging ich, als ein guter Freund, hierher, um zu hören, was aus Ihnen geworden ist.‹ – ›Nun‹, sagte ich, ›nichts ist aus mir geworden, oder noch weniger, als ich gewesen war.‹ – ›Er hat Sie nicht anerkannt? Er hat keine Angst vor Ihnen? Er hat Sie nicht eingeladen?‹ – ›Nein!‹ – ›Er hat Ihnen die Hand gegeben?‹ – ›Ja‹, log ich. ›Und was noch?‹ – Ich zog die Dose aus der Tasche. Ich hielt sie in der ausgestreckten, flachen Hand, blieb stehen und ließ sie Lakatos betrachten. Er rührte sie nicht an, er strich nur mit den Augen um sie sorgfältig herum. Er schnalzte dabei mit der Zunge, spitzte die Lippen, pfiff ein wenig, hüpfte einen Schritt vor, dann einen zurück und sagte schließlich: ›Großartiges Stück! Ein Vermögen wert! Darf ich es anfassen?‹ – Und schon tippte er mit seinen spitzen Fingern auf die Dose. Wir befanden uns bereits knapp vor den ersten Häusern der Stadt, ein paar Leute kamen uns entgegen, Lakatos flüsterte hastig: ›Stecken Sie's ein!‹, und ich verbarg die Dose.

›Nun, war er allein, der alte Fuchs?‹ fragte Lakatos. ›Nein!‹ sagte ich, ›sein Sohn kam ins Zimmer!‹ – ›Sein Sohn?‹ sagte Lakatos. ›Er hat keinen. Ich will Ihnen etwas sagen, ich habe vergessen, Sie gestern darauf aufmerksam zu machen! Es ist nicht sein Sohn. Es ist der Sohn des Grafen P., eines Franzosen. Seit der Geburt dieses Jungen lebt die Fürstin in Frankreich; verbannt sozusagen. Den Sohn mußte sie abliefern. So ist es. Ein Erbe muß einmal sein. Wer sollte dieses Vermögen sonst zusammenhalten? Sie etwa? Oder ich?‹

›Wissen Sie das bestimmt?‹ fragte ich, und mein Herz begann, heftig zu schlagen, aus Freude, aus Schadenfreude, aus Rachsucht, und plötzlich fühlte ich einen brennenden Haß gegen den Jungen, eine vollkommene Gleichgültigkeit gegen den alten Fürsten. Alle meine Gefühle, meine Sehnsucht, meine Wünsche, hatten auf einmal ein Ziel, ich rüstete mich plötzlich aufs neue, ich vergaß, daß ich soeben eine Schmach erlitten hatte, oder vielmehr: Ich glaubte zu wissen, wer allein schuld war an meiner Schmach. Wenn – so dachte ich in jener Stunde – dieser Junge nicht ins Zimmer getreten wäre, ich hätte den Fürsten für mich sicherlich gewinnen können. Dieser Junge aber muß einen Wink erhalten haben, er muß gewußt haben, wer ich bin, deshalb kam er so plötzlich hereingestürmt, der Fürst ist alt und töricht geworden, dieser sein falscher Sohn umgarnt ihn tückisch, dieser Franzose, Sohn einer würdelosen Mutter.

Es schien mir damals, während ich solches überlegte, als würde mir immer wohler und leichter, das Feuer des Hasses erwärmte mein Herz. Ich glaubte endlich, den Sinn meines Lebens und sein Ziel erfaßt zu haben. Der tragische Sinn meines Lebens bestand darin, daß ich das unglückliche Opfer eines tückischen Jungen war. Das Ziel meines Lebens bestand darin, daß ich von dieser Stunde an die Pflicht hatte, den tückischen Jungen zu vernichten. Eine große, warme Dankbarkeit gegen Lakatos erfaßte mich und zwang mich, ihm stumm und fest die Hand zu drücken. Er ließ meine Hand nicht mehr los. So gingen wir, Hand in Hand, fast zwei Kindern ähnlich, dem nächsten Restaurant entgegen. Wir aßen ausgiebig, mit kräftigem Appetit. Wir sprachen nicht viel. Lakatos zog einige Zeitungen aus der Rocktasche, es war wie ein Zauber, ich hatte diese Blätter bis jetzt gar nicht bemerkt. Als wir mit dem Essen fertig waren, rief er nach der Rechnung, schob sie mir zu, und immer noch in seine Zeitung vertieft, sagte er, ganz nebenbei: ›Zahlen Sie bitte vorläufig! Wir verrechnen dann!‹

Ich griff in die Tasche, langte nach meiner Börse, öffnete sie und sah, daß sie mit einigen Kupfermünzen gefüllt war, statt des Silbergelds, das ich mitgenommen hatte. Ich suchte noch im mittleren Fach, erinnerte mich genau an die zwei Zehn-Rubel-Stücke, die darin gelegen hatten, kramte noch eine Weile, Angst befiel mich, der Schweiß trat mir auf die Stirn. Gestern nacht hatte man mich bestohlen, es war sicher. Lakatos begann indessen, die Zeitung zusammenzufalten. Nach einer Weile fragte er: ›Gehen wir?‹, sah mich an und schien zu erschrecken.

– ›Was ist los?‹ sagte er. ›Ich habe kein Geld mehr!‹ flüsterte ich.

Er nahm mir die Börse aus der Hand, betrachtete sie und sagte endlich: ›Ja, die Weiber!‹

Dann zog er Geld aus der Brieftasche, zahlte, nahm mich beim Arm und begann: ›Das macht nichts, das macht bestimmt nichts, junger Mann! In Not geraten wir keineswegs, wir haben da einen Schatz in der Tasche. Dreihundert Rubel unter Brüdern. Zu diesen Brüdern wollen wir eben jetzt wandern! Dann aber, junger Mann, genug für diesmal mit den Abenteuern! Fahren Sie sofort nach Haus!‹

Arm in Arm mit Lakatos ging ich nun zu den Brüdern, von denen er gesprochen hatte.

Wir gingen in das Viertel nahe am Hafen, wo in winzigen und halb verfallenen Häusern die armen Juden wohnen. Es sind, glaube ich, die ärmsten und, nebenbei gesagt, auch die kräftigsten Juden der Welt. Tagsüber arbeiten sie im Hafen, sie arbeiten wie Kräne, sie schleppen Lasten auf die Schiffe und löschen die Ladungen, und die Schwächeren unter ihnen handeln mit Früchten, Kürbiskernen, Taschenuhren, Kleidern, reparieren Stiefel, flikken alte Hosen, nun, was eben alles arme Juden machen müssen. Ihren Sabbat aber feiern sie, vom Anbruch der Freitagnacht an, – und Lakatos sagte: ›Gehen wir etwas schneller, denn heute ist Freitag, und die Juden hören bald auf, Geschäfte zu machen.‹

Während ich so an Lakatos' Seite dahinging, erfaßte mich eine große Angst, und es war mir, als gehörte mir die Tabaksdose gar nicht, die ich nun versetzen ging: als hätte sie mir Krapotkin gar nicht geschenkt, sondern als hätte ich sie gestohlen. Aber ich unterdrückte meine Angst und machte sogar ein heiteres Gesicht und tat so, als hätte ich bereits vergessen, daß man mir das Geld gestohlen hatte, und ich lachte über jede Anekdote, die Lakatos erzählte, obwohl ich diese Anekdoten gar nicht hörte. Ich wartete nur immer darauf, daß er kichere, dann merkte ich, daß seine Geschichte zu Ende war, und hierauf lachte ich laut und verlegen. Ich ahnte nur von ungefähr, daß die Geschichten bald von Frauen, bald von Juden, bald von Ukrainern handelten.

Wir hielten endlich vor der schiefen Hütte eines Uhrmachers. Er hatte kein Schild, man sah nur an den Rädern, Rädchen, Zeigern und Zifferblättern, die im Fenster lagen, daß der Bewohner der Hütte ein Uhrmacher war. Es war ein winziger, dürrer Jude mit einem schütteren, strohgelben Ziegenbärtchen. Als er sich erhob, um uns entgegenzutreten, bemerkte ich, daß er hinkte, es war ebenfalls ein tänzelndes Hinken, fast wie das meines Freundes Lakatos, nur nicht ein solch feines und vornehmes. Der Jude glich einem traurigen, etwas erschöpften Böcklein. In seinen kleinen schwarzen Äuglein glomm ein rötliches Feuerchen. Er hielt die Tabaksdose in seiner mageren Hand, wog sie ein wenig und sagte: ›Aha, Krapotkin!‹ und prüfte mich dabei mit einem flinken Blick, und es war, als wöge er mich mit seinen kleinen Äuglein, wie er eben die Dose auf seinem mageren Händchen gewogen hatte. Auf einmal schien es mir, daß der Uhrmacher und Lakatos Brüder seien, obwohl beide Sie zueinander sagten.

›Also, wieviel?‹ fragte Lakatos.

›Wie gewöhnlich!‹ sagte der Jude.

›Dreihundert?‹

›Zweihundert!‹

›Zweihundertachtzig?‹

›Zweihundert!‹

›Gehn wir!‹ sagte Lakatos und nahm dem Uhrmacher die Dose aus der ausgestreckten Hand.

Wir gingen ein paar Häuser weiter, da war wieder ein Uhrmacherfenster wie vorher, und siehe da, als wir eintraten, erhob sich der gleiche magere Jude mit gelblichem Bärtchen, blieb aber hinter seinem Pult, so daß ich nicht sehen konnte, ob auch er hinke. Als ihm Lakatos meine Dose zeigte, sagte auch dieser zweite Uhrmacher nur das Wort: ›Krapotkin!‹ – ›Wieviel?‹ fragte Lakatos. – ›Zweihundertfünfzig!‹ sagte der Uhrmacher. ›Bitte!‹ sagte Lakatos. Und der Jude zahlte uns das Geld aus, in goldenen Zehn- und Fünf-Rubel-Stücken.

Wir verließen das Viertel. ›So, mein Junge!‹ begann Lakatos. ›Jetzt nehmen wir einen Wagen und fahren zur Bahn. Sei klug, laß dich nicht mehr auf dumme Sachen ein, und behalte dein Geld. Schreib mir gelegentlich, nach Budapest, hier ist meine Adresse.‹ Und er gab mir seine Visitkarte, auf der stand in lateinischen sowie auch in zyrillischen Buchstaben:

JENÖ LAKATOS

Hopfenkommissionär

Firma Heidegger und Cohnstamm, SAAZ

Adresse: Budapest, Rakocziutca, 31.

Es kränkte mich tief, daß er zu mir du sagte, so plötzlich, und deshalb sagte ich: ›Ich bin Ihnen viel Dank schuldig, aber auch Geld.‹

›Dank nicht!‹ erwiderte er.

›Also, wieviel?‹ fragte ich.

›Zehn Rubel!‹ sagte er, und ich gab ihm ein goldenes Zehn-Rubel-Stück.

Hierauf winkte er einem Wagen. Wir stiegen ein. Wir fuhren zum Bahnhof.

Wir hatten nicht mehr viel Zeit, der Zug ging in zehn Minuten, man hatte schon zum erstenmal geläutet.

Ich wollte gerade auf das Trittbrett steigen, als plötzlich zwei auffallend große Männer auftauchten, je einer rechts und links von meinem Freunde Lakatos. Sie winkten mir, ich stieg aus. Sie nahmen uns in die Mitte und führten uns, gewaltig und finster, wieder hinaus vor den Bahnhof. Wir alle vier sprachen kein Wort. Wir gingen um das ganze große Bahnhofsgebäude herum und dann rückwärts, wo man das Tuten der rangierenden Lokomotiven vernahm, zu einer kleinen Tür hinein. Es war das Polizeibüro. Zwei Polizisten standen an der Tür. Ein Beamter saß am Tisch und beschäftigte sich damit, die zahllosen Fliegen zu fangen, die mit einem lauten, unaufhörlichen, durchdringenden Gesumm im Zimmer umherflogen und sich auf die weißen Blätter setzten, die auf dem Schreibtisch ausgebreitet lagen. Sooft er eine Fliege gefangen hatte, nahm er sie zwischen Daumen und Zeigefinger der Linken und zupfte ihr einen Flügel aus. Dann tauchte er sie in das große, weite Tintenfaß aus weißem, tintenbeflecktem Porzellan. So ließ er uns etwa eine Viertelstunde herumstehn, Lakatos, mich und die beiden Männer, die uns hierhergebracht hatten. Es war heiß und still. Man hörte nur die Lokomotiven, den Gesang der Fliegen und den schweren, gleichsam schnarchenden Atem der Polizisten.

Schließlich winkte mich der Beamte heran. Er tauchte die Feder in das Tintenfaß, in dem so viele Fliegenleichen herumschwammen, fragte mich nach Namen und Herkunft und Ziel und Zweck meines Aufenthalts in Odessa, und nachdem ich alles gesagt hatte, lehnte er sich zurück, strich seinen schönen, semmelblonden Bart und beugte sich plötzlich wieder vor über den Tisch und fragte: ›Wieviel Tabaksdosen haben Sie eigentlich gestohlen?‹

Ich verstand seine Frage nicht und blieb stumm.

Er zog die Schublade auf, winkte mir, an seine Seite zu treten, ich ging um den Tisch herum an die offene Lade und sah, daß sie ausgefüllt war mit lauter Tabaksdosen von jener Art, wie ich sie vom Fürsten bekommen hatte. Ich blieb erschrocken vor dieser Lade stehn, ich begriff gar nichts mehr. Es war mir, als sei ich verzaubert worden, ich zog das Billet aus meiner Tasche, das ich vor einer halben Stunde gelöst hatte, und zeigte es dem Beamten, es war lächerlich, so etwas zu tun, ich fühlte es sogleich, aber ich war eben ratlos, verworren und glaubte wie jeder Verworrene, unbedingt etwas Sinnloses tun zu müssen. ›Wieviel von diesen Dosen haben Sie genommen?‹ fragte der Beamte noch einmal.

›Eine‹, sagte ich. ›Die hat mir der Fürst gegeben! Dieser Herr weiß es‹ – ich zeigte auf Lakatos. Er nickte. Aber in diesem Augenblick sagte der Beamte: ›Hinaus!‹ – und Lakatos wurde hinausgeführt.

Ich blieb nun allein mit dem Beamten und einem Polizisten an der Tür. Der aber schien kein lebendiger Mensch, eher ein Pfosten oder etwas ähnliches.

Der Beamte tauchte die Feder wieder ins Tintenfaß, angelte eine tote, tropfende Fliege heraus, und es war, als blutete die Fliege Tinte, betrachtete sie und sagte leise:

›Sie sind der Sohn des Fürsten?‹

›Ja!‹

›Sie wollten ihn umbringen?‹

›Umbringen?‹ rief ich.

›Ja?‹ fragte der Beamte, ganz leise und lächelnd.

›Nein! Nein!‹ schrie ich, ›ich liebe ihn!‹

›Sie können gehn!‹ sagte der Beamte zu mir. Ich näherte mich der Tür. Da ergriff mich der Polizist am Arm. Er führte mich hinaus: Da stand ein Polizeiwagen mit vergittertem Fenster. Die Wagentür ging auf. Drinnen saß ein Polizist, der zog mich in den Wagen. Wir fuhren ins Gefängnis.«

Hier machte Golubtschik eine lange Pause. Sein Schnurrbart, dessen unterer Rand feucht war vom Schnaps, den der Erzähler immer wieder in großen Zügen trank, zitterte ein wenig. Die Gesichter aller Zuhörer waren bleich und unbewegt und, wie mir schien, gleichsam reicher geworden an Runzeln und Falten, als hätte jeder der Anwesenden innerhalb der Stunde, die seit dem Anfang der Erzählung vergangen sein mochte, außer seiner eigenen Jugend auch noch die Semjon Golubtschiks erlebt. Auf uns allen lastete nunmehr nicht mehr nur unser eigenes Leben, sondern auch jener Teil des Golubtschik-schen Lebens, den wir soeben kennengelernt hatten. Und nicht ohne Schrecken erwartete ich den aller Voraussicht nach furchtbaren Rest dieses Lebens, das ich gewisser-maßen eher zu überstehen als anzuhören haben sollte. Durch die geschlossene Tür hörte man jetzt das dumpfe Poltern der ersten Gemüsewagen, die zum Markt fuhren, und manchmal den wehmütigen, langgezogenen Pfiff fer-ner Lokomotiven.

»Es war nur ein gewöhnlicher Polizeiarrest«, begann Golubtschik wieder, »nichts Fürchterliches. Es war im-merhin ein ziemlich bequemes Zimmer, mit breiten Git-tern vor dem hohen Fenster, die nichts Drohendes hat-ten, etwa so wenig Drohendes wie Gitter vor den Fen-stern mancher Wohnungen. Es gab auch einen Tisch, einen Stuhl und zwei Feldbetten. Aber fürchterlich war die Tatsache, daß, als ich das Arrestzimmer betrat, mein Freund Lakatos sich von einem der Betten erhob, um mich zu begrüßen. Ja, er gab mir die Hand genauso fröh-lich und unbefangen, als hätten wir uns zum Beispiel im Restaurant getroffen. Ich aber übersah seine ausge-streckte Hand. Er seufzte bekümmert und gekränkt und legte sich wieder hin. Ich setzte mich auf den Stuhl. Ich wollte weinen, den Kopf auf den Tisch legen und weinen, aber ich schämte mich vor Lakatos, und noch stärker als meine Scham war meine Furcht, er könnte mich trösten wollen. So saß ich denn, mit einer Art versteinerten Wei-nens in der Brust, stumm auf dem Sessel und zählte die Gitter am Fenster.

›Seien Sie nicht verzweifelt, junger Herr!‹ sagte Lakatos nach einer Weile. Er stand auf und trat an den Tisch. ›Ich habe alles erfahren!‹ – Gegen meinen Willen hob ich den Kopf, bereute es aber sofort. ›Ich habe meine Beziehungen, auch hier schon. In zwei Stunden spätestens sind Sie frei. Und wissen Sie, wem wir dieses Pech zu verdanken haben? Raten Sie bitte!‹

›Sagen Sie's doch!‹ schrie ich. ›Quälen Sie mich doch nicht!‹

›Nun, Ihrem Herrn Bruder, oder vielmehr dem Sohn des Grafen P., Sie verstehen?‹

Oh, ich verstand, und ich verstand doch nicht. Aber der Haß, meine Freunde, der Haß gegen den jungen Mann, den Bastard, den falschen Sohn meines leiblichen, meines fürstlichen Vaters, übernahm gleichsam die Rolle der Vernunft, wie es oft geschieht, und weil ich haßte, glaubte ich, auch zu erkennen. In einem Nu, so schien es mir, durchschaute ich ein fürchterliches Komplott, das man gegen mich gesponnen hatte. Und zum erstenmal erwachte in mir die Rachsucht, die Zwillingsschwester des Hasses, und schneller noch, als der Donner dem Blitz zu folgen pflegt, faßte ich den Entschluß, mich einmal bestimmt an dem Jungen zu rächen. Wie – das wußte ich nicht, aber ich fühlte schon, daß Lakatos der Mann war, mir den Weg zu zeigen, und also wurde er mir im gleichen Augenblick sogar angenehm.

Selbstverständlich wußte er, was alles in mir vorging. Er lächelte, ich erkannte an seinem Lächeln, daß er alles wußte. Er beugte sich über den Tisch so nahe zu mir herüber, daß ich nichts mehr sah als seine blitzenden Zähne und dahinter den rötlichen Schimmer seines Gaumens und von Zeit zu Zeit seine rosa Zungenspitze, die mich an die Zunge unserer Katze daheim erinnerte. Er wußte in der Tat alles. Die Sache verhielt sich so: Dosen zu schenken, alle von der gleichen, äußerst kostspieligen Art, war eine der vielen Marotten des alten Fürsten. Er ließ sie eigens für sich herstellen, bei einem Juwelier in Venedig, nach dem alten Muster einer Dose, die er, der Fürst, selbst einmal bei einer Versteigerung erstanden hatte. Diese Tabaksdosen, aus schwerem Gold, mit elfenbeinerner Einlage und mit Smaragdsplittern umkränzt, liebte der Fürst seinen Gästen zu geben, und er hatte auch immer unzählige dieser Dosen bereit. Nun, es war einfach. Der junge Mann, den er für seinen Sohn hielt, brauchte Geld, stahl die Dosen, verkaufte sie von Zeit zu Zeit, und im Laufe der Jahre hatte die Polizei bei jeder Untersuchung, die sie bei den Händlern vorzunehmen pflegte, eine mächtige Anzahl Dosen gesammelt. Alle Welt wußte, woher diese Schätze kamen. Auch der Verwalter des Fürsten, auch seine Lakaien wußten es. Aber wer hätte gewagt, es ihm zu sagen? – Wie leicht war es dagegen, einem so bedeutungslosen Jungen wie mir einen Diebstahl, ja einen Einbruch sogar zuzumuten; denn was war unsereins im alten Rußland, meine Freunde? Ein Insekt, eine jener Fliegen, die der Beamte in seinem Tintenfaß ersäuft, ein Nichts, ein Staubkörnchen unter der Stiefelsohle eines großen Herrn. Und dennoch, meine Freunde, laßt mich eine Weile abschweifen, verzeiht es mir, daß ich euch aufhalte: Ich wollte heute, wir wären noch die alten Staubkörnchen! Wir waren nicht von Gesetzen, sondern von Launen abhängig. Aber diese Launen waren fast eher berechenbar als die Gesetze. Und auch noch Gesetze sind von Launen abhängig. Man kann sie nämlich auslegen. Ja, meine Freunde, die Gesetze schützen vor der Willkür nicht, denn die Gesetze werden nach Willkür ausgelegt. Die Launen eines kleinen Richters kenne ich nicht. Sie sind schlimmer als gewöhnliche Launen. Sie sind einfach miserable Gehässigkeiten. Die Launen eines großen Herrn aber kenne ich. Sie sind sogar zuverlässiger als Gesetze. Ein großer, ein echter Herr, der strafen kann und Gnade üben, ist durch ein einziges Wort böse zu machen, aber manchmal auch durch ein einziges Wort wieder gut. Und wie viele große Herren hat es schon gegeben, die gar niemals böse geworden waren. Ihre Launen waren immer gütige Launen. Die Gesetze aber, meine Feunde, sind fast immer böse. Es gibt beinahe kein Gesetz, von dem man sagen könnte, es sei etwa gütig, es gibt auf Erden nicht einmal eine absolute Gerechtigkeit, Gerechtigkeit, meine Freunde, gibt es nur in der Hölle! ...

Um also wieder auf meine Geschichte zurückzukommen: Damals wollte ich noch die Hölle auf Erden, das heißt, ich dürstete nach Gerechtigkeit. Und wer die absolute Gerechtigkeit will, der ist der Rachsucht verfallen. So war ich damals. Ich war Lakatos dankbar, daß er mir die Augen geöffnet hatte. Und ich zwang mich, Vertrauen zu ihm zu haben, und fragte ihn: ›Was soll ich tun?‹

›Sagen Sie mir zuerst, unter uns‹, begann er, ›haben Sie wirklich nichts anderes vorgehabt, als dem Fürsten zu sagen, daß Sie sein Sohn sind? – Mir können Sie es ja sagen, niemand hört uns. Wir sind jetzt Leidensgefährten. Vertrauen gegen Vertrauen. Wer hat Sie zum Fürsten geschickt? Gibt es in Ihrer Klasse einen Vertrauensmann der – nun, Sie wissen schon: der sogenannten Revolutionäre?‹

›Ich verstehe Sie nicht‹, sagte ich. ›Ich bin kein Revolutionär. Ich will einfach mein Recht! Mein Recht!‹ schrie ich.

Erst später sollte ich begreifen, was für eine Rolle dieser Lakatos spielte. Später erst, als ich selbst fast ein Lakatos geworden war. Damals aber begriff ich es nicht. Er aber verstand wohl, daß ich ehrlich gesprochen hatte. Er sagte nur: ›Nun, dann ist alles gut!‹ Und er mochte sich dabei gedacht haben: Jetzt habe ich mich wieder geirrt. Eine schöne Summe ist mir da entgangen.

Eine Weile später ging die Tür auf, der Beamte kam, der die Fliegen ertränkt hatte, ihm folgte ein Herr in Zivil. Ich erhob mich. Der Beamte sagte: ›Ich lasse Sie allein‹ und ging. Nach ihm ging Lakatos, ohne mich anzusehen. Der Herr sagte mir, ich solle mich setzen, er hätte mir einen Vorschlag zu machen. Er wisse alles – so begann er. Der Fürst habe eine hohe Stellung und eine große Bedeutung. Von ihm hänge das Wohl Rußlands ab, des Zaren, der Welt, könnte man sagen. Deshalb dürfte er niemals gestört werden. Ich sei mit lächerlichen Ansprüchen gekommen. Die gütige Nachsicht des Fürsten allein hätte mich vor schwerer Strafe gerettet. Ich sei jung. Also könne mir verziehen werden. Allein der Fürst, der bis jetzt aus Laune den Sohn eines seiner Förster erhalten habe und selbst habe studieren lassen, wünsche nicht mehr, an Unwürdige oder Leichtfertige oder Unüberlegte – oder wie immer ich mich bezeichnen möge – Gnaden zu verschwenden. Infolgedessen sei beschlossen worden, daß ich irgendeinen meiner bescheidenen Abkunft entsprechenden Posten einnehmen solle. Ich könnte entweder Förster werden wie mein Vater, Gutsverwalter vielleicht einmal, mit der Zeit, auf einem der Güter des Fürsten, oder auch in den Staatsdienst treten, zur Post, zur Eisenbahn gehn, als Schreiber irgendwohin, zu einem Gouvernement sogar. Lauter gutbezahlte und für mich passende Posten.

Ich antwortete nicht.

›Hier, unterschreiben Sie!‹ sagte der Herr und entfaltete vor mir ein Papier, auf dem stand, daß ich keinerlei Ansprüche an den Fürsten zu stellen hätte und mich verpflichtete, nie mehr eine Begegnung mit ihm zu versuchen.

Nun, meine Freunde, ich kann meinen Zustand nicht genau beschreiben. Als ich das Papier las, war ich beschämt, gedemütigt, aber auch hochmütig zugleich, furchtsam und rachsüchtig, durstig nach der Freiheit, aber zugleich auch bereit, Qualen zu erleiden, ein Kreuz auf mich zu nehmen, vom Wunsch nach Macht erfüllt und gleichzeitig von dem süßen, verführerischen Gefühl, daß auch die Ohnmacht eine Seligkeit sei sondergleichen. Ich wollte aber Macht haben, um eines Tages allen Schimpf rächen zu können, den man mir jetzt antat, und zugleich wollte ich die Kraft haben, diesen Schimpf ertragen zu können. Ich wollte, kurz gesagt, nicht nur ein Rächer, sondern auch gleichzeitig ein Märtyrer sein. – Aber noch war ich keins von beiden, das fühlte ich wohl, und der Herr wußte es sicherlich ebenfalls. Er sagte mir, grob diesmal: ›Also schnell, entscheiden Sie sich!‹ Und ich unterschrieb.

›So‹, sagte er und steckte das Papier ein. ›Was wünschen Sie nun?‹ Wollte Gott, ich hätte damals gesagt, was mir auf der Zunge lag, nämlich das einfache Wort: Nach Hause! Zur Mutter! Aber in diesem Augenblick ging die Tür auf, ein Polizeioffizier trat ein, ein eleganter Stutzer, mit weißen Handschuhen, mit blitzendem Säbel und blankgeputzter, lederner Pistolentasche und einem blanken, blaublitzenden Blick aus Eis und Hochmut. Und nur seinetwegen und ohne den Herrn anzusehn, sagte ich plötzlich: ›Ich will zur Polizei!‹

Dieses unbedachte Wort, meine lieben Freunde, hat mein Schicksal entschieden. Erst viel später habe ich gelernt, daß Worte mächtiger sind als Handlungen – und ich lache oft, wenn ich die beliebte Phrase höre: ›Keine Worte, sondern Taten!‹ Wie schwach sind die Taten! Ein Wort besteht, eine Tat vergeht! Eine Tat vollbringt auch ein Hund, ein Wort aber spricht nur ein Mensch. Die Tat, die Handlung ist nur ein Phantom, verglichen mit der Wirklichkeit und gar mit der übersinnlichen Wirklichkeit des Wortes. Die Handlung verhält sich zum Wort ungefähr wie der zweidimensionale Schatten im Kino zum dreidimensionalen lebendigen Menschen oder, wenn ihr wollt, wie die Photographie zum Original. Deshalb auch bin ich ein Mörder geworden. Aber das kommt später.

Vorläufig geschah folgendes: Ich unterschrieb noch ein Papier im Zimmer eines Beamten, den ich bis jetzt noch nicht gesehen hatte. Was darin stand, weiß ich nicht mehr genau. Der Beamte, ein alter Herr mit einem so würdigen, so langen, so silbernen Bart, daß sein Angesicht darüber winzig erschien und unbedeutend, als wüchse es aus diesem Bart empor, und nicht, als wäre aus ihm der Bart gesprossen, gab mir eine weiche, gutgepolsterte, gleichsam mit fetter Tücke gepolsterte Hand und sagte: ›Ich hoffe, Sie werden sich bei uns einleben und heimisch fühlen! Sie fahren nach Nischnij Nowgorod. Hier haben Sie die Adresse des Herrn, bei dem Sie sich melden. Leben Sie wohl!‹

Und als ich schon an der Tür war, rief er: ›Halt, junger Mann!‹ Ich kehrte zurück an den Schreibtisch. ›Merken Sie sich das, junger Mann!‹ sagte er, beinahe schon grollend. ›Schweigen, Horchen, Schweigen, Horchen!‹ Er legte den Finger an seine bartüberwucherten Lippen und winkte mit der Hand. –

Ich war somit bei der Polizei, bei der Ochrana, meine Freunde! Ich begann, Rachepläne zu schmieden. Ich hatte Macht. Ich hatte Haß. Ich war ein guter Agent. Nach Lakatos wagte ich nicht mehr zu fragen. Er wird noch oft in meiner Geschichte vorkommen. Erspart mir inzwischen die Einzelheiten, die ich jetzt zu erzählen hätte. Es gibt noch Widerliches genug in meinem weiteren Leben.

Erlaßt mir, meine Freunde, die genauen Berichte über die gemeinen – ja, man kann, man soll sagen: gemeinen Taten, die ich im Verlauf der folgenden Jahre begangen habe. Ihr wißt alle, meine Brüder, was die Ochrana gewesen ist. Vielleicht hat sie sogar jemand unter euch am eigenen Leibe gespürt. Auf keinen Fall habe ich es nötig, sie genau zu beschreiben. Ihr wißt jetzt, was ich gewesen bin. Und wenn es euch nicht paßt, so sagt es mir bitte gleich, ich verlasse euch. Hat jemand etwas gegen mich? Ich bitte, es zu sagen, meine Herren! Nur glattweg zu sagen! Und ich gehe!«

Aber wir alle schwiegen. Nur der Wirt sagte: »Semjon Semjonowitsch, da du einmal angefangen hast, deine Geschichte zu erzählen, und da wir schließlich alle, so, wie wir hier sitzen, irgend etwas auf dem Gewissen haben, bitte ich dich, im Namen unser aller, fortzufahren.« Golubtschik tat noch einen Schluck und erzählte weiter:

»Ich war nicht dumm, trotz meiner Jugend, und also war ich gar bald gut angeschrieben bei meinen Vorgesetzten. Zuerst – ich habe vergessen, es zu erzählen – schrieb ich einen Brief an meine Mutter. Ich sagte ihr, daß mich der Fürst gut aufgenommen habe und daß er sie herzlich grüßen lasse. Er habe mir – so schrieb ich weiter – einen großartigen Staatsposten verschafft, und von nun ab würde ich ihr monatlich zehn Rubel schicken. Für dieses Geld brauche sie sich aber beim Fürsten nicht zu bedanken.

Als ich diesen Brief schrieb, meine Freunde, wußte ich schon, daß ich meine Mutter niemals mehr sehen würde, und ich war auch, so merkwürdig es scheinen mag, sehr traurig darüber. Aber etwas anderes, Stärkeres – so schien es mir damals – rief mich, Stärkeres als die Liebe zur Mutter, nämlich der Haß gegen meinen falschen Bruder. Der Haß war so laut wie eine Trompete, und die Liebe zur Mutter war so leise und zart wie eine Harfe. Ihr versteht, meine Freunde!...

Ich wurde also, so jung ich auch war, ein großartiger Agent. Ich kann euch nicht alle Gemeinheiten erzählen, die ich im Laufe jener Zeit begangen habe. Aber der und jener unter euch erinnert sich vielleicht noch an die Geschichte von dem jüdischen Sozialrevolutionär Salomon Komrower, genannt: Komorow – und dies war eine der schmutzigsten Taten meines Lebens.

Dieser Salomon Abramowitsch Komrower war ein zarter Jüngling aus Charkow, die Politik hatte ihn niemals beschäftigt, er lernte, wie es bei Juden gehörig ist, fleißig Talmud und Thora und wollte so eine Art Rabbiner werden. Seine Schwester aber war eine Studentin, sie studierte Philosophie in Petersburg, sie verkehrte bei den Sozialrevolutionären, sie wollte, wie es damals Mode war, das Volk befreien – – und sie wurde eines Tages verhaftet. Salomon Komrower, ihr Bruder also, hat nichts Eiligeres zu tun, als sich bei der Polizei zu melden und anzugeben, er sei schuld, und er allein, an den gefährlichen Umtrieben seiner Schwester. Gut! Man verhaftet auch ihn. Man setzt mich in der Nacht in seine Zelle. Es war in einem Kiewer Gefängnis, ich erinnere mich noch genau an die Stunde – es war knapp vor Mitternacht. Als ich eintrat, das heißt: hineingestoßen wurde, ging Salomon Komrower auf und ab, auf und ab, er schien mich gar nicht zu bemerken. ›Guten Abend!‹ sagte ich, und er antwortete mir nicht. Ich spielte, wie es meine Pflicht war, einen alten Verbrecher und legte mich seufzend auf die Pritsche. Nach einer Weile hörte auch Komrower auf zu wandern. Er setzte sich ebenfalls auf seine Pritsche; ich war derlei gewohnt. ›Politisch?‹ fragte ich, wie gewöhnlich. ›Ja!‹ sagte er. ›Wieso?‹ fragte ich weiter. Nun, er war dumm und jung, er erzählte seine ganze Geschichte. Ich aber, der ich immer an meinen falschen Bruder, den jungen Fürsten Krapotkin, dachte und an meine Rache, überlegte mir, ob hier nicht endlich eine Gelegenheit gegeben wäre, meinen stetig heißen Haß zu kühlen. Und ich begann, dem jungen, ahnungslosen Komrower einzureden, daß ich einen Ausweg für ihn und für seine Schwester wüßte: nämlich den, den jungen Fürsten als den Freund seiner Schwester anzugeben, und, so sagte ich dem ahnungslosen Juden, wenn einmal ein Name wie der Krapotkins mit im Spiel wäre, sei gar nichts mehr zu befürchten.

In der Tat, ich wußte damals keineswegs, daß der junge Fürst tatsächlich revolutionäre Kreise aufsuchte und daß er seit langem schon von meinen Kollegen genau überwacht worden war. Meine Gehässigkeit und meine Rachsucht hatten also gewissermaßen Glück, kann man sagen. Denn siehe da: Am nächsten Tag, nachdem man den Juden Komrower vernommen hatte, kehrte er in Begleitung eines sehr noblen jungen Mannes in Ingenieur-Uniform in die Zelle zurück. Er war, sozusagen, mein Bruder: der junge Fürst Krapotkin.

Ich begrüßte ihn, er erkannte mich natürlich nicht. Ich begann, mich mit gehässigem Eifer um ihn zu kümmern; der Jude Komrower, der dort in der Ecke auf seiner Pritsche lag, bedeutete mir gar nichts mehr. Und wie es einst Lakatos mit mir gemacht hatte, begann ich, eins ums an-

dere, Verrat um Verrat aus dem jungen Fürsten herauszu-
locken, nur mit mehr Erfolg, als es damals Lakatos ver- ~~permitted~~
gönnt gewesen war. Ja, ich erlaubte mir, den jungen Fürsten zu fragen, ob er sich noch an die Tabaksdosen erinnere, die sein Vater zu verschenken die Gewohnheit gehabt habe: Da wurde der Junge zum erstenmal rot, man
sah es sogar im Halbdunkel der Zelle. So ist es nämlich:
Der Mann, der vielleicht versucht hatte, den Zaren zu
stürzen, wurde rot, als ich ihn an einen seiner Knaben-
streiche erinnerte. Von nun an gab er mir bereitwillig
Auskunft. Ich erfuhr, daß er, just infolge jener törichten
Tabaksdosengeschichte, die eines Tages aufgekommen
war, sich verpflichtet gefühlt hatte, eine gehässige Stellung gegen die menschliche Ordnung überhaupt einzu-
nehmen. Er hatte also, wie so viele junge Menschen seiner
Zeit, die Tatsache, daß man sein vulgäres Verbrechen entdeckt hatte, zum Anlaß genommen, ein sogenannter Revolutionär zu werden und die Gesellschaft anzuklagen.
Er war immer noch hübsch, und wenn er sprach und gar
wenn er mit seinen blanken Zähnen lächelte, erhellte sich
gleichsam die Zelle, in der wir saßen. Von tadellosem
Schnitt war seine Uniform. Von tadellosem Schnitt war
sein Angesicht, war sein Mund, waren seine Zähne,
waren seine Augen. Ich haßte ihn.

Er verriet mir alles, alles, meine Freunde! Es hat keine
Bedeutung mehr, ich will euch mit Einzelheiten nicht
langweilen. Aber es half mir nichts, daß ich alles mitteilte.
Nicht der junge Fürst Krapotkin wurde bestraft, sondern
der völlig schuldlose Jude Komrower.

Ich sah noch, wie sie ihm die Kugel und die Kette um

das linke Bein schmiedeten. Er ging nach Sibirien. Der junge Fürst aber verschwand eines Tages, schneller, als er gekommen war.

Alle Geständnisse, die mir der Fürst gemacht hatte, schrieb man dem jungen Komrower zu.

So war damals die Praxis, meine Freunde!

Ich war die letzte Nacht mit ihm in der Zelle. Er weinte ein bißchen, gab mir dann ein paar Zettel, an seine Eltern, an Freunde und Verwandte, und sagte: ›Gott ist überall. Ich habe keine Angst! Ich habe auch keinen Haß! Gegen niemanden! Sie waren mein Freund und ein Freund in der Not! Ich danke Ihnen!‹

Er umarmte und küßte mich. Heute noch brennt sein Kuß auf meinem Angesicht.«

Bei diesen Worten berührte Golubtschik mit dem Finger seine rechte Backe.

»Einige Zeit später wurde ich nach Petersburg versetzt. Ihr wißt nicht, was für eine Bedeutung solch eine Versetzung hatte. Man war unmittelbar dem gewaltigsten Mann Rußlands, dem Oberbefehlshaber der Ochrana unterstellt. Von ihm hing das Leben des Zaren selbst ab. Mein Vorgesetzter war kein geringerer als der Graf W., ein Pole, heute noch traue ich mich nicht, seinen Namen auszusprechen. Er war ein ungewöhnlicher Mensch. Alle, die wir in seine Dienste traten, mußten in seinem Zimmer vor ihm einen neuen Eid leisten. Ein mächtiges silbernes Kruzifix ragte zwischen zwei gelben Wachskerzen vom schwarzen Schreibtisch empor. Schwarze Vorhänge verhüllten die Tür und die Fenster. Hinter dem Schreibtisch, auf einem unverhältnismäßig hohen schwarzen Sessel, saß der Graf, ein kleines Männchen, mit einem kahlen, von Sommersprossen übersäten Schädel, mit fahlen, blassen Augen, die an getrocknete Vergißmeinnicht-Blumen erinnerten, mit dürren Ohren wie aus gelblicher Pappe, mit starken Backenknochen und einem halboffenen Mund, der große gelbe Zähne sehen ließ. Dieser Mann kannte jeden einzelnen von uns Beamten der Ochrana genau, er überwachte jeden unserer Schritte, obwohl er niemals sein Büro zu verlassen schien. Er war uns allen unheimlich, und wir fürchteten ihn mehr, als wir selbst gefürchtet wurden im Lande. Wir schworen eine lange Eidesformel vor ihm, in seinem verzauberten Zimmer, und bevor wir ihn verließen, sagte er immer zu jedem von uns: ›Also, achtgeben! Kind des Todes! – Ist dir dein Leben lieb?‹ – Darauf antwortete man: ›Jawohl, Exzellenz!‹ – und man war entlassen.

Eines Tages wurde ich zu seinem Sekretär gerufen, der mir mitteilte, daß meiner und noch mehrerer meiner Kameraden eine besondere Aufgabe harre. Der große Schneider aus Paris, der Herr Charron nämlich – ich hörte den Namen zum erstenmal –, sei nach Petersburg eingeladen. Er wolle in einem der Petersburger Theater seine neuen Modelle vorführen. Einige Großfürsten interessierten sich für die Mädchen. Einige Damen aus der allerhöchsten Gesellschaft interessierten sich für die Kleider. Nun aber gelte es, so sagte der Sekretär, eine ganz besondere Art von Dienst einzurichten. Weiß man vielleicht, wer sich unter den Mädchen befindet, die jener Herr Charron mitbringen will? Können sie nicht Waffen,

Bomben, unter ihren Kleidern verbergen? Und wie leicht hätten sie es! Sie kleiden sich natürlich immer wieder um, sie gehen von den Bühnen ab in ihre Loge, kommen wieder zurück, und ein Unglück ist bald geschehen. Herr Charron hat fünfzehn Mädchen angekündigt. Wir brauchen also fünfzehn Mann. Vielleicht werden sogar die Gesetze der üblichen Schamhaftigkeit dabei verletzt. Das müssen wir in Kauf nehmen. Ob ich dieses arrangieren und kommandieren wolle, fragte mich der Sekretär.

Diese besondere, ihr gebt zu, ziemlich ungewöhnliche Aufgabe, meine lieben Freunde, erfüllte mich mit Freude. Ich sehe jetzt, daß ich nicht umhinkann, mit euch von ganz vertraulichen Dingen zu sprechen. Ich muß euch also gestehen, daß ich bis zu jener Stunde niemals wirklich verliebt gewesen war, wie es so bei jungen Männern der Fall zu sein pflegt. Meine Beziehungen zu Frauen beschränkten sich darauf, daß ich, außer jener Zigeunerin, die mir mein Freund Lakatos verschafft hatte, nur ein paarmal in den sogenannten Freudenhäusern Mädchen sozusagen besessen und bezahlt hatte. Obwohl ich von Beruf schon verpflichtet und auch geeignet war, die Welt zu kennen, war ich damals doch noch jung genug, um mir, lediglich bei der Vorstellung, ich würde sogenannte Modelle aus Paris zu überwachen haben, einzubilden, ich sei auserwählt, ganz exquisite Damen der großen Pariser Welt in ihrer prachtvollen Nacktheit zu bespähen, vielleicht auch, sie zu ›besitzen‹. Ich sagte sofort, ich sei bereit, und ging daran, mir meine vierzehn Mitarbeiter auszusuchen. Es waren die elegantesten und jüngsten Burschen unserer Sektion.

Der Abend, an dem der Pariser Schneider mit seinen Modellen und unzähligen Koffern in Petersburg anlangte, brachte uns nicht wenig Pein.

Wir waren also am Bahnhof, fünfzehn im ganzen, und es schien damals dennoch jedem einzelnen von uns, als wären wir fünf oder gar nur zwei. Unser allmächtiger Befehlshaber hatte uns den Auftrag gegeben, besonders scharf achtzugeben; und all dies lediglich wegen eines Schneiders. Wir mischten uns unter die vielen Leute, die ihre Angehörigen am Bahnhof erwarteten. In jener Stunde war ich überzeugt, daß ich eine großartige und wichtige Aufgabe erfüllte. Ich hatte nichts weniger zu tun, als, wer weiß, vielleicht dem Zaren das Leben zu retten.

Als der Zug eintraf und der weltberühmte Schneider ihm entstieg, sah ich sofort, daß sich unser allmächtiger Befehlshaber geirrt hatte. Dies war kein Mann, der im Verdacht stehen konnte, Attentate zu begehen. Er sah wohlgenährt aus, eitel und harmlos, und zeigte sich heftig bemüht, größtes Aufsehn zu erregen. Kurz und gut: es war kein ›subversives Individuum‹. Er war ziemlich groß gewachsen, aber infolge seiner seltsamen Kleidung schien er eher klein, sogar kurz zu sein. Denn seine Kleidungsstücke flatterten rings um ihn, statt ihn zu bedecken, und sie paßten ihm gar nicht, als hätte er sie von irgendeinem Freunde geschenkt bekommen. Er aber hatte sie sich selber ausgedacht, und deshalb erschien er uns, jedenfalls mir, sozusagen doppelt verkleidet. Ich wunderte mich darüber, daß der Hof des Zaren einen solch verkleideten

Schneider aus Paris nach Petersburg bestellt hatte; und damals begann ich auch, zum erstenmal, an der Sicherheit zu zweifeln, an der Sicherheit der Herren, der großen Herren, zu deren Gesellschaft ich so gerne gehört hätte. Bis zu diesem Augenblick hatte ich geglaubt, die großen Herrschaften könnten sich gar niemals irren und könnten niemals einen Komödianten nach Petersburg bestellen, damit er ihren Damen die Moden diktiere, die man in Rußland zu tragen habe. Aber nun sah ich es mit eigenen Augen. Der Schneider kam mit einem großen Gefolge an, und nicht nur mit einem weiblichen, was ja zu erwarten gewesen wäre. Nein! – er hatte auch ein paar junge Männer mitgebracht, junge, großartige Männer aus Paris, lauter elegante Leute, ausgestattet mit seidenen Krawatten und flotten Bewegungen. Sie hüpften freudig und leichtsinnig von den Trittbrettern der Waggons, nicht unähnlich verkleideten Spatzen oder Zeisigen, und wenig hätte gefehlt, und sie hätten zu zwitschern angefangen. In der Tat erschien mir die lärmende und fröhliche Art, in der sie miteinander sofort, unmittelbar nach ihrer Ankunft, zu reden anfingen wie eine sorglose und leichtfertige Unterhaltung zwischen menschenähnlichen Vögeln oder gewissermaßen gefiederten Menschen. Sie warteten eine Weile vor den Trittbrettern, hielten die Arme ausgestreckt und empfingen die fünfzehn Mädchen, die nach ihnen auszusteigen begannen, zierlich und umständlich und mit so ängstlichen Gesichtern und Bewegungen, als hätten sie nicht auf einen Bahnsteig zu treten, sondern sich in einen fürchterlichen Abgrund zu stürzen.

Unter den aussteigenden Frauen gefiel mir eine beson-

WATERSTONE'S BOOKSELLERS
University of Birmingham
Ring Road North
Edgbaston
B15 2TP
Tel.No: 0121 472 3034
VAT NO:710 6311 84
Please note that unwanted items can
only be exchanged or refunded within
30 days of purchase with this receipt.

110 CASH-1   0292 0048 003

SAMTLICHE ERZAHLUN   QTY 1   10.50
MEISTERERZAHLUNGEN   QTY 1   7.99
              TOTAL   18.49

              TOTAL   18.49

Cash   20.00
              CHANGE   1.51
www.waterstones.co.uk

                    26.09.00 13:00

ders. Sie trug, wie alle Mädchen, die der Schneider mitgebracht hatte, eine Nummer. Denn alle hatten an ihrer linken Brust eine Zahl, in roter Farbe auf blauem Grund gemalt, auf sauberen, viereckigen Seidenlätzchen. Aber es sah aus, als wären diese Ziffern eingebrannt, wie man Pferden oder Kühen Zeichen einbrennt. Obwohl sie alle so munter waren, taten sie mir unendlich leid: Ich hatte Mitleid mit ihnen, besonders aber mit jener, die mir sofort, auf den ersten Blick, gefallen hatte. Sie trug die Nummer 9 und hieß, wie ich hörte: Lutetia. Aber aus den Pässen, die ich gleich darauf im Paßbüro der Bahnhofspolizei durchsah, ergab sich, daß sie eigentlich Annette hieß, Annette Leclaire, und – ich weiß nicht, warum – dieser Name rührte mich besonders.

Es ist bei dieser Gelegenheit vielleicht nötig, euch ein zweitesmal zu versichern, daß ich vorher nie eine Frau wirklich geliebt hatte, das heißt, daß ich die Frauen noch gar nicht kannte. Ich war jung und kräftig, und gleichgültig war mir keine; aber mein Herz war keineswegs bereit, meinen Sinnen zu gehorchen. Und so stark meine Sehnsucht auch war, fast alle zu ›haben‹, so stark war doch auch meine Überzeugung, daß ich nicht imstande sein könnte, auch nur einer einzigen von ihnen anzugehören. Und dennoch sehnte ich mich, wie es ja die Art der jungen Männer sein muß, nach der einzigen Frau, das heißt, eigentlich nach einer einzigen, die meine Sehnsucht und mein Heimweh nach allen zu stillen imstande gewesen wäre. Zugleich ahnte ich, daß es wahrscheinlich dergleichen Frauen nicht geben konnte, und ich erwartete, eben wie es die Art der jungen Männer ist, das sogenannte

Wunder. Dieses Wunder schien mir nun eingetroffen zu sein, in dem Augenblick, in dem ich Lutetia, die Nummer 9, erblickte. Wenn man, wie ich damals, ein junger Mensch voll von der Erwartung des Wunders ist, verfällt man allzuschnell dem Glauben, es sei bereits eingetroffen.

Ich verliebte mich also, wie man so zu sagen pflegt, auf den ersten Blick in Lutetia. Gar bald schien es mir, sie trüge ihre Nummer wie ein Schand- und Brandmal, und auf einmal erfüllte mich ein Haß gegen diesen exquisiten Schneider, der von den allerhöchsten Herrschaften eingeladen worden war, seine unglücklichen Sklavinnen vorzuführen. Selbstverständlich schien mir von all diesen unglücklichen Sklavinnen das Mädchen Lutetia mit der Nummer 9 die unglücklichste zu sein. Und als wäre der nichtswürdige, aber keineswegs verbrecherische Modeschneider in der Tat ein Sklavenhalter oder Mädchenhändler gewesen, begann ich, über die Mittel nachzusinnen, mit denen es mir gelingen könnte, das Mädchen 9 von ihm zu erretten. Ja, ich sah in dem Umstand, daß man mich dieses Schneiders wegen nach Petersburg geschickt hatte, einen besonderen ›Wink des Schicksals‹. Und ich war entschlossen, Lutetia zu retten.

Ich habe vielleicht vorhin vergessen zu erzählen, weshalb die Polizeibehörde eines ungewöhnlichen, aber immerhin unverdächtigen Schneiders wegen derartige Vorsichtsmaßregeln angeordnet hatte. Eine oder zwei Wochen vorher hatte man nämlich auf den Gouverneur von Petersburg ein Attentat versucht. Mißlungene Attentate pflegten, wie ihr alle wissen werdet, in unserem alten Rußland eine viel schrecklichere Wirkung auszuüben als gelungene. Gelungene Attentate waren gewissermaßen unwiderrufliche Gottesurteile. Denn, meine Freunde, man glaubte in jener Zeit noch an Gott, und man war sicher, daß nichts ohne seinen Willen geschehe. Aber, sozusagen, um dem Allmächtigen vorzugreifen, bevor er noch die Gelegenheit haben könnte, jemanden von den hohen Herrschaften umzubringen, traf man, wie man so zu sagen pflegt, sogenannte Vorsichtsmaßregeln. Es waren törichte, manchmal sogar unsinnige Vorsichtsmaßregeln. Man gab uns den Auftrag, die armen, hübschen Mädchen besonders scharf zu beobachten, in den Pausen, während sie sich umzukleiden hatten, und auch in ihrem privaten Leben tagsüber im Hotel. Wir hatten den Auftrag, die Männer zu beaufsichtigen, mit denen die Mädchen, aller Voraussicht nach, zu tun haben würden, und also waren wir in jenen Tagen eigentlich keine Polizei mehr, sondern eine Art von Gouvernanten. Mich aber beschämte diese Aufgabe keineswegs, sie machte mich sogar heiter. Was alles hätte ich damals, in den ersten glücklichen Stunden meiner Liebe, nicht für heiter angesehen? Mein Herz: Ich fühlte, daß ich es bis jetzt verleugnet hatte. Seit dem Augenblick, in dem die Liebe darin eingezogen war, glaubte ich, erfahren zu haben, daß es noch da war, mein Herz, und daß ich es bis zu dieser Stunde nur verleugnet und geschmäht und vergewaltigt hatte. Ja, es war, meine Freunde, ein unaussprechlicher Genuß, zu fühlen, daß ich noch ein Herz besaß, und mein Verbrechen, es verunstaltet zu haben, zu erkennen.

Ganz genauso, wie ich es jetzt darstelle, wußte ich das aber damals noch nicht. Aber ich fühlte schon damals, daß die Liebe anfing, mich gewissermaßen zu erlösen, und daß sie mir das große Glück bescherte, mit Leiden, mit Freude und sogar mit Genuß erlöst zu werden. Die Liebe nämlich, meine Freunde, macht uns nicht blind, wie das unsinnige Sprichwort behauptet, sondern, im Gegenteil, sehend. Ich erkannte plötzlich und dank einer sinnlosen Liebe zu einem gewöhnlichen Mädchen, daß ich bis zu dieser Stunde schlecht gewesen war, und auch, in welchem Grade ich schlecht gewesen war. Ich weiß, seit jener Zeit, daß der Gegenstand, der in menschlichen Herzen Liebe erweckt, gar keine Bedeutung hat im Vergleich zu der Erkenntnis, die uns die Liebe beschert. Wen und was immer man liebt: der Mensch wird dabei sehend und keineswegs blind. Ich hatte bis zu dieser Stunde niemals geliebt; wahrscheinlich deshalb also war ich ein Verbrecher, ein Spitzel, ein Verräter, ein Schurke geworden. Noch wußte ich nicht, ob mich das Mädchen lieben würde. Aber allein schon die Gnade, daß ich imstande gewesen war, mich so plötzlich auf den ersten Blick zu verlieben, machte mich meiner selbst sicher und schuf mir zugleich Gewissensbisse wegen meiner schändlichen Handlungen. Ich versuchte, dieser Gnade einer jähen Verliebtheit würdig zu werden. Auf einmal sah ich die ganze Niedertracht meines Berufes, und er ekelte mich. Ich begann damals zu büßen, es war der Anfang der Buße. Ich wußte damals noch nicht, um wieviel mehr ich später noch zu büßen haben sollte.

Ich beobachtete das Mädchen, das man Lutetia nannte.

Ich beobachtete es, längst nicht mehr als ein Polizist, sondern als ein eifersüchtiger Liebhaber, längst nicht mehr von Berufs wegen, sondern von Herzens wegen sozusagen. Und es verschaffte mir eine ganz besondere Wollust, es zu beobachten und auch zu wissen, in jedem Moment, daß ich eine wirkliche Macht über sie hatte. So grausam, meine Freunde, ist die menschliche Natur. Selbst dann noch, wenn wir eingesehen haben, daß wir schlecht gewesen waren, bleiben wir schlecht. Menschen sind wir, Menschen! Schlecht und gut! Gut und schlecht! Nichts anderes als Menschen.

Ich litt wahre Höllenqualen, während ich das Mädchen beobachtete. Ich war eifersüchtig. Jeden Augenblick zitterte ich, ein anderer, einer meiner Kollegen, könnte durch einen Zufall den Auftrag bekommen, Lutetia statt meiner zu überwachen. Ich war damals jung, meine Freunde! Wenn man jung ist, kann es vorkommen, daß die Eifersucht am Beginn der Liebe steht; ja, man kann glücklich sein, mitten in der Eifersucht, und gerade durch die Eifersucht. Das Leid macht uns genauso selig wie die Freude. Fast kann man das Glück vom Leid nicht unterscheiden. Die wahre Fähigkeit, Glück vom Leid zu unterscheiden, kommt erst im Alter. Und dann sind wir bereits zu schwach, um das Leid zu meiden und das Glück zu genießen.

In Wirklichkeit – sagte ich es schon? – hieß die Geliebte meines Herzens natürlich nicht Lutetia. Es erscheint euch vielleicht ohne Bedeutung, daß ich es erwähne, für mich aber bedeutete es viel, daß sie zwei Namen trug, einen echten und einen falschen. Ich behielt lange Zeit ihren Paß in der Tasche. Ich brachte den Paß ins Polizeibüro, schrieb selbst die Daten ab, ließ, wie es bei uns üblich war, das Photo noch einmal aufnehmen, nahm zwei Kopien an mich und verwahrte sie in einem besonderen Umschlag. Beide Namen bezauberten mich, jeder in einer anderen Weise. Beide Namen hatte ich zum erstenmal gehört. Es ging vom echten Namen ein sehr warmer, geradezu ein inniger Glanz aus und ein prächtiger, geradezu kaiserlicher vom Namen Lutetia. Es war beinahe, als liebte ich zwei Frauen statt einer einzigen, und da sie beide eins waren, war es mir, als müßte ich die eine doppelt lieben.

An den Abenden, an denen die Mädchen die Kleider des mondänen Schneiders – in den Zeitungen nannte man sie die ›Schöpfungen‹ oder gar die ›genialen Schöpfungen‹ – im Theater vorführten, mußten wir in den Ankleidezimmern der Damen stehn. Der Schneider erhob einen gewaltigen Protest dagegen. Er ging zu der Witwe des Generals Portschakoff, die um jene Zeit eine große Rolle in der Petersburger Gesellschaft spielte und die allein ihn eigentlich veranlaßt hatte, nach Rußland zu kommen. Die Generalin war trotz ihrer berühmten, bedeutenden Korpulenz unheimlich eilfertig. Sie besaß die erstaunliche Fähigkeit, an einem einzigen Vormittag zwei Großfürsten, den General-Gouverneur, drei Advokaten und den Intendanten der kaiserlichen Oper aufzusuchen, um sich über die Verfügung unserer Polizei zu beschweren. Aber, meine Freunde, was nutzte unter gewissen Umständen in unserem alten, lieben Rußland eine Beschwerde gegen eine Verfügung? Der Zar selbst hätte nichts ausgerichtet – er vielleicht am wenigsten.

Natürlich wußte ich von all den Unternehmungen der beflissenen Generalswitwe. Ich bezahlte sogar von meinem Gehalt einen Schlitten, um ihr überallhin folgen zu können, und, ebenfalls aus meiner Tasche, Trinkgelder für die Diener und Lakaien, die mir den Inhalt der Unterredungen in all den Häusern überbrachten. Ich verfehlte nicht, meine Erfahrungen sofort meinem Chef mitzuteilen. Ich wurde belobt, aber ich schämte mich, dieses Lob zu hören. Ich arbeitete, meine Freunde, nicht mehr für die Polizei. Ich stand in höheren Diensten; ich stand in den Diensten meiner Leidenschaft.

Ich war wohl in jenen Tagen der geschickteste von allen Beamten, denn ich besaß die Fähigkeit, nicht nur schneller zu sein als die eilfertige Generalin, sondern auch zugleich die sonderbare Fähigkeit, an allen Orten fast gleichzeitig zu erscheinen. Ich war damals imstande, nicht nur Lutetia, sondern auch die Generalin und den berühmten Schneider fast gleichzeitig zu überwachen. Nur einen sah ich nicht, meine Freunde, nur einen nicht: Ihr werdet bald hören, um wen es sich handelt. Ich sah also eines Tages, wie der berühmte Schneider, in einen weiten Pelz gehüllt, den er sich noch in Paris hatte bestellen lassen – denn es war kein russischer Pelz, sondern einer, wie man sich in Paris einen russischen Pelz vorstellt –, ich sah also, wie er in einer Art weiblicher Kapotte aus Persianer, mit einer Kapuze aus Blaufuchs, an der eine silberne Troddel hing, einen Schlitten bestieg und zur Generalin fuhr. Ich folgte ihm, erreichte noch

vor ihm den Flur, nahm ihm den merkwürdigen Pelz ab –
denn der Portier war seit einigen Tagen mein Freund geworden – und wartete im Vorzimmer. Die rüstige Generalswitwe erstattete ihm einen niederschmetternden Bericht. Es gelang mir auch, ihn zu erlauschen. Alle ihre
Unternehmungen waren vergeblich gewesen. Ich lauschte
mit Wollust. Gegen die Ochrana, also gegen mich gewissermaßen, konnte kein Großfürst etwas ausrichten, nicht
einmal ein jüdischer Advokat. Aber es gab, wie ihr wißt,
im alten Rußland drei unfehlbare Mittel – und die verriet
sie ihm auch: Geld, Geld, Geld.

Der Schneider war bereit, Geld zu zahlen. Er verabschiedete sich, zog wieder seinen sonderbaren Pelz an
und stieg in den Schlitten.

Am ersten Abend, an dem die Vorführung seiner
›Schöpfungen‹ stattfand, erschien er auch, freundlich,
rundlich und doch zugleich vierschrötig, strahlend und in
einem Frack mit weißer Weste, an der wunderliche rote
Knöpfchen leuchteten, die an Marienkäferchen erinnerten; hinter den Kulissen, vor den Garderoben seiner
Mädchen erschien er. Ach, er war unfähig, auch nur den
Miserabelsten unter uns zu bestechen! Mit den Silbermünzen klimperte er in seinen weiten Frackhosentaschen
wie ein Mönch mit einem Klingelbeutel, und trotz seiner
ganzen Pracht sah er weniger aus wie einer, der bestechen
will, denn wie einer, der um Almosen bittet. Selbst der
Verwerflichste unter uns hätte nicht vermocht, von dem
Schneider Geld anzunehmen. Es war klar: Mit Großfürsten konnte er vielleicht besser verkehren als mit Spitzeln.

Er verschwand. Wir gingen in die Garderoben.

Ich zitterte. Wenn ich euch sage, daß ich damals Angst, wirkliche Angst empfand, zum erstenmal in meinem Leben die hohläugige Angst, werdet ihr mir aufs Wort glauben. Ich hatte Angst vor Lutetia, Angst vor meiner Begierde, sie im Hemd zu sehn, Angst vor meiner Wollust, Angst vor dem Unbegreiflichen, dem Nackten, dem Willenlosen, Angst vor meiner eigenen Übermacht. Ich wandte mich um. Ich kehrte ihr den Rücken zu, während sie sich umkleidete. Sie lachte mich aus. Während ich ihr also angstvoll den Rücken zukehrte, mochte sie wohl, mit dem hurtigen Instinkt der Frauen, der die Furcht und die Ohnmacht der verliebten Männer zuallererst wittert, erkannt haben, daß ich einer der unschädlichsten Spitzel des großen Zarenreiches sei. Aber was rede ich von Instinkt! Sie wußte doch wohl, daß es meine Aufgabe war, sie genau und sogar scharf zu beobachten, und sie sah doch, daß ich mich umgewandt und mich ihr also preisgegeben hatte! Schon war ich ihr ausgeliefert! Schon hatte sie mich durchschaut! Ach, meine Freunde, es ist besser, sich einem erklärten Feind auszuliefern, als eine Frau wissen zu lassen, daß man sie liebt. Der Feind vernichtet euch schnell! – Die Frau aber – ihr werdet bald sehen, wie langsam, wie mörderisch langsam...

Gut! Ich stand also da, mit dem Angesicht zur Tür, und betrachtete die weiße, langweilige Klinke, als hätte ich den Auftrag erhalten, diesen harmlosen Gegenstand zu bewachen. Es war, ich erinnere mich genau, ein gewöhnlicher Klinkenknopf aus Porzellan. Nicht einmal ein Sprung war an ihm zu entdecken. Das dauerte lange. Indessen sang, flötete, pfiff und zwitscherte die Geliebte meines Herzens hinter meinem Rücken – und vor dem Spiegel, wie ich erriet – ebenso unbekümmerte wie liederliche Weisen, und heller Hohn war in ihrem Singen, in ihrem Flöten, in ihrem Pfeifen, in ihrem Zwitschern. Lauter Hohn! ...

Auf einmal klopfte es an der Tür. Ich wandte mich sofort um und sah natürlich Lutetia. Sie saß vor dem ovalen, goldumrahmten Spiegel und versuchte, mit einer immensen Puderquaste, ihren Rücken zu pudern. Sie war bereits angekleidet. Sie trug ein schwarzes Kleid, der Rücken zeigte einen dreieckigen Ausschnitt, an den Rändern mit blutroten Samtstreifen eingesäumt, und sie versuchte, mit der rechten Hand, mit der übergroßen Quaste, ihren Rücken zu erreichen, um ihn zu pudern. Mehr noch, als mich ihre Nacktheit verwirrt hätte, blendete mich in diesem Augenblick der beinahe höllische – ich finde keinen andern Ausdruck –, also der beinahe höllische Zusammenhang dieser Farben. Seit jenem Augenblick glaube ich zu wissen, daß die Farben der Hölle, in die ich gewiß einmal gelangen werde, aus Schwarz, Weiß und Rot bestehen; und an manchen Stellen, an den Wänden der Hölle zum Beispiel, wird hie und da der dreieckige Ausschnitt eines Frauenrückens sichtbar; die Puderquaste auch.

Ich erzähle all dies zu lang, und es dauerte doch nur einen Augenblick. Bevor noch Lutetia Herein! rufen konnte, ging die Tür auf. Und ehe ich mich noch umgesehen hatte, begann ich schon zu ahnen, wer der Ankömmling war. Ihr werdet es erraten, meine Freunde! Wer war es? – Es war mein alter Freund, mein alter Freund Lakatos!

›Guten Abend!‹ sagte er auf russisch. Hierauf begann er eine längere französische Ansprache an Lutetia. Ich verstand sehr wenig. Mich schien er nicht erkannt zu haben oder nicht erkennen zu wollen. Lutetia wandte sich um und lächelte ihm zu. Sie sagte ein paar Worte, lächelte weiter, halb im Sessel umgewandt, die große Quaste in der Hand, ich sah sie doppelt, ihr lebendiges Bild und das Spiegelbild. Lakatos näherte sich ihr, er hinkte immer noch sichtlich. Er trug einen Frack und Lackstiefel, und eine rote Blume unbekannter Art loderte in seinem Knopfloch. Was mich betrifft, so war ich beinahe wie ausgelöscht. Ich hatte das sichere Gefühl, daß ich weder für Lutetia noch für Lakatos ein lebendiger Mensch sei. Fast hätte ich selbst an meiner Anwesenheit in dieser Garderobe gezweifelt, wenn ich nicht genau gesehen hätte, wie Lakatos seine Frackärmel emporzog – seine Manschetten schepperten leise – und wie er die Puderquaste aus Lutetias Händen mit zwei spitzen Fingern entgegennahm. Und als machte er sich daran, nicht etwa den Rücken einer Frau mit Puder zu bestreuen, sondern einen ganz neuen Frauenrücken zu formen, begann er, mit beiden Händen unbegreifliche Kreise in der Luft zu zeichnen, hierauf, sich zu bücken, dann, sich auf die Zehenspitzen zu stellen und den ganzen Körper zu recken, um endlich, endlich den Rücken Lutetias mit der Quaste zu berühren. Er bestrich den Rücken geradezu, wie man zum Beispiel eine Mauer tüncht. Es dauerte lange, und Lutetia lächelte – ich sah ihr Lächeln im ovalen Spiegel. Endlich wandte sich Lakatos mir zu und so selbstverständlich, als wenn er mich vorher begrüßt und erkannt hätte, sagte er mir jetzt:

›Nun, alter Freund, Sie auch hier?‹ – Und er steckte dabei die Hand in die Hosentasche. Es klimperte und klingelte darin von Silber- und Goldmünzen. Ich kannte den Klang.

›So müssen wir uns wiederfinden!‹ sprach er weiter. – Ich antwortete nichts. Endlich, nach einem längeren Schweigen, fragte er: ›Wie lange noch wollen Sie diese Dame belästigen?‹

›Ich belästige sie gegen meinen Willen‹, sagte ich. ›Ich habe hier Dienst!‹

Er hob beide Arme gegen den Plafond und rief: ›Dienst! Dienst hat er!‹ Und wandte sich dann gegen Lutetia und sagte etwas leise auf französisch.

Er winkte mich heran, an den ovalen Spiegel, nahe zu Lutetia, und sagte: ›Alle Ihre Kollegen sind fort. Alle Damen bleiben unbehelligt. Verstanden?‹

›Ich habe Dienst!‹ erwiderte ich.

›Ich habe sie alle bestochen!‹ sagte Lakatos. ›Alle Damen sind unbehelligt! Wieviel verlangen Sie?‹

›Gar nichts!‹

›20, 40, 60?‹

›Nein?‹

›100?‹

›Nein!‹

›Ich habe den Auftrag, nicht weiterzugehn.‹

›Gehn Sie selbst!‹ sagte ich.

In diesem Augenblick ertönte das Klingelzeichen. Lutetia verließ die Garderobe.

›Du wirst es bereuen!‹ sagte Lakatos. – Er ging hinter Lutetia einher, und ich blieb einen Augenblick verwirrt und beklommen zurück. Es roch betäubend nach Schminke, Parfüm, Puder und Frau. Ich hatte vorher nichts von all diesen Gerüchen gespürt; oder ich hatte sie nicht gemerkt; was weiß ich? Auf einmal aber überfiel mich dieser vielfältige Geruch wie ein süßlicher Feind, und es war, als hätte ihn nicht Lutetia hinterlassen, sondern mein Freund Lakatos. Es war, als hätten vorher, bevor er angekommen war, die Parfüms, die Schminke, der Puder, die Frau gar nicht gerochen, sondern als hätte erst Lakatos alle diese Gerüche zum Leben erweckt.

Ich verließ die Garderobe. Ich sah im Korridor nach. Ich sah eine Bühnengarderobe nach der andern. Ich fand meine Kollegen nirgends. Ausgelöscht waren sie, verschwunden, verschlungen. Zwanzig, vierzig, sechzig oder hundert Rubel hatten sie genommen.

Ich stand hinter den Kulissen, zwischen den zwei diensthabenden Feuerwehrleuten, und ich sah seitwärts einen Teil des erlesenen und sogar durchlauchten Publikums, das sich hier versammelt hatte, um einen lächerlichen Schneider aus Paris zu begrüßen, und das sich zugleich vor seinen armseligen Mädchen fürchtete, die man ›Modelle‹ nannte. Dermaßen war also die große Welt beschaffen – dachte ich bei mir –, daß man einen Schneider bewundert und fürchtet zugleich. Und Lakatos? Woher kam er? Welcher Wind hatte ihn hierhergetrieben? Er machte mir angst. Ich fühlte deutlich, daß ich in seiner Gewalt war, ich hatte ihn längst vergessen, und er machte mir deshalb doppelte Angst. Das heißt: ich hatte ihn eigentlich niemals ganz vergessen; ich hatte ihn nur verdrängt, hinausgedrängt aus meinem Gedächtnis, aus meinem Bewußtsein. Also bekam ich doppelte Angst, oh, keine gewöhnliche, meine Freunde, so etwa, wie man Angst hat vor Menschen! Erst in dieser Stunde und an dieser sonderbaren Art meiner Furcht erkannte ich eigentlich, wer Lakatos war. Ich erkannte es, aber es war, als hätte ich auch noch Angst vor meiner eigenen Erkenntnis und als müßte ich um jeden Preis trachten, vor mir selber gewissermaßen diese Erkenntnis zu verbergen. Es war, wie wenn ich verurteilt wäre, eher gegen mich selbst zu kämpfen und mich vor mir selbst zu wehren, als gegen ihn zu kämpfen und mich vor ihm zu wehren. Dermaßen, meine Freunde, erliegt ein Mensch der Verblendung, wenn es der große Verführer will. Man fürchtet sich gar gewaltig vor ihm, aber man vertraut ihm viel mehr als sich selbst.

Während der ersten Pause stand ich wieder in der Garderobe Lutetias. Ich redete mir ein, es sei selbstverständlich meine Pflicht. In Wirklichkeit aber war es ein merkwürdiges Gefühl, gemischt aus Eifersucht, Trotz, Verliebtheit, Neugier – was weiß ich? Noch einmal erschien Lakatos, während Lutetia sich umkleidete und während ich, genau wie vorher, mit dem Rücken zu ihr stand und die Tür anstarrte. Obwohl ich ihm eigentlich den Weg versperrte, schien er mich ebensowenig zu beachten, als wäre ich kein Mensch, sondern etwa ein Kleiderkasten. Mit einem einzigen, eigentlich eleganten, rundlichen Schwung seiner Schultern und seiner Hüften wich er mir aus. Schon stand er hinter dem Rücken Lutetias, und so, daß sie ihn im Spiegel sehen mußte, vor dem sie eben saß. Sein Eintritt erzürnte mich dermaßen, daß ich sogar meine Scham überwand und meine Liebe vergaß und mich prompt umwandte. Da sah ich, wie Lakatos drei Finger an den gespitzten Mund legte, eine Art Luftkuß gegen das Spiegelbild der Frau abfeuerte. Dabei sagte er ununterbrochen ein und dasselbe französische Wort: ›Oh, mon amour, mon amour, mon amour!‹ Das Spiegelbild Lutetias lächelte. Im nächsten Augenblick – ich begriff nicht, ich begreife auch heute noch nicht, wie es geschah – legte Lakatos einen großen Strauß dunkler Rosen auf den Tisch vor dem Spiegel – und ich hatte ihn doch mit leeren Händen eintreten sehen! Lutetias Spiegelbild nickte leicht. Lakatos schickte noch einen Handkuß ab, wandte sich um, und mit der gleichen rundlichen Schleife, mit der er mir vorher beim Eintritt ausgewichen war, schwang er sich gleichsam um mich herum und verließ das Zimmer.

Nachdem ich mit eigenen Augen gesehen hatte, daß man Blumensträuße, die vorher nicht vorhanden gewesen waren, plötzlich hervorzaubern könne, war sozusagen auch meine berufliche Furcht rege geworden, neben meiner privaten. Wie untrennbare, zusammengewachsene Zwillinge hockten sie in meiner Brust, die beiden Ängste. Gelang es einem Menschen, vor meinen Augen einen Strauß zu erschaffen, aus dem Nichts, so konnte es Lutetia oder auch Lakatos ebenso gelingen, eine jener Bomben mit nackten Händen herzustellen, vor denen meine Vorgesetzten und ihre Auftraggeber sich so fürchteten. Begreifen Sie, ich hatte nicht etwa Sorge um das Leben des Zaren oder der Großfürsten oder des Gouverneurs. Was gehen mich je die Großen dieser Welt an, und was kümmerten sie mich besonders in jenen Tagen! Nein, ich zitterte einfach vor der Katastrophe, vor der nackten Katastrophe allein, obwohl ich noch nicht wußte, welche Gestalt und welches Gesicht sie tragen würde. Unausweichlich erschien sie mir. Unausweichlich schien mir Lakatos ihr Urheber zu sein, ja, ihr Urheber sein zu müssen. Ich war nie sehr gläubig von Natur gewesen, und ich zerbrach mir nicht den Kopf über Gott und den Himmel. Aber jetzt begann ich, eine Ahnung von der Hölle zu bekommen – und ähnlich, wie man erst bei einem Brand nach der Feuerwehr zu rufen beginnt, fing ich in jenen Tagen an, sinnlose, unzusammenhängende, aber sehr innige und heiße Gebete zu dem unbekannten Herrn der Welt emporzuschicken. Sie nutzten mir wenig, offenbar, weil ich noch zu wenig Prüfungen erfahren hatte. Ganz andere harrten noch meiner.

Ich begann, meine Aufmerksamkeit zu verdoppeln. Zehn Tage sollte der Schneider aus Paris bei uns bleiben, aber nach drei Tagen schon hieß es, seine Toiletten, oder besser: ›Schöpfungen‹, hätten den Damen unserer Gesellschaft dermaßen gefallen, daß man seinen Aufenthalt noch um weitere zehn zu verlängern gedenke. Welch eine frohe und zugleich welch eine verwirrende Kunde, die ich da vernahm! Ich bekam den Auftrag, das seinerzeit bekannte Haus der Frau Lukatschewski zu überwachen, bei der sich damals die Offiziere der Garnison nach Mitternacht zu versammeln pflegten. Ich kannte es wohl, von Berufs wegen, aber nur dem Äußeren nach. Sein Inneres hatte ich noch nie gesehen. Ich bekam sogar einen sogenannten Spesenbeitrag von dreihundert Rubeln und einen sogenannten Dienstfrack, wie ihn je drei unserer Leute von der mondänen Abteilung abwechselnd zu benützen pflegten. Der Frack paßte ganz gut. Einen griechischen Orden, rotumrahmtes Gold an rotem Seidenband, hängte ich um den Hals. Zwei Lakaien der Dame Lukatschewski standen in unsern Diensten. Ich postierte mich um zwölf Uhr vor dem Hause. Nachdem ich so lange gewartet hatte, bis ich annehmen konnte, daß es endlich die Zeit sei, in der man nicht mehr auffiel, ging ich hinein, mit Zylinder, Stock, Theaterpelerine, Orden. Den und jenen der Herren in Uniform und Zivil, über die ich genau unterrichtet war, begrüßte ich wie ein alter Bekannter. Sie lächelten mich an, mit dem fatalen und leeren Lächeln, mit dem man Freund und Feind und Gleichgültigen in der großen Welt begegnet. Eine Weile später gab mir einer unserer Lakaien einen Wink, ihm zu folgen. Ich geriet in eines jener diskreten Zimmer im ersten Stock, von denen ihr nicht wißt, welchen Zwecken sie dienen; nicht etwa der Liebe oder was man so nennt, sondern den Zeugen und den Lauschern, den Zuträgern und den Spitzeln. Man konnte durch eine ziemlich breite Ritze einer dünnen, tapezierten Bretterwand alles sehen und hören.

Und – ich sah, meine Freunde! – ich sah Lutetia, die Geliebte meines Herzens, in der Gesellschaft des jungen Krapotkin. Ach, ich erkannte ihn sofort, es war kein Zweifel! Wie hätte ich ihn auch nicht erkennen sollen! Ich war damals derart verworfen, daß ich schneller imstande war, etwas Gehaßtes wiederzuerkennen als das Geliebte und mir Angenehme. Ja, ich übte mich sozusagen in dieser Beschaffenheit und versuchte, mich in ihr zu vervollkommnen. Ich sah also Lutetia, die Geliebte meines Herzens, in den Armen des Mannes, von dem ich mir früher einmal eingebildet hatte, er sei mein Feind; in den Armen des Mannes, den ich im Verlauf meiner letzten, schmählichen Jahre fast schon vergessen hatte; in den Armen meines verhaßten, falschen Bruders, des Fürsten Krapotkin.

Ihr versteht, meine Freunde, was alles damals in mir vorging: Auf einmal – ich hatte lange nicht mehr daran gedacht – erinnerte ich mich an meinen schimpflichen Namen ›Golubtschik‹; auf einmal erinnerte ich mich daran, daß ich lediglich der Familie Krapotkin mein elendes Gewerbe zu verdanken hatte; auf einmal glaubte ich, daß gewiß seinerzeit der alte Fürst in Odessa mich ohne Schwierigkeiten anerkannt hätte, wenn nur nicht der Junge mit solch beleidigender Heiterkeit in sein Zimmer gestürzt wäre; auf einmal war die alte, törichte Eitelkeit meiner Jugend wieder wach und die Bitterkeit! Ja, auch die Bitterkeit. Er, er war ja gar nicht der Sohn Krapotkins! Ich aber, ich war es gewiß. Ihm war der Name zugefallen und alles, was dieser Name mit sich brachte: der Ruhm, das Ansehn und das Geld; der Ruhm, das Geld, die große Welt und die erste Frau, die ich liebte.

Ihr begreift, meine Freunde, was das heißt: die erste Frau, die man liebt. Sie vermag alles. Ich war ein Elender, ich hätte vielleicht damals ein guter Mensch werden können. Ich wurde kein guter Mensch, meine Freunde! In jener Stunde, in der ich Krapotkin und Lutetia erblickte, loderte das Böse, dem ich offenbar von Geburt an schon zubestimmt war und das bis jetzt nur sachte in mir geschwelt hatte, als ein offener, großer Brand empor. Mein Untergang war gewiß.

Ich wußte damals schon um meinen Untergang, und deshalb eben gelang es mir, die beiden Gegenstände meiner Leidenschaften: den meines Hasses und den meiner Liebe, genau zu beobachten. Niemals sieht man so klar und kalt wie in einer Stunde, in der man vor sich den schwarzen Abgrund fühlt. Ich empfand den Haß und die Liebe zugleich, in meinem Herzen waren sie ebenso innig vereint wie die beiden im Nebenzimmer: Lutetia und Krapotkin. Ebensowenig wie die beiden Menschen, die ich beobachten konnte, bekämpften sich die beiden Empfindungen; sondern sie vereinten sich in einer Wollust, die gewiß noch größer, gewaltiger, sinnlicher war als die fleischliche Vereinigung der beiden.

Ich empfand keinerlei körperliche Begierde, ja nicht einmal Eifersucht; wenigstens nicht Eifersucht in der gewöhnlichen Form, in der sie jeder von uns wahrscheinlich schon gespürt hat, wenn er zusehen mußte, wie ein geliebter Mensch ihm genommen wird, vielmehr, wie sich dieser geliebte Mensch mit Freuden nehmen läßt. Ich war vielleicht nicht einmal erbittert. Ich war nicht einmal rachsüchtig. Vielmehr glich ich einem kalten und objektiven Richter, der etwa die Verbrecher selbst bei der Freveltat beobachten kann, über die er später zu urteilen hat. – Ich fällte jetzt schon das Urteil, es lautete: Tod dem Krapotkin! Ich wunderte mich nur, daß ich so lange gewartet hatte. Ja, ich merkte, daß dieses Todesurteil längst beschlossen, gefertigt und besiegelt in mir gelegen hatte. Es war, ich wiederhole es, keine Rachsucht. Es war, meiner Meinung nach, die natürliche Folge der gewöhnlichen, der objektiven, der sittlichen Gerechtigkeit. Nicht ich allein war das Opfer Krapotkins. Nein! Das gültige Gesetz der sittlichen Gerechtigkeit war sein Opfer. Im Namen des Gesetzes sprach ich mein Urteil: Es lautete auf Tod.

Es lebte damals in Petersburg ein gewisser Angeber namens Leibusch. Es war ein winziger Mann, keine 120 Zentimeter hoch, nicht einmal ein Zwerg, sondern der Schatten eines Zwerges. Er war ein sehr geschätzter Mitarbeiter meiner Kollegen. Ich hatte ihn nur ein paarmal flüchtig gesehen. Um die Wahrheit zu sagen: Ich hatte, obwohl ich selbst, wie man zu sagen pflegt, schon mit allen Wassern gewaschen war, ein wenig Angst vor ihm. Es gab viele gewissenlose Fälscher und Betrüger in unserer Gesellschaft, aber keinen gewissenloseren und flinkeren als ihn. Im Handumdrehn konnte er zum Beispiel den Beweis erbringen, daß ein Verbrecher ein wahres Unschuldslamm sei und ein Unschuldiger ein Attentat auf den Zaren vorbereitet habe. Obwohl ich bereits so tief gesunken war, meine Freunde, hegte ich doch noch die Überzeugung, daß ich nicht aus purer Schlechtigkeit Böses tat, sondern daß mich das Schicksal dazu verurteilt hatte. Unbegreiflicherweise hielt ich mich immer noch sozusagen für einen ›guten Menschen‹. Ich, ich hatte wenigstens noch das Bewußtsein, daß ich Böses tat und daß ich mich deswegen vor mir selbst entschuldigen müßte.

Unrecht hatte man mir zugefügt. Golubtschik hieß ich. Alles Recht, auf das ich von Geburt aus Anspruch hatte, war mir genommen worden. In meinen Augen war damals mein Mißgeschick ein ganz und gar unverdientes Unheil. Ich hatte gewissermaßen ein verbrieftes Recht darauf, böse zu sein. Die anderen aber, die mit mir Böses taten, hatten dieses Recht keineswegs.

Gut, ich suchte also unsern Angeber Leibusch auf. Erst in dem Augenblick, in dem ich ihm gegenüberstand, kam mir alles Schreckliche zum Bewußtsein, das ich vorhatte. Seine gelbliche Hautfarbe, seine rötlich umrandeten Augen, seine großen Pockennarben, seine unmenschlich winzige Gestalt waren beinahe imstande, mich irrezumachen in meinem festen Glauben, ich sei ein Richter und ein Vollstrecker des Gesetzes. Ich hatte einige Hemmungen, bevor ich anfing, mit ihm zu sprechen.

›Leibusch‹, sagte ich, ›du kannst deine Tüchtigkeit beweisen.‹ Wir befanden uns damals in einem der Vorzimmer unseres Chefs. Wir waren allein, wir hockten nebeneinander auf einem giftgrünen Plüschsofa, und mir war's, als wäre es bereits eine Anklagebank; ja, ich saß gerade auf der Anklagebank in der Stunde, in der ich im Begriffe war, zu richten und zu urteilen.

›Was soll ich noch beweisen?‹ sagte der Kleine. ›Genug habe ich bewiesen!‹

›Ich brauche‹, sagte ich, ›Material gegen einen gewissen.‹

›Eine hohe Persönlichkeit?‹

›Natürlich!‹

›Wer ist es!‹

›Der junge Krapotkin!‹

›Nicht schwer‹, sagte der Winzige, ›gar nicht schwer!‹

Wie leicht ging das! Der Winzige wunderte sich gar nicht, daß ich Material gegen Krapotkin brauchte. Also hatte man gegen Krapotkin schon längst Material gesammelt. Beinahe kam ich mir sehr großmütig vor, daß ich noch nichts davon gewußt hatte. Fast war es keine Niedrigkeit, die ich eben zu begehen im Begriff war, sondern eine echte richterliche Pflicht.

›Wann?‹ fragte ich.

›Morgen um die gleiche Stunde‹, sagte der Winzige.

Er besaß wirklich prachtvolles Material. Die Hälfte hätte ausgereicht, einem gewöhnlichen Russen zwanzig Jahre Katorga zu verschaffen. Wir saßen im stillen Hinterzimmer einer Teestube, deren Wirt ich kannte, und blätterten im Material. Es befanden sich darunter Briefe an Freunde, Offiziere und hochgestellte Personen, an bekannte Anarchisten und an verdächtige Schriftsteller und eine Anzahl äußerst überzeugender Photographien. ›Hier‹, sagte der Winzige, ›die und die habe ich gefälscht.‹

Ich sah ihn an. In seinem kleinen gelben Gesicht, darin gerade noch Augen, Nase und Mund Platz hatten und in dem die dünnen Wangen schmählich eingefallen waren, veränderte sich gar nichts. In diesem Antlitz hatten die Züge gleichsam keinen Raum, sich zu verändern. Er sagte: ›Dies habe ich gefälscht!‹ Und: ›Dies habe ich gefälscht.‹ Und: ›Dies habe ich gefälscht!‹ Und es bewegte sich kein Zug in seinem Angesicht. Ihm war es offenbar gleichgültig, ob er die Bilder gefälscht hatte oder ob sie echt waren. Bilder waren sie eben. Mehr als Bilder: nämlich Beweise. Da er seit vielen Jahren erfahren hatte, daß die falschen Bilder ebensoviel bewiesen wie die echten, hatte er vollkommen verlernt, diese von jenen zu unterscheiden, und beinahe mit einer kindlichen Einfalt glaubte er, die Fälschungen, die er selbst ausgeführt hatte, seien gar keine Fälschungen. Ja, ich glaube, er wußte gar nicht, er wußte überhaupt nicht mehr, wodurch sich eigentlich eine gefälschte von einer echten Photographie unterscheide, wodurch ein echter Brief von einem gefälschten. Es wäre unrichtig, wollte man diesen Leibusch, diesen Winzigen, etwa zu den Verbrechern zählen. Ein Verworfener war er, schlimmer als ein Verbrecher, böser noch als ich, meine Freunde!

Ich wußte wohl, was ich mit den Briefen und den Bildern anzufangen hatte. Mein Haß hatte einen Sinn. Der Winzige aber war kein Hasser und kein Richter. Alles, was er Böses tat, war sinnlos, der Teufel gebot ihm einfach, Böses zu vollführen. Dumm war er wie ein Gänserich, aber äußerst schlau in der Art, die schwierigen Dinge zu vollbringen, deren Sinn und Zweck er gar nicht verstand. Er verlangte nicht einmal einen kleinen irdischen Vorteil. Er tat alles gleichsam aus Gefälligkeit. Er verlangte von mir kein Geld, kein Versprechen, keine Zusage. Er gab mir das ganze, für mich so wertvolle Material, ohne das Gesicht zu verändern, ohne zu fragen, wozu ich es brauchte, ohne irgend etwas zu verlangen, ja, ohne mich selbst zu kennen. Seinen Lohn hatte er bereits anderswoher bekommen, so schien es.

Nun, was ging es mich an? Ich nahm, was ich

brauchte; ich fragte nicht, woher es kam, noch von wem. Ich nahm es eben von dem Winzigen.

Kaum eine halbe Stunde später war ich bei meinem nächsten Vorgesetzten. Und zwei Stunden hierauf verhaftete man den jungen Krapotkin.

Er blieb nicht lange in der Haft, meine Freunde, keineswegs lange. Drei Tage im ganzen. Am dritten Tage wurde ich zu unserm Gewalthaber berufen, und er sagte mir folgendes:

›Junger Mann, ich hätte Sie für klüger gehalten!‹

Ich schwieg.

›Junger Mann‹, fing er wieder an, ›erklären Sie mir Ihre Dummheit.‹

›Euer Durchlaucht‹, sagte ich, ›wahrscheinlich habe ich eine Dummheit begangen – da Euer Gnaden es doch selber sagen. Aber erklären kann ich sie keineswegs.‹

›Gut‹, erwiderte Seine Herrlichkeit, ›ich werde sie dir erklären: Verliebt bist du eben. Und ich erlaube mir bei dieser Gelegenheit eine sogenannte philosophische Bemerkung: Merken Sie sich das, junger Mann! Ein Mann, der es zu etwas im Leben bringen will, ist niemals verliebt. Ein Mann besonders, der das hohe Glück hat, bei uns tätig zu sein, hat überhaupt kein Gefühle. Er kann eine bestimmte Frau begehren, – gut, ich verstehe das! Aber wenn ihm ein Mächtiger im Wege steht, muß unsereins seine Begierde unterdrücken. Hören Sie zu, junger Mann! Ich kannte mein Leben lang nur eine Begierde: die, groß und mächtig zu werden. Ich bin es heute, groß und mächtig. Ich kann Seine Majestät selbst, unsern Zaren, überwachen – Gott schenke ihm Glück und Gesundheit. Aber weshalb kann ich das? Weil ich niemals in meinem langen Leben geliebt oder gehaßt habe. Auf jede Lust habe ich verzichtet – deshalb habe ich auch niemals mit einem wirklichen Leid Bekanntschaft gemacht. Ich war niemals verliebt; also kenne ich auch keine Eifersucht. Ich habe niemals gehaßt; also kenne ich auch keine Rachsucht. Ich habe niemals die Wahrheit gesagt; infolgedessen kenne ich auch nicht die Genugtuung, die eine gelungene Lüge bereitet. Junger Mann, richten Sie sich danach! Ich muß Sie bestrafen. Der Fürst ist mächtig, den Affront vergißt er nie. Wegen eines kleinen, lächerlichen Mädchens haben Sie Ihre Karriere verdorben. Ja, mir selbst haben Sie, verstanden!, einen äußerst unangenehmen Tadel verschafft. Ich habe lange darüber nachgedacht, welche Strafe Sie dafür verdienen. Und ich bin zu dem Entschluß gekommen, Ihnen die strengste aller Strafen aufzuerlegen. Sie werden hiermit verurteilt, dieser lächerlichen Frau zu folgen. Ich verurteile Sie sozusagen zu ewiger Liebe. Sie gehen nach Paris, als unser Agent. Sie melden sich sofort bei dem Botschaftsrat P. Hier sind Ihre Papiere. Gnade Ihnen Gott, junger Mann! Es ist das härteste Urteil, das ich in meinem Leben gefällt habe.‹

Damals war ich jung, meine Freunde, und ich liebte! Nachdem Seine Herrlichkeit sein Urteil ausgesprochen hatte, geschah mit mir etwas Außerordentliches, etwas Lächerliches: Ich fühlte mich von einer unbekannten Gewalt auf die Knie gezwungen, ich fiel wahrhaftig auf die Knie vor unserm Großmächtigen, und ich tastete nach seiner Hand, um sie zu küssen. Er entzog sie mir, stand auf, befahl mir, mich sofort zu erheben und keine Dummheiten mehr zu machen. Ach! Er war groß und mächtig, denn er war kein Mensch! Natürlich verstand er gar nichts von all dem, was in mir vorging. Er warf mich hinaus.

Ich sah draußen im Korridor meine Papiere nach. Und ich erstarrte vor Seligkeit und Überraschung. Meine Papiere lauteten auf den Namen Krapotkin. Auf diesen Namen war mein Paß ausgestellt. In einem Begleitbrief an den Botschaftsrat P. war ich ausdrücklich als einer jener Agenten gekennzeichnet, deren Aufgabe es war, die sogenannten subversiven Elemente Rußlands in Frankreich zu überwachen. Welch ein häßliches Geschäft, meine Freunde! Und edel erschien es mir damals! Wie verworfen war ich! Verworfen und verirrt! Alle Verworfenen sind eigentlich Verirrte.

Kaum zwei Tage später sollte der mondäne Schneider mit all seinen Weibern abreisen, in meiner Begleitung. Er wurde mir, kurz vor der Abfahrt, vorgestellt. In seinen törichten und eitlen Augen war ich der Vertreter des hochadeligen Rußlands, ein Fürst und gleich ein Krapotkin gar – denn er mag sich wirklich eingebildet haben, daß man ihm einen echten Fürsten als Begleiter mitgegeben hatte. Ich selbst, ich bildete es mir ein, als ich zum erstenmal einen Paß auf den Namen Krapotkin in der Tasche wußte. Indessen aber fühlte ich damals schon, in den tiefsten Tiefen meines Herzens, die doppelte, die dreifache Schmach, die man mir angetan hatte: Ich war ein Krapotkin, ein Krapotkin von Blut; und ich war ein Spitzel; und ich trug den Namen, der mir gebührt hätte, lediglich als Polizist. Im höchsten Maße unwürdig, hatte ich erkauft und gestohlen, was mir auf eine würdige Weise hätte zukommen müssen. So dachte ich damals, meine Freunde, und ich wäre wohl sehr unglücklich gewesen, ohne die Liebe zu Lutetia. Sie aber, die Liebe meine ich, entschuldigte und verwischte alles. Ich war bei Lutetia, neben ihr. Ich begleitete sie. Ich fuhr mit ihr in die Stadt, in der sie lebte. Ich wollte sie. Ich begehrte sie mit allen meinen Sinnen. Ich brannte nach ihr, wie man sagt. Aber ich achtete vorläufig nicht auf sie. Ich bemühte mich, gleichgültig zu sein, und selbstverständlich hoffte ich, sie würde mich von selbst bemerken und mich durch einen Blick, eine Gebärde, ein Lächeln wissen lassen, daß sie mich bemerkt habe. Sie aber tat gar nichts. Ganz gewiß bemerkte sie mich nicht. Und warum auch hätte sie mich bemerken sollen?

Es waren übrigens die ersten zwölf Stunden unserer Reise. Weshalb auch hätte sie mich in den ersten zwölf Stunden bemerken sollen?

Wir mußten eine Umweg machen. Wir fuhren nicht direkt; jene Damen der guten Gesellschaft, die damals zufällig in Moskau waren oder ständig dort wohnten und die auf keinen Fall den berühmten Schneider aus Rußland fortgehen lassen wollten, ohne wenigstens ihn und seine Puppen gesehen zu haben, hatten unbedingt gefordert, er möchte sich wenigstens einen Tag in Moskau aufhalten. Gut! Wir hielten uns in Moskau auf. Am frühen Nachmittag kamen wir an, wir logierten im Hotel Europa. Allen Damen ließ ich dunkelrote Rosensträuße überreichen, allen die gleichen. Nur dem Rosenstrauß, der für Lutetia bestimmt war, legte ich meine Visitkarte bei. Oh, freilich nicht meine richtige. Solch eine hatte ich überhaupt niemals besessen. Wohl aber hatte ich jetzt nicht weniger als fünfhundert Visitkarten, falsche, auf den Namen Krapotkin. Ich muß sagen, ich zog oft eine aus der Brieftasche und betrachtete sie. Ich weidete mich an ihr. Je länger ich sie ansah, desto stärker begann ich an ihre Echtheit zu glauben. Ich betrachtete mich selbst in dieser falschen Visitkarte, etwa wie eine Frau sich in einem Spiegel betrachten mag, der sie gefälliger erscheinen läßt. Und als wüßte ich nicht, daß auch mein Paß ein falscher war, zog ich auch ihn manchmal hervor und ließ mir gleichsam durch seine amtliche Zeugenschaft bestätigen, daß meine Visitkarte nicht gelogen habe.

So dumm und eitel war ich damals, meine Freunde, obwohl mich eine noch viel größere Leidenschaft gefangenhielt. Ja, auch diese meine Leidenschaft, nämlich die Liebe, nährte sich noch von meiner Eitelkeit und meiner Dummheit.

Wir blieben zwei Tage in Moskau, und die Damen der guten Gesellschaft kamen, die aus Moskau und die andern, aus nahen und fernen Gütern. Es gab im Hotel am Nachmittag eine kurze und sozusagen zusammengedrängte Vorführung. Der mondäne Schneider war nicht im Frack. Er trug seinen violetten Cutaway und ein blaßrosa, seidenes Hemd und eine Art bräunlicher Lackpantoffeln. Die Damen waren entzückt von ihm. Er begrüßte sie mit einer längeren Ansprache. Und sie erwiderten, indem sie ihn einzeln mit noch längeren Ansprachen auszeichneten. Obwohl ich damals nur ein kümmerliches Französisch konnte, merkte ich doch, daß sich die Damen bemühten, den Tonfall des Schneidermeisters nachzuahmen. Ich hütete mich, mit ihnen zu sprechen. Denn die eine oder die andere hätte wohl erkennen können, daß ich kein Krapotkin war – und sei es auch nur an meinem lächerlichen Französisch. Im übrigen kümmerten sie sich auch nur um den Schneider und um die Toiletten. Um den Schneider noch mehr! Und wie gerne hätten sie, aller Weiblichkeit zum Trotz, ebenfalls einen violetten Cutaway und ein blaßrosa Seidenhemd getragen!

Genug mit diesen fruchtlosen Betrachtungen! Jede Zeit hat ihre lächerlichen Schneider, ihre lächerlichen Modelle, ihre lächerlichen Frauen. Die Frauen, die heute in Rußland die Uniform der Rotgardisten tragen, sind die Töchter jener Damen, die damals bereit gewesen wären, einen violetten Herrenrock anzuziehen, und die Töchter der Rotgardisten von heute werden vielleicht einmal in der Tat etwas Ähnliches tragen müssen.

Wir verließen Moskau. Wir kamen an die Grenze. In dem Augenblick, in dem wir sie erreichten, in diesem Augenblick erst kam es mir plötzlich zum Bewußtsein, daß mir die Gefahr drohte, Lutetia zu verlieren, wenn ich nicht noch schnell etwas unternahm. Was unternehmen? Was unternimmt ein verlorener Mann meiner Art, der das abscheulichste aller Handwerke ausübt? Ach, meine Freunde, er hat niemals die leichte, die beschwingte, die göttliche Phantasie der einfachen Liebenden! Ein Mann meines Schlages hat eine niedrige, eine Polizeiphantasie. Der Frau, die er liebt, stellt er nach mit den Mitteln, die ihm sein Beruf zur Verfügung stellt. Nicht einmal die Leidenschaft vermag einen Menschen meiner Art zu veredeln. – Die Gewalt zu mißbrauchen ist das Prinzip der Menschen meiner Natur! Und, weiß Gott, ich mißbrauchte sie.

Ich gab an der Grenze einem meiner Kollegen einen Wink, und er verstand ihn sofort. Ihr erinnert euch, meine Freunde, was damals eine russische Grenze bedeutete. Es war weniger die Grenze des gewaltigen Zarenreiches als die Grenze unserer Willkür, will sagen: der Willkür der russischen Polizei. Die Macht des Zaren hatte ihre Grenzen, in seinem eigenen Schloß sogar. Unsere Macht aber, die Macht der Polizei, hörte erst an den Grenzen des Reiches auf, und oft – wie ihr bald hören werdet – auch noch lange nicht jenseits unserer Grenzen. Immerhin, einem Polizisten bereitete es unermeßliches Vergnügen, gerade einen harmlosen Menschen zittern zu sehen, zweitens, einem Kollegen zu Gefallen zu sein, drittens – und dies ist besonders wichtig –, gerade eine hübsche, junge Frau in Schrecken zu versetzen. Dies, meine Freunde, ist die besondere Art der polizistischen Erotik.

Mein Kollege begriff mich also sofort. Ich verschwand für einige Zeit, ich wartete im Polizeikabinett. Der Schneider und alle seine Damen mußten sich einer peinlichen Untersuchung unterziehen – und gar nichts nützte diesem mondänen Schneider seine äußerst beredte Zunge und seine Berufung auf alle hohen Herrschaften. Man verstand einfach kein Französisch. Vergeblich rief er auch ein paarmal nach mir, nach dem Fürsten Krapotkin. Ich konnte ihn zwar durch das kleine Fensterchen beobachten, das die Zwischenwand des Polizeizimmers und des Revisionssaals unterbrach. Er aber sah mich nicht. Ich blieb unauffindbar. Ich sah, wie er sich inmitten der aufgeregten Schar seiner Mädchen umhertrieb, wichtig und ratlos, weltmännisch und zugleich verloren, wichtigtuerisch und zugleich furchtsam, stolz wie ein Hahn, feig wie ein Hase, dumm wie ein Esel. Es freute mich, ich gestehe es. Ich hätte eigentlich gar keine Zeit haben dürfen, ihn zu beobachten und zu verachten. Denn ich liebte ja Lutetia! Aber, so bin ich nun einmal geartet, meine Freunde! Ich weiß oft selbst nicht, was ich von mir zu halten habe...

Aber das ist ja nicht das Wichtigste. Die Hauptsache war, daß man plötzlich, dank der kameradschaftlichen Gesinnung meines Kollegen, im Koffer der Lutetia einen Revolver gefunden hatte. Der Schneider rannte ratlos herum, er rief ein paarmal nach mir, er beschwor meinen Namen, wie man Götter beschwört – und ich zeigte mich nicht. Von meinem Guckloch aus sah ich, zufrieden und gemein, ein Gott und ein Spitzel, die Lutetia, die blasse, die hilflose. Sie tat, was alle Frauen in derlei Situationen tun müssen: sie begann zu weinen. Und ich erinnerte mich, daß ich sie, durch ein ähnliches Guckloch, kaum zwei Wochen früher beobachtet hatte, wie sie in den Armen des jungen Krapotkin selig gewesen war und gelacht hatte. Oh, ich hatte diese besondere Art des Lachens nicht vergessen! Ich empfand, niedrig, wie ich nun einmal bin, meine Freunde, eine Genugtuung. Mochte der Zug warten, zwei Stunden, drei Stunden! Ich hatte Zeit.

Endlich, nachdem es so weit gekommen war, daß Lutetia, aller Worte bar, weinend dem Schneider um den Hals fiel, alle anderen Damen rings um beide herumzuflattern begannen, dermaßen, daß das Ganze ungefähr aussah wie ein tragisches Massaker, ein aufgeregter Hühnerhof und das romantische Abenteuer eines romantischen Schneiders zugleich, erschien ich auf der Bildfläche. Sofort verneigte sich der Kollege vor mir und sagte: ›Euer Hochwohlgeboren, zu Ihren Diensten!‹

Ich sah ihn gar nicht an. Ich fragte – in den Saal hinein –, ohne einen der vielen Menschen anzusehen: ›Was ist hier eigentlich geschehen?‹

›Euer Hochwohlgeboren‹, begann mein Kollege, ›man hat hier, im Koffer einer Dame, einen Revolver gefunden.‹

›Das ist mein Revolver‹, sagte ich. ›Die Damen stehen unter meinem Schutz.‹

›Wie Sie befehlen!‹ sagte der Beamte.

Wir stiegen in den Zug.

Selbstverständlich fiel mir – wie ich vorausgesehen hatte – der Schneider um den Hals, kaum waren wir im Zug. ›Wer ist eigentlich jene Dame mit dem Revolver?‹ fragte ich. ›Ein harmloses Mädchen‹, sagte er, ›ich kann es mir gar nicht erklären.‹ ›Ich möchte sie sprechen‹, sagte ich. ›Sofort‹, erwiderte er, ›ich bringe sie Ihnen.‹

Er brachte sie mir. Und er verließ uns sofort. Wir blieben allein, Lutetia und ich.

Es dunkelte schon, und der Zug schien durch den immer dichter werdenden Abend immer schneller dahinzurasen. Es erschien mir merkwürdig, daß sie mich keineswegs erkannte. Es war, als wäre alles darauf angelegt, mir selbst zu beweisen, wie wenig Zeit ich hätte, mein Ziel zu erreichen. Deshalb auch erschien mir angebracht, sofort zu sagen: ›Wo ist denn nun mein Revolver?‹ –

Statt jeder Antwort – die immerhin noch möglich gewesen wäre – fiel mir Lutetia in die Arme.

Ich nahm sie auf meinen Schoß. Und es begannen, im Dunkel des Abends, der um uns durch zwei Scheiben hereinfiel, von zwei Seiten her – es war gar nicht *ein* Abend mehr, es waren deren zwei – die Liebkosungen, die ihr alle kennt, meine Freunde, und die so oft das Unheil unseres Lebens einleiten.«

Als er an dieser Stelle seiner Erzählung angelangt war, schwieg Golubtschik eine lange Weile. Sein Schweigen schien uns deshalb noch länger zu dauern, weil er gar nichts trank. Wir anderen alle nippten nur an unseren Gläsern, aus Scham und Zurückhaltung, weil Golubtschik sein Glas kaum zu beachten schien. Sein Schweigen schien also gewissermaßen ein doppeltes Schweigen zu sein. Ein Erzähler, der seine Geschichte unterbricht und ein Glas, das vor ihm steht, nicht an die Lippen führt, erweckt in seinen Zuhörern eine sonderbare Beklemmung. Wir alle, die Zuhörer Golubtschiks, fühlten uns beklommen. Wir schämten uns, Golubtschik in die Augen zu sehen, wir starrten beinahe stupide auf unsere Gläser. Wenn wir wenigstens das Ticken einer Uhr vernommen hätten! Aber nein! Keine Uhr tickte, keine Fliege summte, und auch von der nächtlichen Straße her

drang kein Geräusch durch den dichten, eisernen Roll-
laden. Wir waren einfach preisgegeben der tödlichen Stille.
Lange, lange Ewigkeiten schienen vergangen seit dem
Augenblick, in dem Golubtschik seine Erzählung angefangen hatte. Ewigkeiten, sage ich, nicht Stunden. Denn
da die Wanduhr in diesem Restaurant stillstand und dennoch jeder von uns einen verstohlenen Blick nach ihr hin-
warf, obwohl wir alle wußten, daß sie stehe, erschien uns
allen die Zeit ausgelöscht, und die Zeiger über dem weißen Zifferblatt waren nicht mehr schwarz allein, sondern
geradezu düster. Ja, düster waren sie wie die Ewigkeit.
Beständig waren sie in ihrer hartnäckigen, beinahe nie-
derträchtigen Stabilität, und es schien uns, als bewegten
sie sich nicht deshalb nicht, weil das Uhrwerk stillestand,
sondern als blieben sie unbeweglich aus einer Art Bosheit
und wie um zu beweisen, daß die Geschichte, die uns
Golubtschik zu erzählen im Begriffe war, eine ewig gültige, trostlose Geschichte sei, unabhängig von Zeit und
Raum, von Tag und Nacht. Da also die Zeit stillestand,
war gleichsam auch der Raum, in dem wir uns befanden,
aller seiner Raumgesetze ledig; und es war, als befänden
wir uns nicht auf der festen Erde, sondern auf den ewig
schwankenden Wassern des ewigen Meeres. Wie in einem
Schiff kamen wir uns vor. Und unser Meer war die
Nacht.

Jetzt erst, nach dieser langen Weile, tat Golubtschik wieder einen Schluck aus seinem Glase.

»Ich habe überlegt«, begann er von neuem, »ob ich
euch, meine Freunde, ganz genau den weiteren, den de-

taillierten Fortgang meiner Erlebnisse erzählen soll. Ich unterlasse es lieber. Ich will sofort mit meiner Ankunft in Paris anfangen.

Ich kam also nach Paris. Ich brauche Ihnen nicht zu sagen, was damals für mich, den kleinen Golubtschik, den Spitzel, der sich selbst verachtete, den falschen Krapotkin, den Lieberhaber Lutetias, die Stadt Paris bedeutete. Es kostete mich schwere Mühe, nicht zu glauben, daß mein Paß falsch sei und daß meine schmutzige Aufgabe, die geflüchteten sogenannten ›staatsgefährlichen Subjekte‹ zu überwachen, meine eigentliche sei. Es kostete mich eine unwahrscheinliche Mühe, mich selbst endgültig davon zu überzeugen, daß meine Existenz verloren und verlogen war, mein Name erborgt, wenn nicht gestohlen, mein Paß das schändliche Papier eines schändlichen Spitzels. In dem Augenblick aber, in dem ich all dies erkannt hatte, begann ich mich selbst zu hassen. – Ich hatte mich immer gehaßt, meine Freunde! – Nach all dem, was ich euch erzählt habe, wißt ihr es ja! – Aber der Haß, den ich jetzt gegen mich empfand, war ein Haß von einer anderen Art. Zum erstenmal empfand ich Verachtung gegen mich. Vorher hatte ich nie gewußt, daß eine falsche Existenz, aufgebaut auf einem erborgten und gestohlenen Namen, die eigentliche, die wirkliche Existenz vernichten könne. Jetzt aber erfuhr ich am eigenen Leibe sozusagen die unerklärliche Magie des Wortes; des geschriebenen, des aufgeschriebenen Wortes. Gewiß, ein nichtsnutziger, ein gedankenloser Polizeibeamter hatte mir einen Paß auf den Namen Krapotkin ausgestellt; und er hatte sich dabei nicht nur gar nichts gedacht; er hatte es auch für selbstverständlich gehalten, einem Spitzel Golubtschik den Namen Krapotkin zu verleihen. Dennoch, es war Magie, es ist Magie in jedem gesprochenen, geschweige denn in jedem geschriebenen Wort. Durch die einfache Tatsache, daß ich einen Paß auf den Namen Krapotkin besaß, war ich ein Krapotkin schlechthin; aber zugleich bewies mir dieser Paß noch auf andere, ganz irrationale Weise, daß ich ihn nicht nur zu Unrecht, sondern auch zu unredlichen Zwecken erworben hatte. Er war gewissermaßen der stetige Zeuge meines üblen Gewissens. Er zwang mich, ein Krapotkin zu werden, indes ich nicht aufhören konnte, ein Golubtschik zu sein, Golubtschik war ich, Golubtschik bin ich, Golubtschik bleib' ich, meine lieben Freunde!...

Außerdem aber – und dieses ›außerdem‹ ist bezeichnend und wichtig – war ich verliebt in Lutetia. Begreift ihr wohl: ich war verliebt, ich, der Golubtschik. Sie aber, die sich mir hingegeben hatte, war vielleicht – wer kann es wissen – in jenen Fürsten Krapotkin verliebt, den ich darstellen mußte! Für mich allein war ich also gewissermaßen der Golubtschik, wenn auch mit dem festen Glauben, ich sei Krapotkin; für sie aber, für sie, die damals den Inhalt meines Lebens darstellte, war ich Krapotkin, ein Cousin jenes Gardeleutnants, meines Halbbruders, den ich haßte und der sie vor mir umarmt hatte.

Ich sage: vor mir. In dem Alter nämlich, in dem ich mich damals befand, ist der Mensch gewohnt, alle jene Männer mit einem tiefen Haß zu hassen, die vor ihm seine geliebte Frau, wie man so zu sagen pflegt, ›besessen‹ haben. Wie aber sollte ich gar meinen falschen Halbbruder nicht hassen? Den Vater, den Namen und die geliebte Frau hatte er mir genommen! Wenn ich überhaupt einen Menschen meinen Feind nennen konnte, so war er es. Ich hatte noch nicht vergessen, wie er in das Zimmer meines Vaters – nicht des seinigen – eingebrochen war, um mich daraus zu vertreiben. Ich haßte ihn. Ach, wie ich ihn haßte! Wer, wenn nicht er, war schuld daran, daß ich das schmutzigste aller Gewerbe ausübte? Er vertrat mir immer wieder den Weg. Ohnmächtig war ich gegen ihn, übermächtig war er mir gegenüber. Immer, immer stand er gegen mich, ja immer, immer kam er mir zuvor, um gegen mich aufzustehn. Nicht der Fürst Krapotkin hatte ihn gezeugt. Gezeugt hatte ihn ein anderer. Schon in der Sekunde, in der ihn der andere gezeugt hatte, hatte er angefangen, mich zu betrügen. Oh, ich haßte ihn, meine Freunde! – Und wie ich ihn haßte!

Erlaßt mir, meine Freunde, die nähere Beschreibung der Umstände, unter denen ich der Geliebte Lutetias geworden war. Es war nicht schwierig. Es war nicht leicht. Ich liebte damals, meine Freunde, und es ist mir also heute schwer zu sagen, ob ich es schwer oder leicht hatte, der Geliebte Lutetias zu werden. Es war schwer und leicht, es war leicht und schwer – wie ihr wollt, meine Freunde! ...

Ich hatte ja damals keine genaue Vorstellung von der Welt und von den sonderbaren Gesetzen, welche die Liebe regieren! Zwar war ich ein Spitzel, man hätte also denken müssen: ein mit allen Wassern gewaschener Mann! Aber ich war, trotz diesem meinem Beruf und trotz allen Erfahrungen, die er mir eingetragen hatte, Lutetia gegenüber ein harmloser Dummkopf; Lutetia gegenüber, das heißt allen Frauen, der Frau überhaupt gegenüber. Denn Lutetia war die Frau kurzweg, schlechthin – die Frau überhaupt. Sie war die Frau meines Lebens. Sie war die Frau, sie war das Weib meines Lebens.

Es ist leicht, meine Freunde, heute über den Zustand zu spotten, in dem ich mich damals befand. Heute bin ich alt und erfahren. Heute sind wir alle alt und erfahren. Aber jeder von euch wird sich an eine Stunde erinnern können, in der er jung und töricht war. Nun, es war bei jedem von euch vielleicht nur eine Stunde, nach der Uhr gemessen. Bei mir war's eine lange Stunde, eine viel zu lange Stunde!... – wie ihr bald sehen werdet.

Ich meldete mich, wie man's mir befohlen hatte und wie es meine Pflicht war, bei der russischen Botschaft.

Es war da ein Mann, sag' ich euch, der mir auf den ersten Blick gefiel. Er gefiel mir sogar außerordentlich. Es war ein großer, kräftiger Mann. Es war ein schöner, kräftiger Mann. Er hätte eher bei der kaiserlichen Garde dienen können als bei unserer geheimen Polizei. Menschen seinesgleichen hatte ich bis dahin in unserer Gesellschaft noch nicht viel gesehen. Ja, ich muß sagen, es tat mir, nachdem ich kaum eine Viertelstunde mit ihm gesprochen hatte, beinahe weh, ihn an der Stelle zu wissen, in der er keinesfalls der Niedertracht entgehen konnte. Ja, es tat mir weh! So viel echte, schöne Ruhe strahlte er aus, wie soll ich sagen: eine harmonische Kraft, das Kennzeichen eines wirklichen Herzens. ›Sie sind mir angekün-

digt‹, so begrüßte er mich. ›Ich weiß, welchen Unsinn Sie
begangen haben. Nun – und jetzt – unter welchem Namen gedenken Sie hier zu leben?‹ – Unter welchem Namen? – Ja, ich hatte ja einen, den einzigen, der mir zustand. Ich hieß ja Krapotkin. Ich hatte ja Visitkarten. So
jämmerlich war damals mein Überlegung. Seit einigen
Jahren schon hatte ich unzählige Schurkereien verübt –
und nichts, meine Freunde, sollte man glauben, macht
einen Menschen mehr klug, erfahren, überlegen als die
Spitzelei. Aber nein, man täuscht sich darin. Meine Opfer
waren gewiß nicht nur edler als ich, sondern auch bedeu-
tend klüger, und auch dem Einfältigsten unter ihnen wäre
es unmöglich gewesen, dermaßen eitel und lächerlich und
kindisch zu sein. Ich war schon mitten in der Hölle, ja,
ich war schon ein hartgesottener Knecht der Hölle, und
immer noch – ich fühlte es in jenem Augenblick – war
mein Schmerz über den Namen Golubtschik, über die
Erniedrigung, die ich erfahren zu haben glaubte, meine
Sucht, um jeden Preis Krapotkin zu werden, die einzige,
dumme und blinde Triebkraft meines Lebens. Durch List
und Gemeinheit, glaubte ich immer noch, könnte ich das
auslöschen, was ich für den Schandfleck meines Lebens
hielt. Aber ich häufte nur Schande über Schande auf mein
armes Haupt. In jenem Augenblick fühlte ich undeutlich,
daß ich Lutetia eigentlich gar nicht aus Liebe gefolgt war
und daß ich mir nur zu meiner Rechtfertigung eine starke
Leidenschaft eingebildet hatte, wie sie edlen Seelen allein
zukommt. In Wirklichkeit hatte ich mich darein verbis-
sen, Lutetia zu besitzen, wie ich versessen war, nicht
mehr Golubtschik zu sein. Ich schuf in mir selbst, gegen

mich selbst also, eine wahnwitzige Torheit nach der anderen, ich täuschte und verriet mich, wie es meine Aufgabe war, andere zu täuschen und zu verraten. Ich verstrickte mich selbst in meinen eigenen Netzen, es war zu spät. Obwohl ich all dies halb klar, halb unklar dachte, zwang ich mich immer noch zu der Lüge, an Lutetia sei alles gelegen und ihretwegen allein könnte ich nicht auf meinen falschen Namen Krapotkin verzichten. – ›Ich habe ja schon einen Namen‹, sagte ich und zeigte meinen Paß. Mein Vorgesetzter sah ihn gar nicht an und sagte: ›Junger Freund, um mit diesem Namen hier Geschäfte zu machen, müßten Sie ein Hochstapler sein. Sie aber haben das bescheidene Gewerbe eines mittleren Agenten. Aber, Sie mögen private Gründe haben. Es ist wahrscheinlich eine Dame dabei. Hoffen wir, daß sie jung und hübsch ist. Ich mache Sie nur darauf aufmerksam, daß junge und hübsche Damen Geld brauchen. Und ich bin sehr sparsam. Außerordentliche Prämien zahle ich nur für außerordentliche Schuftigkeiten. Ich werde bei Ihnen keine Ausnahme machen. Falsche Papiere, auf andere Namen, können Sie in beliebiger Anzahl bekommen. Also, gehn Sie! Sie melden sich bei mir, wann Sie wollen. Wo sind Sie abgestiegen? – Im Hotel Louvois, ich weiß es. Noch eines, lernen Sie Sprachen, besuchen Sie Kurse, Hochschulen, was Sie wollen. Sie melden sich zweimal in der Woche bei mir, hier, in den Abendstunden. Hier ist der Scheck. Daß Sie von Ihren Kollegen beobachtet werden, wissen Sie. Also, keine Dummheiten!‹

Als ich wieder draußen war, atmete ich auf. Ich fühlte, daß es eine jener Stunden war, die man, wenn man jung ist, entscheidende nennt. Später, im Leben, gewöhnt man sich daran, viele, fast alle Stunden für entscheidende zu halten. Es gibt gewiß Krisen und Höhepunkte und sogenannte Peripetien, aber wir selbst wissen nichts davon, und wir können einen Höhepunkt unmöglich von einer gleichgültigen Sekunde unterscheiden. Wir erfahren höchstens dies und jenes – und auch die Erfahrung nützt uns gar nichs. Erkennen und unterscheiden aber ist uns versagt.

Unsere Phantasie ist immer mächtiger als unser Gewissen. Obwohl mir also das Gewissen sagte, ich sei ein Schurke, ein Schwächling, ein Elender, ich sollte die jämmerliche Wirklichkeit nicht verkennen, ritt meine Phantasie in einem schrecklichen Galopp mit mir dahin. Mit dem ansehnlichen Scheck in der Tasche, von meinem sympathischen Vorgesetzten entlassen, der mir jetzt allerdings in dem gleichen Grade lästig erschien, wie er mir vorher sympathisch gewesen war, fühlte ich mich frei und ledig in dem freien und ledigen Paris. Abenteuern, herrlichen, ging ich entgegen, der schönsten Frau der Welt und dem modernsten aller Schneider. In jener Stunde schien es mir, daß ich endlich eine Art des Lebens begänne, nach der ich mich immer schon gesehnt hatte. Jetzt war ich fast wirklich ein Krapotkin. Und ich unterdrückte die eindringliche, aber fast unhörbare Stimme des Gewissens, die mir da sagte, ich ginge jetzt eigentlich einer doppelten Gefangenschaft entgegen, einer dreifachen gar: erstens der Gefangenschaft meiner Torheit, meines Leichtsinns, meines Lasters, an die ich aber schon gleichsam gewöhnt war; zweitens der Gefangenschaft meiner Liebe; drittens der Gefangenschaft meines Berufs.

Es war ein milder, sonniger Pariser Nachmittag im Winter. Die braven Leute saßen auf den Terrassen vor den Kaffeehäusern, und mit einer wonnigen Schadenfreude dachte ich daran, daß sich bei uns in Rußland um die gleiche Jahres- und Tageszeit brave Leute in den heißen und dunklen Stuben verkrochen. Ich ging, ohne Ziel, von einem Lokal ins andere. Überall erschienen mir die Menschen, die Wirte, die Kellner fröhlich und gutherzig, mit jener Gutherzigkeit gesegnet, die nur eine ständige Freude geben kann. Der Winter in Paris war ein echter Frühling. Die Frauen in Paris waren echte Frauen. Die Männer in Paris waren herzliche Kameraden. Die Kellner in Paris waren wie fröhliche, weißbeschürzte, flinke Handlanger irgendeines genießerischen Gottes aus der Sagenwelt. – Und in Rußland, das ich für immer verlassen zu haben glaubte, war es finster und kalt. Als stünde ich nicht mehr in den Diensten – und in welch abscheulichen Diensten – dieses Landes! Dort lebten die Golubtschiks, deren elenden Namen ich nur deshalb trug, weil ich dort zufällig zur Welt gekommen war. Dort lebten die nicht minder elenden, von Charakter elenden Krapotkins, ein Fürstengeschlecht, wie es eins nur in Rußland geben konnte und das Blut von seinem Blute verleugnete. Niemals hätte ein französischer Krapotkin dermaßen gehandelt. Ich war, wie ihr seht, jung, dumm, elend und jämmerlich damals. Aber ich erschien mir stolz, edel und siegreich. Alles, was ich in dieser prächtigen Stadt erblickte, schien mich zu bestätigen, meine Überzeugungen, meine früheren Handlungen und meine Liebe zu Lutetia.

Erst als der Abend vollends und meiner Meinung nach viel zu früh einbrach, gleichsam mit künstlicher Gewalt von Laternen allzuschnell herbeigeschworen, wurde mir elend zumute, und ich kam mir vor wie ein enttäuschter Gläubiger, der plötzlich alle Götter verloren hat. Ich flüchtete mich in einen Fiaker und fuhr ins Hotel zurück. Alles erschien mir auf einmal schal und falsch. Und mit aller Gewalt klammerte ich mich an die einzige Hoffnung, die mir noch geblieben war, an Lutetia. An Lutetia und an das Morgen. Morgen, morgen sollte ich sie sehen. Morgen, morgen!

Ich begann, was unsereins bei solchen Gelegenheiten zu tun beginnt: ich begann zu trinken. Erst Bier, dann Wein, dann Schnaps. Mit der Zeit fing es an, sich in meinem Herzen aufzuklären, und in den frühen Morgenstunden erreichte ich fast die gleiche Seelenfröhlichkeit, die mich am Nachmittag zuvor erfüllt hatte.

Als ich, nicht mehr ganz meiner Kräfte sicher, auf die Straße trat, graute bereits der winterliche, milde Morgen. Es regnete, sanft und behaglich, wie es bei uns in Rußland nur im April regnen kann. Dies und meine Verwirrung machten, daß ich einen Augenblick nicht mehr wußte, in welcher Zeit und in welchem Raum ich mich befand. Erstaunt und beinahe erschrocken war ich, da ich sah, mit welcher Untertänigkeit mich die Dienerschaft des Hotels behandelte. Ich mußte mich erst erinnern, daß ich ja eigentlich der Fürst Krapotkin war.

Es kam mir, nach einer Weile, draußen im frischen,

sanften Morgenregen zum Bewußtsein. Es war, als hätte mich geradezu der sanfte, frische Morgenregen zum Fürsten Krapotkin ernannt. Zu einem Pariser Fürsten Krapotkin. Das war damals meiner Meinung nach weit mehr als ein russischer.

Es regnete vom Pariser Himmel, sanft und gütig, auf meinen nackten Kopf, auf meine müden Schultern. Ich stand lange so vor dem Portal des Hotels. Hinter meinem Rücken fühlte ich den ehrerbietigen, den angestrengt gleichgültig tuenden und – dank meinem Berufsinstinkt – auch den zugleich nicht ohne Argwohn beobachtenden Blick der Dienerschaft. Er tat mir wohl, dieser Blick. Er tat mir wohl, dieser Regen. Der Himmel von Paris segnete mich. Schon begann der Morgen von Paris. Die Zeitungsträger gingen mit unwahrscheinlich frischem Gleichmut an mir vorüber. Das Volk von Paris erwachte. Und ich, als wäre ich kein Golubtschik, sondern ein echter Krapotkin, ein Pariser Krapotkin, gähnte, aus Müdigkeit zwar, aber auch nicht minder aus Hochmut. Und hochmütig, äußerst lässig und geradezu grandseigneural ging ich an den ehrfürchtigen und zugleich argwöhnischen Blicken der Hoteldiener vorbei, deren gekrümmte Rücken dem Krapotkin und deren Augen dem Spitzel Golubtschik zu gelten schienen.

Verwirrt und ermattet sank ich ins Bett. An die Fensterbretter trommelte gleichmäßig der Regen.

Ich begann, wie ich es mir vorgenommen oder, wenn ihr wollt, nur eingebildet hatte, ein sogenanntes neues Leben. Mit neuen Kleidern – ich ließ mir einen der lächerlichen Schneider kommen, die um jene Zeit die sogenannten Herren der Welt einzukleiden pflegten – begann ich, eine Art des Lebens zu führen, die einem Fürsten angemessen erschien. Eine wahrhaft neue Art des Lebens. Ein paarmal war ich beim Schneider meiner geliebten Lutetia eingeladen. Ein paarmal lud ich ihn ein. Ihr werdet mir glauben, meine Freunde, daß ich heute, da alle meine alte Pein dermaßen von mir abgefallen ist, daß ich sie euch so offen gestehen kann, wie ich es nunmehr tue, daß ich also jetzt keineswegs aus Hochmut oder Eingebildetheit erzähle, ich sei damals äußerst sprachbegabt gewesen. Ich war sehr sprachbegabt. Innerhalb einer Woche sprach ich beinahe ein vollkommenes Französisch. Ich unterhielt mich jedenfalls fließend, wie man sagt, mit dem mondänen Schneider und mit all seinen Mädchen, die mich von der Reise her kannten. Ich unterhielt mich auch mit Lutetia. Gewiß, sie erinnerte sich meiner, besonders des Zwischenfalls an der Grenze wegen und auch wegen meines Namens und schließlich wegen der Stunde im Coupé. Ich war um jene Zeit nichts anderes als der Träger meines falschen Namens. Ich war ja längst nicht mehr ich selbst. Ich war nicht nur kein Krapotkin mehr, ich war auch kein Golubtschik mehr. Ich war wie zwischen Himmel und Erde. Mehr noch: wie zwischen Himmel, Erde und Hölle. In keinem von den drei Gebieten fühlte ich mich heimisch. Wo war ich eigentlich? Und was war ich eigentlich? War ich Golubtschik? War ich Krapotkin? War ich in Lutetia verliebt? Liebte ich sie oder eigentlich meine neue Existenz? War es überhaupt eine neue Existenz? Log ich, oder sagte ich die Wahrheit? – Um jene

Zeit dachte ich manchmal an meine arme Mutter, die Frau des Försters Golubtschik, nichts wußte sie mehr von mir, verschwunden war ich aus dem engen Gesichtskreis ihrer armen, alten Augen. Nicht einmal mehr eine Mutter hatte ich noch. Eine Mutter! Welcher Mensch in der ganzen weiten Welt hatte keine Mutter? Verloren war ich und verwüstet! Aber ein solch Elender war ich damals noch, daß ich selbst aus meiner Niedertracht einen gewissen Stolz bezog und daß ich sie, die ich selber beging, zugleich als eine Art Auszeichnung betrachtete, die mir die Vorsehung angedeihen ließ.

Ich will mich bemühen, kurz zu werden. Es gelang mir, nach einigen höchst überflüssigen Besuchen bei dem Schneider der großen Pariser Welt und nachdem ich die meisten seiner neuen Kleider gesehen und gelobt hatte, die er selbst und alle Zeitungen ›Kreationen‹ nannten, jene besondere Art des Vertrauens der Lutetia zu gewinnen, das ein Versprechen und ein Gelöbnis zwischen zwei Menschen bedeutet. Eine ganz kurze Zeit später hatte ich das zweifelhafte Glück, Gast in ihrem Hause zu sein.

In ihrem Hause! Was ich da ›Haus‹ nenne, war ein armseliges Hotel, beinahe ein Stundenhotel, in der Rue de Montmartre. Ein enges Zimmer war's. Die braungelbe Tapete zeigte in unermüdlicher Wiederholung zwei Papageien, einen knallgelben und einen schneeweißen, die sich unaufhörlich küßten. Sie liebkosten sich. Diese Papageien hatten geradezu den Charakter von Tauben. Und auch die Tapete rührte mich; ja, gerade die Tapete. Es erschien mir Lutetias höchst unwürdig, daß sich just in ihrem Zimmer Papageien wie Tauben benahmen – und just Papageien. Damals haßte ich Papageien: Ich weiß heute nicht mehr, warum. (Nebenbei gesagt, hasse ich auch Tauben.)

Ich brachte Blumen und Kaviar mit, die zwei Gaben, die damals meiner Meinung nach einen russischen Fürsten kennzeichnen mochten. Wir sprachen miteinander, innig und lange und ausführlich. ›Sie kennen meinen Vetter?‹ fragte ich, harmlos und verlogen. ›Ja, den kleinen Sergej!‹ erwiderte sie, ebenso harmlos, ebenso verlogen. ›Den Hof hat er mir gemacht‹, erzählte sie weiter. ›Stundenlang! Orchideen hat er mir geschickt, denken Sie, mir allein, unter allen meinen Kolleginnen! Ich aber machte mir nichts aus ihm! Er gefiel mir einfach nicht!‹

›Mir gefällt er auch nicht!‹ sagte ich. ›Ich kenne ihn seit seiner frühesten Jugend, und schon damals gefiel er mir nicht.‹

›Sie haben recht‹, sagte Lutetia, ›er ist ein kleiner Schurke.‹

›Dennoch‹, begann ich, ›haben Sie sich mit ihm in Petersburg getroffen, und zwar, wie er mir selbst erzählt hat, in einem Chambre séparée bei der alten Gudaneff.‹

›Er lügt, er lügt‹, schrie Lutetia, wie nur Frauen schreien können, wenn sie eine offensichtliche Wahrheit ableugnen wollen. ›Nie war ich mit irgendeinem Mann in einem Chambre séparée! Nicht in Rußland, nicht in Frankreich!‹

›Schreien Sie nicht‹, sagte ich, ›und lügen Sie nicht! Ich selbst habe Sie gesehen. Ich habe Sie gesehen. Sie haben es bestimmt vergessen. Mein Vetter lügt nicht.‹

Wie nicht anders zu erwarten gewesen war, begann Lutetia, jämmerlich zu weinen. Ich, der ich es nicht ertrage, eine Frau weinen zu sehn, ich lief hinunter und bestellte eine Flasche Cognac. Als ich zurückkam, weinte Lutetia nicht mehr. Sie tat nur so, als wäre sie von der Lüge, bei der ich sie ertappt hatte, äußerst angestrengt und bar aller Lebenskräfte. Sie lag auf dem Bett. ›Machen Sie sich nichts daraus!‹ sagte ich. ›Ich habe Ihnen eine Stärkung mitgebracht.‹

Sie erhob sich nach einer Weile. ›Sprechen wir nicht mehr von Ihrem Vetter!‹ sagte sie.

›Sprechen wir nicht mehr von ihm!‹ stimmte ich ein. ›Sprechen wir von Ihnen!‹

Und sie erzählte alles – all das, was ich damals merkwürdigerweise für absolute, äußerste Wahrheit hielt, so kurz, nachdem ich sie doch lügen gehört hatte! Sie war die Tochter eines Lumpensammlers. Früh verführt, das heißt im Alter von sechzehn Jahren, ein Alter, das ich heute nicht mehr ein ›frühes‹ zu nennen imstande bin, folgte sie einem Jockey, der sie geliebt und sie in einem Hotel in Rouen sitzengelassen hatte. Oh, es mangelte ihr nicht an Männern! Sie blieb nicht lange in Rouen. Und weil sie so auffallend schön gewesen war, hatte sie der mondäne Schneider bemerkt, der damals auf der Suche nach Modellen war, innerhalb des bescheidenen Volkes von Paris... Und so war sie zu dem mondänen Schneider gekommen...

Sie hatte viel getrunken. Sie log immer noch, ich fühlte es nach einer halben Stunde schon. Aber wo gibt es, meine Freunde, eine Wahrheit, die man gerne hören möchte aus dem Munde einer geliebten Frau? Und log ich nicht etwa selber? Lebte ich nicht vollkommen eingebaut, hatte ich mich nicht behaglich eingenistet in der Lüge, dermaßen, daß ich nicht nur eine eigene Lüge liebte, sondern auch alle fremden Lügen zumindest anerkennen und schätzen mußte? Natürlich war Lutetia ebensowenig die Tochter eines Lumpensammlers oder Hausmeisters oder Schusters oder was weiß ich, wie ich ein Fürst. Hätte sie damals geahnt, wer ich wirklich war, so hätte sie mir wahrscheinlich eingeredet, sie sei die uneheliche Tochter eines Barons. Da sie aber annehmen mußte, daß ich mich in den Baronen auskannte, und da sie die Erfahrung besaß, daß die hochgestellten Herren die Niedrigen und die Armen mit einer geradezu dichterischen Wehmut betrachten und das Märchen von dem Glück der Armut lieben, erzählte sie auch mir das Märchen von dem Wunder, das der Armut begegnet. Es klang übrigens, während sie sprach, kaum unglaubwürdig. Sie lebte ja schon seit langen Jahren in der Lüge, in dieser speziellen Lüge, und sie glaubte zeitweilig an ihre Geschichte. Eine Verlorene war sie, wie ich ein Verlorener. Die verlorenen Menschen lügen gleichsam unschuldig, wie die Kinder. Die verlorene Existenz bedarf des verlogenen Fundamentes. In Wirklichkeit war Lutetia die Tochter eines zu seiner Zeit angesehenen Damenschneiders, und der große mondäne Schneider, in dessen Diensten sie jetzt stand, hatte seine Mädchen nicht unter dem geringen Volk von Paris gesucht, sondern unter den Töchtern seiner Kollegen, natürlicherweise.

Und überdies, meine Freunde: Lutetia war schön. Schönheit erscheint immer glaubwürdig. Der Teufel, der die Urteile der Männer über die Frauen bestimmt, kämpft auf der Seite der Schönen und Gefälligen. Einer häßlichen Frau glauben wir selten die Wahrheit, einer hübschen alles, was sie erfindet.

Es ist schwer zu sagen, was mir eigentlich an Lutetia so gefiel. Sie unterschied sich auf den ersten Blick wenig von den anderen Mädchen des Schneiders. Auch sie war geschminkt und wie ein Wesen, zusammengesetzt aus Wachs und Porzellan, eine Mischung, aus der zu jener Zeit die Mannequins gebildet wurden. Heute freilich ist die Welt fortgeschritten, und die Damen bestehen in jeder Jahreszeit aus anderen, immer wechselnden Materien. Auch Lutetia hatte einen unnatürlich kleinen Mund, solange sie schwieg, er glich einer länglichen Koralle. Auch ihre Augenbrauen stellten zwei unnatürlich vollkommene Bögen dar, nach geradezu geometrischen Gesetzen konstruiert, und wenn sie die Augen senkte, sah man unwahrscheinlich lange, mit besonderer Kunst geschwärzte Wimpern, Vorhänge von Wimpern. Wie sie sich setzte, zurücklehnte, wie sie sich erhob und wie sie ging, wie sie einen Gegenstand anfaßte und wiederhinstellte, all das war selbstverständlich geübt und die Folge zahlreicher Proben. Ihre schlanken Finger sogar schienen von einem Chirurgen gedehnt und auf irgendeine Weise geschnitzt worden zu sein. Sie erinnerten ein wenig an zehn Bleistifte. Sie spielte mit ihren Fingern, während sie sprach, betrachtete sie aufmerksam, und es sah aus, als suchte sie ihr Spiegelbild in ihren blanken Nägeln. Nur selten war ein Blick in ihren blauen Augen zu finden. Statt der Blicke hatte sie Aufschläge. Wenn sie aber sprach und in den wenigen Sekunden, in denen sie sich vergaß, wurde ihr Mund breit und fast lüstern-gefräßig, und zwischen ihren blanken Zähnen erschien für den Bruchteil eines Augenblicks ihre wollüstige Zunge, lebendig, ein rotes und giftiges Tierchen. In den Mund hatte ich mich verliebt, meine Freunde, in den Mund. Alle Schlechtigkeit der Frauen haust in ihren Mündern. Das ist, nebenbei gesagt, ja auch die Heimat des Verrats und, wie ihr aus dem Katechismus wißt, die Geburtsstatt der Erbsünde...

Ich liebte sie also. Ich war erschüttert von ihrer verlogenen Erzählung und ebenso erschüttert von dem kleinen Hotelzimmer und der Papageien-Tapete. Ihrer unwürdig, besonders gewissermaßen ihres Mundes unwürdig, war die Umgebung, in der sie lebte. Ich erinnerte mich an das Gesicht des Wirtes unten in der Loge, er sah aus wie eine Art Hund in Hemdsärmeln – und ich war entschlossen, Lutetia eine glücklichere, eine selige Existenz zu bereiten. – ›Würden Sie mir erlauben‹, fragte ich, ›daß ich Ihnen helfe? Oh, mißverstehen Sie das nicht! Ich habe keinerlei Ansprüche! Das Helfen ist meine Leidenschaft‹, so log ich, dieweil doch das Verderben mein Beruf war, ›ich habe nichts zu tun. Ich habe leider keinen Beruf. Würden Sie mir also erlauben...?‹

›Unter welchen Bedingungen?‹ fragte Lutetia und setzte sich im Bett auf.

›Unter gar keinen Bedingungen, wie ich Ihnen schon sagte.‹

›Einverstanden!‹ sagte sie. Und da ich Anstalten machte, mich zu erheben, begann sie: ›Glauben Sie nicht, Fürst, daß ich mich hier unglücklich fühle. Aber unser Herr und Meister, den Sie ja kennen, ist sehr oft mißgelaunt – und ich habe das Unglück, von seinen Launen mehr abzuhängen als die anderen Frauen. Diese, wissen Sie‹, und jetzt begann ihre Zunge, Gift herzustellen, ›haben alle ihre noblen, reichen Freunde. Ich aber, ich ziehe es vor, allein und anständig zu bleiben. – Ich verkaufe mich nicht!‹ fügte sie nach einer Weile hinzu und sprang dabei aus dem Bett. Ihr Schlafrock, rosa mit blauen Phantasieblümchen, klaffte auseinander. Nein! – Sie verkaufte sich nicht: sie hatte sich mir nur angeboten.

Von nun an begann die verworrenste Zeit meines Lebens. Ich mietete eine kleine Wohnung in der Nähe der Champs-Élysées, eine der Wohnungen, die man in jenen Jahren ›kokette Liebesnester‹ nannte. Lutetia selbst richtete sie ein, nach ihrem Geschmack. Es gab wieder Papageien an den Wänden – die Art von Vögeln, die mir, wie schon gesagt, verhaßt ist. Es gab ein Klavier, obwohl Lutetia nicht spielen konnte, zwei Katzen, vor deren lautlosen und tückischen, überraschenden Sprüngen ich große Angst hatte, einen Kamin ohne Luftzug, in dem das Feuer sofort erlosch – und schließlich, sozusagen als eine besondere Aufmerksamkeit für mich, einen echten russischen Samowar aus Messing, den zu behandeln Lutetia mich ausersehen hatte. Es gab ein gefälliges Stubenmädchen in einer propren und gefälligen Kleidung – sie sah aus, als käme sie aus einer Spezialfabrik für Stubenmädchen – und schließlich, was mich empörte, einen echten, einen lebendigen Papagei, der mit unheimlicher Schnelligkeit und geradezu genialem Sinn meinen falschen Namen ›Krapotkin‹ gelernt hatte und der mich immer wieder also an meine Verlogenheit und Leichtfertigkeit erinnerte. Den Namen ›Golubtschik‹ hätte er bestimmt nicht so leicht erlernt.

Es wimmelte überdies in diesem ›koketten Nest‹ Lutetias von Freundinnen aller Art. Alle bestanden sie aus Porzellan und Wachs. Und ich hielt sie nicht auseinander: die Katzen, die Tapeten, den Papagei und die Freundinnen. Nur Lutetia erkannte ich noch. Gefangen war ich, dreifach und vierfach gefangen! Und zweimal im Tag begab ich mich freiwillig in mein süßes, ekelhaftes, verworrenes Gefängnis.

Eines Abends blieb ich dort – es konnte ja nicht anders geschehen! Ich blieb die Nacht dort. Über dem Käfig des Papageis hing eine schläfrige Decke aus rotem Plüsch. Die tückischen Katzen schnurrten wohlig in ihren Körben. Und ich schlief, nicht mehr ein Gefangener, sondern auch ein für alle Zeiten Gefesselter; wie man so zu sagen pflegt, in den Armen Lutetias. Armer Golubtschik!

Im Morgengrauen erwachte ich, selig und zugleich unselig. Ich fühlte mich verstrickt und verworfen, und dennoch hatte ich noch nicht die Ahnung von Reinheit und Anständigkeit verloren. Diese Ahnung aber, meine Freunde, zart wie ein Lufthauch im frühen Sommermorgen, war stärker noch, trotz allem stärker als der starke

Wind der Sünde, der mich umwehte. Unter der Macht dieser Ahnung eben verließ ich das Haus Lutetias. Ich wußte nicht, ob ich mich selig oder bekümmert zu fühlen hatte. Und in diesem Zweifel schwankte ich, ohne Plan und Gedanken, durch die frühen Straßen.

Lutetia kostete Geld, sehr schnell sah ich es, meine Freunde! (Alle Frauen kosten Geld, besonders die liebenden; diese mehr noch als die geliebten.) Und ich glaubte zu merken, daß Lutetia mich liebte. Ich war dankbar dafür, daß irgend jemand auf der Welt mich liebte. Lutetia war übrigens der einzige Mensch, der mir meinen Krapotkin ohne jeden Zweifel glaubte – der an meine neue Existenz glaubte, ja, sie bestätigte. Nicht ihr Opfer zu bringen war ich entschlossen, mir selbst wollte ich diese Opfer bringen. Mir selbst, dem falschen Golubtschik, dem echten Krapotkin.

Es begann also eine unheimliche Verworrenheit – nicht in meiner Seele – die bestand ja schon seit langem –, sondern auch in meinen privaten, in meinen materiellen Verhältnissen. Ich fing an, Geld auszugeben – mit vollen Händen, wie man sagt. Lutetia brauchte eigentlich nicht soviel. Ich selbst brauchte es, für sie brauchte ich es. Und sie begann zu verbrauchen, sinnlos und mit jener süchtigen, ja fluchartigen Leidenschaft, mit denen die Frauen Geld zu verbrauchen pflegen, das Geld ihrer Männer und ihrer Liebhaber – beinahe so, als sähen sie in dem Geld, das man für sie ausgibt, das man gar für sie verschwendet, ein bestimmtes Maß des Gefühls, das die liebenden Männer für sie haben. Ich brauchte also Geld. Sehr bald. Sehr viel. Ich ging, wie es meine Pflicht war, zu meinem sympathischen Vorgesetzten – Solowejczyk hieß er übrigens, Michael Nikolajewitsch Solowejczyk.

›Was haben Sie mir zu berichten?‹ fragte er. Es war gegen neun Uhr abends, und es schien mir, es sei niemand mehr, keine Seele, in dem großen, weiten Haus. Es war sehr still, und man hörte, wie aus einer unermeßlichen Ferne, die verworrenen Geräusche der großen Stadt Paris. Dunkel war es im ganzen Zimmer. Die eine Lampe mit grünem Schirm auf dem Schreibtisch Solowejczyks sah aus wie der lichte grüne Kern der abendlichen, kreisrunden Finsternis im Zimmer.

›Ich brauche Geld!‹ sagte ich, geborgen in der Finsternis und deshalb mutiger, als ich früher gedacht hatte.

›Für das Geld, das Sie brauchen‹, erwiderte er, ›müssen Sie Arbeit leisten. Wir haben mehrere Aufgaben für Sie! Es handelt sich nur darum, ob Sie imstande sind, oder besser: ob Sie imstande sein wollen, dergleichen Aufgaben durchzuführen!‹

›Ich bin zu allem bereit!‹ sagte ich. ›Ich bin dazu hergekommen.‹

›Zu allem? wirklich zu allem?‹

›Zu allem!‹

›Ich glaube es nicht‹, sagte der sympathische Solowejczyk. ›Ich kenne Sie nicht lange – aber ich glaube es nicht! Wissen Sie, um was es sich handelt? Es handelt sich um einen gemeinen Verrat, um einen gemeinen Verrat, sage ich. Um einen gemeinen Verrat an wehrlosen Menschen.‹ – Er wartete eine Weile. – Dann sagte er: ›Auch an wehrlosen Frauen!...‹

›Ich bin es gewohnt. In unserm Beruf...‹

Er ließ mich nicht ausreden. ›Ich kenne den Beruf!‹ sagte er und senkte den Kopf. Er begann, in den Papieren zu kramen, die vor ihm lagen, und man hörte nur das Rascheln der Papiere und das allzu gemächliche Ticken der Wanduhr.

›Setzen Sie sich!‹ sagte Solowejczyk.

Ich setzte mich, und nun war auch mein Angesicht im Lichtkreis der grünen Lampe, gegenüber dem seinen. Er hob den Blick und sah mich starr an. Es waren eigentlich tote Augen, von blinden Augen war etwas in ihnen, etwas Trostloses und bereits Jenseitiges. Ich hielt diese Augen aus, obwohl ich vor ihnen Angst hatte, denn es war nichts in ihnen zu lesen, kein Gedanke, kein Gefühl, und ich wußte dennoch, daß es eigentlich nicht blinde Augen waren, sondern im Gegenteil sehr scharfe. Ich wußte genau, daß sie mich beobachteten, aber ich entdeckte nicht den Reflex, den ja natürlicherweise jedes beobachtende Auge erzeugt. Übrigens war Solowejczyk der einzige Mensch, bei dem ich diese Fähigkeit festgestellt habe: die Fähigkeit nämlich, die Augen zu maskieren, wie viele andere ihr Angesicht maskieren können.

Ich betrachtete ihn, es dauerte Sekunden, Minuten, mir schienen es Stunden zu sein. An seinen Schläfen lichtete sich leicht ergrautes Haar, und seine Kinnbacken bewegten sich unermüdlich, und es sah aus, als kaute er geradezu an seinen Überlegungen. Schließlich erhob er sich, trat zum Fenster, schlug den Vorhang ein wenig zurück und winkte mich heran. Ich trat zu ihm. ›Sehen Sie dort!‹ sagte er und zeigte mir eine Gestalt auf der gegenüberliegenden Straßenseite. ›Kennen Sie ihn?‹ – Ich strengte mich an, ich sah genau hin, aber ich sah nichts anderes als einen verhältnismäßig kleinen, gutbürgerlich angezogenen Mann mit aufgeschlagenem Pelzkragen und braunem Hut und mit einem schwarzen Stock in der Rechten. ›Erkennen Sie ihn?‹ fragte Solowejczyk noch einmal. ›Nein!‹ sagte ich. ›Also, warten wir eine Weile!‹ – Gut, wir warteten. Nach einer Weile begann der Mann, auf und ab zu gehen. Nachdem er so seine zwanzig Schritte hin und zurückgegangen war, durchzuckte es mich wie ein Blitz, wie man so zu sagen pflegt. Meine Augen erkannten ihn nicht, mein Gehirn erinnerte sich nicht an ihn, aber mein Herz durchzuckte es, es pochte heftiger darin, und es war, als hätten plötzlich meine Muskeln, meine Hände, meine Fingerspitzen, meine Haare jenes Gedächtnis erhalten, das meinem Gehirn versagt geblieben war. Er war es. Das war der halb schleppende und halb tänzelnde Gang, den ich einmal, als ich noch jung und unschuldig gewesen war, in Odessa im Bruchteil einer Sekunde und trotz meiner Unerfahrenheit sofort gesehen hatte. Es war das erste und einzige Mal in meinem Leben, daß ich bemerkt hatte, ein Hinken könnte ein Tänzeln sein und ein Fuß könnte sich verstellen. Ich erkannte also den Mann auf der gegenüberliegenden Straßenseite. Es war kein anderer als Lakatos.

›Lakatos!‹ sagte ich.

›Also!‹ sagte Solowejczyk und trat vom Fenster zurück.

Wir setzten uns beide wieder einander gegenüber, genauso, wie wir vorher gesessen hatten. Den Blick auf die Papiere gesenkt, sagte Solowejczyk: ›Lakatos kennen Sie schon lange?‹

›Sehr lange‹, erwiderte ich, ›er begegnet mir immer wieder. Ich möchte sagen, immer in den entscheidenden Stunden meines Lebens.‹

›Er wird Ihnen noch oft begegnen – wahrscheinlich –‹, sagte Solowejczyk. ›Ich glaube selten und nur sehr widerwillig an übernatürliche Erscheinungen. Aber bei Lakatos, der mich von Zeit zu Zeit besucht, kann ich mich eines gewissen abergläubischen Gefühls nicht enthalten!‹

Ich schwieg. Was hätte ich auch sagen sollen? Es schien mir unerbittlich klar, daß ich unerbittlich gefangen war. Ein Gefangener Solowejczyks? Ein Gefangener Lutetias? Ein Gefangener des Lakatos gar?

Nach einer Pause sagte Solowejczyk: ›Er wird Sie verraten und vielleicht vernichten.‹

Ich nahm die aufgezeichneten Befehle entgegen, einen ansehnlichen Packen Papier, und ging.

›Auf Wiedersehn nächsten Donnerstag!‹ sagte Solowejczyk.

›Wenn es mir beschieden sein wird, Sie wiederzusehen!‹ erwiderte ich.

Mein Herz war beklommen.

Als ich das Haus verließ, war Lakatos nicht mehr zu sehen. Weit und breit kein Lakatos, obwohl ich fleißig und gründlich nach ihm suchte, eifrig sogar. Ich hatte Angst vor ihm, und ich suchte nach ihm eben deshalb so eifrig. Ich fühlte aber schon, während ich ihn aufzustöbern versuchte, daß ich ihn nicht finden würde. Ja, ich war dessen sicher, daß ich ihn nicht finden würde.

Wie sollte man den Teufel finden, wenn man ihn sucht. Er kommt, er erscheint unverhofft, er verschwindet. Er verschwindet, und er ist immer da.

Seit dieser Stunde fühlte ich mich nicht mehr vor ihm sicher. Ja, nicht allein vor ihm fühlte ich mich unsicher, sondern auch vor aller Welt. Wer war Solowejczyk? Wer war Lutetia? Was war Paris? Wer war ich selber?

Unsicherer noch als vor allen anderen war ich vor mir selber! War es mein eigener Wille, der meinen Tag, meine Nacht, alle meine Handlungen noch bestimmte? Wer trieb mich zu tun, was ich damals tat? Liebte ich Lutetia? Liebte ich nicht allein meine Leidenschaft oder aber lediglich mein Bedürfnis, mich selbst, meine Menschlichkeit sozusagen, durch eine Leidenschaft bestätigen zu können? Wer und was war ich eigentlich: ich, der Golubtschik? Wenn Lakatos da war, hörte ich auf, Krapotkin zu sein, das schien mir sicher. Auf einmal war es mir klar, daß ich weder Golubtschik noch Krapotkin zu sein imstande war. Halbe Tage bald und bald halbe Nächte verbrachte ich bei Lutetia. Ich hörte längst nicht mehr, was sie mir sagte. Sie redete übrigens belanglose Dinge. Ich merkte mir viele Ausdrücke, die mir bis dahin unbekannt waren, den Tonfall der Worte und der Sätze – was meine Fortschritte im Französischen betraf, hatte ich ihr viel zu verdanken. Denn so ratlos ich auch in jenen Tagen war, so vergaß ich doch auch niemals, daß es für mich wichtig werden konnte, ›Sprachen zu beherrschen‹ – wie Solowejczyk geraten hatte. Gut, nach wenigen Wochen beherrschte ich sozusagen Französisch. Zu Hause vergrub ich mich manchmal in englischen, deutschen, italienischen Büchern, ich betäubte mich geradezu an ihnen, und ich bildete mir ein, ich bekäme durch sie wirklich eine Existenz, eine wirkliche Existenz. Ich las englische

Zeitungen, in der Hotelhalle zum Beispiel. Und während ich sie las, kam es mir vor, als sei ich ein Landsmann jenes weißhaarigen und bebrillten englischen Obersten im Lehnstuhl nebenan – eine halbe Stunde lang bildete ich mir ein, ich sei ein Engländer, ein Oberst aus den Kolonien. Weshalb sollte ich auch kein englischer Oberst sein? War ich denn etwa Golubtschik? War ich denn etwa Krapotkin? Was und wer war ich eigentlich?

Jeden Augenblick fürchtete ich, Lakatos zu begegnen. Er konnte in die Hotelhalle kommen. Er konnte in das große Modellhaus des mondänen Schneiders kommen, bei dem ich zuweilen vorfuhr, um Lutetia abzuholen. Er konnte mich jeden Augenblick verraten. Er hatte mich sozusagen in der Hand. Er konnte mich schließlich bei Lutetia verraten – und das war das schlimmste. In dem Maße, in dem meine Furcht vor Lakatos stieg, wuchs auch meine Leidenschaft für Lutetia. Eine übertragene Leidenschaft, sozusagen eine Leidenschaft zweiten Ranges. Denn es war in Wirklichkeit, meine Freunde, längst, das heißt seit einigen Wochen, keine wahre Liebe mehr, es war eine Flucht in die Leidenschaft, wie die Mediziner heutzutage bestimmte Krankheitserscheinungen mancher Frauen eine ›Flucht in die Krankheit‹ nennen. Ja, es war eine Flucht in die Leidenschaft. Sicher, einzig und allein sicher meiner selbst, meiner Identität sozusagen, war ich nur in den Stunden, in denen ich Lutetias Körper hielt und liebte. Ich liebte ihn, nicht etwa, weil es ihr geliebter Körper war, sondern weil er gewissermaßen eine Zuflucht war, eine Zelle, eine Klause, ungefährdet und gesichert vor Lakatos.

Allerdings geschah leider, was sich notgedrungen ereignen mußte. Lutetia, die mich ebenso für unermeßlich reich hielt, wie sie sich selbst für eine Lumpensammlerstochter halten mochte, brauchte Geld und immer mehr Geld. Sie brauchte immer mehr Geld. Es zeigte sich bald, nach wenigen Wochen schon, daß sie ebenso schön wie begehrlich war. Oh, nicht etwa, daß sie versucht hätte, Geld zurückzulegen, auf die heimtückische Weise, die viele kleine Bürgerinnen auszeichnet. Nein! Sie brauchte in der Tat! Sie verbrauchte!

Sie war wie die meisten Frauen ihrer Art. Sie wollte nicht ›ausnutzen‹! Aber *es* wollte in ihr die Gelegenheiten, alle Gelegenheiten, benützen. Schwach war sie und unermeßlich eitel. Bei den Frauen ist die Eitelkeit nicht nur eine passive Schwäche, sondern auch eine höchst aktive Leidenschaft, wie bei den Männern nur das Spiel. Sie gebären immer aufs neue diese Leidenschaft, sie treiben sie an und werden von ihr zugleich getrieben. Der Leidenschaft Mütter und Kinder sind sie gleichzeitig. Die Leidenschaft Lutetias riß mich mit. Ich hatte bis dahin nicht geahnt, wie viel eine einzige Frau auszugeben vermag, und immer in dem Glauben, sie gäbe ›nur das Notwendige‹ aus. Ich hatte bis dahin nicht geahnt, wie ohnmächtig ein liebender Mann – und ich war damals bemüht, ein liebender Mann zu sein: was einem wirklich Verliebten gleichkommt – gegenüber den Torheiten einer Frau sein kann. Gerade das Törichte und Überflüssige, das sie tat, erschien mir als das Notwendige und Natürliche. Und ich will auch gestehen, daß ihre Torheiten mir schmeichelten, mir gleichsam eine erlogene fürstliche

Existenz bestätigten – ich brauchte Bestätigungen dieser Art. Ich brauchte alle diese äußerlichen Bestätigungen, als da sind: Kleider für mich und für Lutetia, die Untertänigkeit der Schneider, die mir Maß nahmen, im Hotel, mit behutsamen Fingern, als wäre ich ein zerbrechlicher Götze; die kaum den Mut hatten, meine Schultern und meine Beine mit dem Zentimetermaß zu berühren. Ich brauchte, eben weil ich nur ein Golubtschik war, alles, was einem Krapotkin lästig gewesen wäre: den Hundeblick in dem Auge des Portiers, die servilen Rücken der Kellner und Bedienten, von denen ich nichts anderes zu sehen bekam als die tadellos rasierten Nacken. Und Geld, Geld brauchte ich auch.

Ich begann, möglichst viel zu verdienen. Ich verdiente viel – und ich brauche euch nicht zu sagen, auf welche Weise. Manchmal war ich für Lutetia und alle Welt eine Woche lang unauffindbar und sozusagen verreist. An solchen Tagen trieb ich mich in den Kreisen unserer politischen Flüchtlinge herum, in kleinen Redaktionen versteckter und armseliger Zeitungen, war schamlos genug, kleine Darlehen zu nehmen von den Opfern, nach denen ich jagte, nicht weil ich das armselige Geld brauchte, sondern um vorzutäuschen, daß ich es brauchte, in kärglichen, verborgenen Stuben die kärglichen Mahlzeiten zu teilen mit den Verfolgten, den Geschmähten, den Hungrigen; war niedrig genug, es hie und da mit der Verführung der Frauen zu versuchen, die sich, oft beseligt und manchmal aus einer Art weltanschaulich fundierten Pflichtbewußtseins, einem Gesinnungsgenossen hingaben – alles in allem: ich war, was ich immer im Grunde gewesen war, von Geburt und Natur: ein Schurke. Nur hatte ich bis dahin die Schurkerei nicht in diesem Maße ausgeübt. Ich bewies mir gewissermaßen in jenen Tagen selbst, daß ich ein Schurke sei, und welch einer!

Ich hatte Glück, der Teufel lenkte alle meine Schritte. Wenn ich an bestimmten Abenden bei Solowejczyk erschien, konnte ich ihm mehr berichten als viele meiner Kollegen. Und ich erkannte an der wachsenden Verachtung, mit der er mich behandelte, daß ich großartige Dienste leistete. ›Ich habe Ihre Intelligenz unterschätzt‹, sagte er mir einmal. ›Ich habe, nach der Dummheit, die Sie in Petersburg begangen haben, gedacht, Sie seien ein *kleiner* Schurke. Alle Achtung, Golubtschik! Ich werde Sie gut bezahlen.‹ – Zum erstenmal hatte er mich Golubtschik genannt, er wußte wohl, daß es für mich war wie ein Hieb mit einer Nagaika. Ich nahm das Geld, viel Geld, kleidete mich um, fuhr in mein Hotel, sah die Rükken und die Nacken, sah wieder Lutetia, die Nachtlokale, die gemeinen und soignierten Lordgesichter der Kellner und vergaß alles, alles. Ich war Fürst. Ich vergaß sogar den fürchterlichen Lakatos.

Ich vergaß ihn zu Unrecht.

Eines Tages – es war ein milder Frühlingsvormittag, ich saß in der Halle des Hotels, und obwohl sie keine Fenster hatte, war es doch, als strömte die Sonne gleichsam durch die Poren der Wände, ich war sehr heiter und gedankenlos hingegeben der ekelhaften Wollust, die mir das Leben bereitete – ließ sich Lakatos bei mir melden. Er war heiter wie der Frühling selbst. Er nahm gewissermaßen bereits den Sommer voraus. Er kam herein wie ein Stückchen, wie ein menschliches Stückchen des Frühlings, losgelöst von der anmutigen Natur, im viel zu hellen Überzieher, mit einer blumenübersäten Krawatte, in einem hellgrauen Halbzylinder, das Rohrstöckchen schwenkend, das ich schon so lange kannte. ›Durchlaucht‹ und ›Fürst‹ nannte er mich abwechselnd, und manchmal sagte er sogar, nach der Art der kleinen Dienstleute: ›Euer durchlauchtigste Hochwohlgeboren!‹ Mit einemmal verfinsterte sich für mich dieser helle Vormittag. Wie es mir die ganze lange Zeit ergangen sei, fragte mich Lakatos, so laut, daß es alle in der Halle hörten und der Portier vorne in der Loge. Ich war einsilbig, ich antwortete kaum, aus Furcht, aber auch aus Hochmut. ›Ihr Herr Vater hat Sie also doch anerkannt?‹ fragte er mich leise, indem er sich so nahe zu mir herüberbeugte, daß ich sein Maiglöckchen-Parfüm roch, seine Brillantine, die in schweren Wellen aus dem Schnurrbart duftete, und daß ich deutlich ein rötliches Glimmen in seinen blanken braunen Augen sah. ›Ja!‹ sagte ich und lehnte mich zurück.

›Dann wird es Sie freuen‹, sagte er, ›das, was ich Ihnen mitzuteilen habe.‹

Er wartete. Ich sagte nichts.

›Ihr Herr Bruder ist seit gestern hier!‹ sagte er gleichmütig. ›Er wohnt hier in seinem Hause: er hat eine ständige Wohnung in Paris. Er will hier, wie jedes Jahr, ein paar Monate bleiben. Ich glaube, Sie haben sich ausgesöhnt?‹

›Noch nicht!‹ sagte ich und konnte meine Ungeduld und meinen Schrecken kaum verbergen.

›Nun, ich hoffe‹, sagte Lakatos, ›daß es jetzt gehen wird. Ich jedenfalls stehe Ihnen immer zur Verfügung.‹

›Danke!‹ sagte ich. Er erhob sich, verbeugte sich tief und ging. Ich blieb sitzen.

Ich blieb nicht lange. Ich fuhr zu Lutetia. Sie war nicht daheim. Ich fuhr in das Atelier des mondänen Schneiders. Mit einem Blumenstrauß drang ich vor, wie mit einer gezückten Waffe. Ich konnte sie ein paar Augenblicke sehen. Sie wußte noch nichts von der Ankunft Krapotkins. Ich verließ das Atelier. Ich setzte mich in ein Café und bildete mir ein, ich könnte durch angestrengtes Nachdenken auf irgendeinen klugen Einfall kommen. Aber jeder meiner Gedanken war angenagt von Eifersucht, Haß, Leidenschaft, Rachsucht. Bald stellte ich mir vor, es wäre am besten, ich bäte heute noch Solowejczyk darum, mich nach Rußland zurückzuschicken. Dann wieder überfiel mich die Angst, die Angst davor, mein Leben aufzugeben, Lutetia, meinen erstohlenen Namen, alles das, was meine Existenz ausmachte. Ich dachte auch einen Augenblick daran, mich umzubringen, aber ich hatte eine grauenhafte Angst vor dem Tode. Viel leichter war es, viel besser, aber keineswegs bequemer, den Fürsten umzubringen. Ihn aus der Welt schaffen! Ein für allemal befreit sein von diesem lächerlichen Burschen, einem wahrhaft lächerlichen und nutzlosen Burschen. Im gleichen Augenblick aber und gleichsam mit der Logik, die mir mein Gewissen diktierte, sagte ich mir, daß, wenn er ein nutzloser Bursche sei, ich ein noch schlimmerer, nämlich ein böser und schädlicher wäre. Aber kaum eine Minute später schien es mir klar zu sein, daß die Ursache meiner Schädlichkeit und meiner Schlechtigkeit er allein sei, dieser Bursche eben, und daß ihn zu töten eigentlich eine sittliche Tat sein müßte. Denn indem ich ihn auslöschte, tötete ich auch die Ursache meiner Verderbnis, und ich hatte dann die Freiheit, ein guter Mensch zu werden, zu büßen, zu bereuen, meinetwegen ein anständiger Golubtschik. Aber damals schon, während ich solches überlegte, fühlte ich keineswegs die Kraft in mir zu morden. Ich war, meine Freunde, damals noch lange nicht sauber genug, um töten zu können. Wenn ich daran dachte, einen bestimmten Menschen umzubringen, so war es bei mir, in meinem Innern, gleichbedeutend mit dem Entschluß, ihn auf irgendeine Weise zu verderben. Wir Spitzel sind keine Mörder. Wir bereiten lediglich die Umstände vor, die einem Menschen unweigerlich den Tod bereiten. Auch ich dachte damals nicht anders, ich konnte gar nicht anders denken. Ich war ein Schurke von Geburt und von Natur, wie ich euch schon sagte, meine Freunde! . . .

Unter den vielen Menschen, die zu verraten und auszuliefern damals meine schändliche Aufgabe war, befand sich auch eine gewisse Jüdin namens Channa Lea Rifkin aus Radziwillow. Niemals werde ich ihren Namen, ihren Geburtsort, ihr Gesicht, ihre Gestalt vergessen. Zwei ihrer Brüder waren in Rußland wegen der Vorbereitung eines Attentats auf den Gouverneur von Odessa zur Katorga verurteilt worden. Sie waren bereits seit drei Jahren in

Sibirien, an der Grenze der Taiga, wie ich aus den Papieren wußte. Der Schwester war es gelungen, rechtzeitig zu fliehen und noch einen dritten Bruder mitzunehmen, einen halblahmen jungen Menschen, der den ganzen Tag im Lehnstuhl sitzen mußte. Er konnte nur den rechten Arm und das rechte Bein bewegen. Es hieß, daß er ein außergewöhnlich begabter Mathematiker und Physiker sei und ein ungewöhnliches Gedächtnis besitze. Organisationspläne und die Formeln, mit deren Hilfe man, auch ohne die komplizierten technischen Hilfsmittel, Sprengstoffe herstellen konnte, stammten von ihm. Bruder und Schwester lebten bei Schweizer Freunden, französischen Schweizern aus Genf, einem Schuster und seiner Frau. Die russischen Genossen versammelten sich oft in der Werkstatt des Schusters. Ich war ein paarmal dort gewesen. Dieses edle jüdische Mädchen war entschlossen, nach Rußland zurückzukehren und ihre Brüder zu retten. Sie nahm alle Verantwortung auf sich. Ihre Mutter war gestorben, ihr Vater war krank. Drei unmündige Geschwister blieben ihr noch. In zahlreichen Eingaben an die russische Botschaft hatte sie erklärt, daß sie bereit sei, nach Rußland zurückzukehren, gäbe man ihr nur die Zusicherung, daß ihre unschuldigen und nur durch ihre, der Schwester, geheime Handlungen schuldig gewordenen Brüder befreit würden. Uns, das heißt der russischen Polizei, handelte es sich jedenfalls darum, der Frau habhaft zu werden; aber zugleich auch darum, die Botschaft keine offiziellen Zusicherungen geben zu lassen. Das konnte, das durfte auch eine Botschaft nicht. Jene Channa Lea aber ›brauchte‹ man dringend. ›Wir brauchen sie‹, hieß es in den Zuschriften wörtlich.

Bis zu dem Tage, an dem ich Lakatos' Besuch empfangen hatte, war es mir, dem Schurken von Geburt und Natur, dennoch nicht möglich gewesen, diese Menschen zu verderben. Diese Menschen, ich meine das Mädchen und ihren Bruder, waren die einzigen unter all den Russen, die zu verraten meine Aufgabe war, welche noch an den Rest meines menschlichen Gewissens rührten. Wenn ich damals überhaupt noch irgendeine Vorstellung von Todsünde haben konnte, so waren es die beiden Menschen allein, die sie in mir zu wecken imstande waren. Von dem schwachen, sanften Mädchen – wenn es jüdische Engel gibt, dann müssen sie eigentlich so aussehen, in dessen Angesicht die Härte und die Lieblichkeit sich dermaßen vereinigten, daß man deutlich zu sehen vermeinte, die Härte sei eine Schwester der Lieblichkeit –, von diesem schwachen und zugleich kräftigen Mädchen ging eine zauberische Gewalt aus – eine zauberische Gewalt – ich kann es nicht anders sagen. Sie war nicht schön – was man so schön heißt in diesem Leben, wo wir das Verführerische schön nennen. Nein, diese kleine und unansehnliche Jüdin berührte unmittelbar meine Seele, und sogar auch meine Sinne berührte sie; denn wenn ich sie ansah, war es, als hörte ich ein Lied zum Beispiel. Ja, es war, als sähe ich nicht, sondern als hörte ich etwas Schönes, Fremdes, Niegehörtes und dennoch sehr Vertrautes. Manchmal, in stillen Stunden, wenn der lahme Bruder, auf dem Sofarand sitzend, in einem Buch las, das auf einem hohen Sessel vor ihm aufgeschlagen lag, der idyllische Kanarienvogel friedlich trällerte und ein schmaler Streifen guter Frühlingssonne auf den nackten Holzdielen ruhte, saß ich so dem edlen Mädchen gegenüber, betrachtete sie still, ihr blasses, breitgebautes, aber abgehärmtes Angesicht, in dem gleichsam das Leid aller unserer russischen Juden zu lesen war, und war nahe daran, ihr alles zu erzählen. Ich war gewiß nicht der einzige Spitzel, den man zu ihr geschickt hatte, und wer weiß, wie viele meiner Kollegen ich hie und da bei ihr getroffen haben mochte. (Denn wir kannten einander nur selten.) Aber ich bin überzeugt, daß es allen oder den meisten ebenso erging wie mir. Dieses Kind hatte Waffen, denen wir unterliegen mußten. Es handelte sich darum, sie entweder nach Rußland zu locken, unter der Vorspiegelung, daß ihre Brüder bestimmt freikämen; aber es war natürlich nicht leicht, sie zu täuschen, und jedem anderen Versprechen als dem gezeichneten, vom Botschafter des Zaren gezeichneten, hätte sie niemals getraut. Es hätte aber auch zur Not vielleicht genügt, von ihr die Namen all ihrer Kameraden zu erfahren, die in Rußland verblieben waren. Aber, meine Freunde, ich sagte euch schon, ich sei ein Schuft von Geburt und Natur gewesen. Im Anblick dieses jungen Mädchens nun zerrann meine Schuftigkeit, und ich fühlte manchmal, wie mein Herz weinte, wie es auftaute, wörtlich genommen.

Die Monate vergingen, es wurde Sommer. Ich gedachte, mit Lutetia irgendwohin abzureisen. Eines Tages erschien in meinem Hotel ein weißhaariger, ernst angezogener und sehr feierlicher Mann. Mit seinem dichten silbernen Haupthaar, mit seinem Ehrfurcht heischenden weißen und sauber gestrählten Backenbart, mit seinem schwarzen, feinen Stock aus Ebenholz, dessen silberne, matte Krücke aus dem gleichen Material gemacht zu sein schien wie sein Haupt- und Barthaar, machte er mir den Eindruck eines hohen und makabren Würdenträgers am Hofe des Zaren. So, stellte ich mir vor, mußten die kaiserlichen Hofbeamten aussehn, die in der Sterbestunde und beim Begräbnis eines Zaren ihre Funktionen ausüben. Als ich ihn aber eine längere Weile angesehen hatte, schien er mir plötzlich von irgendwoher bekannt. Sein Gesicht, sein dichtes Haar, sein Backenbart und seine Stimme tauchten empor aus einer längst versunken geglaubten Kindheit. Und auf einmal, nachdem er mir gesagt hatte: ›Es freut mich, Sie nach so langen Jahren wiederzusehen, Herr Golubtschik!‹, wußte ich auch, wer es war. Er mochte uralt sein. Einmal hatte ich seine Stimme hinter einer Tür erlauscht, eine Sekunde lang hatte ich einst im düsteren Hausflur seine silbrige und schwarze Gestalt gesehn. Er war der Leibsekretär des alten Fürsten. Vor Jahren, vor Jahren – wie lang war es her – war er zu meinem Pensionsvater gekommen, um für mich zu bezahlen. Er reichte mir kaum die Hand. Drei kalte, hagere, geradezu steinerne Fingerspitzen fühlte ich für den Bruchteil eines Augenblicks. Ich bat ihn, sich zu setzen. Als wollte er meinem Stuhl nicht zuviel Ehre antun, setzte er sich nur an den alleräußersten Rand, so daß er sich auf seinen Stock zwischen den Knien stützen mußte, um nicht vom Sessel hinunterzugleiten. Zwischen zwei Fingern hielt er seinen feierlichen, schwarzen, steifen Hut. Er ging sofort, wie es im Lateinischen heißt, in medias res. ›Herr Golubtschik!‹ sagte er, ›der junge Fürst ist hier. Der alte Herr dürfte auch auf der Durchfahrt nach dem Süden eine Weile hierbleiben. Sie haben beiden Herrschaften, unberechtigt und sogar auf eine nicht noble Weise – um ein stärkeres Wort zu unterdrücken –, überaus viel zu schaffen gemacht. Sie nennen sich hier Krapotkin. Sie unterhalten gewisse Beziehungen zu einem Fräulein Dingsda. Sie hat auch mehrere Namen. Der junge Fürst ist nun einmal entschlossen, diese Ihre Beziehung nicht zu dulden. Das ist eine Marotte. Aber Nebensache. Der junge Herr ist sehr großzügig. Überlegen Sie kurz, und sagen Sie mir gradheraus: Wieviel verlangen Sie, um ein für allemal aus unserm Gesichtskreis zu verschwinden? Sie haben schon einmal erfahren, wie groß unsere Macht ist. Sie laufen, wenn Sie hartnäckig bleiben, weit mehr Gefahr als jemals eines der Opfer, die von Ihnen verfolgt werden. Ich habe natürlich nichts gegen Ihren Beruf sagen wollen. Er ist, sagen wir, nicht ehrenhaft, aber äußerst notwendig, äußerst notwendig – im Staatsinteresse, versteht sich. Unser Vaterland braucht gewiß Ihresgleichen. Aber der Familie, die ich seit vierzig Jahren schon hie und da zu vertreten die Ehre hatte, sind Sie einfach unangenehm. Die Familie Krapotkin ist bereit, Ihnen zu einer neuen Existenz in Amerika, aber auch in Rußland zu verhelfen. Also, überlegen Sie, wieviel brauchen Sie?‹ – Und bei diesen Worten zog der silberhaarige Mann seine schwere goldene Uhr aus der Tasche. Er behielt sie in der Hand, etwa wie ein Arzt, der den Puls seines Patienten fühlt. – Ich dachte nach. Ich dachte wirklich nach. Es schien mir aussichtslos, vor diesem

Mann, vor mir selbst noch Ausflüchte zu machen und mir überflüssige und höchst lächerliche, nichtsnutzige Atempausen einzureden. Seine Uhr tickte unermüdlich. Die Zeit verrann. Wie lange würde er noch warten?

Ich hatte keinen Entschluß gefaßt. Aber der gute Geist, der uns nie verläßt, auch nicht, wenn wir Schufte von Geburt und Natur sind, gab mir plötzlich die Erinnerung an Channa Lea ein. Und ich sagte: ›Geld brauche ich nicht. Ich brauche eine Protektion des Fürsten. Wenn er mächtig ist, wie Sie sagen, wird er sie mir verschaffen können. Kann ich ihn sehen?‹

›Sofort!‹ sagte der Silberhaarige, steckte die Uhr ein und erhob sich. ›Kommen Sie mit mir!‹

Die Pariser Privatkalesche des Fürsten Krapotkin – des echten – wartete vor dem Hotel. Wir fuhren. Wir fuhren vor die Privatwohnung des Fürsten. Es war eine Villa im Bois de Boulogne, und in dem Lakaien, der einen Bakkenbart trug wie der Leibsekretär, glaubte ich einen jener Diener zu erkennen, die ich vor langen, langen Jahren in der Odessaer Sommerresidenz des alten Fürsten gesehen hatte.

Ich wurde angemeldet. Der Sekretär ging vor. Ich wartete eine lange halbe Stunde mindestens. Ich saß, bekümmert und verdrückt, unten im Vorzimmer, wie ich einst im Vorzimmer des alten Fürsten gesessen hatte. Noch weniger war ich gleichsam als der Golubtschik von damals. Damals hatte die Welt noch vor mir offengestanden, und heute war ich ein Golubtschik, der die Welt bereits verloren hatte. Aber ich wußte es ja. Und es machte mir dennoch wenig aus. Ich mußte mich nur zwingen, an

Channa Lea Rifkin zu denken, und es machte mir gar nichts mehr aus.

Ich kam endlich ins Zimmer des jungen Fürsten. Er sah noch genauso aus wie damals, als ich ihn durch den Spalt in der Wand im Chambre séparée mit Lutetia beobachtet hatte. Ja, er sah noch genauso aus; wie soll ich ihn euch beschreiben, ihr kennt den Typ: ein nobler und verbrauchter Windbeutel. Er sah einem Stück abgebrauchter Seife nicht unähnlich, so blaß und fade war seine Haut. Er sah aus wie ein Stückchen verbrauchter gelber Seife mit einem dünnen schwarzen Schnurrbart. Ich haßte ihn, wie ich ihn seit eh und je gehaßt hatte.

Er ging kreuz und quer durch sein Zimmer, und als ich eintrat, blieb er auch nicht einen Augenblick stehen. Er ging weiter herum, als hätte der Silberhaarige nicht mich, sondern eine Puppe mitgebracht. Er wandte sich auch nicht an mich, sondern an ihn und fragte: ›Wieviel?‹

›Ich selbst möchte mit Ihnen verhandeln‹, sagte ich.

›Ich möchte es nicht‹, erwiderte er, hielt nicht im Herumwandern inne und sah den Sekretär an. ›Verhandeln Sie mit ihm!‹

›Ich brauche kein Geld‹, sagte ich. ›Wenn Sie wirklich so mächtig sind, wie Sie sagen, so können Sie alles von mir haben, wenn Sie zwei Männer von der Katorga befreien und ein Mädchen vor Strafe. Und sofort. Wenn Sie innerhalb einer Woche die beiden befreien!‹

›Ja!‹ sagte der Sekretär. ›Bis dahin aber halten Sie sich möglichst verborgen. Geben Sie mir die Daten!‹

Ich gab ihm die Daten der Gebrüder Rifkin. In ein paar Tagen sollte ich Auskunft haben.

Ich wartete ein paar Tage. Ich wartete, ich muß sagen, in großer Ungeduld, sozusagen in einer moralischen Ungeduld. Ich sagte: eine moralische Ungeduld, denn es überfiel mich damals die Sehnsucht nach der Reue, und ich glaubte, gerade damals wäre der Augenblick gekommen, in dem ich mit einer einzigen sogenannten guten Tat mein ganzes schurkisches Leben wettmachen könnte.

Ich wartete. Ich wartete.

Endlich erhielt ich eine Einladung, mich in der Privatwohnung des Fürsten einzufinden.

Der alte, würdige Sekretär empfing mich sitzend. Er machte eine einladende Handbewegung, aber eine nur sehr flüchtige, aber er sagte nicht etwa, ich möchte mich setzen, sondern als verscheuchte er mich vielmehr, wie man eine Fliege verscheucht.

Aus Trotz setzte ich mich aber und schlug ein Bein über das andere. Aus Trotz sagte ich auch: ›Wo ist der Fürst?‹

›Für Sie nicht zu Hause‹, sagte der Alte milde. ›Der Fürst kann sich überhaupt nicht um politische Dinge kümmern, so läßt er Ihnen sagen. In schmutzige Sachen läßt er sich nicht ein. Er will auch mit Ihnen keine Tauschgeschäfte machen. Sie wären überdies imstande, ihn anzuzeigen, wie Sie es schon einmal getan haben, und ihn als den Beschützer unserer Staatsfeinde hinzustellen. Sie begreifen. Wir können Ihnen nur Geld anbieten. Wenn Sie es nicht annehmen, haben wir Mittel, Sie auf eine andere Weise aus Paris wegzuschaffen. Gar so un-entbehrlich dürften Sie unserm Staat nicht sein. Es gibt sicherlich andere, die ebensoviel oder gar mehr leisten.‹

›Ich werde kein Geld nehmen‹, erwiderte ich, ›und ich werde bleiben.‹ Ich dachte dabei an meinen sympathischen Vorgesetzten Solowejczyk. Ihm wollte ich alles ganz genau erklären. Ihm wollte ich vertrauen. Ich hatte dabei vollkommen vergessen, welchen toten Blick Solowejczyk mir das letztemal gezeigt hatte. Ich bildete mir ein, Solowejczyk hielte zu mir, ja, er liebte mich.

Ich beschloß auch, sofort zu ihm zu gehen.

Ich erhob mich und sagte feierlich (heute kommt es mir lächerlich vor): ›Ein echter Krapotkin‹, ich betonte das Wort ›echter‹, ›nimmt keine Abfindungssumme. Ein fal-scher bietet sie an.‹

Ich erwartete eine Geste, ein Wort der Empörung aus dem Munde des Alten. Aber er rührte sich nicht. Er sah mich nicht einmal an. Er sah nur auf die glatte schwarze Tischplatte, als lägen dort Papiere, als läse er im Holz und als stünde im Holz der Satz geschrieben, den er ein paar Sekunden später äußerte.

›Gehn Sie‹, sagte er, ohne den Blick, geschweige denn sich selbst zu erheben, ›und tun Sie, was Ihnen bekömm-lich ist.‹

Das Wort ›bekömmlich‹ machte mich erröten.

Ich ging, ohne Gruß. Es regnete, und ich befahl dem Portier, mir einen Wagen zu holen. Noch kam ich mir wie ein Fürst vor, während ich bereits wußte, daß ich wieder der Golubtschik war; höchstens noch ein paar Tage konnte ich Krapotkin sein.

Aber ich war froh, meine Freunde, trotzdem, daß ich in ein paar Tagen meine alte Existenz und meinen mir gebührenden Namen wiederfinden würde. Glaubt mir, ich war froh. Und wenn mich etwas damals betrübte, so war es der Umstand, daß ich der Jüdin Rifkin nicht hatte helfen können. Hatte ich doch gedacht, es gäbe eine Gelegenheit, alles Böse wettzumachen, das ich begangen hatte. – Nun! – So hatte ich wenigstens meine eigene Existenz gerettet, vielleicht auch ein bißchen gereinigt.

Ich war froh.

Als ich ins Hotel kam – es war schon ziemlich spät, und einzelne Lämpchen brannten schon in der Halle –, sagte man mir, ein Herr erwarte mich im Schreibzimmer.

Ich dachte, es sei Lakatos, und ging, ohne etwas zu sagen, ins Schreibzimmer. Aus dem breiten Sessel hinter einem der Schreibtische erhob sich aber keineswegs mein Freund Lakatos, sondern, zu meiner Verwunderung, der mondäne Schneider, der Schöpfer der ›Kreationen‹.

Es herrschte im Schreibzimmer eine Art Halbdunkel, das noch verstärkt wurde durch die grün beschirmten Lichter an den anderen Schreibtischen, statt durch sie geschwächt zu werden. Die Lämpchen kamen mir vor wie beleuchtete Giftfläschchen.

In diesem sonderbaren Licht erschien mir das breite, fahle Gesicht des Schneiders etwa wie ein Teig im Ofen, ein Teig, der aufquillt. Ja, je näher er mir kam, desto größer wurde sein breiiges Angesicht, größer und breiter selbst im Verhältnis zu seinen übermäßig weiten, weibischen, flatternden Kleidern. Er verbeugte sich vor mir, und es war, als verneigte sich vor mir eine Art quadratischer Kugel. Ich war nicht mehr geneigt zu glauben, daß der Schneider ein leibhaftiger, wirklicher Mensch sei.

›Fürst‹, sagte er, indem er seinen vierschrötigen und zugleich kugeligen Oberkörper wieder mühsam erhob, ›darf ich eine Kleinigkeit mit Ihnen besprechen?‹

Es kam mir lächerlich vor, daß man mich immer noch ›Fürst‹ nannte, aber es beruhigte mich dennoch. Ich bat den mondänen Mann zu sagen, was er auf dem Herzen hätte.

›Eine Kleinigkeit, Fürst‹, versicherte er, ›eine Lächerlichkeit‹, und dabei zog seine rundliche, teigige Hand einen vollendeten Bogen in der Luft. – ›Es handelt sich um eine kleine Schuld. Es ist mir sehr peinlich, ja sogar zuwider. Es handelt sich um die Kleider Fräulein Lutetias.‹

›Was für Kleider?‹ fragte ich.

›Es ist schon zwei Monate her‹, sagte der Herr Charron. ›Fräulein Lutetia ist eine besondere Person, Frau, Dame, wollte ich sagen. Es ist manchmal schwer, mit ihr auszukommen. Sie ist, ich muß sagen, eine wirkliche Dame, nicht wie die anderen. Obwohl die Tochter eines meiner gewöhnlichen, was sag’ ich, eines meiner allergewöhnlichsten Kollegen, hat sie (mit Recht) Ansprüche wie eine Dame aus den Kreisen unserer vornehmsten Kundschaft. Ich muß gestehen, Fürst, ich muß gestehen, ich habe ihr, das heißt Fräulein Lutetia, drei meiner besten Modellkleider verkauft, die sie selbst vorgeführt hatte. Auch wäre ich nicht gekommen, um zu stören, wenn ich nicht gerade gewisse akute Schwierigkeiten im Augenblick zu überwinden hätte.‹

›Wieviel?‹ fragte ich, wie ein echter Fürst.

›Achttausend!‹ sagte Charron prompt.

›Gut!‹ sagte ich, wie ein echter Fürst. Und ich entließ ihn.

Nachdem er gegangen war, fuhr ich sofort zu Lutetia. Achttausend Francs, um jene Zeit, meine Freunde – es war keine Kleinigkeit für mich, einen armen, armseligen Spitzel. Gewiß hätte ich auch vielleicht gar nichts tun dürfen. Aber, liebte ich nicht immer noch? War ich nicht immer noch gefangen?

Ich ging zu Lutetia. Sie saß am gedeckten Abendtisch und erwartete mich wie gewöhnlich – auch an den Abenden, an denen ich nicht kommen konnte –, wie es sich für eine sogenannte ›ausgehaltene Frau‹ gehört.

Ich gab ihr den üblichen Kuß, zu dem man sozusagen verpflichtet ist gegenüber einer Frau, die man erhält. Es war ein Pflichtkuß, wie ihn große Herren verabreichen.

Ich aß, ohne Appetit, und ich muß gestehen, ich sah mit einiger Mißgunst, trotz all meiner Verliebtheit, den gesunden Appetit Lutetias. Ich war damals niedrig genug, an die achttausend Francs zu denken. Vieles kam noch zusammen. Ich dachte an mich selbst, an den echten Golubtschik. Ein paar Stunden früher war ich froh gewesen, wieder ein wahrer Golubtschik zu sein. Jetzt aber, mit Lutetia am selben Tisch, erfüllte mich Bitterkeit darüber, daß ich ein wahrer Golubtschik sein sollte. Zugleich aber war ich doch noch irgendwo ein Krapotkin, und ich hatte achttausend Francs zu bezahlen. Als ein Krapotkin hatte ich sie zu bezahlen. Auf einmal erbitterte mich, der ich niemals gezählt und gerechnet hatte, die Höhe der

Summe. Es gibt, meine Freunde, bestimmte Augenblicke, in denen das Geld, das man zu zahlen hat, für eine Leidenschaft, beinahe so wichtig erscheint wie die Leidenschaft selbst und ihr Gegenstand. Ich dachte nicht daran, daß ich Lutetia, die Geliebte meines Herzens, mit schändlichen und schurkischen Lügen erworben hatte und behalten, sondern ich machte es ihr zum Vorwurf, daß sie meinen Lügen glaubte und von ihnen lebte. Ein unbekannter, fremder Zorn stieg in mir hoch. Ich liebte Lutetia. Aber ich zürnte ihr. Bald schien es mir, noch während wir aßen, sie allein sei schuld an meiner Schuld. Ich suchte, forschte, ich grub gleichsam nach Fehlern in ihr. Ich fand, daß es einem Betrug glich, wenn sie mir nichts von den Kleidern erzählt hatte.

Deshalb sagte ich langsam, während ich ebenso langsam die Serviette zusammenfaltete: ›Herr Charron war heute bei mir!‹

›Schwein!‹ sagte Lutetia nur.

›Warum?‹ fragte ich.

›Altes Schwein‹, sagte Lutetia.

›Warum?‹ wiederholte ich.

›Ach, was weißt du!‹ sagte Lutetia.

›Ich soll achttausend Francs für dich bezahlen‹, sagte ich, ›warum hast du's nicht gesagt?‹

›Ich muß dir nicht alles sagen‹, erwiderte sie.

›Doch, alles!‹ sagte ich.

›Nicht Kleinigkeiten!‹ sagte Lutetia. Sie stützte die gefalteten Hände unter das Kinn und sah mich an, kampfsüchtig und beinahe böse. ›Nicht alles!‹ wiederholte sie.

›Weshalb nicht?‹ fragte ich.

›So!‹

›Was heißt: so?‹

›Ich bin eine Frau!‹ sagte sie.

Welch ein Argument! dachte ich, und ich nahm mich zusammen, wie man sagt, und sagte:

›Ich habe nie daran gezweifelt, daß du eine Frau bist!‹

›Du hast es aber nie verstanden!‹ sagte sie.

›Sprechen wir praktisch und sachlich‹, sagte ich, immer noch ruhig, ›warum hast du mir nichts von den Kleidern gesagt?‹

›Kleinigkeit!‹ erwiderte sie, ›was kosten sie schon?‹

›Achttausend!‹ sagte ich. – Dabei fürchtete ich – obwohl ich bereits entschlossen gewesen war, ein einfacher Golubtschik zu sein –, ich hätte nicht so gesprochen, wie ein Fürst Krapotkin in der gleichen Lage gesprochen hätte.

›Kleinigkeit!‹ sagte sie. ›Ich bin eine Frau. Ich brauche Kleider!‹

›Warum sagst du mir nichts vorher?‹

›Ich bin eine Frau!‹

›Das weiß ich!‹

›Das weißt du nicht! Sonst würdest du darüber kein Wort verlieren.‹

›Du hättest mir den Besuch Charrons ersparen können‹, sagte ich, ›ich mag es nicht. Ich will keinerlei Überraschungen!‹ Ich redete immer noch so daher wie ein Fürst – indessen beschäftigten mich die achttausend Francs.

›Willst du noch weiter mit mir streiten?‹ fragte Lutetia. Und schon entzündete sich in ihren schönen, aber seelenlosen Augen, die mir damals wie Glasmurmeln erschienen, jenes zornige Feuerchen, das ihr wahrscheinlich schon alle, ihr, meine Freunde, in den Augen eurer Frauen gemerkt haben werdet – in bestimmten Stunden. Wenn Feuer ein Geschlecht hat, ich glaube es, es gibt ein ganz gewisses weibliches Feuer. Es hat keinen Grund, keine ersichtliche Ursache. Ich habe den Verdacht: es glimmt immer in den Seelen der Frauen, und manchmal lodert es auf und brennt in den Augen der Frauen: ein gutes und gleichzeitig ein böses Feuerchen. Wie man's ansieht. Ich habe jedenfalls Angst davor.

Lutetia erhob sich, warf die Serviette hin, mit jener wollüstigen Heftigkeit, mit der die Frauen so oft spielen und die ebensooft sehr echt ist, und sagte noch einmal: ›Ich lass' mir das nicht mehr gefallen! Ich hab' genug!‹ Und als hätte sie es nicht schon ein paarmal gesagt, wiederholte sie: ›Du wirst das nie verstehen! – Ich bin eine Frau!‹

Auch ich erhob mich. – Ich dachte, unerfahren, wie ich damals war, man könne durch eine zärtliche Berührung eine Frau besänftigen und versöhnen. Das Gegenteil, meine Lieben, das Gegenteil ist der Fall! Kaum hatte ich einen Arm voller Zärtlichkeit ausgestreckt, da schlug mich die süße Lutetia, die Geliebte meines Herzens, mit beiden Fäusten ins Gesicht. Zugleich stampfte sie mit beiden Füßen – eine seltsame Eigenschaft, die wir nicht haben, wir Männer, wenn wir schlagen –, und sie schrie dabei: ›Zahlen wirst du, zahlen, morgen, morgen vormittag, ich verlange es!‹

Wie hätte sich da Fürst Krapotkin benommen? – meine

Freunde. Wahrscheinlich hätte er gesagt: Natürlich! – und er wäre fortgegangen. Ich aber, ich war eben ein Golubtschik, und also sagte ich: ›Nein!‹ und blieb.

Auf einmal lachte Lutetia hell auf, so ein Lachen, wißt ihr, das man ein ›Theaterlachen‹ nennt, das aber gar kein Theaterlachen ist. Die Frauen auf der Bühne nämlich machen es einfach nur den Frauen im Leben, sich selber, nach. Wo hört das sogenannte Leben auf, und wo fängt das sogenannte Theater an?

Sie lachte also, die Geliebte meines Herzens. Es dauerte eine geraume Weile. Schließlich hat alles ein Ende, wie ihr wißt, meine Freunde. Nachdem Lutetia zu Ende gelacht hatte, sagte sie, plötzlich ganz ernst, beinahe tragisch und mit leiser Stimme: ›Wenn du nicht zahlst, wird dein Cousin zahlen.‹

Es erschreckte mich, was Lutetia gesagt hatte, ja, es erschreckte mich, obwohl ich doch vor nichts mehr zu erschrecken hatte. Wenn mein sogenannter Bruder schon bei Lutetia gewesen war, so konnte es ihr doch nicht lange mehr verborgen bleiben, wer ich wirklich sei. Und warum – so fragte ich mich – hätte es ihr auch verborgen bleiben sollen? Hatte ich nicht eben erst, bevor ich hierhergekommen war, gewünscht, meine schrecklichen Verkleidungen abzulegen und einfach der einfache Golubtschik zu sein?

Weshalb tat es mir jetzt wieder leid, meine so verwirrende und verworrene Existenz aufzugeben? Liebte ich Lutetia in diesem Maße? Genügte ihr Anblick allein, um alle meine Entschlüsse umzuwerfen? Gefiel sie mir denn eigentlich, gerade jetzt in dieser Stunde? Sah ich nicht,

waiting to die and be buried next to Kaiser Franz
Joseph.

Der Leviathan

Nissen Piczenik is a coral dealer in the
town of Pogrody. He loves corals more than
anything e.g. his wife. He meets a sailor called
Komrower and decides to accompany him to
Odessa to ~~find~~ see the sea and where corals
come from. The journey to Odessa is a liberating
experience for Nissen + he buys coralstones.
After his return business is bad, because a
competitor Lakatos is selling artificial celluloid
corals at a cheaper price in a nearby town. L offers
N a business partnership. N begins to mix fake corals w.
real ones, but gets no more customers. His wife dies
that winter and he takes to drink. He cancels his order of
fakes from L., burns the fakes that he has and emigrates
to Canada on a ship taking the real corals w. him. The ship
sinks ~~to the~~ and N was seen diving down ~~after~~ his real corals
~~corals returned to their~~ ~~within~~

Joseph Roth

Erzählungen : Die Büste des Kaisers

Set in E. Galicia, modern day Poland
at the end of WWI, The ~~Kaiser~~ Count Franz X M
of the ~~Austro Hungarian~~ was forced to leave his
home and return at the end of the war
by which time he feels superfluous and out of
place in his former home and ∴ does not

return to Przemysl.

A young artist sculpts a bust of the Kaiser of t.
Austro. Hungarian empire and puts in the
hallway of Graf FXM's palace – it seems
to mock him. The count philosophises that
~~history~~ fate can make the clever seem stupid and
the strong weak. He remains in a small village

wie sie log, sah ich nicht, daß sie käuflich war? Ja, ich sah alles, und ich verachtete sie auch dafür. Und vielleicht, wäre es nicht mein sogenannter Bruder gewesen, der mir wieder, gerade hier wieder den Weg vertrat, ich hätte sie verlassen. Ich war edelmütig gegen ihn gewesen, ich hatte sein Geld zurückgewiesen – – und siehe da: jetzt trat mir der elende Mächtige wieder entgegen.

Freilich konnte ich diese unermeßlich hohe Summe nicht aufbringen, nicht einmal ein Drittel. Was hätte ich alles tun müssen, um auf einen Schlag auch nur dreitausend Francs zu bekommen und mit Abzahlungen wenigstens zu beginnen? Und konnte ich, selbst wenn ich bezahlte, es überhaupt verhindern, daß Lutetia erfuhr, wer ich wirklich war? Wenn ich nur Geld hätte, dachte ich damals in meiner Verblendung, ich würde ihr sagen, wer ich wirklich bin, und daß ich ihretwegen die allerschlimmsten meiner Schurkereien begehe, und auch ein Golubtschik kann einen Krapotkin bei jeder Frau wettmachen. So dachte ich. Obwohl ich sah, daß sie log und ein Wesen ohne Gewissen war, traute ich ihr doch den Edelmut zu, meine Aufrichtigkeit nicht nur vertragen, sondern auch schätzen zu können. Ich glaubte sogar, daß Aufrichtigkeit sie rühren könnte. Die Frauen – und, um gerecht zu sein, auch die Männer – aber lieben vielleicht von vornherein aufrichtige Menschen; jedoch aufrichtige Geständnisse von Lügnern und Verstellern hören sie nicht gern.

Um aber in meiner Erzählung fortzufahren: Ich fragte Lutetia, ob sie meinen Cousin schon gesehen habe. Nein! sagte sie, er hätte ihr nur geschrieben; aber sie erwarte über kurz oder lang seinen Besuch, wahrscheinlich im Atelier des Schneiders. ›Du wirst ihn sofort abweisen!‹ sagte ich. ›Ich liebe das nicht!‹ – ›Es ist mir ganz gleichgültig, was du liebst oder nicht! Überhaupt, ich hab' dich satt!‹ – ›Liebst du ihn denn?‹ fragte ich, ohne sie anzusehen. – Ich war so töricht zu glauben, daß sie mir ja oder nein antworten könnte. Aber sie sagte: ›Und wenn ich ihn zum Beispiel liebte? – Was dann?‹ – ›Hüte dich!‹ sagte ich. ›Du weißt nicht, wer ich bin, wozu ich imstande bin.‹ – ›Zu nichts!‹ erwiderte sie, trat an den Käfig des abscheulichen Papageis und begann, seine karmesinrote Kehle zu kitzeln. Im nächsten Augenblick knarrte er auch schon dreimal hintereinander: ›Krapotkin, Krapotkin, Krapotkin.‹ Lutetia hatte ihn so abgerichtet. Es war, als wüßte sie eigentlich schon alles über mich und als wollte sie es nur durch den Papagei sagen lassen.

Ich ließ den Papagei aussprechen, aus Höflichkeit, als wäre er ein Mensch. Dann sagte ich: ›Du wirst sehen, wozu ich fähig bin!‹ – ›So zeig's doch!‹ sagte sie. Sie geriet plötzlich in Zorn, oder sie tat so, als sei sie in Zorn geraten. Es schien mir, daß ihre Haare auf einmal zu wehen begannen, und es war doch kein Wind im Zimmer! Zugleich sträubten sich auch die Federn des Papageis. Sie ergriff die metallene Schaukel, auf der der gräßliche Vogel zu hocken pflegte, sobald er seinen Käfig verlassen hatte, und schlug blind auf mich ein. Die Schläge spürte ich wohl, sie schmerzten mich auch, obwohl ich sehr kräftig bin. Allein weit stärker als die Schläge war die Überraschung, die wohlvertraute Frau, die Geliebte meines Herzens, in eine Art wohl überlegenen, parfümierten Orkan verwandelt zu sehen, einen verlockenden Orkan, der mich dennoch reizte, zum Versuch einer Bändigung reizte. Ich griff nach den Armen Lutetias, sie schrie vor Schmerz auf, der Vogel krächzte schrill, als riefe er Nachbarn gegen mich zu Hilfe, Lutetia taumelte, entfärbte sich und sank auf den Teppich. Sie riß mich nicht etwa mit, dazu bin ich freilich zu schwer. Aber ich ließ mich fallen. Sie umfing mich mit den Armen. So blieben wir vereint, lange Stunden, in einem seligen Haß.

Ich erhob mich, es war noch tiefe Nacht, aber ich fühlte schon den Morgen kommen. Ich ließ Lutetia liegen. Ich dachte, sie schliefe. Sie aber sagte mit einer zärtlichen, lieblichen Kinderstimme: ›Komm morgen bestimmt ins Atelier! Bewahr mich vor deinem Cousin. Ich kann ihn nicht leiden! Ich liebe dich!‹

Ich ging nach Hause, durch die stille, allmählich verbleichende Nacht. Ich ging vorsichtig, denn ich erwartete, jeden Augenblick irgendwo Lakatos zu treffen.

Mir war es auch, als hörte ich von Zeit zu Zeit einen sachten, schleifenden Schritt. Obwohl ich meinen Freund fürchtete, glaubte ich doch, ihn in dieser Nacht noch dringend zu brauchen. Ich bedurfte, so glaubte ich, seines Rates. Und ich wußte doch, daß es ein höllischer Rat sein mußte.

Am nächsten Tage, bevor ich zum Schneider, das heißt, eigentlich zu Lutetia ging, trank ich ausgiebig. Während ich mich also betäubte, glaubte ich, ich würde immer klarer und schmiedete immer klügere Pläne.

Der Schneider begrüßte mich begeistert. Die Gläubiger – auf den ersten Blick zu erkennen an dem düstern Lächeln und dem beredten Schweigen – warteten auf ihn im Vorzimmer.

Ich wußte nicht genau, was ich sprach. Ich wollte Lutetia sehen. In ihrer Garderobe stand sie, zwischen drei Spiegeln, man probierte verschiedene Stoffe an ihr herum, hüllte sie ein und entblößte sie wieder, und es sah aus, als wollte man sie mit hundert Nadeln langsam und elegant zu Tode martern.

›Ist er dagewesen?‹ fragte ich, hinweg über die öligen Haare der drei Jünglinge, die mit den Stoffen und Nadeln hantierten.

›Nein! Nur Blumen hat er geschickt!‹

Ich wollte noch etwas sagen, aber erstens war mir die Kehle zugeschnürt, und zweitens gebot mir Lutetia hinauszugehen. ›Heute abend!‹ sagte sie.

Der Herr Charron erwartete mich schon vor der Tür. ›Heute nachmittag bestimmt!‹ sagte ich, um nichts mehr mit ihm sprechen zu müssen, obwohl ich noch gar keine feste Hoffnung hatte, daß mir Solowejczyk das Geld geben würde.

Ich ging schnell hinaus und fuhr zu Solowejczyk.

Ich wußte wohl, daß er um jene Stunde selten anzutreffen war. Sein Zimmer hatte zwei Vorzimmer, und zwar an den entgegengesetzten Seiten je eins. Die Vorzimmer hingen so gleichsam an der Kanzlei wie zwei Ohren an einem Kopf. Das eine Vorzimmer war durch eine weiße Tür mit vergoldeten Leisten abgeschlossen. Das andere, an der gegenüberliegenden Seite, durch eine schwere grüne Portiere abgedichtet. In dem erstgenannten Vorzimmer pflegten die Ahnungslosen zu warten, jene, die nichts von den wirklichen Funktionen Solowejczyks ahnten. Im zweiten aber warteten wir, die Eingeweihten. Ich kannte nicht alle, nur einige. Durch die Portiere konnten wir alles hören, was Solowejczyk mit den Ahnungslosen besprach. Es handelte sich um lächerliche Angelegenheiten: Aus- und Einfuhr von Getreide, besondere Bewilligungen für Hopfenkommissionäre in der Saison, Verlängerung von Reisepässen für Kranke, Empfehlungen für Händler an fremde Regierungen. Uns, die Eingeweihten, interessierten alle diese Dinge nicht, aber unsere Ohren, zum Lauschen bestimmt, nahmen alles auf. Wir hätten leicht miteinander ins Gespräch geraten können, während wir so warteten, aber keiner von uns vermochte etwas über den Horchzwang, den unsere Berufsohren auf uns ausübten, und also vermieden wir Unterhaltungen, die uns nur am Lauschen gehindert hätten. Auch mißtrauten wir uns gegenseitig, ja, wir verabscheuten uns sogar. Sobald Solowejczyk die Ahnungslosen abgefertigt hatte, schlug er die grüne Portiere zurück, warf einen Blick in unser Vorzimmer und rief, je nach der Wichtigkeit der Person und des Falles, einen von uns zuerst zu sich. In diesem Augenblick mußten die andern ›Eingeweihten‹ hinaus und über den Hof in das andere Vorzimmer, in jenes durch die Tür getrennte, durch die man nichts hören konnte.

Solowejczyk kam an jenem Nachmittag spät, aber die Ahnungslosen – mit denen er übrigens laut zu sprechen, ja oft sogar zu schreien pflegte – fertigte er damals in ganz kurzer Zeit ab – und wir waren unser etwa sechs, die auf ihn warteten. Mich rief er zuerst.

›Sie haben getrunken?‹ sagte er. ›Setzen Sie sich!‹

Freundlich, wie er noch nie zu mir gewesen war, reichte er mir sogar eine Zigarette aus seiner großen, schweren Dose aus Tulasilber.

Ich hatte mir den Anfang meiner Rede wohl zurechtgelegt, aber seine Freundlichkeit betäubte mich gewissermaßen, und ich wußte nichts mehr.

›Ich habe nichts Besonderes zu melden!‹ sagte ich. ›Ich habe nur eine Bitte: ich brauche Geld!‹

›Freilich‹, sagte Solowejczyk. ›Der Fürst ist hier.‹ Er blies ein paar Rauchwölkchen in die Luft. ›Junger Mann‹, begann er, ›Sie werden diese Konkurrenz nicht auf die Dauer aushalten. Sie werden elend zugrunde gehn.‹ Er zerhackte, zerlegte das Wort ›elend‹. Es war ein ewiges, ein uferloses ›elend‹. ›Sie sind‹, fuhr er fort, ›ein Mensch, über den selbst ich‹ – und zum erstenmal merkte ich an ihm eine Art Eitelkeit – ›selbst ich‹, wiederholte er, ›mir noch nicht ganz klar bin. Sie haben kein Geld nehmen wollen. Sie wollen die Rifkins auslösen. Aber: Sie sind begabt, gewiß. Sie sind nicht vollkommen. Wie soll ich sagen, Sie sind noch ein Mensch. Sie sind schon ein Schurke – verzeihen Sie das Wort, in meinem Munde ist es nicht persönlich, es ist sozusagen literarisch. Sie haben noch Leidenschaften. Entscheiden Sie sich.‹

›Ich habe mich entschieden‹, sagte ich.

›Sagen Sie aufrichtig‹, fragte Solowejczyk, ›wollten Sie eigentlich dem Fürsten eine Falle stellen, indem Sie ihn veranlaßten, sich für die Rifkins einzusetzen?‹

›Ja‹, sagte ich, obwohl es nicht wahr war, wie ihr wißt.

›So‹, sagte Solowejczyk, ›dann sind Sie eben doch vollkommen. Es hätte Ihnen nichts genützt. Der Fürst läßt sich nie darauf ein. Aber dann können Sie auch das Geld haben. Sie bringen also die kleine Rifkin nach Rußland.‹

›Wie denn?‹ fragte ich. ›Die Leute sind mißtrauisch.‹

›Wie, das ist Ihre Sache‹, sagte Solowejczyk. ›Sie werden fälschen.‹

Ich drückte die Zigarette in dem schweren, schwarzen, achatnen Aschenbecher aus.

›Ich weiß nicht, wie man fälscht‹, sagte ich, hilflos, ein Kind.

Ach, meine Freunde! Vor meinen Augen stand damals das edle Mädchen Rifkin. Vor meinen Augen stand damals auch die Geliebte meines Herzens, Lutetia. Vor meinen Augen stand damals der Feind meines Lebens, der junge Krapotkin. Vor meinen Augen hinkte plötzlich Lakatos daher, mit schleifendem Fuß. Alle, alle, so schien es mir, beherrschten mein Leben. Was war es nur? War es noch mein eigenes Leben? Gegen alle vier erfüllte mich eine jähe Empörung. Eine gleich große Empörung, meine lieben Freunde, obwohl ich genau wußte, wie zwischen ihnen zu unterscheiden, obwohl ich genau wußte, daß ich eigentlich das edle Mädchen Rifkin liebte, daß ich Lutetia begehrte und geringschätzte und nur deshalb begehrte, weil ich über Krapotkin einen kleinen, billigen, elenden Triumph davontragen wollte, und daß ich Lakatos fürchtete als den leibhaftigen Abgesandten des Teufels, der mir, mir besonders, einen kleinen Sonderteufel zugedacht hatte. Es erfüllte mich auf einmal eine unsägliche und beseligende Begierde, stärker zu sein als sie alle, gleichsam stärker zu sein als meine eigenen Gefühle, die ich ihnen allen entgegenbrachte; stärker zu sein als meine wirkliche Liebe zu dem edlen Mädchen Rifkin; stärker als mein Haß gegen Krapotkin; stärker als meine Gier nach Lutetia; stärker als meine Furcht vor Lakatos. – Ja, stärker als ich selbst wollte ich sein, meine Lieben: das heißt es eigentlich.

Ich stürzte mich in das größte Verbrechen meines Lebens. Ich wußte aber noch nicht, wie man es begeht, am sichersten begeht, und ich fragte noch einmal zaghaft: ›Ich weiß nicht, wie man fälscht.‹

Solowejczyk sah mich mit seinen toten, blaßgrauen Augen an und sagte: ›Ihr alter Freund wird Ihnen vielleicht raten. Gehen Sie hier hinaus.‹ – Und er wies nicht auf die Tür hin, sondern auf die Portiere, durch die ich hereingekommen war.

Es ist gewiß, meine Freunde: das Schicksal lenkt unsere Wege, eine billige Erkenntnis, alt wie das Schicksal selbst. Wir sehen es zuweilen. Meist wollen wir es gar nicht sehen. Auch ich gehörte zu jenen, die es nicht gerne sehen wollten, und allzuoft schloß ich sogar krampfhaft die Augen, um es nicht zu sehen, so wie ein Kind in der Finsternis die Augen schließt, um sich vor der Finsternis ringsum nicht zu fürchten. Mich aber – vielleicht war ich verflucht, vielleicht auserwählt, wie man will – zwang das Schicksal auf Schritt und Tritt in allzu offensichtlicher, fast schon banaler Weise, die Augen wieder zu öffnen.

Als ich die Botschaft verließ – sie lag in einer der vornehmsten Straßen, wie ihr wissen werdet, neben mehreren anderen Botschaftspalästen –, spähte ich nach einem Bistro aus. Denn ich gehöre zu den zahlreichen Menschen, die nicht im Gehen, sondern beim Sitzen und nur vor einem Glase einigermaßen Klarheit gewinnen können. Ich spähte also nach einem Bistro aus, es gab erst etwa vierzig Schritte weiter rechts eines, es war ein sogenanntes ›Tabac‹, – und nicht mehr als zwanzig Schritte entfernt ein anderes. Ich wollte nicht ins Tabac, ich wollte ins andere. Ich ging also weiter. Als ich aber vor dem anderen stand, kehrte ich aus einem mir ganz und gar nicht mehr erklärlichen Grunde wieder um und ging ins Tabac zurück. Ich setzte mich an einen der winzigen Tische in der rückwärtigen Abteilung des Ladens. Durch die Glastür, die das Büfett von mir trennte, sah ich die Zigarettenkäufer kommen und gehen. Ich saß dieser Glastür zugewandt, ich hatte gar nicht bemerkt, daß sich hinter meinem Rücken noch eine andere Tür befand, eine gewöhnliche hölzerne. Ich bestellte einen Marc de Bourgogne und beschloß nachzudenken.

›Da sind Sie, alter Freund‹, hörte ich hinter meinem Rücken. Ich wandte mich um. Ihr werdet erraten, wer es war, meine Freunde! Es war mein Freund Lakatos.

Ich gab ihm nur zwei Finger, aber er drückte sie so, als wär's meine ganze Hand.

Er setzte sich auch sofort, er war heiter, aufgeräumt, seine weißen Zähne blitzten, sein schwarzes Bärtchen schimmerte bläulich, den Strohhut schob er seitlich auf das linke Ohr. Es fiel mir auf, daß er heute kein Stöckchen trug, zum erstenmal sah ich ihn ohne Stock. Noch auffallender war seine Aktentasche, eine Tasche aus rotem Saffianleder.

›Gute Nachricht!‹ sagte er und wies auf die Aktentasche. ›Die Prämien sind erhöht.‹

›Was für Prämien?‹

›Prämien für Staatsfeinde‹, sagte er, als handelte es sich um Prämien für Schnelläufer und Radfahrer – wie es um jene Zeit üblich war.

›Ich komme soeben von Herrn Charron‹, fuhr Lakatos fort, ›er erwartet Sie.‹

›Er mag warten!‹ sagte ich. Aber ich war unruhig.

Während Lakatos sein Gebäck in den Kaffee tauchte – ich erinnere mich noch genau, es war ein Kipfel, croissant, wie man es nennt –, warf er so nebenbei hin: ›Apropos, Sie haben ja hier Freunde, die Rifkins.‹

›Ja‹, sagte ich schamlos.

›Ich weiß‹, sagte Lakatos, ›das Fräulein muß nach Rußland. Schwer, schwer, solch einen braven Menschen auszuliefern.‹ – Er schwieg, tauchte wieder den Kipfel in den Kaffee und sagte, indem er den aufgeweichten Teig schlürfte: ›Zweitausend‹ – und dann, nach einer längeren Pause: ›Rubel!‹

Wir schwiegen ein paar Minuten. Plötzlich stand Lakatos auf, öffnete die Glastür, warf einen Blick auf die Wanduhr über dem Büfett und sagte: ›Ich muß gehen, ich lasse hier Hut und Tasche. In zehn, höchstens fünfzehn Minuten bin ich zurück.‹

Und schon war er zur Tür hinaus.

Mir gegenüber lehnte die feuerrote Tasche Lakatos'. Der Strohhut lag neben ihr wie ein Knecht. Das Schloß der Tasche funkelte wie ein goldener, geschlossener Mund. Ein lüsterner Mund.

Eine berufliche – aber nicht allein eine berufliche, sondern auch eine Art übersinnlicher, einer teuflischen Neugier befahl mir, immer wieder über den Tisch zu schielen und die Tasche anzustarren. Ich konnte sie öffnen, bevor Lakatos wieder hier war. Zehn Minuten! hatte er gesagt. – Zehn Minuten! Ich hörte durch die geschlossene Glastür das harte Ticken der Wanduhr über dem Büfett. Ich fürchtete mich vor der Tasche. Zu beiden Seiten, über dem mittleren Schloß, das, wie gesagt, einem Mund ähnlich sah, hatte sie noch zwei kleine Schlösser, und die erschienen mir jetzt wie Augen. Ich trank noch zwei Doppelte, und schon begannen die Augen der Tasche zu zwinkern. Indessen tickte die Uhr, und die Zeit ging, und ich glaubte auf einmal zu wissen, wie kostbar die Zeit ist.

Zuweilen, in manchen Augenblicken, schien es mir, daß sich die feuerrote Ledertasche des Lakatos von selber gegen mich vorneigte, auf dem Stuhl, auf dem sie lehnte. Schließlich, in einem Augenblick, in dem ich wähnte, sie wolle sich mir ganz darbieten, griff ich nach ihr. Ich öffnete sie. Da ich die Uhr immer noch hart und grausam ticken hörte, dachte ich daran, daß Lakatos jeden Augenblick zurückkommen könnte, und ich ging mit ihr in die Toilette. Kam Lakatos inzwischen wieder, so konnte ich sagen, ich hätte sie aus Vorsicht mitgenommen. Es war mir, als nähme ich sie nicht einfach mit, sondern als entführte ich sie.

Ich öffnete sie mit fiebrigen Fingern. Ich hätte eigentlich schon wissen müssen, was sie enthielt – wie hätte ich es auch nicht wissen sollen, ich, der ich den Teufel so gut kannte und sein Verhältnis zu mir. Aber wir erkennen, meine Freunde, oft – wie es bei mir der Fall war – mit ganz anderen Fähigkeiten als mit den Sinnen oder dem Verstand – und aus Faulheit, Feigheit, Gewohnheit wehren wir uns gegen diese Erkenntnis. So erging es damals auch mir. Ich mißtraute meiner richtigen Erkenntnis; vielmehr, ich machte noch gewisse Anstrengungen, ihr zu mißtrauen.

Der eine oder andere unter euch, meine Lieben, wird vielleicht erahnen, was für Papiere sich in der Aktentasche des Lakatos befanden: Was mich betrifft, ich kannte sie gut, diese Papierchen, von Berufs wegen kannte ich sie. Es waren jene gestempelten, unterfertigten Paßformulare, die unsere Leute den armen Emigranten einzuhändigen pflegten, damit sie nach Rußland heimkehrten. Unzählige Menschen pflegte unsere Gesellschaft auf diese Weise den Behörden auszuliefern. Die armen Ahnungslosen fuhren in einer fröhlichen Sicherheit heim, mit legalen Pässen, wie es ihnen schien, an der Grenze aber hielt man sie zurück, und erst nach martervollen Wochen und Monaten kamen sie vor das Gericht und hierauf ins Zuchthaus und nach Sibirien. Die Unseligen hatten unsereinem, einem meinesgleichen vertraut. Die Stempel waren echt, die Unterschriften waren echt, die Photographien waren echt – wie sollten sie zweifeln? Auch wußten nicht einmal die offiziellen Behörden etwas von unseren schändlichen Methoden. Es gab nur ganz kleine, ganz winzige Anzeichen, an denen unsere Leute an der Grenze die Pässe der Verdächtigen von denen der Unverdächtigen unterscheiden konnten. Einem gewöhnlichen menschlichen Auge entgingen natürlich diese Anzeichen. Auch änderte man sie häufig. Einmal war es ein kleiner Nadelstich an der Photographie des Paßbesitzers; dann wieder fehlte ein halber Buchstabe im runden Stempel; das drittemal war der Name des Paßinhabers mit einer nachgezeichneten Druckschrift aufgeschrieben statt mit der gewöhnlichen Schreibschrift. Von all dem wußten die offiziellen Behörden in der Tat nicht mehr als die Opfer. Nur unsere Leute an den Grenzen kannten diese teuflischen Zeichen. Tadellose Stempel und Stempelkissen, rote und blaue und schwarze und violette, fand ich in der Aktentasche des Herrn Lakatos. Ich kehrte mit ihr wieder an meinen Tisch zurück und wartete.

Nach einigen Minuten kam Lakatos, setzte sich, zog mit einiger Feierlichkeit einen Umschlag aus der Rocktasche und überreichte ihn mir, ohne ein Wort. Während ich mich anschickte, das Kuvert zu öffnen, das das Siegel unserer Botschaft trug, sah ich, wie er seiner roten Ledermappe eines der Paßformulare entnahm, und hörte ich, wie er Tinte und Feder bestellte. In dem Schreiben, das ich las, teilte die kaiserliche Botschaft dem Fürsten Krapotkin mit, daß die besondere Gnade des Zaren die Brüder Rifkin befreit habe und daß auch der Schwester Channa Lea Rifkin keinerlei Gefahr drohe, wenn sie nach Rußland zurückkehre. Ich erschrak, meine Freunde, ich erschrak gewaltig. Aber ich stand nicht etwa auf, um wegzugehen, ja, ich schob nicht einmal das Papier Lakatos zu. Ich sah nur, wie Lakatos, ohne sich um mich zu kümmern, mit einer schönen, kalligraphischen Kanzleibeamtenschrift den Paß für die Jüdin Rifkin langsam, sorgfältig, behaglich ausstellte.

Meine Lieben! Ich zittere jetzt, während ich all dies erzähle, vor Selbsthaß und Selbstverachtung. Damals aber war ich stumm wie ein Fisch und gleichgültig wie ein Henker nach seiner hundertsten Hinrichtung. Ich glaube, daß ein tugendhafter Mensch seine edelste Tat ebensowenig zu erklären vermag wie ein Schuft von meiner Art seine niedrigste. Ich wußte ja, daß es darum ging, das edelste Mädchen, das ich kannte, zu verderben. Ich sah schon, mit meinem geübten Berufsauge, den geheimnisvollen, den teuflischen Nadelstich über dem Namen. Ich zitterte nicht, ich rührte mich nicht. Ich Unseliger dachte an die unselige Lutetia. Und, so wahr ich ein Schurke bin, ich hatte damals nur vor *einem* Angst: Ich mußte selbst zu den Rifkins gehen und dem Mädchen und dem Bruder die tückisch frohe Nachricht bringen. Dermaßen zitterte ich davor, daß ich mich seltsamer-, das heißt schamloserweise von jeder Schuld befreit fühlte, als Lakatos, nachdem er mit dem Löschblatt sorgfältig seine Inschriften im Paß getrocknet hatte, aufstand und sagte: ›Ich gehe selbst zu ihr! Schreiben Sie nur zwei Zeilen: Der Überbringer dieses ist ein Freund, gute Reise, auf Wiedersehn in Rußland, Krapotkin.‹ Zugleich schob er mir Tintenfaß und Papier zu und drückte mir die Feder in die Hand. Und – meine Freunde – erlaubt ihr noch, daß ich euch Freunde nenne? – ich schrieb. Meine Hand schrieb. Noch nie hatte sie so schnell geschrieben.

Ohne das Papier zu trocknen, nahm es Lakatos. Es

flatterte in seiner Hand wie eine Fahne, als er hinausging. Unter seinem linken Arm flackerte die rote Tasche.

All dies ging viel schneller, als ich es zu erzählen vermag. Knapp fünf Minuten später sprang ich auf, zahlte hastig und lief vor die Tür, um nach einem Wagen zu suchen. Aber es kam kein Wagen. Statt eines Wagens sah ich einen Lakaien der Botschaft stracks auf mich zu laufen. Solowejczyk ließ mich rufen.

Selbstverständlich wußte ich sofort, daß Lakatos gesagt hatte, wo ich zu finden sei. Statt nun eine Ausrede zu gebrauchen und nach einem Wagen zu suchen, folgte ich dem Diener und ging zu Solowejczyk.

Ich saß zwar allein im Vorzimmer der Eingeweihten, aber er ließ mich lange warten. Es vergingen zehn Minuten, zehn Ewigkeiten, da rief er mich erst. Ich begann sofort: ›Ich muß fort, es ist ein teures Menschenleben, ich muß fort!‹

›Um wen handelt es sich?‹ fragte er langsam. ›Um die Rifkins!‹ sagte ich. ›Kenne ich nicht, weiß nichts von ihnen‹, sagte Solowejczyk. ›Bleiben Sie sitzen! Sie haben Geld gebraucht. Hier! Für besondere Dienstleistungen!‹ Er gab mir meinen Lohn! Meine Freunde! Wer nie einen Lohn für einen Verrat erhalten hat, kann das Wort Judaslohn für einen abgebrauchten Ausdruck halten. Ich nicht. Ich nicht. Ich nicht.

Ich lief hinaus, ohne Hut, ich erwischte einen Wagen, ich trommelte mit der Faust von Zeit zu Zeit gegen den Rücken des Kutschers, er schlug und knallte immer heftiger mit der Peitsche. Wir kamen zum Schweizer. Ich sprang ab. Der gute Mann begrüßte mich mit einem glücklichen Gesicht. ›Sie sind endlich frei und gerettet‹, rief er, ›Dank Ihnen! Sie sind schon zur Bahn. Ihr Sekretär, Durchlaucht, hat sie sofort mitgenommen. Oh, Sie sind ein edler Mensch!‹ Er hatte Tränen in den Augen, er griff nach meiner Hand, er bückte sich, um sie zu küssen. Der Kanarienvogel zwitscherte.

Ich entriß ihm die Hand, grüßte ihn nicht, stieg wieder in den Wagen und fuhr ins Hotel.

Unterwegs nahm ich den Scheck aus der Tasche und behielt ihn krampfhaft in der Hand. Er war mein Sündengeld, aber er sollte mein Sühnegeld werden. Es war ein unwahrscheinlich hoher Lohn, heute noch schäme ich mich, die Zahl zu nennen – obwohl ich euch doch alles andere Schändliche erzähle. Keine Lutetia mehr, kein Schneider mehr, kein Krapotkin mehr. Nach Rußland! Mit Geld konnte man sie noch an der Grenze erreichen. Meinen Kollegen telegraphieren. Man kennt mich. Mit Geld kann man sie zurückschicken! Keine lächerlichen Ambitionen mehr! Gutmachen! Gutmachen! Koffer pakken und nach Rußland! Retten! Die Seele retten!

Ich bezahlte das Hotel. Ich ließ die Koffer packen. Ich bestellte zu trinken. Ich trank. Ich trank. Eine wilde Fröhlichkeit ergriff mich. Ich war schon gerettet. Ich telegraphierte dem Chef unserer geheimen Grenzpolizei Kaniuk, er möchte die Rifkins aufhalten. Ich packte eifrig, neben dem Personal.

Kurz vor Mitternacht war ich fertig. Mein Zug ging erst um sieben Uhr morgens. Ich griff in die Tasche und faßte einen Schlüssel. An seiner Form, an seinem Bart erkannten meine Finger, daß es der Schlüssel zu Lutetias Wohnung war. Ah, also ein Fingerzeig des guten Gottes. Man muß heute auch zu ihr, gesegnete Nacht, man gesteht und erzählt alles. Man nimmt Abschied und gibt ihr und sich selbst die Freiheit.

Ich fuhr zu Lutetia. Ich glaubte zu spüren, als ich ins Freie trat, daß ich zuviel getrunken hatte. Ich sah ringsum singende, aufgeregte Menschen. Ich sah Menschen mit Fahnen, aufgeregte Redner, weinende Frauen. Damals war, wie ihr wißt, Jaurès in Paris erschossen worden. Alles, was ich da sah, bedeutete natürlich den Krieg. Ich aber war damals in mich eingesponnen, ich begriff nichts, ein töricht und trunken Taumelnder...

Ich war entschlossen, ihr zu sagen, daß ich sie belogen hatte. Einmal auf dem Wege der sogenannten Anständigkeit angelangt, gab es für mich kein Halten mehr. Ich berauschte mich jetzt geradezu an der Anständigkeit, wie ich mich vorher am Bösen berauscht hatte. Viel später erst erkannte ich, daß derlei Räusche nicht beständig sein können. Es ist unmöglich, sich an der Anständigkeit zu berauschen. Die Tugend ist immer nüchtern.

Ja, ich wollte alles beichten. Ich wollte mich – ich stellte es mir sehr tragisch vor – vor der geliebten Frau meines Lebens erniedrigen, um dann Abschied von ihr auf immer zu nehmen. Der noble und fromme Verzicht erschien mir in jenem Augenblick weitaus erhabener als die verlogene Noblesse, in der ich bis jetzt gelebt hatte, und als die Leidenschaft sogar. Ein Leidender, Erniedrigter, aber ein namenloser Held, wollte ich von nun ab durch das Leben irren. Wenn ich bis jetzt ein jämmerlicher Held gewesen war, so sollte ich von nun ab ein wirklicher, ein echter werden.

In dieser gehobenen Düsterkeit – wenn ich so sagen darf – begab ich mich zu Lutetia. Ich schloß auf. Es war die Zeit, in der Lutetia gewohnt war, meinen Besuch zu erwarten. Ich wunderte mich schon im Vorzimmer, daß mir ihr Stubenmädchen nicht entgegenkam, denn auch sie pflegte mich um diese Zeit zu erwarten. Alle Türen waren offen. Man mußte an dem ekelhaften Papagei und an dem Getier anderer Art vorbei in den erleuchteten Salon, dann in den Toilettenraum und schließlich in das sanftblau belichtete Schlafzimmer, das Lutetia ihr ›Boudoir‹ zu nennen pflegte. Ich zögerte zuerst, ich weiß nicht, warum. Ich ging mit sachteren Schritten als gewöhnlich. Die dritte Tür, die des Schlafzimmers, war zugemacht, aber nicht verschlossen. Ich öffnete zaghaft.

Im Bett, neben Lutetia, den Arm um ihren Nacken, lag ein Mann, und es war, wie ihr euch vielleicht denken könnt, der junge Krapotkin. Beide schienen sie so fest zu schlafen, daß sie mich nicht kommen gehört hatten. Ich näherte mich dem Bett auf den Zehenspitzen. Oh, es war gar nicht meine Absicht, eine sogenannte Szene zu machen. In jenem Moment bereitete mir der Anblick, der sich mir bot, einen tiefen Schmerz. Aber eifersüchtig war ich keineswegs. In der heroischen Verzichtsstimmung, in der ich mich damals befand, war mir der Schmerz, den mir die beiden bereiteten, beinahe erwünscht. Er bestätigte gewissermaßen meinen Heroismus und meine Entschlüsse. Es war eigentlich meine Absicht, sie sanft zu wecken, ihnen Glück zu wünschen und beiden alles zu erzählen. Aber es geschah, daß Lutetia erwachte, einen schrillen Schrei ausstieß, der den Jungen natürlich weckte. Ehe ich noch etwas sagen konnte, saß er aufrecht im Bett, in einem knallblauen, seidenen Pyjama, das seine nackte Brust offen ließ. Es war eine weiße, schwächliche, unbehaarte Jünglingsbrust, eine Knabenbrust, ich weiß nicht, warum sie mich in jenem Augenblick so ärgerte. ›Ah, Golubtschik‹, sagte er – und rieb sich die Augen, ›Sie sind immer noch nicht abgefertigt? Hat Sie mein Sekretär nicht endgültig ausbezahlt? Geben Sie mir meinen Rock, nehmen Sie meinetwegen die Brieftasche.‹

Lutetia schwieg. Sie sah mich an. Sie mußte schon alles wissen.

Da ich mich nicht rührte und den Fürsten nur traurig anblickte, während er, in seiner Dummheit, glauben mochte, ich sähe ihn frech oder herausfordernd an, begann er plötzlich zu brüllen: ›Hinaus, Spitzel, Lump, bezahlter, hinaus!‹

Und da ich in dem gleichen Augenblick sah, wie sich Lutetia, nackt, mit nackten Brüsten, aufrichtete, entbrannten in mir, trotz allen Vorsätzen und obwohl ich bereits losgelöst war von aller fleischlichen Lust sozusagen, erwachte also in mir, sage ich, beim Anblick der nackten Frau, die mir, nach den stupiden männlichen Begriffen, eigentlich ›gehören‹ mußte, die alte böse Wut.

Es fiel mir im Augenblick gar nichts ein, nur das Wort Golubtschik erfüllte mein Hirn und mein Blut, und mein Haß fand keinen anderen Ausdruck. Die nackte Lutetia verwirrte mich vollends, und lauter noch, als der Fürst Krapotkin geschrien hatte, brüllte ich ihm ins Gesicht:

›Golubtschik heißt *du*! Nicht *ich*! Wer weiß, mit welchen Golubtschiks deine Mutter geschlafen hat! Keiner weiß es. Mit meiner aber hat der alte Krapotkin geschlafen. Und ich bin sein Sohn!‹

Er sprang auf, er faßte mich an der Gurgel, der Schwächling. Schwächer noch war er, weil er entkleidet war. Seine zarten Hände konnten meinen Hals nicht umfassen. Ich stieß ihn zurück. Er fiel aufs Bett.

Von nun an weiß ich nicht mehr, was eigentlich geschah. Ich höre heute noch die schrillen Schreie Lutetias. Ich sehe heute noch, wie sie, ganz nackt, schamlos erschien sie mir damals, aus dem Bett springt, um den Jungen zu schützen. Ich weiß nicht mehr, was ich tue. In meiner Tasche liegt ein schweres Schlüsselbund, an dem ein eisernes Schloß befestigt ist, jenes Schloß, das ich aus besonderer Vorsicht an meinem Geheimkoffer anbringe, wenn wichtige Papiere darin sind. Ich habe keine wichtigen Papiere mehr. Ich bin kein Spitzel mehr. Ich bin ein anständiger Mensch. Man reizt mich. Man zwingt mich zum Mord. Ich greife, ohne daß ich wüßte, was ich tue, in meine Hosentasche. Ich schlage los, auf den Kopf Krapotkins, auf den Kopf Lutetias. Ich hatte bis zu jener Stunde noch niemals im Zorn geschlagen. Ich weiß nicht, wie es andern ergeht, wenn sie Zorn ergreift. Mir jedenfalls ging es so, meine Freunde, daß jeder meiner Schläge eine mir bis dahin unbekannte Wollust bereitete. Zugleich glaubte ich fast zu wissen, daß meine Schläge auch meinen Opfern Wollust bereiteten. Ich schlug, ich schlug – ich schäme mich nicht, es zu schildern – so schlug ich, meine Freunde.«

Hier erhob sich Golubtschik von seinem Stuhl, und sein Antlitz, zu dem wir Zuhörer alle emporblickten, wurde abwechselnd käseweiß und violett. Er ließ seine Faust ein paarmal auf den Tisch niedersausen, die halbgefüllten Schnapsgläser fielen kläglich um und rollten auf den Boden, und der Wirt beeilte sich, die Karaffe zu retten. Obwohl er aufgeregt die Bewegungen Golubtschiks beobachtete, fand er doch noch die – berufliche – Geistesgegenwart, die Karaffe in seinem Schoß zu bergen. Golubtschik riß die Augen zuerst auf, dann schloß er sie, hierauf begannen wieder seine Augenlider zu zucken, eine dünne Speichelspur bildete einen weißen Saum um seine bläulichen Lippen. Ja, genauso mußte er damals ausgesehen haben, als er gemordet hatte. In diesem Augenblick wußten wir Zuhörer es alle: Er war ein Mörder...

Er setzte sich wieder, sein Angesicht nahm die gewöhnliche Farbe an. Er trocknete den Mund mit dem Handrücken, hierauf die Hand mit dem Taschentuch und fuhr fort:

»Ich sah zuerst an der Stirn Lutetias, oberhalb des linken Auges, einen tiefen Riß. Das Blut spritzte hervor und überströmte das Gesicht und färbte die Kissen. Obwohl Krapotkin, mein zweites Opfer, hart danebenlag, gelang es mir dennoch (es war geradezu eine wunderbare Fähigkeit, mit offenen Augen nicht zu sehen, was ich nicht schauen wollte), mir einzubilden, er wäre gar nicht vorhanden. Ich sah nur das strömende Blut Lutetias. Ich erschrak nicht vor meiner Untat. Nein! Ich war nur erschrocken über den unaufhörlichen Fluß, den Überfluß des Blutes, das in einem menschlichen Schädel enthalten sein konnte. Es war, als müßte ich bald – wollte ich noch warten – in dem Blut ertrinken, das ich selbst vergossen hatte.

Ich bin plötzlich ganz ruhig. Nichts beruhigt mich so sehr wie die Sicherheit, daß sie jetzt beide schweigen werden. In alle Ewigkeit werden sie schweigen. Es ist ganz still, nur die Katzen kommen geschlichen. Sie springen auf die Betten. Vielleicht riechen sie das Blut. Aus dem Nebenzimmer krächzt der Papagei meinen Namen, meinen gestohlenen Namen: ›Krapotkin, Krapotkin!‹

Ich stelle mich vor den Spiegel. Ich bin ganz ruhig. Ich betrachte mein Gesicht und sage zu meinem Spiegelbild mit lauter Stimme: ›Du bist ein Mörder!‹ Ich denke gleich darauf: Du bist ein Polizist! Man muß sein Handwerk gründlich kennen!

Hierauf gehe ich in die Toilette, gefolgt von den lautlosen Katzen. Ich wasche meine Hände und mein Schlüsselbund und das Schloß.

Ich setzte mich an den unangenehm zierlichen Schreibtisch Lutetias und schrieb mit verstellter Schrift, mit lateinischen Buchstaben, ein paar Worte; sinnlose Worte; sie lauteten: ›Wir hatten ohnehin sterben wollen. Nun sind wir durch dritte Hand gestorben. Unser Mörder ist ein Freund meines Liebhabers, des Fürsten!‹

Es machte mir damals ein besonderes Vergnügen, die Schrift Lutetias genau nachzuahmen. Es war übrigens nicht schwierig, mit ihrer Tinte und ihrer Feder. Sie hatte die Schrift aller kleinen und plötzlich erhobenen Kleinbürgerinnen. Trotzdem verwandte ich eine ungewöhnlich lange Zeit auf die ganz genaue Nachahmung dieser Schrift. Um mich herum schlichen die Katzen. Der Papagei rief von Zeit zu Zeit: ›Krapotkin, Krapotkin!‹

Nachdem ich fertig geworden war, verließ ich das Zimmer. Ich sperrte das Schlafzimmer von außen zweimal ab, auch die Wohnung zweimal. Ich ging seelenruhig und gedankenlos die Treppe hinunter. Ich grüßte höflich, wie ich gewohnt war, die Hausmeisterin, die trotz der späten Stunde immer noch in der Loge saß und strickte. Sie stand sogar auf, denn ich war ein Fürst – und fürstliche Trinkgelder hatte sie oft von mir bekommen.

Ich stand noch eine Weile, seelenruhig und gedankenlos, vor dem Haustor. Ich erwartete einen Fiaker. Als ein freies Gefährt vorbeikam, winkte ich und stieg ein. Ich fuhr zum Schweizer, bei dem die Rifkins gewohnt hatten. Ich weckte ihn und sagte: ›Ich muß mich bei Ihnen verbergen.‹

›Kommen Sie‹, sagte er nur und führte mich in ein Zimmer, das ich bis jetzt nicht gekannt hatte. ›Hier können Sie sicher bleiben‹, sagte er. Und er brachte mir Milch und Brot.

›Ich habe Ihnen etwas zu sagen‹, sagte ich. ›Ich habe nicht aus politischen Motiven getötet, sondern aus privaten.‹

›Das geht mich nichts an‹, erwiderte er.

›Ich habe Ihnen noch mehr zu erzählen‹, sagte ich.

›Was denn?‹ fragte er.

In diesem Augenblick – es war allerdings ganz finster –

nahm ich mir den Mut zu sagen: ›Ich bin ein Spitzel, seit langen Jahren. Heute aber habe ich privat gemordet.‹

›Sie bleiben hier bis zum Morgengrauen!‹ sagte er. ›Bis dahin – und keine Sekunde länger bleiben Sie in diesem Haus.‹ Und dann, als wäre in ihm der Engel erwacht, fügte er hinzu: ›Schlafen Sie wohl! Und Gott verzeihe Ihnen!‹

Ich schlief keineswegs – brauche ich euch das noch zu sagen, meine Freunde? Lange noch vor dem Morgengrauen erwachte ich. Ich hatte in meinen Kleidern schlaflos dagelegen. Ich mußte das Haus verlassen, und ich verließ es. Ich wanderte ziellos durch die erwachenden Straßen. Als es acht Uhr von den verschiedenen Türmen schlug, begab ich mich auf den Weg nach der Botschaft. Ich hatte nicht falsch gerechnet. Ich trat, ohne mich angemeldet zu haben, in das Zimmer Solowejczyks. Ich erzählte ihm alles.

Nachdem ich geendet hatte, sagte er:

›Sie haben sehr viel Unglück im Leben, aber doch auch ein klein wenig Glück. Sie wissen nicht, was geschehen ist. Es ist Krieg in der Welt. Er wird in diesen Tagen ausbrechen. Vielleicht um die Stunde, in der Sie Ihre Missetat, oder sagen wir lieber, Ihren Mord begangen haben. Sie müssen einrücken! Warten Sie ein halbes Stündchen. Sie werden einrücken!‹ *report for duty*

Nun, meine Freunde, ich rückte ein, und mit Freuden. Vergeblich fragte ich an der Grenze nach den Rifkins. Auch Kaniuk war nicht mehr da. Von meinem Telegramm wußte man gar nichts. Euch allen, die ihr den

Krieg mitgemacht habt, brauche ich nicht zu erzählen, was er war, dieser Weltkrieg. Der Tod war uns allen nahe. Vertraut waren wir mit ihm, ihr wißt es, wie mit einem vertrauten Bruder. Die meisten von uns fürchteten ihn. Ich aber, ich suchte ihn. Ich suchte ihn mit aller Liebe und mit aller Gewalt. Ich suchte ihn im Schützengraben, ich suchte ihn auf den Vorposten, zwischen und vor den Stacheldrähten, im Kreuzfeuer und beim Sturmangriff, im Giftgas und überall sonst, wo ihr wollt. Ich bekam Auszeichnungen, aber niemals eine Verwundung. Der gute Bruder Tod entzog sich mir einfach. Der gute Bruder Tod verachtete mich. Ringsherum fielen sie, meine Kameraden. Ich beweinte sie keineswegs. Ich beklagte die Tatsache, daß ich nicht sterben konnte. Ich hatte gemordet, und ich konnte nicht sterben. Ich hatte dem Tod Opfer geschenkt, und er bestrafte mich: Mich, mich allein wollte er nicht haben.

Ich sehnte mich damals nach ihm. Denn ich glaubte damals noch, der Tod sei eine Qual, durch die man büßen könne. Später erst begann ich zu ahnen, daß er eine Erlösung ist. Ich hatte ihn nicht verdient; und deshalb war er auch nicht gekommen, mich zu erlösen.

Es ist überflüssig, euch, meinen Freunden, die ihr es wißt, von dem Unheil zu berichten, das dann über Rußland hereinbrach. Es gehört nicht zu meiner Geschichte übrigens. Zu meiner Geschichte gehört nur die Tatsache, daß ich, gegen meinen sehnsüchtigen Willen heil geblieben, vor der Revolution flüchtete. Ich gelangte nach Österreich. Ich gelangte nach der Schweiz. Erlaßt mir bitte die einzelnen Etappen.

Es zog mich nach Frankreich, es zog mich nach Paris. Es zog mich, nachdem mich der Tod verschmäht hatte, nach der Stätte meiner jämmerlichen Freveltaten, wie jeden Mörder.

Ich kam in Paris an. Es war ein fröhlicher Tag, obwohl es Herbst war, fast Winter – aber der Winter sieht ja in Paris fast so aus wie bei uns der Herbst. Man feierte den Sieg und den Frieden. Was ging mich der Sieg, was ging mich der Frieden an? Ich schleppte mich nach dem Hause in der Avenue des Champs-Élysées, wo ich einst meinen Mord begangen hatte.

Die Hausmeisterin, die alte Hausmeisterin von dazumal, stand noch vor der Tür. Sie erkannte mich nicht. Wie hätte sie mich auch erkennen sollen? Ich war grau geworden – grau, wie ich heute bin.

Ich fragte nach Lutetia – und mein Herz klopfte.

›Dritter Stock links‹, sagte sie.

Ich stieg die Treppe hinauf. Ich klingelte. Lutetia selbst öffnete mir. Ich erkannte sie sofort. Sie erkannte mich keineswegs. Sie machte Anstalten, mich nicht einzulassen.

›Ah!‹ sagte sie nach einer Weile – trat zurück, schloß die Tür und öffnete sie wieder aufs neue. ›Ah!‹ wiederholte sie und breitete die Arme aus.

Ich weiß nicht, meine Freunde, weshalb ich eigentlich in diese Arme fiel. Wir umarmten uns lange und ausführlich. Ich hatte die deutliche Empfindung, es ereignete sich etwas unerhört Banales, Lächerliches und sogar Groteskes. Man denke: die Frau, die ich mit eigenen Händen umgebracht zu haben glaubte, hielt ich in den Armen.

Nun, meine Freunde, es dauerte nicht lange, und ich erfuhr, ich erlebte die höchste, die tiefste – wenn ihr so wollt – aller Tragödien: die Tragödie der Banalität nämlich.

Ich blieb erstens bei Lutetia. Sie hieß übrigens längst nicht mehr so – und auch nach dem mondänen Schneider krähte kein Hahn mehr – wie man so zu sagen pflegt. Ich blieb bei ihr: aus Liebe, aus Reue, aus Schwäche: Was kann man wissen, meine Freunde?

Ich hatte keinen von beiden getötet. Ich hatte wahrscheinlich nur die Rifkins getötet. Vorgestern erst traf ich im Jardin du Luxembourg den jungen Fürsten Krapotkin. Begleitet von seinem backenbärtigen, silbrigen und schwarzen Sekretär, der immer noch lebt und, wenn auch schäbiger und armseliger als einst, dennoch immer noch nicht wie ein Begleiter des Fürsten aussieht, sondern wie sein Leichenträger, ein Leichenbegleiter sozusagen, ging der junge Fürst einher, an zwei Stöcken humpelte er – vielleicht die Folge der Verletzung am Kopfe, die ich ihm damals beigebracht hatte.

›Ah, Golubtschik!‹ rief er, als er mich erblickte – und es klang anders, freudig beinahe.

›Ja, ich bin es!‹ sagte ich. ›Verzeihen Sie mir!‹

›Nichts, nichts, nichts von der Vergangenheit!‹ sagte er und richtete sich mit Hilfe seiner zwei Stöcke zu seiner vollen Größe auf. ›Wichtig ist die Gegenwart, die Zukunft!‹

Ich sah sofort, daß er schwach von Sinnen war, und sagte: ›Ja, ja!‹

Plötzlich erglomm ein leichtes Feuerchen in seinen Augen, und er fragte:

›Das Fräulein Lutetia? Lebt sie?‹

›Sie lebt!‹ sagte ich – und verabschiedete mich hastig.

Und damit ist eigentlich meine Geschichte zu Ende«, sagte Golubtschik, der Mörder. »Ich hätte euch aber noch andere Weisheiten zu sagen...«

Es wurde hell, man spürte es durch die zugemachten Türläden. Durch die seltenen Ritzen drang der siegreiche, goldene Sommermorgen zage und dennoch kräftig herein – und man hörte die erwachenden Geräusche der Pariser Straßen und vor allem das lärmende Jubeln der morgendlichen Vögel.

Wir schwiegen alle. Längst waren unsere Gläser geleert.

Auf einmal klopfte es hart und trocken gegen den geschlossenen Rolladen. »Das ist sie!« rief Golubtschik, ›unser Mörder‹ – und im nächsten Augenblick war er verschwunden; er hatte sich unter dem Tisch verborgen.

Der Wirt des »Tari-Bari« ging behäbig zur Tür. Er öffnete sie. Er steckte – und es schien uns eine Ewigkeit zu dauern – den großen Drehschlüssel in das Schloß, und langsam, langsam und lärmend stieg der eiserne Rolladen empor. Der junge Tag drang voll und siegreich in unser übernächtiges Gestern. Entschlossener noch als der Morgen drang eine ältliche, dürre Frau in den Laden ein. Sie ähnelte mehr einem übergroßen, hageren Vogel als einer Frau. Eine tiefe, häßliche Narbe über dem linken Auge versuchte ein allzu dünner, zu kurzer, schwarzer Schleier, lieblos am linken Rand des lächerlichen Hütchens angebracht, vergeblich zu verdecken. Und ihre schrille Stimme, mit der sie fragte: »Wo ist mein Golubtschik? Ist er hier? Wo ist er?«, erschreckte uns alle dermaßen, daß wir, auch wenn wir gewollt hätten, nicht imstande gewesen wären, ihr die Wahrheit zu sagen. Sie verstreute noch ein paar häßliche und unmenschlich flinke Vogelblicke – und verschwand hierauf.

Erst eine Weile später kroch Golubtschik unter dem Tisch hervor.

»Sie ist fort!« sagte er erleichtert. »Das ist Lutetia.« Und gleich hierauf: »Auf Wiedersehn! Meine Freunde! – Auf morgen abend!« Mit ihm ging auch der Chauffeur. Draußen wartete schon der erste Gast. Er drückte ungeduldig auf die Hupe.

Der Wirt blieb allein mit mir. »Welche Geschichten hört man doch bei Ihnen«, sagte ich.

»Ganz gewöhnliche, ganz gewöhnliche«, erwiderte er. »Was ist schon seltsam im Leben? Ganz gewöhnliche Geschichten hat es zu verteilen. Es wird Sie nichts hindern wiederzukommen, wie?«

»Ganz gewiß nicht!« sagte ich.

Als ich diese Worte aussprach, war ich auch überzeugt, daß ich den Wirt und das Gasthaus und den Mörder Golubtschik und die anderen Stammgäste alle noch oft wiedersehen würde. Ich ging.

Der Wirt hielt es für nötig, mich bis über die Schwelle zu begleiten. Es sah aus, als zweifelte er noch ein wenig an meiner Absicht, sein Lokal auch weiterhin, wie bisher, zu besuchen. »Werden Sie auch wirklich wiederkommen?« fragte er noch einmal. »Aber selbstverständlich!« sagte ich. »Sie wissen ja, ich wohne schräg gegenüber, im Hôtel des Fleurs Vertes!« »Ich weiß, ich weiß«, sagte er, »aber, es ist mir plötzlich, als seien Sie schon weit fortgezogen.«

Diese unvermuteten Worte erschreckten mich zwar nicht, aber ich war durch sie stark betroffen. Ich fühlte: sie enthielten irgendeine größere, mir nur noch verhüllte Wahrheit. Es war ja nichts anderes als eine konventionelle Höflichkeit, daß der Wirt des »Tari-Bari« mich, einen alten Stammgast, nach einer durchzechten Nacht bis auf die Straße begleitete. Dennoch hatte diese Handlung etwas Feierliches, ungewohnt, ich möchte sagen: ungerechtfertigt Feierliches. Schon kamen von den Hallen die ersten Wagen zurück. Sie rollten munter dahin, obwohl die Kutscher auf den Böcken, ermüdet von der nächtlichen Arbeit, schliefen und die Zügel in ihren schlafenden Händen auch zu schlafen schienen. Eine Amsel kam zutraulich knapp vor die großen, schlappen Filzschuhe des Wirtes gehüpft. Sie blieb seelenruhig, wie in Nachdenken versunken, neben uns stehn, und so, als interessierte sie unser Gespräch. Allerhand morgendliche Geräusche erwachten. Tore öffneten sich knirschend, Fenster klirrten sachte, kehrende Besen schlurften mit strengem Kratzen über Pflastersteine, und irgendwo jammerte ein Kind, das man jäh aus dem Schlaf gerissen haben mochte. Das ist ja ein Morgen wie alle Morgen, sagte ich mir in meinem Innern. Ein gewöhnlicher Pariser Sommermorgen! – Und laut sagte ich zum Wirt des »Tari-Bari«: »Aber ich ziehe ja gar nicht weg! Fällt mir ja gar nicht ein!« – Und ich stieß dabei ein kleines, zaghaftes Lachen aus – es hätte eigentlich ein starkes, überzeugendes sein sollen; es kam leider nur so kümmerlich heraus: eine wahre Mißgeburt von einem Lachen...

»Na, dann also auf Wiedersehen!« sagte der Wirt, und ich drückte seine weiche, fleischige, eigentlich käsige Hand.

Ich sah mich nicht mehr nach ihm um. Wohl aber fühlte ich, daß er wieder in sein Gasthaus zurückgegangen war. Es war natürlich meine Absicht, die Straße zu überqueren, um mein Hotel zu erreichen. Ich tat es dennoch nicht. Es schien mir, daß der Morgen noch zu einer kleinen Wanderung locke und daß es unangebracht, wenn nicht häßlich sei, in ein kärgliches Hotelzimmer zu einer Zeit zu gehn, von der man nicht sagen konnte, sie sei zu früh oder zu spät. Es war kein früher Morgen mehr, und es war noch kein später. Ich beschloß, ein paarmal um den Häuserblock herumzugehen.

Ich wußte nicht, wie lange ich so herumgewandert war. Ich behielt, als ich endlich vor meinem Hotel stand, von dem ganzen morgendlichen Spaziergang nichts mehr in der Erinnerung als ein paar nicht gezählte, keineswegs gezählte Glocken verschiedener unbekannter Türme. Die Sonne lag schon kräftig und durchaus heimisch im Vestibül. Mein Hotelwirt, in rosa Hemdsärmeln, machte den Eindruck, als schwitzte er jetzt bereits so, wie er an andern Tagen nur in der Mittagsstunde zu schwitzen pflegte. Jedenfalls hatte er, obwohl er im Augenblick gar nichts tat, ein sehr beschäftigtes Aussehn. Ich erfuhr auch sofort, warum.

»Endlich ein Gast!« sagte er und zeigte auf drei Koffer, die er neben seinem Schreibtisch aufgestapelt hatte. »Sehn Sie sich nur die Koffer an«, fuhr er fort, »und Sie werden gleich wissen, was für ein Gast es ist!«

Ich sah mir das Gepäck an. Es waren drei gelbe, schweinslederne, großartige Koffer, und ihre messingnen Schlösser leuchteten wie geheime, versperrte goldene Münder. Über jedem der Schlösser standen in blutroter Schrift die Initialen: »J. L.«

»Er hat das Zimmer zwölf«, sagte der Wirt. »Knapp neben Ihnen. Feine Gäste setze ich immer nebeneinander.«

Damit gab er mir den Schlüssel.

Ich behielt den Schlüssel eine Weile in der Hand und gab ihn dann zurück. »Ich möche unten den Kaffee trinken«, sagte ich. »Ich bin zu müde, um noch hinaufzugehen!«

Ich trank den Kaffee im winzigen Schreibzimmer, zwischen einem längst ausgetrockneten Tintenfaß und einer Majolikavase, gefüllt mit Zelluloidveilchen, die an Allerseelen erinnerten.

Die gläserne Tür ging auf, und herein trat, nein tänzelte, ein eleganter Herr. Von ihm ging seltsamerweise ein starker Veilchenduft aus, so daß ich einen Augenblick dachte, die Zelluloidveilchen in der Majolikavase seien plötzlich lebendig geworden. Bei jedem Schritt vollzog der linke Fuß dieses Herrn – ich sah es deutlich – eine zierliche Schleife. Er war ganz hellgrau-sommerlich gekleidet, geradezu in einen silbernen Sommer gehüllt. Blauschwarz leuchteten seine straff in der Mitte gescheitelten Haare, die so aussahen, als ob nicht ein Kamm, sondern eine Zunge sie geglättet hätte.

Er nickte mir zu, freundlich und zugleich reserviert.

»Auch einen Kaffee!« rief er durch die Tür, die er offengelassen hatte, zum Wirt hinaus.

Dieses »auch« ärgerte mich.

Er bekam seinen Kaffee. Er rührte lange, übermäßig lange, mit dem Löffel in der Tasse herum.

Ich wollte mich eben erheben, da begann er, mit einer Stimme, die klang wie Samt und Flöte, wie eine Flöte aus Samt:

»Sie sind auch fremd hier, nicht wahr?«

Es klang in meinen Ohren wie ein Echo. Ich erinnerte mich, daß ich diese gleiche Frage heute – oder war es gestern? – schon gehört hatte. Ja, ja! Diese Frage, der Mörder Golubtschik hatte sie erwähnt, mochte sie in der Nacht erwähnt haben, oder vielleicht auch hatte sie nicht wörtlich so gelautet! Zugleich entsann ich mich des Namens: »Jenö Lakatos«, und ich sah auch die blutroten Initialen auf den gelben Koffern: »J. L.«

Statt dem Herrn zu antworten, fragte ich ihn also:

»Wie lange wollen Sie hierbleiben?«

»Oh, ich habe Zeit!« sagte er. »Ich verfüge ganz über meine Zeit!«

Der Wirt kam herein, mit einem leeren Meldeformular. Er bat den neuen Gast, seinen Namen einzuschreiben.

»Schreiben Sie«, sagte ich – obwohl er mich gar nicht gefragt hatte und in einer Art Anfall von Ungezogenheit, über die ich mir heute noch keine Rechenschaft geben kann –, »in der Rubrik Familienname: Lakatos; in die Rubrik Vorname: Jenö.« Und ich erhob mich und verbeugte mich und ging.

Am selben Tage noch verließ ich meine Wohnung in der Rue des Quatre Vents. Den Golubtschik habe ich nie mehr wiedergesehn, auch nie mehr einen von den Männern, die seine Geschichte gehört hatten.

Der Leviathan

Novelle
1940

I

In dem kleinen Städtchen Progrody lebte einst ein Korallenhändler, der wegen seiner Redlichkeit und wegen seiner guten, zuverlässigen Ware weit und breit in der Umgebung bekannt war. Aus den fernen Dörfern kamen die Bäuerinnen zu ihm, wenn sie zu besonderen Anlässen einen Schmuck brauchten. Leicht hätten sie in ihrer Nähe schon noch andere Korallenhändler gefunden, aber sie wußten, daß sie dort nur alltäglichen Tand und billigen Flitter bekommen konnten. Deshalb legten sie in ihren kleinen, ratternden Wägelchen manchmal viele Werst zurück, um nach Progrody zu gelangen, zu dem berühmten Korallenhändler Nissen Piczenik.

Gewöhnlich kamen sie an jenen Tagen, an denen der Jahrmarkt stattfand. Am Montag war Pferdemarkt, am Donnerstag Schweinemarkt. Die Männer betrachteten und prüften die Tiere, die Frauen gingen in unregelmäßigen Gruppen, barfuß und die Stiefel über die Schultern gehängt, mit den bunten, auch an trüben Tagen leuchtenden Kopftüchern in das Haus Nissen Piczeniks. Die harten, nackten Sohlen trommelten gedämpft und fröhlich auf den hohlen Brettern des hölzernen Bürgersteigs und in dem weiten, kühlen Flur des alten Hauses, in dem der Händler wohnte. Aus dem gewölbten Flur gelangte man in einen stillen Hof, wo zwischen den unregelmäßigen Pflastersteinen sanftes Moos wucherte und in der warmen Jahreszeit einzelne Gräslein sprossen. Hier kamen den Bäuerinnen schon die Hühner Piczeniks freundlich entgegen, voran die Hähne mit den stolzen Kämmen, die so rot waren wie die rötesten Korallen.

Man mußte dreimal an die eiserne Tür klopfen, an der ein eiserner Klöppel hing. Dann öffnete Piczenik eine kleine Luke, die in die Tür eingeschnitten war, sah die Leute, die Einlaß heischten, schob den Riegel zurück und ließ die Bäuerinnen eintreten. Bettlern, wandernden Sängern, Zigeunern und den Männern mit den tanzenden Bären pflegte er durch die Luke ein Almosen zu reichen. Er mußte recht vorsichtig sein, denn auf allen Tischen in seiner geräumigen Küche wie im Wohnzimmer lagen die edlen Korallen in großen, kleinen, mittleren Haufen, verschiedene Völker und Rassen von Korallen durcheinandergemischt oder auch bereits nach ihrer Eigenart und Farbe geordnet. Man hatte nicht zehn Augen im Kopf, um jeden Bettler zu beobachten, und Piczenik wußte, daß die Armut die unwiderstehliche Verführerin zur Sünde ist. Zwar stahlen manchmal auch wohlhabende Bäuerinnen; denn die Frauen erliegen leicht der Lust, sich den Schmuck, den sie bequem kaufen könnten, heimlich und unter Gefahr anzueignen. Aber bei den Kunden drückte der Händler eines seiner wachsamen Augen zu, und ein paar Diebstähle kalkulierte er auch in die Preise ein, die er für seine Ware forderte.

Er beschäftigte nicht weniger als zehn Fädlerinnen, hübsche junge Mädchen, mit guten, sicheren Augen und feinen Händen. Die Mädchen saßen in zwei Reihen an einem langen Tisch und angelten mit zarten Nadeln nach den Korallen. Also entstanden die schönen, regelmäßigen Schnüre, an deren Enden die kleinsten Korallen, in deren Mitte die größten und leuchtendsten steckten. Bei dieser Arbeit sangen die Mädchen im Chor. Und im Sommer, an heißen, blauen und sonnigen Tagen, war im Hof der lange Tisch aufgestellt, an dem die fädelnden Frauen saßen, und ihren sommerlichen Gesang hörte man im ganzen Städtchen, und er übertönte die schmetternden Lerchen unter dem Himmel und die zirpenden Grillen in den Gärten.

Es gibt viel mehr Arten von Korallen, als die gewöhnlichen Leute wissen, die sie nur aus den Schaufenstern oder Läden kennen. Es gibt geschliffene und ungeschliffene vor allem; ferner flach an den Rändern geschnittene und kugelrunde; dornen- und stäbchenartige, die wie Stacheldraht aussehn; gelblich leuchtende, fast weißrote Korallen von der Farbe, wie sie manchmal die oberen Ränder der Teerosenblätter zeigen, gelblichrosa, rosa, ziegelrote, rübenrote, zinnoberfarbene und schließlich die Korallen, die aussehen wie feste, runde Blutstropfen. Es gibt ganz- und halbrunde; Korallen, die wie kleine Fäßchen, andere, die wie Zylinderchen aussehen; es gibt gerade, schiefgewachsene und sogar bucklige Korallen. Es gibt Sterne, Stacheln, Zinken, Blüten. Denn die Korallen sind die edelsten Pflanzen der ozeanischen Unterwelt, Rosen für die launischen Göttinnen der Meere, so reich an Formen und Farben wie die Launen dieser Göttinnen selbst.

Wie man sieht, hielt Nissen Piczenik keinen offenen Laden. Er betrieb das Geschäft in seiner Wohnung, das heißt: er lebte mit den Korallen, Tag und Nacht, Sommer und Winter, und da in seiner Stube wie in seiner Küche die Fenster in den Hof gingen und obendrein von dichten, eisernen Gittern geschützt waren, herrschte in dieser Wohnung eine schöne, geheimnisvolle Dämmerung, die an Meeresgrund erinnerte, und es war, als wüchsen dort die Korallen, und nicht, als würden sie gehandelt. Ja, dank seiner besonderen, geradezu geflissentlichen Laune der Natur war Nissen Piczenik, der Korallenhändler, ein rothaariger Jude, dessen kupferfarbenes Ziegenbärtchen an eine Art rötlichen Tangs erinnerte und dem ganzen Mann eine frappante Ähnlichkeit mit einem Meergott verlieh. Es war, als schüfe oder pflanzte und pflückte er selbst die Korallen, mit denen er handelte. Und so stark war die Beziehung seiner Ware zu seinem Aussehen, daß man ihn nicht nach seinem Namen im Städtchen Progrody nannte, mit der Zeit diesen sogar vergaß und ihn lediglich nach seinem Beruf bezeichnete. Man sagte zum Beispiel: Hier kommt der Korallenhändler – als gäbe es in der ganzen Welt außer ihm keinen anderen.

Nissen Piczenik hatte in der Tat eine familiäre Zärtlichkeit für Korallen. Von den Naturwissenschaften weit entfernt, ohne lesen und schreiben zu können – denn er hatte niemals eine Schule besucht, und er konnte nur unbeholfen seinen Namen zeichnen –, lebte er in der Überzeugung, daß die Korallen nicht etwa Pflanzen seien, sondern lebendige Tiere, eine Art winziger roter Seetiere – und kein Professor der Meereskunde hätte ihn eines Besseren belehren können. Ja, für Nissen Piczenik lebten die Korallen noch, nachdem sie gesägt, zerschnitten, geschliffen, sortiert und gefädelt worden waren. Und er hatte vielleicht recht. Denn er sah mit eigenen Augen, wie seine rötlichen Korallenschnüre an den Busen kranker oder kränklicher Frauen allmählich zu verblassen begannen, an den Busen gesunder Frauen aber ihren Glanz behielten. Im Verlauf seiner langen Korallenhändler-Praxis hatte er oft bemerkt, wie Korallen, die blaß – trotz ihrer Röte – und immer blasser in seinen Schränken gelegen waren, plötzlich zu leuchten begannen, wenn sie um den Hals einer schönen, jungen und gesunden Bäuerin gehängt wurden, als nährten sie sich von dem Blut der Frauen. Manchmal brachte man dem Händler Korallenschnüre zum Rückkauf, er erkannte sie, die Kleinodien, die er einst selbst gefädelt und behütet hatte – und er erkannte sofort, ob sie von gesunden oder kränklichen Frauen getragen worden waren.

Er hatte eine eigene, ganz besondere Theorie von den Korallen. Seiner Meinung nach waren sie, wie gesagt, Tiere des Meeres, die gewissermaßen nur aus kluger Bescheidenheit Bäume und Pflanzen spielten, um nicht von den Haifischen angegriffen oder gefressen zu werden. Es war die Sehnsucht der Korallen, von den Tauchern gepflückt und an die Oberfläche der Erde gebracht, geschnitten, geschliffen und aufgefädelt zu werden, um endlich ihrem eigentlichen Daseinszweck zu dienen: nämlich der Schmuck schöner Bäuerinnen zu werden. Hier erst, an den weißen, festen Hälsen der Weiber, in innigster Nachbarschaft mit der lebendigen Schlagader,

der Schwester der weiblichen Herzen, lebten sie auf, gewannen sie Glanz und Schönheit und übten die ihnen angeborene Zauberkraft aus, Männer anzuziehen und deren Liebeslust zu wecken. Zwar hatte der alte Gott Jehovah alles selbst geschaffen, die Erde und ihr Getier, die Meere und alle ihre Geschöpfe. Dem Leviathan aber, der sich auf dem Urgrund aller Wasser ringelte, hatte Gott selbst für eine Zeitlang, bis zur Ankunft des Messias nämlich, die Verwaltung über die Tiere und Gewächse des Ozeans, insbesondere über die Korallen, anvertraut.

Nach all dem, was hier erzählt ist, könnte man glauben, daß der Händler Nissen Piczenik als eine Art Sonderling bekannt war. Dies war keineswegs der Fall. Piczenik lebte in dem Städtchen Progrody als ein unauffälliger, bescheidener Mensch, dessen Erzählungen von den Korallen und dem Leviathan ganz ernst genommen wurden, als Mitteilungen eines Mannes vom Fach nämlich, der sein Gewerbe ja kennen mußte, wie der Tuchhändler Manchesterstoffe von deutschem Perkal unterschied und der Teehändler den russischen Tee der berühmten Firma Popoff von dem englischen Tee, den der ebenso berühmte Lipton aus London lieferte. Alle Einwohner von Progrody und Umgebung waren überzeugt, daß die Korallen lebendige Tiere sind und daß sie von dem Urfisch Leviathan in ihrem Wachstum und Benehmen unter dem Meere bewacht werden. Es konnte nicht daran gezweifelt werden, da es ja Nissen Piczenik selbst erzählt hatte.

Die schönen Fädlerinnen arbeiteten oft bis spät in die Nacht und manchmal sogar nach Mitternacht im Hause Nissen Piczeniks. Nachdem sie sein Haus verlassen hatten, begann der Händler selbst, sich mit seinen Steinen, will sagen: Tieren, zu beschäftigen. Zuerst prüfte er die Ketten, die seine Mädchen geschaffen hatten, hierauf zählte er die Häufchen der noch nicht und der schon nach ihrer Rasse und Größe geordneten Korallen, dann begann er, selbst zu sortieren und mit seinen rötlich behaarten, starken und feinfühligen Fingern jede einzelne Koralle zu befühlen, zu glätten, zu streicheln. Es gab wurmstichige Korallen. Sie hatten Löcher an den Stellen, an denen Löcher keineswegs zu brauchen waren. Da hatte der sorglose Leviathan einmal nicht aufgepaßt. Und um ihn zurechtzuweisen, zündete Nissen Piczenik eine Kerze an, hielt ein Stück roten Wachses über die Flamme, bis es heiß und flüssig ward, und verstopfte mittels einer feinen Nadel, deren Spitze er in das Wachs getaucht hatte, die Wurmbohrungen im Stein. Dabei schüttelte er den Kopf, als begriffe er nicht, daß ein so mächtiger Gott wie Jehovah einem so leichtsinnigen Fisch wie dem Leviathan die Obhut über die Korallen hatte überlassen können.

Manchmal, aus purer Freude an den Steinen, fädelte er selbst Korallen, bis der Morgen graute und die Zeit gekommen war, das Morgengebet zu sagen. Die Arbeit ermüdete ihn keineswegs, er fühlte keinerlei Schwäche. Seine Frau schlief noch unter der Decke. Er warf einen kurzen, gleichgültigen Blick auf sie. Er haßte sie nicht, er liebte sie nicht, sie war eine der vielen Fädlerinnen, die bei ihm arbeiteten, weniger hübsch und reizvoll als die meisten. Zehn Jahre war er schon mit ihr verheiratet, sie hatte ihm keine Kinder geschenkt – und das allein wäre ihre Aufgabe gewesen. Eine fruchtbare Frau hätte er gebraucht, fruchtbar wie die See, auf deren Grund so viele Korallen wuchsen. Seine Frau aber war wie ein trockener Teich. Mochte sie schlafen, allein, so viele Nächte sie wollte! Das Gesetz hätte ihm erlaubt, sich von ihr scheiden zu lassen. Aber inzwischen waren ihm Kinder und Frauen gleichgültig geworden. Er liebte die Korallen. Und ein unbestimmtes Heimweh war in seinem Herzen, er hätte sich nicht getraut, es bei Namen zu nennen: Nissen Piczenik, geboren und aufgewachsen mitten im tiefsten Kontinent, sehnte sich nach dem Meere.

Ja, er sehnte sich nach dem Meere, auf dessen Grund die Korallen wuchsen, vielmehr, sich tummelten – nach seiner Überzeugung. Weit und breit gab es keinen Menschen, mit dem er von seiner Sehnsucht hätte sprechen können, in sich verschlossen mußte er es tragen, wie die See die Korallen trug. Er hatte von Schiffen gehört, von Tauchern, von Kapitänen, von Matrosen. Seine Korallen kamen in wohlverpackten Kisten, an denen noch der Seegeruch haftete, aus Odessa, Hamburg oder Triest. Der öffentliche Schreiber in der Post erledigte ihm seine Geschäftskorrespondenz. Die bunten Marken auf den Briefen der fernen Lieferanten betrachtete er ausführlich, bevor er die Umschläge wegwarf. Nie in seinem Leben hatte er Progrody verlassen. In diesem kleinen Städtchen gab es keinen Fluß, nicht einmal einen Teich, nur Sümpfe ringsherum, und man hörte wohl unter der grünen Oberfläche das Wasser glucksen, aber man sah es niemals. Nissen Piczenik bildete sich ein, daß es einen geheimen Zusammenhang zwischen dem verborgenen Gewässer der

Sümpfe und den gewaltigen Wassern der großen Meere gebe – und daß auch tief unten, in den Sümpfen, Korallen vorhanden sein könnten. Er wußte, daß er, wenn er diese Ansicht jemals geäußert hätte, zum Gespött des Städtchens geworden wäre. Er schwieg daher und erwähnte seine Ansicht nicht. Er träumte manchmal davon, daß das große Meer – er wußte nicht welches, er hatte niemals eine Landkarte gesehen, und alle Meere der Welt waren für ihn einfach *das* große Meer – eines Tages Rußland überschwemmen würde, und zwar just jene Hälfte, auf der er lebte. Dann wäre also die See, zu der er niemals zu gelangen hoffte, zu ihm gekommen, die gewaltige, unbekannte See mit dem unmeßbaren Leviathan auf ihrem Grunde und mit all ihren süßen und herben und salzigen Geheimnissen.

Der Weg von dem Städtchen Progrody zum kleinen Bahnhof, in dem nur dreimal in der Woche die Züge ankamen, führte zwischen den Sümpfen vorbei. Und immer, auch wenn Nissen Piczenik keine Korallensendungen zu erwarten hatte, und selbst an den Tagen, an denen keine Züge kamen, ging er zum Bahnhof, das heißt zu den Sümpfen. Am Rande des Sumpfes stand er eine Stunde und länger und hörte das Quaken der Frösche andächtig, als könnten sie ihm vom Leben auf dem Grunde der Sümpfe berichten, und glaubte manchmal in der Tat, allerhand Berichte empfangen zu haben. Im Winter, wenn die Sümpfe gefroren waren, wagte er sogar, seinen Fuß auf sie zu setzen, und das bereitete ihm ein sonderbares Vergnügen. Am faulen Geruch des Sumpfes erkannte er ahnungsvoll den gewaltig herben Duft des großen

Meeres, und das leise, kümmerliche Glucksen der unter-
irdischen Gewässer verwandelte sich in seinen hellhöri-
gen Ohren in ein Rauschen der riesigen grünblauen Wo-
gen. Im Städtchen Progrody aber wußte kein Mensch,
was alles sich in der Seele des Korallenhändlers abspielte.
Alle Juden hielten ihn für ihresgleichen. Der handelte mit
Stoffen und jener mit Petroleum; einer verkaufte Gebet-
mäntel, der andere Wachskerzen und Seife, der dritte
Kopftücher für Bäuerinnen und Taschenmesser; einer
lehrte die Kinder beten, der andere rechnen, der dritte
handelte mit Kwaß und Kukuruz und gesottenen Sau-
bohnen. Und ihnen allen schien es, Nissen Piczenik sei
ihresgleichen – nur handele er eben mit Korallen. Indessen war er – wie man sieht – ein ganz Besonderer.

II

Er hatte arme und reiche Kunden, ständige und zufällige.
Zu seinen reichen Kunden zählte er zwei Bauern aus der
Umgebung, von denen der eine, nämlich Timon Semjonowitsch, Hopfen angepflanzt hatte und jedes Jahr, wenn
die Kommissionäre aus Nürnberg, Saaz und Judenburg
kamen, eine Menge glücklicher Abschlüsse machte. Der
andere Bauer hieß Nikita Iwanowitsch. Der hatte nicht
weniger als acht Töchter gezeugt, von denen eine nach
der anderen heiratete und von denen jede Korallen
brauchte. Die verheirateten Töchter – bis jetzt waren es
vier – bekamen, kaum zwei Monate nach der Vermäh-
lung, Kinder – und es waren wieder Töchter – und auch

diese brauchten Korallen; als Säuglinge schon, um den bösen Blick abzuwenden. Die Mitglieder dieser zwei Familien waren die vornehmsten Gäste im Hause Nissen Piczeniks. Für die Töchter beider Bauern, ihre Enkel und Schwiegersöhne hatte der Händler den guten Schnaps bereit, den er in seinem Kasten aufbewahrte, einen selbstgebrannten Schnaps, gewürzt mit Ameisen, trockenen *ants* Schwämmen, Petersilie und Tausendgüldenkraut. Die anderen, gewöhnlichen Kunden begnügten sich mit einem gewöhnlichen gekauften Wodka. Denn es gab in jener Gegend keinen richtigen Kauf ohne Trunk. Käufer und Verkäufer tranken, damit das Geschäft beiden Gewinn und Segen bringe. Auch Tabak lag in Haufen in der Wohnung des Korallenhändlers, vor dem Fenster, von feuchten Löschblättern überdeckt, damit er frisch bleibe. Denn die Kunden kamen zu Nissen Piczenik nicht, wie Menschen in einen Laden kommen, einfach, um die Ware zu kaufen, zu bezahlen und wieder wegzugehn. Die meisten Kunden hatten einen Weg von vielen Werst zurückgelegt, und sie waren nicht nur Kunden, sondern auch Gäste Nissen Piczeniks. Er gab ihnen zu trinken, zu rauchen und manchmal auch zu essen. Die Frau des Händlers kochte Kascha mit Zwiebeln, Borschtsch mit Sahne, sie briet Äpfel am Rost, Kartoffeln und im Herbst Kastanien. So waren die Kunden nicht nur Kunden, sondern auch Gäste im Hause Piczeniks. Manchmal mischten sich die Bäuerinnen, während sie nach passenden Korallen suchten, in den Gesang der Fädlerinnen; alle sangen sie zusammen, und sogar Nissen Piczenik begann, vor sich hinzusummen; und seine Frau rührte im Takt den Löffel am Herd. Kamen dann die Bauern vom Markt oder aus der Schenke, um ihre Frauen abzuholen und deren Einkäufe zu bezahlen, so mußte der Korallenhändler auch mit ihnen Schnaps oder Tee trinken und eine Zigarette rauchen. Und jeder alte Kunde küßte sich mit dem Händler wie mit einem Bruder.

Denn wenn wir einmal getrunken haben, sind alle guten und redlichen Männer unsere Brüder und alle lieben Frauen unsere Schwestern – und es gibt keinen Unterschied zwischen Bauer und Händler, Jud' und Christ; und wehe dem, der das Gegenteil behaupten wollte!

III

Jedes neue Jahr wurde Nissen Piczenik unzufriedener mit seinem friedlichen Leben, ohne daß es jemand in dem Städtchen Progrody gemerkt hätte. Wie alle Juden ging auch der Korallenhändler zweimal jeden Tag, morgens und abends, ins Bethaus, feierte die Feiertage, fastete an den Fasttagen, legte Gebetriemen und Gebetmantel an, schaukelte seinen Oberkörper, unterhielt sich mit den Leuten, sprach von Politik, vom Russisch-japanischen Krieg, überhaupt von allem, was in den Zeitungen stand und was die Welt bewegte. Aber die Sehnsucht nach dem Meere, der Heimat der Korallen, trug er im Herzen, und aus den Zeitungen, die zweimal in der Woche nach Progrody kamen, ließ er sich, da er sie nicht entziffern konnte, etwaige maritime Nachrichten zuerst vorlesen. Ähnlich wie von den Korallen hatte er vom Meer eine ganz besondere Vorstellung. Zwar wußte er, daß es viele Meere in der Welt gab, das wirkliche, eigentliche Meer aber war jenes, das man durchqueren mußte, um nach Amerika zu gelangen.

Nun ereignete es sich eines Tages, daß der Sohn des Barchenthändlers Alexander Komrower, der vor drei Jahren eingerückt und zur Marine gekommen war, auf einen kurzen Urlaub heimkehrte. Kaum hatte der Korallenhändler von der Rückkehr des jungen Komrower gehört, da erschien er auch schon in dessen Hause und begann, den Matrosen nach allen Geheimnissen der Schiffe, des Wassers und der Winde auszufragen. Während alle Welt in Progrody überzeugt war, daß sich der junge Komrower lediglich infolge seiner Dummheit auf die gefährlichen Ozeane hatte verschleppen lassen, betrachtete der Korallenhändler den Matrosen als einen begnadeten Jungen, dem die Ehre und das Glück zuteil geworden waren, gewissermaßen ein Vertrauter der Korallen zu werden, ja, ein Verwandter der Korallen. Und man sah den fünfundvierzigjährigen Nissen Piczenik mit dem zweiundzwanzigjährigen Komrower Arm in Arm über den Marktplatz des Städtchens streichen, stundenlang. Was will er vom Komrower? fragten sich die Leute. Was will er eigentlich von mir? fragte sich auch der Junge.

Während des ganzen Urlaubs, den der junge Mann in Progrody verbringen durfte, wich der Korallenhändler fast nicht von seiner Seite. Sonderbar erschienen dem Jungen die Fragen des Älteren, wie zum Beispiel diese:

»Kann man mit einem Fernrohr bis auf den Grund des Meeres sehen?«

»Nein«, sagte der Matrose, »mit dem Fernrohr schaut man nur in die Weite, nicht in die Tiefe.«

»Kann man«, fragte Nissen Piczenik weiter, »wenn man Matrose ist, sich auf den Grund des Meeres fallen lassen?«

»Nein«, sagte der junge Komrower, »wenn man ertrinkt, dann sinkt man wohl auf den Grund des Meeres.«

»Der Kapitän kann's auch nicht?«

»Auch der Kapitän kann es nicht.«

»Hast du schon einen Taucher gesehen?«

»Manchmal«, sagte der Matrose.

»Steigen die Tiere und Pflanzen des Meeres manchmal an die Oberfläche?«

»Nur die Fische und die Walfische, die eigentlich keine Fische sind.«

»Beschreibe mir«, sagte Nissen Piczenik, »wie das Meer aussieht.«

»Es ist voller Wasser«, sagte der Matrose Komrower.

»Und ist es so weit wie ein großes Land, eine weite Ebene zum Beispiel, auf der kein Haus steht?«

»So weit ist es – und noch weiter!« sagte der junge Matrose. »Und es ist so, wie Sie sagen: eine weite Ebene, und hier und da sieht man ein Haus, das ist aber sehr selten, und es ist gar kein Haus, sondern ein Schiff.«

»Wo hast du die Taucher gesehen?«

»Es gibt bei uns«, sagte der Junge, »bei der Militärmarine, Taucher. Aber sie tauchen nicht, um Perlen oder Austern oder Korallen zu fischen. Es ist eine militärische Übung, zum Beispiel für den Fall, daß ein Kriegsschiff untergeht, und dann müßte man wertvolle Instrumente oder Waffen herausholen.«

»Wieviel Meere gibt es in der Welt?«

»Das kann ich Ihnen nicht sagen«, erwiderte der Matrose, »wir haben es zwar in der Instruktionsstunde gelernt, aber ich habe nicht achtgegeben. Ich kenne nur das Baltische Meer, die Ostsee, das Schwarze Meer und den großen Ozean.«

»Welches Meer ist das tiefste?«

»Weiß ich nicht.«

»Wo finden sich die meisten Korallen?«

»Weiß ich auch nicht.«

»Hm, hm«, machte der Korallenhändler Piczenik, »schade, daß du es nicht weißt.«

Am Rande des Städtchens, dort, wo die Häuschen Progrodys immer kümmerlicher wurden, bis sie schließlich ganz aufhörten, und die weite, bucklige Straße zum Bahnhof begann, stand die Schenke Podgorzews, ein schlecht beleumundetes Haus, in dem Bauern, Taglöhner, Soldaten, leichtfertige Mädchen und nichtswürdige Burschen verkehrten. Eines Tages sah man dort den Korallenhändler Piczenik mit dem Matrosen Komrower eintreten. Man reichte ihnen kräftigen, dunkelroten Met und gesalzene Erbsen. »Trink, mein Junge! Trink und iß, mein Junge!« sagte Nissen Piczenik väterlich zu dem Matrosen. Dieser trank und aß fleißig, denn so jung er auch war, so hatte er doch schon einiges in den Häfen gelernt, und nach dem Met gab man ihm einen schlechten, sauren Wein und nach dem Wein einen neunziggrädigen Schnaps. Während er den Met trank, war er so schweigsam, daß der Korallenhändler fürchtete, er würde nie mehr etwas von dem Matrosen über die Wasser hören, sein Wissen sei einfach erschöpft. Nach dem Wein aber begann der kleine Komrower, sich mit dem Wirt Podgorzew zu unterhalten, und als der Neunziggrädige kam, sang er mit lauter Stimme ein Liedchen nach dem anderen, wie ein richtiger Matrose. »Bist du aus unserem lieben Städtchen?« fragte der Wirt. »Gewiß, ein Kind eures Städtchens – meines – unseres lieben Städtchens«, sagte der Matrose, ganz so, als wäre er nicht der Sohn des behäbigen Juden Komrower, sondern ein ganzer Bauernjunge. Ein paar Tagediebe und Landstreicher setzten sich an den Tisch neben Nissen Piczenik und den Matrosen, und als der Junge das Publikum sah, fühlte er sich von einer fremdartigen Würde erfüllt, so einer Würde, von der er gedacht hatte, nur Seeoffiziere könnten sie besitzen. Und er munterte die Leute auf: »Fragt, Kinderchen, fragt nur! Auf alles kann ich euch antworten. Seht, diesem lieben Onkel hier, ihr kennt ihn wohl, er ist der beste Korallenhändler im ganzen Gouvernement, ihm habe ich schon vieles erzählt!« Nissen Piczenik nickte. Und da es ihm nicht behaglich in dieser fremdartigen Gesellschaft war, trank er einen Met und noch einen. Allmählich kamen ihm all die verdächtigen Gesichter, die er immer nur durch eine Türluke gesehen hatte, ebenfalls menschlich vor wie sein eigenes. Da aber die Vorsicht und das Mißtrauen tief in seiner Brust eingewurzelt waren, ging er in den Hof hinaus und barg das Säckchen mit dem Silbergeld in der Mütze. Nur einige Münzen behielt er lose in der Tasche. Befriedigt von seinem Einfall und von dem beruhigenden Druck, den das Geldsäckchen unter der Mütze auf seinen Schädel ausübte, kehrte er wieder an den Tisch zurück.

Dennoch gestand er sich, daß er eigentlich selber nicht wußte, warum und wozu er hier in der Schenke mit dem Matrosen und den unheimlichen Gesellen saß. Hatte er doch sein ganzes Leben regelmäßig und unauffällig verbracht, und seine geheimnisvolle Liebe zu den Korallen und ihrer Heimat, dem Ozean, war bis zur Ankunft des Matrosen und eigentlich bis zu dieser Stunde niemandem und niemals offenbar geworden. Und es ereignete sich noch etwas, was Nissen Piczenik aufs tiefste erschreckte. Er, der keineswegs gewohnt war, in Bildern zu denken, erlebte in dieser Stunde die Vorstellung, daß seine geheime Sehnsucht nach den Wassern und allem, was auf und unter ihnen lebte und geschah, auf einmal an die Oberfläche seines eigenen Lebens gelangte, wie zuweilen ein kostbares und seltsames Tier, gewohnt und heimisch auf dem Grunde des Meeres, aus unbekanntem Grunde an die Oberfläche emporschießt. Wahrscheinlich hatten der ungewohnte Met und die durch die Erzählungen des Matrosen befruchtete Phantasie des Korallenhändlers dieses Bild in ihm geweckt. Aber er erschrak und wunderte sich darüber, daß ihm derlei verrückte Einfälle kommen konnten, noch mehr als über die Tatsache, daß er auf einmal imstande war, an einem Tisch in der Schenke mit wüsten Gesellen zu sitzen.

Diese Verwunderung und dieser Schrecken aber vollzogen sich gleichsam unter der Oberfläche seines Bewußtseins. Inzwischen hörte er sehr wohl mit eifrigem Vergnügen den märchenhaften Erzählungen des Matrosen Komrower zu. »Auf welchem Schiff dienst *du*?« fragten ihn die Tischgenossen. Er dachte eine Weile nach – sein

Schiff hieß nach einem bekannten Admiral aus dem neunzehnten Jahrhundert, aber der Name schien ihm so gewöhnlich in diesem Augenblick wie sein eigener, Komrower war entschlossen, gewaltig zu imponieren – und er sagte also: »Mein Kreuzer heißt ›Mütterchen Katharina‹. Und wißt ihr, wer das war? Ihr wißt es natürlich nicht – und deshalb werde ich es euch erzählen. Also, Katharina war die schönste und reichste Frau von ganz Rußland, und deshalb heiratete sie der Zar eines Tages im Kreml in Moskau und führte sie sofort mit Schlitten – es war ein Frost von 40 Grad –, mit einem Sechsgespann direkt nach Zarskoje Selo. Und hinter ihnen fuhr das ganze Gefolge in Schlitten – und es waren so viele, daß die ganze Landstraße drei Tage und drei Nächte verstopft war. Eine Woche nach dieser prächtigen Hochzeit kam der gewalttätige und ungerechte König von Schweden in den Hafen von Petersburg, mit seinen lächerlichen, hölzernen Kähnen, auf denen aber viele Soldaten standen – denn zu Lande sind die Schweden sehr tapfer –, und nichts weniger wollte dieser Schwede, als ganz Rußland erobern. Die Zarin Katharina aber bestieg unverzüglich ein Schiff, eben den Kreuzer, auf dem ich diene, und beschoß eigenhändig die blödsinnigen Kähne des schwedischen Königs, daß sie untergingen. Und ihm selbst warf sie einen Rettungsgürtel zu und nahm ihn später gefangen. Sie ließ ihm die Augen herausnehmen, aß sie auf, und dadurch wurde sie noch klüger, als sie vorher gewesen war. Den König ohne Augen aber verschickte sie nach Sibirien.«

»Ei, ei«, sagte da ein Taugenichts und kratzte sich am

Hinterkopf, »ich kann dir beim besten Willen nicht alles glauben.«

»Wenn du das noch einmal sagst«, erwiderte der Matrose Komrower, »so hast du die kaiserlich-russische Marine beleidigt, und ich muß dich mit meiner Waffe erschlagen. So wisse denn, daß ich diese ganze Geschichte gelernt habe in unserer Instruktionsstunde, und Seine Hochwohlgeboren, unser Kapitän Woroschenko selbst, hat sie uns erzählt.«

Man trank noch Met und mehrere Schnäpse, und der Korallenhändler Nissen Piczenik bezahlte. Auch er hatte einiges getrunken, wenn auch nicht soviel wie die anderen. Aber als er auf die Straße trat, Arm in Arm mit dem jungen Matrosen Komrower, schien es ihm, daß die Straßenmitte ein Fluß sei, die Wellen gingen auf und nieder, die spärlichen Petroleumlaternen waren Leuchttürme, und er mußte sich hart an den Rand halten, um nicht ins Wasser zu fallen. Der Junge schwankte fürchterlich. Ein Leben lang, fast seit seiner Kindheit, hatte Nissen Piczenik jeden Abend die vorgeschriebenen Abendgebete gesagt, das eine, das bei der Dämmerung zu beten ist, das andere, das den Einbruch der Dunkelheit begrüßt. Heute hatte er zum erstenmal beide versäumt. Vom Himmel glitzerten ihm die Sterne vorwurfsvoll entgegen, er wagte nicht, seinen Blick zu heben. Zu Hause erwartete ihn die Frau und das übliche Nachtmahl, Rettich mit Gurken und Zwiebeln und ein Schmalzbrot, ein Glas Kwaß und heißer Tee. Er schämte sich mehr vor sich selbst als vor den andern. Es war ihm von Zeit zu Zeit, während er so dahinging, den schweren, torkelnden jungen Mann am

Arm, als begegnete er sich selbst, der Korallenhändler Nissen Piczenik dem Korallenhändler Nissen Piczenik – und einer lachte den anderen aus. Immerhin vermied er außerdem noch, andern Menschen zu begegnen. Dieses gelang ihm. Er begleitete den jungen Komrower nach Hause, führte ihn ins Zimmer, wo die alten Komrowers saßen, und sagte: »Seid nicht böse mit ihm, ich war mit ihm in der Schenke, er hat ein wenig getrunken.«

»Ihr, Nissen Piczenik, der Korallenhändler, wart mit ihm in der Schenke?« fragte der alte Komrower.

»Ja, ich!« sagte Piczenik. »Guten Abend!« Und er ging nach Hause. Noch saßen alle seine schönen Fädlerinnen an den langen vier Tischen, singend und Korallen fischend mit ihren feinen Nadeln in den zarten Händen.

»Gib mir gleich den Tee«, sagte Nissen Piczenik zu seiner Frau, »ich muß arbeiten.«

Und er schlürfte den Tee, und während sich seine heißen Finger in die großen, noch nicht sortierten Korallenhaufen gruben und in ihrer wohltätigen, rosigen Kühle wühlten, wandelte sein armes Herz über die weiten und rauschenden Straßen der gewaltigen Ozeane.

Und es brannte und rauschte in seinem Schädel. Er nahm aber vernünftigerweise die Mütze ab, holte das Geldsäckchen heraus und barg es wieder an seiner Brust.

IV

Und es näherte sich der Tag, an dem der Matrose Komrower wieder auf seinen Kreuzer einrücken mußte, und
zwar nach Odessa – und es war dem Korallenhändler
weh und bang ums Herz. In ganz Progrody ist der junge
Komrower der einzige Seemann, und Gott weiß, wann er
wieder einen Urlaub erhalten wird. Fährt er einmal weg,
so hört man weit und breit nichts mehr von den Wassern
der Welt, es sei denn, es steht zufällig etwas in den Zeitungen.

Es war spät im Sommer, ein heiterer Sommer übrigens,
ohne Wolke, ohne Regen, von dem ewig sanften Wind
der wolynischen Ebene belebt und gekühlt. Zwei Wochen noch – und die Ernte begann, und die Bauern aus
den Dörfern kamen nicht mehr zu den Markttagen, Korallen bei Nissen Piczenik einzukaufen. In diesen Wochen war die Saison der Korallen. In diesen Wochen
pflegten die Kundinnen in Scharen und in Haufen zu
kommen, die Fädlerinnen konnten mit der Arbeit kaum
nachkommen, es gab nächtelang zu fädeln und zu sortieren. An den schönen Vorabenden, wenn die untergehende Sonne ihren goldenen Abschiedsgruß durch die
vergitterten Fenster Piczeniks schickte und die Korallenhaufen jeder Art und Färbung, von ihrem wehmütigen
und zugleich tröstlichen Glanz belebt, zu leuchten begannen, als trüge jedes einzelne Steinchen ein winziges
Licht in seiner feinen Höhlung, kamen die Bauern heiter
und angeheitert, um die Bäuerinnen abzuholen, die
blauen und rötlichen Taschentücher gefüllt mit Silber-

und Kupfermünzen, in schweren, genagelten Stiefeln, die auf den Steinen des Hofes knirschten. Die Bauern begrüßten Nissen Piczenik mit Umarmungen, Küssen, unter Lachen und Weinen, als fänden sie in ihm einen lang nicht mehr geschauten, langentbehrten Freund nach Jahrzehnten wieder. Sie meinten es gut mit ihm, sie liebten ihn sogar, diesen stillen, langaufgeschossenen, rothaarigen Juden mit den treuherzigen und manchmal verträumten, porzellanblauen Äuglein, in denen die Ehrlichkeit wohnte, die Redlichkeit des Handelns, die Klugheit des Fachmanns und zugleich die Torheit eines Menschen, der niemals das Städtchen Progrody verlassen hatte. Es war nicht leicht, mit den Bauern fertig zu werden. Denn obwohl sie den Korallenhändler als einen der seltenen ehrlichen Handelsleute der Gegend kannten, dachten sie doch immer daran, daß er ein Jude war. Auch machte ihnen das Feilschen einiges Vergnügen. Zuerst setzten sie sich behaglich auf die Stühle, das Kanapee, die zwei breiten hölzernen und mit hohen Polstern bedeckten Ehebetten. Manche lagerten sich auch mit den Stiefeln, an deren Rändern der silbergraue Schlamm klebte, auf die Betten, das Sofa und auch auf den Boden. Aus den weiten Taschen ihrer sackleinenen Hosen oder von den Vorräten auf dem Fensterbrett holten sie den losen Tabak, rissen die weißen Ränder alter Zeitungen ab, die im Zimmer Piczeniks herumlagen, und drehten Zigaretten – denn auch den Wohlhabenden unter ihnen schien Zigarettenpapier ein Luxus. Ein dichter blauer Rauch von billigem Tabak und grobem Papier erfüllte die Wohnung des Korallenhändlers, ein goldig durchsonnter, blauer Rauch, der in kleinen Wölkchen durch die Quadrate der vergitterten und geöffneten Fenster langsam in die Straße zog. In zwei kupfernen Samowaren – auch in ihnen spiegelte sich die untergehende Sonne – kochte heißes Wasser auf einem der Tische in der Mitte des Zimmers, und nicht weniger als fünfzig billige Gläser aus grünlichem Glas mit doppeltem Boden gingen reihum von Hand zu Hand, gefüllt mit dampfendem braungoldenem Tee und mit Schnaps. Längst, am Vormittag noch, hatten die Bäuerinnen stundenlang den Preis der Korallenketten ausgehandelt. Nun erschien der Schmuck ihren Männern noch zu teuer, und aufs neue begann das Feilschen. Es war ein *forgery* hartnäckiger Kampf, den der magere Jude allein gegen eine gewaltige Mehrzahl geiziger und mißtrauischer, kräftiger und manchmal gefährlich betrunkener Männer auszufechten hatte. Unter dem seidenen schwarzen Käppchen, das Nissen Piczenik im Hause zu tragen pflegte, rann der Schweiß die spärlich bewachsenen, sommersprossigen Wangen hinunter, in den roten Ziegenbart, und die Härchen des Bartes klebten aneinander, am Abend, nach dem Gefecht, und er mußte sie mit seinem eisernen Kämmchen strählen. Schließlich siegte er doch über alle seine Kunden, trotz seiner Torheit. Denn er *folly* kannte von der ganzen großen Welt nur die Korallen und die Bauern seiner Heimat – und er wußte, wie man jene fädelt und sortiert und wie man diese überzeugt. Den ganz und gar Hartnäckigen schenkte er eine sogenannte »Draufgabe« – das heißt: er gab ihnen, nachdem sie den von ihm zwar nicht sofort genannten, aber im stillen ersehnten Preis gezahlt hatten, noch ein winziges Korallenschnürchen mit, aus den billigen Steinen hergestellt, Kindern zugedacht, um Ärmchen und Hälschen zu tragen und unbedingt wirksam gegen den bösen Blick mißgünstiger Nachbarn und schlechtgesinnter Hexen. Dabei mußte er genau auf die Hände seiner Kunden achtgeben und die Höhe und den Umfang der Korallenhaufen immer abschätzen. Ach, es war kein leichter Kampf!

In diesem Spätsommer aber zeigte sich Nissen Piczenik zerstreut, achtlos beinahe, ohne Interesse für die Kunden und das Geschäft. Seine brave Frau, gewohnt an seine Schweigsamkeit und sein merkwürdiges Wesen seit vielen Jahren, bemerkte seine Zerstreutheit und machte ihm Vorwürfe. Hier hatte er einen Bund Korallen zu billig verkauft, dort einen kleinen Diebstahl nicht bemerkt, heute einem alten Kunden keine Draufgabe geschenkt; gestern dagegen einem neuen und gleichgültigen eine ziemlich wertvolle Kette. Niemals hatte es Streit im Hause Piczeniks gegeben. In diesen Tagen aber verließ die Ruhe den Korallenhändler, und er fühlte selbst, wie die Gleichgültigkeit, die normale Gleichgültigkeit gegen seine Frau sich jäh in Widerwillen gegen sie wandelte. Ja, er, der niemals imstande gewesen wäre, eine der vielen Mäuse, die jede Nacht in seine Fallen gingen, mit eigener Hand zu ertränken – wie alle Welt es in Progrody zu tun pflegte –, sondern die gefangenen Tierchen dem Wasserträger Saul zur endgültigen Vernichtung gegen ein Trinkgeld übergab: er, dieser friedliche Nissen Piczenik, warf an einem dieser Tage seiner Frau, da sie ihm die üblichen Vorwürfe machte, einen schweren Bund Korallen an den Kopf, schlug die Tür zu, verließ das Haus und ging an den Rand des großen Sumpfes, des entfernten Vetters der großen Ozeane.

Knapp zwei Tage vor der Abreise des Matrosen tauchte plötzlich in dem Korallenhändler der Wunsch auf, den jungen Komrower nach Odessa zu begleiten. Solch ein Wunsch kommt plötzlich, ein gewöhnlicher Blitz ist nichts dagegen, und er trifft genau den Ort, von dem er gekommen ist, nämlich das menschliche Herz. Er schlägt sozusagen in seinem eigenen Geburtsort ein. Also war auch der Wunsch Nissen Piczeniks. Und es ist kein weiter Weg von solch einem Wunsch bis zu seinem Entschluß.

Und am Morgen des Tages, an dem der junge Matrose Komrower abreisen sollte, sagte Nissen Piczenik zu seiner Frau: »Ich muß für ein paar Tage verreisen.«

Die Frau lag noch im Bett. Es war acht Uhr morgens, der Korallenhändler war eben aus dem Bethaus vom Morgengebet gekommen.

Sie setzte sich auf. Mit ihren wirren, spärlichen Haaren, ohne Perücke, gelbliche Reste des Schlafs in den Augenwinkeln, erschien sie ihm fremd und sogar feindlich. Ihr Aussehn, ihre Überraschung, ihr Schrecken schienen seinen Entschluß, den er selbst noch für einen tollkühnen gehalten hatte, vollends zu rechtfertigen.

»Ich fahre nach Odessa!« sagte er, mit aufrichtiger Gehässigkeit. »In einer Woche bin ich zurück, so Gott will!«

»Jetzt? Jetzt?« stammelte die Frau zwischen den Kissen. »Jetzt, wo die Bauern kommen?«

»Grade jetzt!« sagte der Korallenhändler. »Ich habe wichtige Geschäfte. Pack mir meine Sachen!«

Und mit einer bösen und gehässigen Wollust, die er

niemals früher gekannt hatte, sah er die Frau aus dem Bett steigen, sah ihre häßlichen Zehen, ihre fetten Beine unter dem langen Hemd, auf dem ein paar schwarze, unregelmäßige Punkte hingesprenkelt waren, Zeichen der Flöhe, und hörte er ihren altbekannten Seufzer, das gewohnte, beständige Morgenlied dieses Weibes, mit dem ihn nichts anderes verband als die ferne Erinnerung an ein paar zärtliche, nächtliche Stunden und die hergebrachte Angst vor einer Scheidung.

Im Innern Nissen Piczeniks aber jubelte gleichzeitig eine fremde und dennoch wohlvertraute Stimme: Piczenik geht zu den Korallen! Er geht zu den Korallen! In die Heimat der Korallen geht Nissen Piczenik! . . .

V

Er bestieg also mit dem Matrosen Komrower den Zug und fuhr nach Odessa. Es war eine ziemlich umständliche und lange Reise, man mußte in Kiew umsteigen. Der Korallenhändler saß zum erstenmal in seinem Leben in der Eisenbahn, aber ihm ging es nicht wie so vielen anderen, die zum erstenmal Eisenbahn fahren. Lokomotive, Signal, Glocken, Telegraphenstangen, Schienen, Schaffner und die flüchtige Landschaft hinter den Fenstern interessierten ihn nicht. Ihn beschäftigte das Wasser und der Hafen, denen er entgegenfuhr, und wenn er überhaupt etwas von den Eigenschaften und Begleiterscheinungen der Eisenbahn zur Kenntnis nahm, so tat er es lediglich im Hinblick auf die ihm noch unbekannten Eigenschaften und Begleiterscheinungen der Schiffahrt. »Gibt es bei euch auch Glocken?« fragte er den Matrosen. »Läutet man dreimal vor der Abfahrt eines Schiffes? Pfeifen und tuten die Schiffe wie die Lokomotiven? Muß das Schiff wenden, wenn es zurückfahren will, oder kann es ganz einfach rückwärts schwimmen?«

Gewiß traf man, wie es auf Reisen ja immer vorkommt, unterwegs Passagiere, die sich unterhalten wollten und mit denen man dies und jenes besprechen mußte. »Ich bin Korallenhändler«, sagte Nissen Piczenik wahrheitsgemäß, wenn man ihn nach der Art seiner Geschäfte fragte. Fragte man ihn aber weiter: »Was wollen Sie in Odessa?«, so begann er zu lügen. »Ich habe dort größere Geschäfte vor«, sagte er. »Das interessiert mich«, sagte plötzlich ein Mitreisender, der bis jetzt geschwiegen hatte. »Auch ich habe in Odessa größere Geschäfte vor, und die Ware, mit der ich handle, ist sozusagen mit Korallen verwandt, wenn auch viel feiner und teurer als Korallen!« »Teurer, das kann sein«, sagte Nissen Piczenik, »aber feiner ist sie keineswegs.« »Wetten, daß sie feiner ist?« rief der andere. »Ich sage Ihnen, es ist unmöglich. Da braucht man gar nicht zu wetten!« »Nun«, triumphierte der andere, »ich handle mit Perlen!« »Perlen sind gar nicht feiner«, sagte Piczenik. »Außerdem bringen sie Unglück.« »Ja, wenn man sie verliert«, sagte der Perlenhändler. Alle anderen begannen, diesem sonderbaren Streit aufmerksam zuzuhören. Schließlich öffnete der Perlenhändler seine Hose und zog ein Säckchen voller schimmernder, tadelloser Perlen hervor. Er schüttete einige auf seine flache Hand und zeigte sie allen Mitreisenden. »Hunderte von Austern müssen aufgemacht werden«, sagte er, »ehe man eine Perle findet. Die Taucher werden teuer bezahlt. Unter allen Kaufleuten der Welt gehören wir Perlenhändler zu den angesehensten. Ja, wir bilden sozusagen eine ganz eigene Rasse. Sehen Sie mich zum Beispiel. Ich bin Kaufmann erster Gilde, wohne in Petersburg, habe die vornehmste Kundschaft, zwei Großfürsten zum Beispiel, ihre Namen sind mein Geschäftsgeheimnis, ich bereise die halbe Welt, jedes Jahr bin ich in Paris, Brüssel, Amsterdam. Fragen Sie, wo Sie wollen, nach dem Perlenhändler Gorodotzki, Kinder werden Ihnen Auskunft geben.«

»Und ich«, sagte Nissen Piczenik, »bin niemals aus unserem Städtchen Progrody herausgekommen – und nur Bauern kaufen meine Korallen. Aber Sie werden mir alle hier zugeben, daß eine einfache Bäuerin, angetan mit ein paar Schnüren schöner, fleckenloser Korallen, mehr darstellt als eine Großfürstin. Korallen trägt übrigens hoch und nieder, sie erhöhen den Niederen, und den Höhergestellten zieren sie. Korallen kann man morgens, mittags, abends und in der Nacht, bei festlichen Bällen zum Beispiel tragen, im Sommer, im Winter, am Sonntag und an Wochentagen, bei der Arbeit und in der Ruhe, in fröhlichen Zeiten und in der Trauer. Es gibt viele Arten von Rot in der Welt, meine lieben Reisegenossen, und es steht geschrieben, daß unser jüdischer König Salomo ein ganz besonderes Rot hatte für seinen königlichen Mantel, denn die Phönizier, die ihn verehrten, hatten ihm einen ganz besonderen Wurm geschenkt, dessen Natur es war, rote Farbe als Urin auszuscheiden. Es war eine Farbe, die heutzutage nicht mehr da ist, der Purpur des Zaren ist nicht mehr dasselbe, der Wurm ist nämlich nach dem Tode Salomos ausgestorben, die ganze Art dieser Würmer. Und seht ihr, nur bei den ganz roten Korallen kommt diese Farbe noch vor. Wo aber in der Welt hat man je rote Perlen gesehn?«

Noch niemals hatte der schweigsame Korallenhändler eine so lange und so eifrige Rede vor lauter fremden Menschen gehalten. Er schob die Mütze aus der Stirn und wischte sich den Schweiß. Er lächelte die Mitreisenden der Reihe nach an, und alle zollten sie ihm den verdienten Beifall. »Recht hat er, recht!« riefen sie alle auf einmal.

Und selbst der Perlenhändler mußte gestehen, daß Nissen Piczenik in der Sache zwar nicht recht habe, aber als Redner für Korallen ganz ausgezeichnet sei.

Schließlich erreichten sie Odessa, den strahlenden Hafen, mit dem blauen Wasser und den vielen bräutlich-weißen Schiffen. Hier wartete schon der Panzerkreuzer auf den Matrosen Komrower wie ein väterliches Haus auf seinen Sohn. Auch Nissen Piczenik wollte das Schiff näher besichtigen. Und er ging mit dem Jungen bis zum Wachtposten und sagte: »Ich bin sein Onkel, ich möchte das Schiff sehn.« Er verwunderte sich selbst über seine Kühnheit. Ach ja: es war nicht mehr der alte kontinentale Nissen Piczenik, der da mit einem bewaffneten Matrosen sprach, es war nicht der Nissen Piczenik aus dem kontinentalen Progrody, sondern ein ganz neuer Mann, so etwa wie ein Mensch, dessen Inneres nach außen gestülpt worden war, ein sozusagen gewendeter Mensch, ein ozeanischer Nissen Piczenik. Ihm selbst schien es, daß er nicht aus der Eisenbahn gestiegen war, sondern geradezu aus dem Meer, aus der Tiefe des Schwarzen Meeres. So vertraut war er mit dem Wasser, wie er niemals mit seinem Geburts- und Wohnort Progrody vertraut gewesen war. Überall, wo er hinsieht, sind Schiffe und Wasser, Wasser und Schiffe. An die blütenweißen, die rabenschwarzen, die korallenroten – ja die korallenroten – Wände der Schiffe, der Boote, der Kähne, der Segeljachten, der Motorboote schlägt zärtlich das ewig plätschernde Wasser, nein, es schlägt nicht, es streichelt die Schiffe mit hunderttausend kleinen Wellchen, die wie Zungen und Hände in einem sind, Zünglein und Händchen in einem. Das Schwarze Meer ist gar nicht schwarz. In der Ferne ist es blauer als der Himmel, in der Nähe ist es grün wie eine Wiese. Tausende kleiner, hurtiger Fischchen springen, hüpfen, schlüpfen, schlängeln sich, schießen und fliegen herbei, wirft man ein Stückchen Brot ins Wasser. Wolkenlos spannt sich der blaue Himmel über den Hafen. Ihm entgegen ragen die Maste und die Schornsteine der Schiffe. »Was ist dies? – Wie heißt man jenes?« fragt unaufhörlich Nissen Piczenik. Dies heißt Mast und jenes Bug, hier sind Rettungsgürtel, Unterschiede gibt es zwischen Boot und Kahn, Segel und Dampfer, Mast und Schlot, Kreuzer und Handelsschiff, Deck und Heck, Bug und Kiel. Hundert neue Worte stürmen geradezu auf Nissen Piczeniks armen, aber heiteren Kopf ein. Er bekommt nach langem Warten (ausnahmsweise, sagt der Obermaat) die Erlaubnis, den Kreuzer zu besichtigen und seinen Neffen zu begleiten. Der Herr Schiffsleutnant selbst erscheint, um einen jüdischen Händler an Bord eines Kreuzers der kaiserlich-russischen Marine zu betrachten. Seine Hochwohlgeboren, der Schiffsleutnant, lächeln. Der sanfte Wind bläht die langen schwarzen Rockschöße des hageren roten Juden, man sieht seine abgewetzte, mehrfach geflickte, gestreifte Hose in den matten Kniestiefeln. Der Jude Nissen Piczenik vergißt sogar die Gebote seiner Religion. Vor der strahlenden weiß-goldenen Pracht des Offiziers nimmt er die schwarze Mütze ab, und seine roten, geringelten Haare flattern im Wind. »Dein Neffe ist ein braver Matrose!« sagen Seine Hochwohlgeboren, der Herr Offizier. Nissen Piczenik findet keine passende Antwort, er lächelt nur, er lacht nicht, er lächelt lautlos. Sein Mund ist offen, man sieht die großen gelblichen Pferdezähne und den rosa Gaumen, und der kupferrote Ziegenbart hängt beinahe über die Brust. Er betrachtet das Steuer, die Kanonen, er darf durch das Fernrohr blicken – und weiß Gott, die Ferne wird nahe, was noch lange nicht da ist, ist dennoch da, hinter den Gläsern. Gott hat den Menschen Augen gegeben, das ist wahr, aber was sind gewöhnliche Augen gegen Augen, die durch ein Fernglas sehn? Gott hat den Menschen Augen gegeben, aber auch den Verstand, damit sie Fernrohre erfinden und die Kraft dieser Augen verstärken! – Und die Sonne scheint auf das Verdeck, bestrahlt den Rücken Nissen Piczeniks, und dennoch ist ihm nicht heiß. Denn der ewige Wind weht über das Meer, ja, es scheint, daß aus dem Meer selbst ein Wind kommt, ein Wind aus den Tiefen des Wassers.

Schließlich kam die Stunde des Abschieds. Nissen Piczenik umarmte den jungen Komrower, verneigte sich vor dem Leutnant und hierauf vor den Matrosen und verließ den Panzerkreuzer.

Er hatte sich vorgenommen, sofort nach dem Abschied vom jungen Komrower nach Progrody zurückzufahren. Aber er blieb dennoch in Odessa. Er sah den Panzerkreuzer abfahren, die Matrosen grüßten ihn, der am Hafen stand und mit seinem blauen, rotgestreiften Taschentuch winkte. Er sah noch viele andere Schiffe abfahren, und er winkte allen fremden Passagieren zu. Denn er ging jeden Tag zum Hafen. Und jeden Tag erfuhr er etwas Neues. Er hörte zum Beispiel, was es heißt: die Anker lichten, oder: die Segel einziehn, oder: Ladung löschen, oder: Taue anziehn und so weiter.

Er sah jeden Tag viele junge Männer in Matrosenanzügen auf den Schiffen arbeiten, die Masten emporklettern, er sah die jungen Männer durch die Straßen von Odessa wandeln, Arm in Arm, eine ganze Kette von Matrosen, die die ganze Breite der Straße einnahm – und es fiel ihm schwer aufs Herz, daß er selbst keine Kinder hatte. Er wünschte sich in diesen Stunden Söhne und Enkel – und es war kein Zweifel – er hätte sie alle zur See geschickt, Matrosen wären sie geworden. Indessen lag, unfruchtbar und häßlich, seine Frau daheim in Progrody. Sie verkaufte heute an seiner Statt Korallen. Konnte sie es überhaupt? Wußte sie, was Korallen bedeuten?

Und Nissen Piczenik vergaß schnell im Hafen von Odessa die Pflichten eines gewöhnlichen Juden aus Progrody. Und er ging nicht am Morgen und nicht am Abend ins Bethaus, die vorgeschriebenen Gebete zu verrichten, sondern er betete zu Hause, sehr eilfertig und ohne echte und rechte Gedanken an Gott, und wie ein Grammophon betete er lediglich, die Zunge wiederholte mechanisch die Laute, die in sein Gehirn eingegraben waren. Hatte die Welt jemals solch einen Juden gesehn?

Zu Haus in Progrody war indessen die Saison für Korallen. Dies wußte Nissen Piczenik wohl, aber es war ja nicht mehr der alte kontinentale Nissen Piczenik, sondern der neue, der neugeborene ozeanische.

Ich habe Zeit genug, sagte er sich, nach Progrody zurückzukehren! Was hätte ich dort schon zu verlieren! Und wieviel habe ich hier noch zu gewinnen!

Und er blieb drei Wochen in Odessa, und er verlebte jeden Tag mit dem Meer, mit den Schiffen, mit den Fischchen fröhliche Stunden.

Es waren die ersten Ferien im Leben Nissen Piczeniks.

VI

Als er wieder nach Hause nach Progrody kam, bemerkte er, daß ihm nicht weniger als hundertsechzig Rubel fehlten, Reisespesen mit eingerechnet. Seiner Frau aber und allen andern, die ihn fragten, was er so lange in der Fremde getrieben habe, sagte er, daß er in Odessa »wichtige Geschäfte« abgeschlossen hätte.

In dieser Zeit begann die Ernte, und die Bauern kamen nicht mehr so häufig zu den Markttagen. Es wurde, wie alle Jahre in diesen Wochen, stiller im Hause des Korallenhändlers. Die Fädlerinnen verließen schon am Vorabend sein Haus. Und am Abend, wenn Nissen Piczenik aus dem Bethaus heimkehrte, erwartete ihn nicht mehr der helle Gesang der schönen Mädchen, sondern lediglich seine Frau, der gewohnte Teller mit Zwiebeln und Rettich und der kupferne Samowar.

Dennoch – in der Erinnerung nämlich an die Tage in Odessa, von deren geschäftlicher Fruchtlosigkeit kein anderer Mensch außer ihm selber eine Ahnung hatte – fügte sich der Korallenhändler Piczenik in die gewöhnlichen Gesetze seiner herbstlichen Tage. Schon dachte er daran, einige Monate später neuerdings wichtige Geschäfte vorzuschützen und in eine andere Hafenstadt zu reisen, zum Beispiel Petersburg.

Materielle Not hatte er nicht zu fürchten. Alles Geld, das er im Verlauf seines langjährigen Handels mit Korallen zurückgelegt hatte, lag, unaufhörlich Zinsen gebärend, bei dem Geldverleiher Pinkas Warschawsky, einem angesehenen Wucherer der Gemeinde, der unbarmherzig alle Schulden eintrieb, aber pünktlich alle Zinsen auszahlte. Körperliche Not hatte Nissen Piczenik nicht zu fürchten; und kinderlos war er und hatte also für keine Nachkommen zu sorgen. Weshalb da nicht noch nach einem der vielen Häfen reisen?

Und schon begann der Korallenhändler, seine Pläne für den nächsten Frühling zu spinnen, als sich etwas Ungewöhnliches in dem benachbarten Städtchen Sutschky ereignete.

In diesem Städtchen, das genauso klein war wie die Heimat Nissen Piczeniks, das Städtchen Progrody, eröffnete nämlich eines Tages ein Mann, den niemand in der ganzen Gegend bis jetzt gekannt hatte, einen Korallenladen. Dieser Mann hieß Jenö Lakatos und stammte, wie man bald erfuhr, aus dem fernen Lande Ungarn. Er sprach Russisch, Deutsch, Ukrainisch, Polnisch, ja, nach Bedarf und wenn es zufällig einer gewünscht hätte, so hätte Herr Lakatos auch Französisch, Englisch und Chinesisch gesprochen. Es war ein junger Mann, mit glatten, blau-schwarzen, pomadisierten Haaren – nebenbei gesagt, der einzige Mann weit und breit in der Gegend, der einen glänzenden, steifen Kragen trug, eine Krawatte und ein Spazierstöckchen mit goldenem Knauf. Dieser junge Mann war vor ein paar Wochen nach Sutschky gekommen, hatte dort Freundschaft mit dem Schlächter Nikita Kolchin geschlossen und diesen so lange behandelt, bis er sich entschloß, gemeinsam mit Lakotos einen Korallenhandel zu beginnen. Die Firma mit dem knallroten Schild lautete: N. Kolchin & Compagnie.

Im Schaufenster dieses Ladens leuchteten tadellose rote Korallen, leichter zwar an Gewicht als die Steine Nissen Piczeniks, aber dafür um so billiger. Ein ganzer großer Bund Korallen kostete einen Rubel fünfzig, Ketten gab es für zwanzig, fünfzig, achtzig Kopeken. Die Preise standen im Schaufenster des Ladens. Und damit ja niemand an diesem Laden vorbeigehe, spielte drinnen den ganzen Tag ein Phonograph heiter grölende Lieder. Man hörte sie im ganzen Städtchen und weiter – in den umliegenden Dörfern. Es gab zwar keinen großen Markt in Sutschky wie etwa in Progrody. Dennoch – und trotz der Erntezeit – kamen die Bauern zum Laden des Herrn Lakatos, die Lieder zu hören und die billigen Korallen zu kaufen.

Nachdem dieser Herr Lakatos ein paar Wochen sein

anziehendes Geschäft betrieben hatte, erschien eines Tages ein wohlhabender Bauer bei Nissen Piczenik und sagte: »Nissen Semjonowitsch, ich kann nicht glauben, daß du mich und andere seit 20 Jahren betrügst. Jetzt aber gibt es in Sutschky einen Mann, der verkauft die schönsten Korallenschnüre, fünfzig Kopeken das Stück. Meine Frau wollte schon hinfahren – aber ich habe gedacht, man müsse zuerst dich fragen, Nissen Semjonowitsch.«

»Dieser Lakatos«, sagte Nissen Piczenik, »ist gewiß ein Dieb und ein Schwindler. Anders kann ich mir seine Preise nicht erklären. Aber ich werde selbst hinfahren, wenn du mich auf deinem Wagen mitnehmen willst.«

»Gut!« sagte der Bauer. »Überzeuge dich selbst.«

Also fuhr der Korallenhändler nach Sutschky, stand eine Weile vor dem Schaufenster, hörte die grölenden Lieder aus dem Innern des Ladens, trat schließlich ein und begann, mit Herrn Lakatos zu sprechen.

»Ich bin selbst Korallenhändler«, sagte Nissen Piczenik. »Meine Waren kommen aus Hamburg, Odessa, Triest, Amsterdam. Ich begreife nicht, warum und wieso Sie so billige und schöne Korallen verkaufen können.«

»Sie sind von der alten Generation«, erwiderte Lakatos, »und, entschuldigen Sie mir den Ausdruck, ein bißchen zurückgeblieben.«

Währenddessen kam Lakatos hinter dem Ladentisch hervor – und Nissen Piczenik sah, daß er etwas hinkte. Offenbar war sein linkes Bein kürzer, denn er trug am linken Stiefel einen doppelt so hohen Absatz wie am rechten. Er duftete gewaltig und betäubend – und man wußte nicht, wo eigentlich an seinem schmächtigen Körper die Quelle all seiner Düfte untergebracht war. Blau-schwarz wie eine Nacht waren seine Haare. Und seine dunklen Augen, die man im ersten Moment für sanft hätte halten können, glühten von Sekunde zu Sekunde so stark, daß eine merkwürdige Brandröte mitten in ihrer Schwärze aufglühte. Unter dem schwarzen, gezwirbelten Schnurrbärtchen lächelten weiß und schimmernd die Mausezähnchen des Lakatos.

»Nun?« fragte der Korallenhändler Nissen Piczenik.

»Ja, nun«, sagte Lakatos, »wir sind nicht verrückt. Wir tauchen nicht auf die Gründe der Meere. Wir stellen ein-fach künstliche Korallen her. Meine Firma heißt: Gebrü-der Lowncastle, New York. In Budapest habe ich zwei Jahre mit Erfolg gearbeitet. Die Bauern merken nichts. Nicht die Bauern in Ungarn, erst recht nicht die Bauern in Rußland. Schöne, rote, tadellose Korallen wollen sie. Hier sind sie. Billig, wohlfeil, schön, schmückend. Was will man mehr? Echte Korallen können nicht so schön sein!«

»Woraus sind Ihre Korallen gemacht?« fragte Nissen Piczenik.

»Aus Zelluloid, mein Lieber, aus Zelluloid!« rief Laka-tos entzückt.

»Sagen Sie mir nur nichts gegen die Technik! Sehn Sie: in Afrika wachsen die Gummibäume, aus Gummi macht man Kautschuk und Zelluloid. Ist das Unnatur? Sind Gummibäume weniger Natur als Korallen? Ist ein Baum in Afrika weniger Natur als ein Korallenbaum auf dem Meeresgrund? – Was nun, was sagen Sie nun? – Wollen wir zusammen Geschäfte machen? – Entscheiden Sie sich! – Von heute in einem Jahr haben Sie infolge meiner Konkurrenz alle Ihre Kunden verloren – und Sie können mit allen Ihren echten Korallen wieder auf den Meeresgrund gehn, woher die schönen Steinchen kommen. Sagen Sie: ja oder nein?«

»Lassen Sie mir zwei Tage Zeit«, sagte Nissen Piczenik. Und er fuhr nach Hause.

VII

Auf diese Weise versuchte der Teufel den Korallenhändler Nissen Piczenik zum erstenmal. Der Teufel hieß Jenö Lakatos aus Budapest, und er führte die falschen Korallen im russischen Lande ein, die Korallen aus Zelluloid, die so bläulich brennen, wenn man sie anzündet, wie das Heckenfeuer, das ringsum die Hölle umsäumt.

Als Nissen Piczenik nach Hause kam, küßte er gleichgültig sein Weib auf beide Wangen, begrüßte die Fädlerinnen und begann, mit einigermaßen verwirrten, vom Teufel verwirrten Augen, seine lieben Korallen zu betrachten, die lebendigen Korallen, die lange nicht so tadellos aussahen wie die falschen Steine aus Zelluloid des Konkurrenten Jenö Lakatos. Und der Teufel gab dem redlichen Korallenhändler Nissen Piczenik den Gedanken ein, unter die echten Korallen falsche zu mischen.

Also ging er eines Tages zur Post und diktierte dem öffentlichen Schreiber einen Brief an Jenö Lakatos in Sutschky, so daß dieser ihm ein paar Tage später nicht weniger als zwanzig Pud falscher Korallen schickte. Nun, man weiß, daß Zelluloid ein leichtes Material ist, und zwanzig Pud falscher Korallen ergeben eine Menge von Schnüren und Bünden. Nissen Piczenik, vom Teufel verführt und geblendet, mischte die falschen Korallen unter die echten, dermaßen einen Verrat übend an sich selbst und an den echten Korallen.

Ringsum im Lande hatte die Ernte bereits begonnen, und es kamen fast keine Bauern mehr, Korallen einzukaufen. Aber an den seltenen, die hie und da erschienen, verdiente Nissen Piczenik jetzt mehr, dank den falschen Korallen, als er vorher an den zahlreichen Kunden verdient hatte. Er mischte Echtes mit Falschem – und das war noch schlimmer, als wenn er lauter Falsches verkauft hätte. Denn also geht es den Menschen, die vom Teufel verführt werden: an allem Teuflischen übertreffen sie noch sogar den Teufel. Auf diese Weise übertraf Nissen Piczenik den Jenö Lakatos aus Budapest. Und alles, was Nissen Piczenik verdiente, trug er gewissenhaft zu Pinkas Warschawsky. Und so sehr hatte der Teufel den Korallenhändler verführt, daß er eine wahre Wollust bei dem Gedanken empfand, daß sein Geld sich vermehre und Zinsen trage.

Da starb plötzlich an einem dieser Tage der Wucherer Pinkas Warschawsky, und Nissen Piczenik erschrak und ging sofort zu den Erben des Wucherers und verlangte sein Geld mit Zinsen. Er bekam es auch auf der Stelle, nicht weniger als fünftausendvierhundertundfünfzig Rubel und sechzig Kopeken. Von diesem Geld bezahlte er seine Schulden an Lakatos, und er forderte noch einmal zwanzig Pud falscher Korallen an.

Eines Tages kam der reiche Hopfenbauer zu Nissen Piczenik und verlangte eine Kette aus Korallen für eines seiner Enkelkinder, gegen den bösen Blick.

Der Korallenhändler fädelte ein Kettchen aus lauter falschen, aus Zelluloid-Korallen zusammen, und er sagte noch: »Dies sind die schönsten Korallen, die ich habe.«

Der Bauer bezahlte den Preis, der für echte Korallen angebracht war, und fuhr in sein Dorf.

Sein Enkelkind starb eine Woche, nachdem man ihm die falschen Korallen um das Hälschen gelegt hatte, einen schrecklichen Erstickungstod, an Diphtherie. Und in dem Dorfe Solowetzk, wo der reiche Hopfenbauer wohnte (aber auch in den umliegenden Dörfern), verbreitete sich die Kunde, daß die Korallen Nissen Piczeniks aus Progrody Unglück und Krankheit brächten – und nicht nur jenen, die bei ihm eingekauft hatten. Denn die Diphtherie begann in den benachbarten Dörfern zu wüten, sie raffte viele Kinder hinweg, und es verbreitete sich das Gerücht, daß die Korallen Nissen Piczeniks Krankheit und Untergang bringen.

Infolgedessen kamen den Winter über keine Kunden mehr zu Nissen Piczenik. Es war ein harter Winter. Er hatte im November eingesetzt, er dauerte bis zum späten März. Jeder Tag brachte einen unerbittlichen Frost, der Schnee fiel selten, selbst die Raben schienen zu frieren, wie sie so auf den kahlen Ästen der Kastanienbäume hockten. Sehr still war es im Hause Nissen Piczeniks. Er entließ eine Fädlerin nach der anderen. An den Markttagen begegnete er zuweilen dem und jenem seiner alten Kunden. Aber sie grüßten ihn nicht.

Ja, die Bauern, die ihn im Sommer geküßt hatten, taten so, als kennten sie den Korallenhändler nicht mehr.

Es gab Fröste bis zu vierzig Grad. Das Wasser in den Kannen der Wasserträger gefror auf dem Wege vom Brunnen zum Hause. Eine dicke Eisschicht bedeckte die Fensterscheiben Nissen Piczeniks, so daß er nicht mehr sah, was auf der Straße vorging. Große und schwere Eiszapfen hingen an den Stäben der Eisengitter und verdichteten die Fenster noch mehr. Und da kein Kunde mehr zu Nissen Piczenik kam, gab er daran nicht etwa den falschen Korallen die Schuld, sondern dem strengen Winter. Indessen war der Laden des Herrn Lakatos in Sutschky immer überfüllt. Und bei ihm kauften die Bauern die tadellosen und billigen Korallen aus Zelluloid und nicht die echten bei Nissen Piczenik.

Vereist und glatt wie Spiegel waren die Straßen und Gassen des Städtchens Progrody. Alle Einwohner tasteten ihre Wege entlang mit eisenbeschlagenen Stöcken. Dennoch stürzten so manche und brachen Hals und Bein.

Eines Abends stürzte auch die Frau Nissen Piczeniks. Sie blieb lange bewußtlos liegen, ehe sie mitleidige Nachbarn aufhoben und ins Haus trugen.

Sie begann bald, sich heftig zu erbrechen, der Feldscher von Progrody sagte, es sei eine Gehirnerschütterung.

Man brachte die Frau ins Spital, und der Doktor bestätigte die Diagnose des Feldschers.

Der Korallenhändler ging jeden Morgen ins Krankenhaus. Er setzte sich an das Bett seiner Frau, hörte eine halbe Stunde ihre wirren Reden, sah in ihre fiebrigen Augen, auf ihr spärliches Kopfhaar, erinnerte sich an die paar zärtlichen Stunden, die er ihr geschenkt hatte, roch den scharfen Duft von Kampfer und Jodoform und kehrte wieder heim und stellte sich selbst an den Herd und kochte Borschtsch und Kascha und schnitt sich selbst das Brot und schabte sich selbst den Rettich und kochte sich selbst den Tee und heizte selbst den Ofen. Dann schüttete er auf einen seiner vier Tische alle Korallen aus den vielen Säckchen und begann, sie zu sortieren. Die Zelluloidkorallen des Herrn Lakatos lagen gesondert im Schrank. Die echten Korallen erschienen Nissen Piczenik längst nicht mehr wie lebendige Tiere. Seitdem dieser Lakatos in die Gegend gekommen war und er selbst, der Korallenhändler Piczenik, die leichten Dinger aus Zelluloid unter die schweren und echten Steine zu mischen begonnen hatte, waren die Korallen, die in seinem Hause lagerten, erstorben. Jetzt machte man Korallen aus Zelluloid! Aus einem toten Material machte man Korallen, die aussahen wie lebendig und noch schöner und vollkommener waren als echte und lebendige! Was war, damit verglichen, die Gehirnerschütterung der Frau?

Acht Tage später starb sie, infolge der Gehirnerschütterung, gewiß! Aber nicht mit Unrecht sagte sich Nissen Piczenik, daß seine Frau nicht an der Gehirnerschütterung allein gestorben war, sondern auch, weil ihr Leben von dem Leben keines andern Menschen auf dieser Welt abhängig gewesen war. Kein Mensch hatte gewünscht, daß sie am Leben bleibe, und also war sie auch gestorben.

Nun war der Korallenhändler Nissen Piczenik Witwer. Er betrauerte die Frau in vorgeschriebener Weise. Er kaufte ihr einen der dauerhaftesten Grabsteine und ließ ehrende Worte in diesen einmeißeln. Und er sprach morgens und abends das Totengebet für sie. Aber er vermißte sie keineswegs. Essen und Tee bereiten konnte er selber. Einsam fühlte er sich nicht, sobald er mit den Korallen allein war. Und ihn bekümmerte lediglich die Tatsache, daß er sie verraten hatte, an die falschen Schwestern, die Korallen aus Zelluloid, und sich selbst an den Händler Lakatos.

Er sehnte sich nach dem Frühling. Und als er endlich kam, erkannte Nissen Piczenik, daß er sich umsonst nach ihm gesehnt hatte. Sonst pflegten, jedes Jahr, noch vor Ostern, wenn die Eiszapfen um die Mittagsstunde zu schmelzen begannen, die Kunden in knarrenden Wägelchen oder in klingenden Schlitten zu kommen. Für Ostern brauchten sie Korallen. Nun aber war der Frühling da, immer wärmer brütete die Sonne, jeden Tag wurden die Eiszapfen an den Dächern kürzer und die schmelzenden Schneehaufen am Straßenrand kleiner – und keine Kunden kamen zu Nissen Piczenik. In seinem Schrank aus Eichenholz, in seinem fahrbaren Koffer, der, mächtig und mit eisernen Gurten versehen, neben dem Ofen auf seinen vier Rädern stand, lagen die edelsten Korallen in Haufen, Bünden und Schnüren. Aber kein Kunde kam. Es wurde immer wärmer, der Schnee verschwand, der linde Regen regnete, die Veilchen in den Wäldern sprossen, und in den Sümpfen quakten die Frösche: aber kein Kunde kam.

Um diese Zeit bemerkte man auch zum erstenmal in Progrody eine gewisse merkwürdige Veränderung im

Wesen und Charakter Nissen Piczeniks. Ja, zum erstenmal begannen die Einwohner von Progrody zu vermuten, daß der Korallenhändler ein Sonderbarer sei, ein Sonderling sogar – und manche verloren den hergebrachten Respekt vor ihm, und manche lachten ihn sogar öffentlich aus. Viele gute Leute von Progrody sagten nicht mehr: »Hier geht der Korallenhändler vorbei«, sondern sie sagten einfach: »Nissen Piczenik geht eben vorbei – er war ein großer Korallenhändler.«

Er selbst war daran schuld. Denn er benahm sich keineswegs so, wie es die Gesetze und die Würde der Trauer einem Witwer vorschreiben. Hatte man ihm noch seine sonderbare Freundschaft für den Matrosen Komrower nachgesehen und den Besuch in der berüchtigten Schenke Podgorzews, so konnte man doch nicht, ohne weiterhin schwersten Verdacht gegen ihn zu schöpfen, seine Besuche in jener Schenke zur Kenntnis nehmen. Denn jeden Tag beinahe seit dem Tode seiner Frau ging Nissen Piczenik in die Schenke Podgorzews. Er begann, Met mit Leidenschaft zu trinken. Und da ihm mit der Zeit der Met zu süß erschien, ließ er sich noch einen Wodka beimischen. Manchmal setzte sich eines der leichtfertigen Mädchen neben ihn. Und er, der nie in seinem Leben eine andere Frau gekannt hatte als seine nunmehr tote Ehefrau, er, der niemals eine andere Lust gekannt hatte als die, seine wirklichen Frauen, nämlich die Korallen, zu liebkosen, zu sortieren und zu fädeln, er fühlte sich manchmal in der wüsten Schenke Podgorzews anheimgefallen dem billigen weißen Fleisch der Weiber, seinem eigenen Blut, das der Würde seiner bürgerlichen und geachteten Existenz spottete, und der großartigen, heißen Vergessenheit, die die Leiber der Mädchen ausströmten. Und er trank, und er liebkoste die Mädchen, die neben ihm saßen, zuweilen sich auf seinen Schoß setzten. Wollust empfand er, die gleiche Wollust wie etwa beim Spiel mit seinen Korallen. Und mit seinen starken, rotbehaarten Fingern tastete er, weniger geschickt, sogar lächerlich unbeholfen, nach den Brustwarzen der Mädchen, die so rot waren wie manche Korallen. Und er verfiel – wie man zu sagen pflegt – schnell, immer schneller, von Tag zu Tag beinahe. Er fühlte es selbst. Sein Gesicht wurde magerer, sein hagerer Rücken krümmte sich, Rock und Stiefel putzte er nicht mehr, den Bart strählte er nicht mehr. Mechanisch verrichtete er jeden Morgen und Abend seine Gebete. Er fühlte es selbst: Er war nicht mehr der Korallenhändler schlechthin, er war Nissen Piczenik, einst ein großer Korallenhändler.

Er spürte, daß er noch ein Jahr, noch ein halbes Jahr später, zum Gespött des Städtchens werden müßte – und was ging es ihn eigentlich an? Nicht Progrody, der Ozean war seine Heimat.

Also faßte er eines Tages den tödlichen Entschluß seines Lebens.

Vorher aber machte er sich eines Tages nach Sutschky auf – und siehe da: Im Laden des Jenö Lakatos aus Budapest sah er alle seine alten Kunden, und sie lauschten den grölenden Liedern des Phonographen andächtig, und sie kauften Zelluloidkorallen, zu fünfzig Kopeken die Kette.

»Nun, was habe ich Ihnen vor einem Jahr gesagt?« rief Lakatos Nissen Piczenik zu. »Wollen Sie noch zehn Pud, zwanzig, dreißig?«

Nissen Piczenik sagte: »Ich will keine falschen Korallen mehr. Ich, was mich betrifft, *ich* handle nur mit echten.«

VIII

Und er fuhr heim nach Progrody und ging in aller Stille und Heimlichkeit zu Benjamin Broczyner, der ein Reisebureau unterhielt und mit Schiffskarten für Auswanderer handelte. Es waren vor allem Deserteure und ganz arme Juden, die nach Kanada und Amerika auswandern mußten und von denen Broczyner lebte. Er verwaltete in Progrody die Vertretung einer Hamburger Schiffahrtsgesellschaft.

»Ich will nach Kanada fahren!« sagte der Korallenhändler Nissen Piczenik. »Und zwar so bald wie möglich.«

»Das nächste Schiff heißt ›Phönix‹ und geht in vierzehn Tagen von Hamburg ab. Bis dahin verschaffen wir Ihnen die Papiere«, sagte Broczyner.

»Gut, gut!« erwiderte Piczenik. »Sagen Sie niemandem etwas davon.« Und er ging nach Hause und packte alle Korallen, die echten, in seinen fahrbaren Koffer.

Die Zelluloidkorallen aber legte er auf das kupferne Untergestell des Samowars, zündete sie an und sah zu, wie sie bläulich und stinkend verbrannten. Es dauerte lange, mehr als fünfzehn Pud falscher Korallen waren es. Es gab dann einen gewaltigen Haufen schwarzgrauer, geringelter Asche. Und um die Petroleumlampe in der

Mitte des Zimmers schlängelte und ringelte sich der grau-blaue Rauch des Zelluloids.

Dies war der Abschied Nissen Piczeniks von seiner Heimat.

Am 21. April bestieg er in Hamburg den Dampfer »Phönix« als ein Zwischendeckpassagier.

Vier Tage war das Schiff unterwegs, als die Katastrophe kam: Vielleicht erinnern sich noch manche daran.

Mehr als zweihundert Passagiere gingen mit der »Phönix« unter. Sie ertranken natürlich.

Was aber Nissen Piczenik betrifft, der ebenfalls damals unterging, so kann man nicht sagen, er sei einfach ertrunken wie die anderen. Er war vielmehr – dies kann man mit gutem Gewissen erzählen – zu den Korallen heimgekehrt, auf den Grund des Ozeans, wo der gewaltige Leviathan sich ringelt.

Und wollen wir dem Bericht eines Mannes glauben, der durch ein Wunder – wie man zu sagen pflegt – damals dem Tode entging, so müssen wir mitteilen, daß sich Nissen Piczenik lange noch, bevor die Rettungsboote gefüllt waren, über Bord ins Wasser stürzte zu seinen Korallen, zu seinen echten Korallen.

Was mich betrifft, so glaube ich es gerne. Denn ich habe Nissen Piczenik gekannt, und ich bürge dafür, daß er zu den Korallen gehört hat und daß der Grund des Ozeans seine einzige Heimat war.

Möge er dort in Frieden ruhn neben dem Leviathan bis zur Ankunft des Messias.

Die Legende vom heiligen Trinker

Novelle
1939

I

An einem Frühlingsabend des Jahres 1934 stieg ein Herr
gesetzten Alters die steinernen Stufen hinunter, die von
einer der Brücken über die Seine zu deren Ufern führen.
Dort pflegen, wie fast aller Welt bekannt ist und was dennoch bei dieser Gelegenheit in das Gedächtnis der Menschen zurückgerufen zu werden verdient, die Obdachlosen von Paris zu schlafen, oder besser gesagt: zu lagern.

Einer dieser Obdachlosen nun kam dem Herrn gesetzten Alters, der übrigens wohlgekleidet war und den Eindruck eines Reisenden machte, der die Sehenswürdigkei-
ten fremder Städte in Augenschein zu nehmen gesonnen
war, von ungefähr entgegen. Dieser Obdachlose sah zwar
genauso verwahrlost und erbarmungswürdig aus wie alle
die anderen, mit denen er sein Leben teilte, aber er schien
dem wohlgekleideten Herrn gesetzten Alters einer besonderen Aufmerksamkeit würdig; warum, wissen wir
nicht.

Es war, wie gesagt, bereits Abend, und unter den
Brücken an den Ufern des Flusses dunkelte es stärker als
oben auf dem Kai und auf den Brücken. Der obdachlose
und sichtlich verwahrloste Mann schwankte ein wenig.

Er schien den älteren, wohlangezogenen Herrn nicht zu bemerken. Dieser aber, der gar nicht schwankte, sondern sicher und geradewegs seine Schritte dahinlenkte, hatte schon offenbar von weitem den Schwankenden bemerkt. Der Herr gesetzten Alters vertrat geradezu dem verwahrlosten Mann den Weg. Beide blieben sie einander gegenüber stehen.

»Wohin gehen Sie, Bruder?« fragte der ältere, wohlgekleidete Herr.

Der andere sah ihn einen Augenblick an, dann sagte er: »Ich wüßte nicht, daß ich einen Bruder hätte, und ich weiß nicht, wo mich der Weg hinführt.«

»Ich werde versuchen, Ihnen den Weg zu zeigen«, sagte der Herr. »Aber Sie sollen mir nicht böse sein, wenn ich Sie um einen ungewöhnlichen Gefallen bitte.«

»Ich bin zu jedem Dienst bereit«, antwortete der Verwahrloste.

»Ich sehe zwar, daß Sie manche Fehler machen. Aber Gott schickt Sie mir in den Weg. Gewiß brauchen Sie Geld, nehmen Sie mir diesen Satz nicht übel! Ich habe zuviel. Wollen Sie mir aufrichtig sagen, wieviel Sie brauchen? Wenigstens für den Augenblick?«

Der andere dachte ein paar Sekunden nach, dann sagte er: »Zwanzig Francs.«

»Das ist gewiß zu wenig«, erwiderte der Herr. »Sie brauchen sicherlich zweihundert.«

Der Verwahrloste trat einen Schritt zurück, und es sah aus, als ob er fallen sollte, aber er blieb dennoch aufrecht, wenn auch schwankend. Dann sagte er: »Gewiß sind mir zweihundert Francs lieber als zwanzig, aber ich bin ein

Mann von Ehre. Sie scheinen mich zu verkennen. Ich kann das Geld, das Sie mir anbieten, nicht annehmen, und zwar aus folgenden Gründen: erstens, weil ich nicht die Freude habe, Sie zu kennen; zweitens, weil ich nicht weiß, wie und wann ich es Ihnen zurückgeben könnte; drittens, weil Sie auch nicht die Möglichkeit haben, mich zu mahnen. Denn ich habe keine Adresse. Ich wohne fast jeden Tag unter einer anderen Brücke dieses Flusses. Dennoch bin ich, wie ich schon einmal betont habe, ein Mann von Ehre, wenn auch ohne Adresse.«

»Auch ich habe keine Adresse«, antwortete der Herr gesetzten Alters, »auch ich wohne jeden Tag unter einer anderen Brücke, und ich bitte Sie dennoch, die zweihundert Francs – eine lächerliche Summe übrigens für einen Mann wie Sie – freundlich anzunehmen. Was nun die Rückzahlung betrifft, so muß ich weiter ausholen, um Ihnen erklärlich zu machen, weshalb ich Ihnen etwa keine Bank angeben kann, wo Sie das Geld zurückgeben könnten. Ich bin nämlich ein Christ geworden, weil ich die Geschichte der kleinen heiligen Therese von Lisieux gelesen habe. Und nun verehre ich insbesondere jene kleine Statue der Heiligen, die sich in der Kapelle Ste Marie des Batignolles befindet und die Sie leicht sehen werden. Sobald Sie also die armseligen zweihundert Francs haben und Ihr Gewissen Sie zwingt, diese lächerliche Summe nicht schuldig zu bleiben, gehen Sie bitte in die Ste Marie des Batignolles, und hinterlegen Sie dort zu Händen des Priesters, der die Messe gerade gelesen hat, dieses Geld. Wenn Sie es überhaupt jemandem schulden, so ist es die kleine heilige Therese. Aber vergessen Sie nicht: in der Ste Marie des Batignolles.«

»Ich sehe«, sagte da der Verwahrloste, »daß sie mich und meine Ehrenhaftigkeit vollkommen begriffen haben. Ich gebe Ihnen mein Wort, daß ich mein Wort halten werde. Aber ich kann nur sonntags in die Messe gehen.«

»Bitte, sonntags«, sagte der ältere Herr. Er zog zweihundert Francs aus der Brieftasche, gab sie dem Schwankenden und sagte: »Ich danke Ihnen!«

»Es war mir ein Vergnügen«, antwortete dieser und verschwand alsbald in der tiefen Dunkelheit.

Denn es war inzwischen unten finster geworden, indes oben, auf den Brücken und an den Kais, sich die silbernen Laternen entzündeten, um die fröhliche Nacht von Paris zu verkünden.

II

Auch der wohlgekleidete Herr verschwand in der Finsternis. Ihm war in der Tat das Wunder der Bekehrung zuteil geworden. Und er hatte beschlossen, das Leben der Ärmsten zu führen. Und er wohnte deshalb unter der Brücke.

Aber was den anderen betrifft, so war er ein Trinker, geradezu ein Säufer. Er hieß Andreas. Und er lebte von Zufällen, wie viele Trinker. Lange war es her, daß er zweihundert Francs besessen hatte. Und vielleicht deshalb, weil es so lange her war, zog er beim kümmerlichen

Schein einer der seltenen Laternen unter einer der Brücken ein Stückchen Papier hervor und den Stumpf von einem Bleistift und schrieb sich die Adresse der kleinen heiligen Therese auf und die Summe von zweihundert Francs, die er ihr von dieser Stunde an schuldete. Er ging eine der Treppen hinauf, die von den Ufern der Seine zu den Kais hinaufführen. Dort, das wußte er, gab es ein Restaurant. Und er trat ein, und er aß und trank reichlich, und er gab viel Geld aus, und er nahm noch eine ganze Flasche mit, für die Nacht, die er unter der Brücke zu verbringen gedachte, wie gewöhnlich. Ja, er klaubte sich sogar noch eine Zeitung aus einem Papierkorb auf. Aber nicht, um in ihr zu lesen, sondern um sich mit ihr zuzudecken. Denn Zeitungen halten warm, das wissen alle Obdachlosen.

III

Am nächsten Morgen stand Andreas früher auf, als er gewohnt war, denn er hatte ungewöhnlich gut geschlafen. Er erinnerte sich nach langer Überlegung, daß er gestern ein Wunder erlebt hatte, ein Wunder. Und da er in dieser letzten warmen Nacht, zugedeckt von der Zeitung, besonders gut geschlafen zu haben glaubte, wie seit langem nicht, beschloß er auch, sich zu waschen, was er seit vielen Monaten, nämlich in der kälteren Jahreszeit, nicht getan hatte. Bevor er aber seine Kleider ablegte, griff er noch einmal in die innere linke Rocktasche, wo, seiner Erinnerung nach, der greifbare Rest des Wunders sich befinden mußte.

Nun suchte er eine besonders abgelegene Stelle an der Böschung der Seine, um sich zumindest Gesicht und Hals zu waschen. Da es ihm aber schien, daß überall Menschen, armselige Menschen seiner Art eben (verkommen, wie er sie auf einmal selbst im stillen nannte), seiner Waschung zusehen könnten, verzichtete er schließlich auf sein Vorhaben und begnügte sich damit, nur die Hände ins Wasser zu tauchen. Hierauf zog er sich den Rock wieder an, griff noch einmal nach dem Schein in der linken inneren Tasche und kam sich vollständig gesäubert und geradezu verwandelt vor.

Er ging in den Tag hinein, in einen seiner Tage, die er seit undenklichen Zeiten zu vertun gewohnt war, entschlossen, sich auch heute in die gewohnte Rue des Quatre Vents zu begeben, wo sich das russisch-armenische Restaurant Tari-Bari befand und wo er das kärgliche Geld, das ihm der tägliche Zufall beschied, in billigen Getränken anlegte.

Allein an dem ersten Zeitungskiosk, an dem er vorbeikam, blieb er stehen, angezogen von den Illustrationen mancher Wochenschriften, aber auch plötzlich von der Neugier erfaßt, zu wissen, welcher Tag heute sei, welches Datum und welchen Namen dieser Tag trage. Er kaufte also eine Zeitung und sah, daß es ein Donnerstag war, und erinnerte sich plötzlich, daß er an einem Donnerstag geboren worden war, und ohne nach dem Datum zu sehen, beschloß er, *diesen* Donnerstag gerade für seinen Geburtstag zu halten. Und da er schon von einer kindlichen Feiertagsfreude ergriffen war, zögerte er auch nicht mehr einen Augenblick, sich guten, ja edlen Vorsätzen hinzugeben und nicht in das Tari-Bari einzutreten, sondern, die Zeitung in der Hand, in eine bessere Taverne, um dort einen Kaffee, allerdings mit Rum arrosiert, zu nehmen und ein Butterbrot zu essen.

Er ging also, selbstbewußt, trotz seiner zerlumpten Kleidung, in ein bürgerliches Bistro, setzte sich an einen Tisch, er, der seit so langer Zeit nur an der Theke zu stehen gewohnt war, das heißt: an ihr zu lehnen. Er setzte sich also. Und da sich seinem Sitz gegenüber ein Spiegel befand, konnte er auch nicht umhin, sein Angesicht zu betrachten, und es war ihm, als machte er jetzt aufs neue mit sich selbst Bekanntschaft. Da erschrak er allerdings. Er wußte auch zugleich, weshalb er sich in den letzten Jahren vor Spiegeln so gefürchtet hatte. Denn es war nicht gut, die eigene Verkommenheit mit eigenen Augen zu sehen. Und solange man es nicht anschauen mußte, war es beinahe so, als hätte man entweder überhaupt kein Angesicht oder noch das alte, das herstammte aus der Zeit *vor* der Verkommenheit.

Jetzt aber erschrak er, wie gesagt, insbesondere, da er seine Physiognomie mit jenen der wohlanständigen Männer verglich, die in seiner Nachbarschaft saßen. Vor acht Tagen hatte er sich rasieren lassen, schlecht und recht, wie es eben ging, von einem seiner Schicksalsgenossen, die hie und da bereit waren, einen Bruder zu rasieren, gegen ein geringes Entgelt. Jetzt aber galt es, da man beschlossen hatte, ein neues Leben zu beginnen, sich wirklich, sich endgültig rasieren zu lassen. Er beschloß, in einen richtigen Friseurladen zu gehen, bevor er noch etwas bestellte.

Gedacht, getan – und er ging in einen Friseurladen.

Als er in die Taverne zurückkam, war der Platz, den er vorher eingenommen hatte, besetzt, und er konnte sich also nur von ferne im Spiegel sehn. Aber es reichte vollkommen, damit er erkenne, daß er verändert sei, verjüngt und verschönt. Ja, es war, als ginge von seinem Angesicht ein Glanz aus, der die Zerlumptheit der Kleider unbedeutend machte und die sichtlich zerschlissene Hemdbrust – und die rot-weiß gestreifte Krawatte, geschlungen um den Kragen mit rissigem Rand.

Also setzte er sich, unser Andreas, und im Bewußtsein seiner Erneuerung bestellte er mit jener sicheren Stimme, die er dereinst besessen hatte und die ihm jetzt wieder, wie eine alte liebe Freundin, zurückgekommen schien, einen »café, arrosé rhum«. Diesen bekam er auch, und, wie er zu bemerken glaubte, mit allem gehörigen Respekt, wie er sonst von Kellnern ehrwürdigen Gästen gegenüber bezeugt wird. Dies schmeichelte unserm Andreas besonders, es erhöhte ihn auch, und es bestätigte ihm seine Annahme, daß er gerade heute Geburtstag habe.

Ein Herr, der allein in der Nähe des Obdachlosen saß, betrachtete ihn längere Zeit, wandte sich um und sagte: »Wollen Sie Geld verdienen? Sie können bei mir arbeiten. Ich übersiedle nämlich morgen. Sie könnten meiner Frau und auch den Möbelpackern helfen. Mir scheint, Sie sind kräftig genug. Sie können doch? Sie wollen doch?«

»Gewiß will ich«, antwortete Andreas.

»Und was verlangen Sie«, fragte der Herr, »für eine Arbeit von zwei Tagen? Morgen und Samstag? Denn ich habe eine ziemlich große Wohnung, müssen Sie wissen, und ich beziehe eine noch größere. Und viele Möbel habe ich auch. Und ich selbst habe in meinem Geschäft zu tun.«

»Bitte, ich bin dabei!« sagte der Obdachlose.

»Trinken Sie?« fragte der Herr.

Und er bestellte zwei Pernods, und sie stießen an, der Herr und der Andreas, und sie wurden miteinander auch über den Preis einig: Er betrug zweihundert Francs.

»Trinken wir noch einen?« fragte der Herr, nachdem er den ersten Pernod geleert hatte.

»Aber jetzt werde ich zahlen«, sagte der obdachlose Andreas. »Denn Sie kennen mich nicht: Ich bin ein Ehrenmann. Ein ehrlicher Arbeiter. Sehen Sie meine Hände!« – Und er zeigte seine Hände her. – »Es sind schmutzige, schwielige, aber ehrliche Arbeiterhände.«

»Das hab' ich gern!« sagte der Herr. Er hatte funkelnde Augen, ein rosa Kindergesicht und genau in der Mitte einen schwarzen, kleinen Schnurrbart. Es war, im ganzen genommen, ein ziemlich freundlicher Mann, und Andreas gefiel er gut.

Sie tranken also zusammen, und Andreas zahlte die zweite Runde. Und als sich der Herr mit dem Kindergesicht erhob, sah Andreas, daß er sehr dick war. Er zog seine Visitenkarte aus der Brieftasche und schrieb seine Adresse darauf. Und hierauf zog er noch einen Hundertfrancsschein aus der gleichen Brieftasche, überreichte beides dem Andreas und sagte dazu: »Damit Sie auch sicher morgen kommen! Morgen früh um acht! Vergessen Sie nicht! Und den Rest bekommen Sie! Und nach der Arbeit trinken wir wieder einen Apéritif zusammen. Auf Wiedersehn! lieber Freund!« – Dann ging der Herr, der dicke, mit dem Kindergesicht, und den Andreas verwunderte nichts mehr als dies, daß der dicke Mann die Adresse aus der gleichen Tasche gezogen hatte wie das Geld.

Nun, da er Geld besaß und noch Aussicht hatte, mehr zu verdienen, beschloß er, sich ebenfalls eine Brieftasche anzuschaffen. Zu diesem Zweck begab er sich auf die Suche nach einem Lederwarenladen. In dem ersten, der auf seinem Weg lag, stand eine junge Verkäuferin. Sie erschien ihm sehr hübsch, wie sie so hinter dem Ladentisch stand, in einem strengen schwarzen Kleid, ein weißes Lätzchen über der Brust, mit Löckchen am Kopf und einem schweren Goldreifen am rechten Handgelenk. Er nahm den Hut vor ihr ab und sagte heiter: »Ich suche eine Brieftasche.« Das Mädchen warf einen flüchtigen Blick auf seine schlechte Kleidung, aber es war nichts Böses in ihrem Blick, sondern sie hatte den Kunden nur einfach abschätzen wollen. Denn es befanden sich in ihrem Laden teure, mittelteure und ganz billige Brieftaschen. Um überflüssige Fragen zu ersparen, stieg sie sofort eine Leiter hinauf und holte eine Schachtel aus der höchsten Etagere. Dort lagerten nämlich die Brieftaschen, die manche Kunden zurückgebracht hatten, um sie gegen andere einzutauschen. Hierbei sah Andreas, daß dieses Mädchen sehr schöne Beine und sehr schlanke Halbschuhe hatte, und er erinnerte sich jener halbvergessenen Zeiten, in denen er selbst solche Waden gestreichelt, solche Füße geküßt hatte; aber der Gesichter erinnerte er sich nicht mehr, der Gesichter der Frauen; mit Ausnahme eines einzigen, nämlich jenes, für das er im Gefängnis gesessen hatte.

Indessen stieg das Mädchen von der Leiter, öffnete die Schachtel, und er wählte eine der Brieftaschen, die zuoberst lagen, ohne sie näher anzusehen. Er zahlte und setzte den Hut wieder auf und lächelte dem Mädchen zu, und das Mädchen lächelte wieder. Zerstreut steckte er die neue Brieftasche ein, aber das Geld ließ er daneben liegen. Ohne Sinn erschien ihm plötzlich die Brieftasche. Hingegen beschäftigte er sich mit der Leiter, mit den Beinen, mit den Füßen des Mädchens. Deshalb ging er in die Richtung des Montmartre, jene Stätten zu suchen, an denen er früher Lust genossen hatte. In einem steilen und engen Gäßchen fand er auch die Taverne mit den Mädchen. Er setzte sich mit mehreren an einen Tisch, bezahlte eine Runde und wählte eines von den Mädchen, und zwar jenes, das ihm am nächsten saß. Hierauf ging er zu ihr. Und obwohl es erst Nachmittag war, schlief er bis in den grauenden Morgen – und weil die Wirte gutmütig waren, ließen sie ihn schlafen.

Am nächsten Morgen, am Freitag also, ging er zu der Arbeit, zu dem dicken Herrn. Dort galt es, der Hausfrau beim Einpacken zu helfen, und obwohl die Möbelpacker bereits ihr Werk verrichteten, blieben für Andreas noch genug schwierige und weniger harte Hilfeleistungen übrig. Doch spürte er im Laufe des Tages die Kraft in seine Muskeln zurückkehren und freute sich der Arbeit. Denn bei der Arbeit war er aufgewachsen, ein Kohlenarbeiter, wie sein Vater, und noch ein wenig ein Bauer, wie sein

Großvater. Hätte ihn nur die Frau des Hauses nicht so aufgeregt, die ihm sinnlose Befehle erteilte und ihn mit einem einzigen Atemzug hierhin und dorthin beorderte, so daß er nicht wußte, wo ihm der Kopf stand. Aber sie selbst war aufgeregt, er sah es ein. Es konnte auch ihr nicht leichtfallen, so mir nichts, dir nichts zu übersiedeln, und vielleicht hatte sie auch Angst vor dem neuen Haus. Sie stand angezogen, im Mantel, mit Hut und Handschuhen, Täschchen und Regenschirm, obwohl sie doch hätte wissen müssen, daß sie noch einen Tag und eine Nacht und auch morgen noch im Haus verbleiben müsse. Von Zeit zu Zeit mußte sie sich die Lippen schminken, Andreas begriff es vortrefflich. Denn sie war eine Dame.

Andreas arbeitete den ganzen Tag. Als er fertig war, sagte die Frau des Hauses zu ihm: »Kommen Sie morgen pünktlich um sieben Uhr früh.«

Sie zog ein Beutelchen aus ihrem Täschchen, Silbermünzen lagen darin. Sie suchte lange, ergriff ein Zehnfrancsstück, ließ es aber wieder ruhen, dann entschloß sie sich, fünf Francs hervorzuziehen. »Hier ein Trinkgeld!« sagte sie. »Aber«, so fügte sie hinzu, »vertrinken Sie's nicht ganz, und seien Sie pünktlich morgen hier!«

Andreas dankte, ging, vertrank das Trinkgeld, aber nicht mehr. Er verschlief diese Nacht in einem kleinen Hotel.

Man weckte ihn um sechs Uhr morgens. Und er ging frisch an seine Arbeit.

IV

So kam er am nächsten Morgen früher noch als die Möbelpacker. Und wie am vorigen Tage stand die Frau des Hauses schon da, angekleidet, mit Hut und Handschuhen, als hätte sie sich gar nicht schlafen gelegt, und sagte zu ihm freundlich: »Ich sehe also, daß Sie gestern meiner Mahnung gefolgt sind und wirklich nicht alles Geld vertrunken haben.«

Nun machte sich Andreas an die Arbeit. Und er begleitete noch die Frau in das neue Haus, in das sie übersiedelten, und wartete, bis der freundliche, dicke Mann kam, und der bezahlte ihm den versprochenen Lohn.

»Ich lade Sie noch auf einen Trunk ein«, sagte der dicke Herr. »Kommen Sie mit.«

Aber die Frau des Hauses verhinderte es, denn sie trat dazwischen und verstellte geradezu ihrem Mann den Weg und sagte: »Wir müssen gleich essen.« Also ging Andreas allein weg, trank allein und aß allein an diesem Abend und trat noch in zwei Tavernen ein, um an den Theken zu trinken. Er trank viel, aber er betrank sich nicht und gab acht, daß er nicht zuviel Geld ausgäbe, denn er wollte morgen, eingedenk seines Versprechens, in die Kapelle Ste Marie des Batignolles gehen, um wenigstens einen Teil seiner Schuld an die kleine heilige Therese abzustatten. Allerdings trank er gerade so viel, daß er nicht mehr mit einem ganz sicheren Auge und mit dem Instinkt, den nur die Armut verleiht, das allerbilligste Hotel jener Gegend finden konnte.

Also fand er ein etwas teureres Hotel, und auch hier

zahlte er im voraus, weil er zerschlissene Kleider und
kein Gepäck hatte. Aber er machte sich gar nichts daraus
und schlief ruhig, ja, bis in den Tag hinein. Er erwachte
durch das Dröhnen der Glocken einer nahen Kirche und
wußte sofort, was heute für ein wichtiger Tag sei: ein
Sonntag; und daß er zur kleinen heiligen Therese müsse,
um ihr seine Schuld zurückzuzahlen. Flugs fuhr er nun in
die Kleider und begab sich schnellen Schrittes zu dem
Platz, wo sich die Kapelle befand. Er kam aber dennoch
nicht rechtzeitig zur Zehn-Uhr-Messe an, die Leute
strömten ihm gerade aus der Kirche entgegen. Er fragte,
wann die nächste Messe beginne, und man sagte ihm, sie
fände um zwölf Uhr statt. Er wurde ein wenig ratlos, wie
er so vor dem Eingang der Kapelle stand. Er hatte noch
eine Stunde Zeit, und diese wollte er keineswegs auf der
Straße verbringen. Er sah sich also um, wo er am besten
warten könne, und erblickte rechts schräg gegenüber der
Kapelle ein Bistro, und dorthin ging er und beschloß, die
Stunde, die ihm übrigblieb, abzuwarten.

Mit der Sicherheit eines Menschen, der Geld in seiner
Tasche weiß, bestellte er einen Pernod, und er trank ihn
auch mit der Sicherheit eines Menschen, der schon viele
in seinem Leben getrunken hatte. Er trank noch einen
zweiten und einen dritten, und er schüttete immer weniger Wasser in sein Glas nach. Und als gar der vierte kam,
wußte er nicht mehr, ob er zwei, fünf oder sechs Gläser
getrunken hatte. Auch erinnerte er sich nicht mehr, weshalb er in dieses Café und an diesen Ort geraten sei. Er
wußte lediglich noch, daß er hier einer Pflicht, einer Eh-
renpflicht, zu gehorchen hatte, und er zahlte, erhob sich,

ging, immerhin noch sicheren Schrittes, zur Tür hinaus, erblickte die Kapelle schräg links gegenüber und wußte sofort wiederum, wo, warum und wozu er sich hier befinde. Eben wollte er den ersten Schritt in die Richtung der Kapelle lenken, als er plötzlich seinen Namen rufen hörte. »Andreas!« rief eine Stimme, eine Frauenstimme. Sie kam aus verschütteten Zeiten. Er hielt inne und wandte den Kopf nach rechts, woher die Stimme gekommen war. Und er erkannte sofort das Gesicht, dessentwegen er im Gefängnis gesessen war. Es war Karoline.

Karoline! Zwar trug sie Hut und Kleider, die er nie an ihr gekannt hatte, aber es war doch ihr Gesicht, und also zögerte er nicht, ihr in die Arme zu fallen, die sie im Nu ausgebreitet hatte. »Welch eine Begegnung«, sagte sie. Und es war wahrhaftig ihre Stimme, die Stimme der Karoline.

»Bist du allein?« fragte sie.

»Ja«, sagte er, »ich bin allein.«

»Komm, wir wollen uns aussprechen«, sagte sie.

»Aber, aber«, erwiderte er, »ich bin verabredet.«

»Mit einem Frauenzimmer?« fragte sie.

»Ja«, sagte er furchtsam.

»Mit wem?«

»Mit der kleinen Therese«, antwortete er.

»Sie hat nichts zu bedeuten«, sagte Karoline.

In diesem Augenblick fuhr ein Taxi vorbei, und Karoline hielt es mit ihrem Regenschirm auf. Und schon sagte sie eine Adresse dem Chauffeur, und ehe sich es noch Andreas versehen hatte, saß er drinnen im Wagen neben Karoline, und schon rollten sie, schon rasten sie dahin, wie es Andreas schien, durch teils bekannte, teils unbekannte Straßen, weiß Gott, in welche Gefilde!

Jetzt kamen sie in eine Gegend außerhalb der Stadt; lichtgrün, vorfrühlingsgrün war die Landschaft, in der sie hielten, das heißt der Garten, hinter dessen spärlichen Bäumen sich ein verschwiegenes Restaurant verbarg.

Karoline stieg zuerst aus; mit dem Sturmesschritt, den er an ihr gewohnt war, stieg sie zuerst aus, über seine Knie hinweg. Sie zahlte, und er folgte ihr. Und sie gingen ins Restaurant und saßen nebeneinander auf einer Banquette aus grünem Plüsch, wie einst in jungen Zeiten, vor dem Kriminal. Sie bestellte das Essen, wie immer, und sie sah ihn an, und er wagte nicht, sie anzusehen.

»Wo bist du die ganze Zeit gewesen?« fragte sie.

»Überall, nirgends«, sagte er. »Ich arbeite erst seit zwei Tagen wieder. Die ganze Zeit, seitdem wir uns nicht wiedergesehen haben, habe ich getrunken, und ich habe unter den Brücken geschlafen, wie alle unsereins, und du hast wahrscheinlich ein besseres Leben geführt. – Mit Männern«, fügte er nach einiger Zeit hinzu.

»Und du?« fragte sie. »Mittendrin, wo du versoffen bist und ohne Arbeit und wo du unter den Brücken schläfst, hast du noch Zeit und Gelegenheit, eine Therese kennenzulernen. Und wenn ich nicht gekommen wäre, zufällig, wärest du wirklich zu ihr hingegangen.«

Er antwortete nicht, er schwieg, bis sie beide das Fleisch gegessen hatten und der Käse kam und das Obst. Und wie er den letzten Schluck Wein aus seinem Glase getrunken hatte, überfiel ihn aufs neue jener plötzliche Schrecken, den er vor langen Jahren, während der Zeit seines Zusammenlebens mit Karoline, so oft gefühlt hatte. Und er wollte ihr wieder einmal entfliehen, und er rief: »Kellner, zahlen!« Sie aber fuhr ihm dazwischen: »Das ist meine Sache, Kellner!« Der Kellner, es war ein gereifter Mann mit erfahrenen Augen, sagte: »Der Herr hat zuerst gerufen.« Andreas war es also auch, der zahlte. Bei dieser Gelegenheit hatte er das ganze Geld aus der linken inneren Rocktasche hervorgeholt, und nachdem er gezahlt hatte, sah er mit einigem, allerdings durch Weingenuß gemildertem Schrecken, daß er nicht mehr die ganze Summe besaß, die er der kleinen Heiligen schuldete. Aber es geschehen, sagte er sich im stillen, mir heutzutage so viele Wunder hintereinander, daß ich wohl sicherlich die nächste Woche noch das schuldige Geld aufbringen und zurückzahlen werde.

»Du bist also ein reicher Mann«, sagte Karoline auf der Straße. »Von dieser kleinen Therese läßt du dich wohl aushalten.«

Er erwiderte nichts, und also war sie dessen sicher, daß sie recht hatte. Sie verlangte, ins Kino geführt zu werden. Und er ging mit ihr ins Kino. Nach langer Zeit sah er wieder ein Filmstück. Aber es war schon so lange her, daß er eines gesehen hatte, daß er dieses kaum mehr verstand und an der Schulter der Karoline einschlief. Hierauf gingen sie in ein Tanzlokal, wo man Ziehharmonika spielte, und es war schon so lange her, seitdem er zuletzt getanzt hatte, daß er gar nicht mehr recht tanzen konnte, als er es mit Karoline versuchte. Also nahmen sie ihm andere Tänzer weg, sie war immer noch recht frisch und begehrenswert. Er saß allein am Tisch und trank wieder

Pernod, und es war ihm wie in alten Zeiten, wo Karoline auch mit anderen getanzt und er allein am Tisch getrunken hatte. Infolgedessen holte er sie auch plötzlich und gewaltsam aus den Armen eines Tänzers weg und sagte: »Wir gehen nach Hause!« Faßte sie am Nacken und ließ sie nicht mehr los, zahlte und ging mit ihr nach Hause. Sie wohnte in der Nähe.

Und so war alles wie in alten Zeiten, in den Zeiten vor dem Kriminal.

V

Sehr früh am Morgen erwachte er. Karoline schlief noch. Ein einzelner Vogel zwitscherte vor dem offenen Fenster. Eine Zeitlang blieb er mit offenen Augen liegen und nicht länger als ein paar Minuten. In diesen wenigen Minuten dachte er nach. Es kam ihm vor, daß ihm seit langer Zeit nicht so viel Merkwürdiges passiert sei wie in dieser einzigen Woche. Auf einmal wandte er sein Gesicht um und sah Karoline zu seiner Rechten. Was er gestern bei der Begegnung mit ihr nicht gesehen hatte, bemerkte er jetzt: Sie war alt geworden: blaß, aufgedunsen und schwer atmend schlief sie den Morgenschlaf alternder Frauen. Er erkannte den Wandel der Zeiten, die an ihm selbst vorbeigegangen waren. Und er erkannte auch den Wandel seiner selbst, und er beschloß, sofort aufzustehen, ohne Karoline zu wecken, und ebenso zufällig, oder besser gesagt, schicksalshaft wegzugehen, so wie sie beide, Karoline und er, gestern zusammengekommen waren. Verstohlen zog er sich an und ging davon, in einen neuen Tag hinein, in einen seiner gewohnten neuen Tage.

Das heißt, eigentlich in einen seiner ungewohnten. Denn als er in die linke Brusttasche griff, wo er das erst seit einiger Zeit erworbene oder gefundene Geld aufzuheben gewohnt war, bemerkte er, daß ihm nur noch mehr ein Schein von fünfzig Francs verblieben war und ein paar kleine Münzen dazu. Und er, der schon seit langen Jahren nicht gewußt hatte, was Geld bedeute, und auf dessen Bedeutung keineswegs mehr achtgegeben hatte, erschrak nunmehr, so wie einer zu erschrecken pflegt, der gewohnt ist, immer Geld in der Tasche zu haben, und auf einmal in die Verlegenheit gerät, sehr wenig noch in ihr zu finden. Auf einmal schien es ihm, inmitten der morgengrauen, verlassenen Gasse, daß er, der seit unzähligen Monaten Geldlose, plötzlich arm geworden sei, weil er nicht mehr so viele Scheine in der Tasche verspürte, wie er sie in den letzten Tagen besessen hatte. Und es kam ihm vor, daß die Zeit seiner Geldlosigkeit sehr, sehr weit hinter ihm zurückläge und daß er eigentlich den Betrag, welcher den ihm gebührenden Lebensstandard aufrechterhalten sollte, übermütiger sowie auch leichtfertiger Weise für Karoline ausgegeben hatte.

Er war also böse auf Karoline. Und auf einmal begann er, der niemals auf Geldbesitz Wert gelegt hatte, den Wert des Geldes zu schätzen. Auf einmal fand er, daß der Besitz eines Fünfzigfrancsscheins lächerlich sei für einen Mann von solchem Wert und daß er überhaupt, um auch nur über den Wert seiner Persönlichkeit sich selbst klarzuwerden, es unbedingt nötig habe, über sich selbst in Ruhe bei einem Glas Pernod nachzudenken.

Nun suchte er sich unter den nächstliegenden Gaststätten eine aus, die ihm am gefälligsten schien, setzte sich dorthin und bestellte einen Pernod. Während er ihn trank, erinnerte er sich daran, daß er eigentlich ohne Aufenthaltserlaubnis in Paris lebte, und er sah seine Papiere nach. Und hierauf fand er, daß er eigentlich ausgewiesen sei, denn er war als Kohlenarbeiter nach Frankreich gekommen, und er stammte aus Olschowice, aus dem polnischen Schlesien.

VI

Hierauf, während er seine halbzerfetzten Papiere vor sich auf dem Tisch ausbreitete, erinnerte er sich daran, daß er eines Tages, vor vielen Jahren, hierhergekommen war, weil man in der Zeitung kundgemacht hatte, daß man in Frankreich Kohlenarbeiter suche. Und er hatte sich sein Lebtag nach einem fernen Lande gesehnt. Und er hatte in den Gruben von Quebecque gearbeitet, und er war einquartiert gewesen bei seinen Landsleuten, dem Ehepaar Schebiec. Und er liebte die Frau, und da der Mann sie eines Tages zu Tode schlagen wollte, schlug er, Andreas, den Mann tot. Dann saß er zwei Jahre im Kriminal.

Diese Frau war eben Karoline.

Und dieses alles dachte Andreas im Betrachten seiner bereits ungültig gewordenen Papiere. Und hierauf be-

stellte er noch einen Pernod, denn er war ganz unglücklich.

Als er sich endlich erhob, verspürte er zwar eine Art
von Hunger, aber nur jenen, von dem lediglich Trinker
befallen werden können. Es ist dies nämlich eine besondere Art von Begehrlichkeit (nicht nach Nahrung), die
lediglich ein paar Augenblicke dauert und sofort gestillt
wird, sobald derjenige, der sie verspürt, sich ein bestimmtes Getränk vorstellt, das ihm in diesem bestimmten Moment zu behagen scheint.

Lange schon hatte Andreas vergessen, wie er mit Va-
tersnamen hieß. Jetzt aber, nachdem er soeben seine un-
gültigen Papiere noch einmal gesehen hatte, erinnerte er
sich daran, daß er Kartak hieße: Andreas Kartak. Und es
war ihm, als entdeckte er sich selbst erst seit langen Jahren wieder.

Immerhin grollte er einigermaßen dem Schicksal, das
ihm nicht wieder, wie das letztemal, einen dicken,
schnurrbärtigen, kindergesichtigen Mann in dieses Café-
haus geschickt hatte, der es ihm möglich gemacht hätte,
neues Geld zu verdienen. Denn an nichts gewöhnen sich
die Menschen so leicht wie an Wunder, wenn sie ihnen
ein-, zwei-, dreimal widerfahren sind. Ja! Die Natur der
Menschen ist derart, daß sie sogar böse werden, wenn
ihnen nicht unaufhörlich all jenes zuteil wird, was ihnen
ein zufälliges und vorübergehendes Geschick versprochen zu haben scheint. So sind die Menschen – und was
wollten wir anderes von Andreas erwarten? Den Rest des
Tages verbrachte er also in verschiedenen anderen Tavernen, und er gab sich bereits damit zufrieden, daß die Zeit

der Wunder, die er erlebt hatte, vorbei sei, endgültig vorbei sei, und seine alte Zeit nun wieder begonnen habe. Und zu jenem langsamen Untergang entschlossen, zu dem Trinker immer bereit sind – Nüchterne werden das nie erfahren! –, begab sich Andreas wieder an die Ufer der Seine unter die Brücken.

Er schlief dort, halb bei Tag und halb bei Nacht, so wie er es gewohnt gewesen war seit einem Jahr, hier und dort eine Flasche Schnaps ausleihend bei dem und jenem seiner Schicksalsgenossen – bis zur Nacht des Donnerstags auf Freitag.

In jener Nacht nämlich träumte ihm, daß die kleine Therese in der Gestalt eines blondgelockten Mädchens zu ihm käme und ihm sagte: »Warum bist du letzten Sonntag nicht bei mir gewesen?« Und die kleine Heilige sah genauso aus, wie er sich vor vielen Jahren seine eigene Tochter vorgestellt hatte. Und er hatte gar keine Tochter! Und im Traum sagte er zu der kleinen Therese: »Wie sprichst du zu mir? Hast du vergessen, daß ich dein Vater bin?« Die Kleine antwortete: »Verzeih, Vater, aber tu mir den Gefallen und komm übermorgen, Sonntag, zu mir in die Ste Marie des Batignolles.«

Nach dieser Nacht, in der er diesen Traum geträumt hatte, erhob er sich erfrischt und wie vor einer Woche, als ihm noch die Wunder geschehen waren, so als nähme er den Traum für ein wahres Wunder. Noch einmal wollte er sich am Flusse waschen. Aber bevor er seinen Rock zu diesem Zweck ablegte, griff er in die linke Brusttasche in der vagen Hoffnung, es könnte sich dort noch irgend etwas Geld befinden, von dem er vielleicht gar nichts gewußt hätte. Er griff in die linke innere Brusttasche seines Rockes, und seine Hand fand dort zwar keinen Geldschein, wohl aber jene lederne Brieftasche, die er vor ein paar Tagen gekauft hatte. Diese zog er hervor. Es war eine äußerst billige, bereits verbrauchte, umgetauschte, wie nicht anders zu erwarten. Spaltleder. Rindsleder. Er betrachtete sie, weil er sich nicht mehr erinnerte, daß, wo und wann er sie gekauft hatte. Wie kommt das zu mir? fragte er sich. Schließlich öffnete er das Ding und sah, daß es zwei Fächer hatte. Neugierig sah er in beide hinein, und in einem von ihnen war ein Geldschein. Und er zog ihn hervor, es war ein Tausendfrancsschein.

Hierauf steckte er die tausend Francs in die Hosentasche und ging an das Ufer der Seine, und ohne sich um seine Unheilsgenossen zu kümmern, wusch er sich Gesicht und den Hals sogar, und dies beinahe fröhlich. Hierauf zog er sich den Rock wieder an und ging in den Tag hinein, und er begann den Tag damit, daß er in ein Tabac eintrat, um Zigaretten zu kaufen.

Nun hatte er zwar Kleingeld genug, um die Zigaretten bezahlen zu können, aber er wußte nicht, bei welcher Gelegenheit er den Tausendfrancsschein, den er so wunderbarerweise in der Brieftasche gefunden hatte, wechseln könnte. Denn so viel Welterfahrung besaß er schon, daß er ahnte, es bestünde in den Augen der Welt, das heißt in den Augen der maßgebenden Welt, ein bedeutender Gegensatz zwischen seiner Kleidung, seinem Aussehen und einem Schein von tausend Francs. Immerhin beschloß er, mutig, wie er durch das erneuerte Wunder geworden war, die Banknote zu zeigen. Allerdings, den

Rest der Klugheit noch gebrauchend, der ihm verblieben war, um dem Herrn an der Kasse des Tabacs zu sagen: »Bitte, wenn Sie tausend Francs nicht wechseln können, gebe ich Ihnen auch Kleingeld. Ich möchte sie aber gerne gewechselt haben.«

Zum Erstaunen Andreas' sagte der Herr vom Tabac: »Im Gegenteil! Ich brauche einen Tausendfrancsschein, Sie kommen mir sehr gelegen.« Und der Besitzer wechselte den Tausendfrancsschein. Hierauf blieb Andreas ein wenig an der Theke stehen und trank drei Gläser Weißwein; gewissermaßen aus Dankbarkeit gegenüber dem Schicksal.

VII

Indes er so an der Theke stand, fiel ihm eine eingerahmte Zeichnung auf, die hinter dem breiten Rücken des Wirtes an der Wand hing, und diese Zeichnung erinnerte ihn an einen alten Schulkameraden aus Olschowice. Er fragte den Wirt: »Wer ist das? Den kenne ich, glaube ich.« Darauf brachen sowohl der Wirt als auch sämtliche Gäste, die an der Theke standen, in ein ungeheures Gelächter aus. Und sie riefen alle: »Wie, er kennt ihn nicht!«

Denn es war in der Tat der große Fußballspieler Kanjak, schlesischer Abkunft, allen normalen Menschen wohlbekannt. Aber woher sollten ihn Alkoholiker, die unter den Seine-Brücken schliefen, kennen, und wie, zum Beispiel, unser Andreas? Da er sich aber schämte, und insbesondere deshalb, weil er soeben einen Tausendfrancsschein gewechselt hatte, sagte Andreas: »Oh, natürlich kenne ich ihn, und es ist sogar mein Freund. Aber die Zeichnung schien mir mißraten.« Hierauf, und damit man ihn nicht weiter fragte, zahlte er schnell und ging.

Jetzt verspürte er Hunger. Er suchte also das nächste Gasthaus auf und aß und trank einen roten Wein und nach dem Käse einen Kaffee und beschloß, den Nachmittag in einem Kino zu verbringen. Er wußte nur noch nicht, in welchem. Er begab sich also im Bewußtsein dessen, daß er im Augenblick so viel Geld besäße, wie jeder der wohlhabenden Männer, die ihm auf der Straße entgegenkommen mochten, auf die großen Boulevards. Zwischen der Oper und dem Boulevard des Capucines suchte er nach einem Film, der ihm wohl gefallen möchte, und schließlich fand er einen. Das Plakat, das diesen Film ankündigte, stellte nämlich einen Mann dar, der in einem fernen Abenteuer offenbar unterzugehen gedachte. Er schlich, wie das Plakat vorgab, durch eine erbarmungslose, sonnverbrannte Wüste. In dieses Kino trat nun Andreas ein. Er sah den Film vom Mann, der durch die sonnverbrannte Wüste geht. Und schon war Andreas im Begriffe, den Helden des Films sympathisch und ihn sich selbst verwandt zu fühlen, als plötzlich das Kinostück eine unerwartet glückliche Wendung nahm und der Mann in der Wüste von einer vorbeiziehenden wissenschaftlichen Karawane gerettet und in den Schoß der europäischen Zivilisation zurückgeführt wurde. Hierauf verlor Andreas jede Sympathie für den Helden des Films. Und schon war er im Begriff, sich zu erheben, als auf der Leinwand das Bild jenes Schulkameraden erschien, dessen Zeichnung er vor einer Weile, an der Theke stehend, hinter dem Rücken des Wirtes der Taverne gesehen hatte. Es war der große Fußballspieler Kanjak. Hierauf erinnerte sich Andreas, daß er einmal, vor zwanzig Jahren, mit Kanjak zusammen in der gleichen Schulbank gesessen hatte, und er beschloß, sich morgen sofort zu erkundigen, ob sein alter Schulkollege sich in Paris aufhielte.

Denn er hatte, unser Andreas, nicht weniger als neunhundertachtzig Francs in der Tasche.

Und dies ist nicht wenig.

VIII

Bevor er aber das Kino verließ, fiel es ihm ein, daß er es gar nicht nötig hätte, bis morgen früh auf die Adresse seines Freundes und Schulkameraden zu warten; insbesondere in Anbetracht der ziemlich hohen Summe, die er in der Tasche liegen hatte.

Er war jetzt, in Anbetracht des Geldes, das ihm verblieb, so mutig geworden, daß er beschloß, sich an der Kasse nach der Adresse seines Freundes zu erkundigen, des berühmten Fußballspielers Kanjak. Er hatte gedacht, man müßte zu diesem Zweck den Direktor des Kinos persönlich fragen. Aber nein! Wer war in ganz Paris so bekannt wie der Fußballspieler Kanjak? Der Türsteher schon kannte seine Adresse. Er wohnte in einem Hotel in den Champs-Élysées. Der Türsteher sagte ihm auch den Namen des Hotels; und sofort begab sich unser Andreas auf den Weg dorthin.

Es war ein vornehmes, kleines und stilles Hotel, gerade eines jener Hotels, in denen Fußballspieler und Boxer, die Elite unserer Zeit, zu wohnen pflegen. Andreas kam sich in der Vorhalle etwas fremd vor, und auch den Angestellten des Hotels kam er etwas fremd vor. Immerhin sagten sie, der berühmte Fußballspieler Kanjak sei zu Hause und bereit, jeden Moment in die Vorhalle zu kommen.

Nach ein paar Minuten kam er auch herunter, und sie erkannten sich beide sofort. Und sie tauschten im Stehen noch alte Schulerinnerungen aus, und hierauf gingen sie zusammen essen, und es herrschte große Fröhlichkeit zwischen beiden. Sie gingen zusammen essen, und es ergab sich also infolgedessen, daß der berühmte Fußballspieler seinen verkommenen Freund folgendes fragte:

»Warum schaust du so verkommen aus, was trägst du überhaupt für Lumpen an deinem Leib?«

»Es wäre schrecklich«, antwortete Andreas, »wenn ich erzählen wollte, wie das alles gekommen ist. Und es würde auch die Freude an unserem glücklichen Zusammentreffen bedeutsam stören. Laß uns darüber lieber kein Wort verlieren. Reden wir von was Heiterem.«

»Ich habe viele Anzüge«, sagte der berühmte Fußballspieler Kanjak. »Und es wird mir eine Freude sein, dir den einen oder den anderen davon abzugeben. Du hast neben mir in der Schulbank gesessen, und du hast mich abschreiben lassen. Was bedeutet schon ein Anzug für mich! Wo soll ich ihn dir hinschicken?«

»Das kannst du nicht«, erwiderte Andreas, »und

zwar einfach deshalb, weil ich keine Adresse habe. Ich wohne nämlich seit einiger Zeit unter den Brücken an der Seine.«

»So werde ich dir also«, sagte der Fußballspieler Kanjak, »ein Zimmer mieten, einfach zu dem Zweck, dir einen Anzug schenken zu können. Komm!«

Nachdem sie gegessen hatten, gingen sie hin, und der Fußballspieler Kanjak mietete ein Zimmer, und dieses kostete fünfundzwanzig Francs pro Tag und war gelegen in der Nähe der großartigen Kirche von Paris, die unter dem Namen »Madeleine« bekannt ist.

IX

Das Zimmer war im fünften Stock gelegen, und Andreas und der Fußballspieler mußten den Lift benützen. Andreas besaß selbstverständlich kein Gepäck. Aber weder der Portier noch der Liftboy noch sonst irgendeiner von dem Personal des Hotels verwunderte sich darüber. Denn es war einfach ein Wunder, und innerhalb des Wunders gibt es nichts Verwunderliches. Als sie beide im Zimmer oben standen, sagte der Fußballspieler Kanjak zu seinem Schulbankgenossen Andreas: »Du brauchst wahrscheinlich eine Seife.«

»Unsereins«, erwiderte Andreas, »kann auch ohne Seife leben. Ich gedenke hier acht Tage ohne Seife zu wohnen, und ich werde mich trotzdem waschen. Ich möchte aber, daß wir uns zur Ehre dieses Zimmers sofort etwas zum Trinken bestellen.«

Und der Fußballspieler bestellte eine Flasche Cognac. Diese tranken sie bis zur Neige. Hierauf verließen sie das Zimmer und nahmen ein Taxi und fuhren auf den Montmartre, und zwar in jenes Café, wo die Mädchen saßen und wo Andreas erst ein paar Tage vorher gewesen war. Nachdem sie dort zwei Stunden gesessen und Erinnerungen aus der Schulzeit ausgetauscht hatten, führte der Fußballspieler Andreas nach Hause, das heißt in das Hotelzimmer, das er ihm gemietet hatte, und sagte zu ihm: »Jetzt ist es spät. Ich lasse dich allein. Ich schicke dir morgen zwei Anzüge. Und – brauchst du Geld?«

»Nein«, sagte Andreas, »ich habe neunhundertachtzig Francs, und das ist nicht wenig. Geh nach Hause!«

»Ich komme in zwei oder drei Tagen«, sagte der Freund, der Fußballspieler.

X

Das Hotelzimmer, in dem Andreas nunmehr wohnte, hatte die Nummer neunundachtzig. Sobald Andreas sich allein in diesem Zimmer befand, setzte er sich in den bequemen Lehnstuhl, der mit rosa Rips überzogen war, und begann, sich umzusehn. Er sah zuerst die rotseidene Tapete, unterbrochen von zartgoldenen Papageienköpfen, an den Wänden drei elfenbeinerne Knöpfe, rechts an der Türleiste und in der Nähe des Bettes den Nachttisch und die Lampe darüber mit dunkelgrünem Schirm und ferner eine Tür mit einem weißen Knauf, hinter der sich etwas Geheimnisvolles, jedenfalls für Andreas Geheimnisvolles, zu verbergen schien. Ferner gab es in der Nähe des Bettes ein schwarzes Telephon, dermaßen angebracht, daß auch ein im Bett Liegender das Hörrohr ganz leicht mit der rechten Hand erfassen kann.

Andreas, nachdem er lange das Zimmer betrachtet hatte und darauf bedacht gewesen war, sich auch mit ihm vertraut zu machen, wurde plötzlich neugierig. Denn die Tür mit dem weißen Knauf irritierte ihn, und trotz seiner Angst und obwohl er der Hotelzimmer ungewohnt war, erhob er sich und beschloß nachzusehen, wohin die Tür führe. Er hatte gedacht, sie sei selbstverständlich verschlossen. Aber wie groß war sein Erstaunen, als sie sich freiwillig, beinahe zuvorkommend, öffnete!

Er sah nunmehr, daß es ein Badezimmer war, mit glänzenden Kacheln und mit einer Badewanne, schimmernd und weiß, und mit einer Toilette, und kurz und gut, das, was man in seinen Kreisen eine Bedürfnisanstalt hätte nennen können.

In diesem Augenblick auch verspürte er das Bedürfnis, sich zu waschen, und er ließ heißes und kaltes Wasser aus den beiden Hähnen in die Wanne rinnen. Und wie er sich auszog, um in sie hineinzusteigen, bedauerte er auch, daß er keine Hemden habe, denn wie er sich das Hemd auszog, sah er, daß es sehr schmutzig war, und von vornherein schon hatte er Angst vor dem Augenblick, in dem er wieder aus dem Bad gestiegen und dieses Hemd anziehen müßte.

Er stieg in das Bad, er wußte wohl, daß es eine lange Zeit her war, seitdem er sich gewaschen hatte. Er badete geradezu mit Wollust, erhob sich, zog sich wieder an und wußte nun nicht mehr, was er mit sich anfangen sollte.

Mehr aus Ratlosigkeit als aus Neugier öffnete er die Tür des Zimmers, trat in den Korridor und erblickte hier eine junge Frau, die aus ihrem Zimmer gerade herauskam, wie er eben selbst. Sie war schön und jung, wie ihm schien. Ja, sie erinnerte ihn an die Verkäuferin in dem Laden, wo er die Brieftasche erstanden hatte, und ein bißchen auch an Karoline, und infolgedessen verneigte er sich leicht vor ihr und grüßte sie, und da sie ihm antwortete, mit einem Kopfnicken, faßte er sich ein Herz und sagte ihr geradewegs: »Sie sind schön.«

»Auch Sie gefallen mir«, antwortete sie, »einen Augenblick! Vielleicht sehen wir uns morgen.« – Und sie ging dahin im Dunkel des Korridors. Er aber, liebebedürftig, wie er plötzlich geworden war, sah nach der Nummer ihrer Tür, hinter der sie wohnte.

Und es war die Nummer siebenundachtzig. Diese merkte er sich in seinem Herzen.

XI

Er kehrte wieder in sein Zimmer zurück, wartete, lauschte und war schon entschlossen, nicht erst den Morgen abzuwarten, um mit dem schönen Mädchen zusammenzukommen. Denn, obwohl er durch die fast ununterbrochene Reihe der Wunder in den letzten Tagen bereits überzeugt war, daß sich die Gnade auf ihn niedergelassen hatte, glaubte er doch gerade deswegen, zu einer Art Übermut berechtigt zu sein, und er nahm an, daß er gewissermaßen aus Höflichkeit der Gnade noch zuvorkommen müßte, ohne sie im geringsten zu kränken. Wie er nun also die leisen Schritte des Mädchens von Nummer siebenundachtzig zu vernehmen glaubte, öffnete er vorsichtig die Tür seines Zimmers einen Spaltbreit und sah, daß sie es wirklich war, die in ihr Zimmer zurückkehrte. Was er aber freilich infolge seiner langjährigen Unerfahrenheit nicht bemerkte, war der nicht geringzuschätzende Umstand, daß auch das schöne Mädchen sein Spähen bemerkt hatte. Infolgedessen machte sie, wie sie es Beruf und Gewohnheit gelehrt hatten, hastig und hurtig eine scheinbare Ordnung in ihrem Zimmer und löschte die Deckenlampe aus und legte sich aufs Bett und nahm beim Schein der Nachttischlampe ein Buch in die Hand und las darin; aber es war ein Buch, das sie bereits längst gelesen hatte.

Eine Weile später klopfte es auch zage an ihrer Tür, wie sie es auch erwartet hatte, und Andreas trat ein. Er blieb an der Schwelle stehen, obwohl er bereits die Gewißheit hatte, daß er im nächsten Augenblick die Einladung bekommen würde näherzutreten. Denn das hübsche Mädchen rührte sich nicht aus ihrer Stellung, sie legte nicht einmal das Buch aus der Hand, sie fragte nur: »Und was wünschen Sie?«

Andreas, sicher geworden durch Bad, Seife, Lehnstuhl, Tapete, Papageienköpfe und Anzug, erwiderte: »Ich kann nicht bis morgen warten, Gnädige.« Das Mädchen schwieg.

Andreas trat näher an sie heran, fragte sie, was sie lese, und sagte aufrichtig: »Ich interessiere mich nicht für Bücher.«

»Ich bin nur vorübergehend hier«, sagte das Mädchen auf dem Bett, »ich bleibe nur bis Sonntag hier. Am Montag muß ich nämlich in Cannes wieder auftreten.«

»Als was?« fragte Andreas.

»Ich tanze im Kasino. Ich heiße Gabby. Haben Sie den Namen noch nie gehört?«

»Gewiß, ich kenne ihn aus den Zeitungen«, log Andreas – und er wollte hinzufügen: mit denen ich mich zudecke. Aber er vermied es.

Er setzte sich an den Rand des Bettes, und das schöne Mädchen hatte nichts dagegen. Sie legte sogar das Buch aus der Hand, und Andreas blieb bis zum Morgen in Zimmer siebenundachtzig.

XII

Am Samstagmorgen erwachte er mit dem festen Entschluß, sich von dem schönen Mädchen bis zu ihrer Abreise nicht mehr zu trennen. Ja, in ihm blühte sogar der zarte Gedanke an eine Reise mit der jungen Frau nach Cannes, denn er war, wie alle armen Menschen, geneigt, kleine Summen, die er in der Tasche hatte (und insbesondere die trinkenden armen Menschen neigen dazu), für große zu halten. Er zählte also am Morgen seine neunhundertachtzig Francs noch einmal nach. Und da sie in einer Brieftasche lagen und da diese Brieftasche in einem neuen Anzug steckte, hielt er die Summe um das Zehnfache vergrößert. Infolgedessen war er auch keineswegs erregt, als eine Stunde später, nachdem er es verlassen hatte, das schöne Mädchen bei ihm eintrat, ohne anzuklopfen, und da sie ihn fragte, wie sie beide den Samstag zu verbringen hätten, vor ihrer Abreise nach Cannes, sagte er aufs Geratewohl: »Fontainebleau.« Irgendwo, halb im Traum, hatte er es vielleicht gehört. Er wußte jedenfalls nicht mehr, warum und wieso ihm dieser Ortsname auf die Zunge gekommen war.

Sie mieteten also ein Taxi, und sie fuhren nach Fontainebleau, und dort erwies es sich, daß das schöne Mädchen ein gutes Restaurant kannte, in dem man gute Speisen speisen und guten Trank trinken konnte. Und auch den Kellner kannte sie, und sie nannte ihn beim Vornamen. Und wenn unser Andreas eifersüchtig von Natur gewesen wäre, so hätte er wohl auch böse werden können. Aber er war nicht eifersüchtig, und also wurde er auch nicht böse. Sie verbrachten eine Zeitlang beim Essen und Trinken und fuhren hierauf, noch einmal im Taxi, zurück nach Paris, und auf einmal lag der strahlende Abend von Paris vor ihnen, und sie wußten nichts mit ihm anzufangen, eben wie Menschen nicht wissen, die nicht zueinander gehören und die nur zufällig zueinander gestoßen sind. Die Nacht breitete sich vor ihnen aus wie eine allzu lichte Wüste.

Und sie wußten nicht mehr, was miteinander anzufangen, nachdem sie leichtfertigerweise das wesentliche Erlebnis vergeudet hatten, das Mann und Frau gegeben ist. Also beschlossen sie, was den Menschen unserer Zeit vorbehalten bleibt, sobald sie nicht wissen, was anzufangen, ins Kino zu gehen. Und sie saßen da, und es war keine Finsternis, nicht einmal ein Dunkel, und knapp konnte man es noch ein Halbdunkel nennen. Und sie drückten einander die Hände, das Mädchen und unser Freund Andreas. Aber sein Händedruck war gleichgültig, und er litt selber darunter. Er selbst. Hierauf, als die Pause kam, beschloß er, mit dem schönen Mädchen in die Halle zu gehen und zu trinken, und sie gingen auch beide hin, und sie tranken. Und das Kino interessierte ihn keineswegs mehr. Sie gingen in einer ziemlichen Beklommenheit ins Hotel.

Am nächsten Morgen, es war Sonntag, erwachte Andreas in dem Bewußtsein seiner Pflicht, daß er das Geld zurückzahlen müsse. Er erhob sich schneller als am letzten Tag und so schnell, daß das schöne Mädchen aus dem Schlaf aufschrak und ihn fragte: »Warum so schnell, Andreas?«

»Ich muß eine Schuld bezahlen«, sagte Andreas.

»Wie? Heute am Sonntag?« fragte das schöne Mädchen.

»Ja, heute am Sonntag«, erwiderte Andreas.

»Ist es eine Frau oder ein Mann, dem du Geld schuldig bist?«

»Eine Frau«, sagte Andreas zögernd.

»Wie heißt sie?«

»Therese.«

Daraufhin sprang das schöne Mädchen aus dem Bett, ballte die Fäuste und schlug sie auch beide Andreas ins Gesicht.

Und daraufhin floh er aus dem Zimmer, und er verließ das Hotel. Und ohne sich weiter umzusehn, ging er in die Richtung der Ste Marie des Batignolles, in dem sicheren Bewußtsein, daß er heute endlich der kleinen Therese die zweihundert Francs zurückzahlen könnte.

XIII

Nun wollte es die Vorsehung – oder wie weniger gläubige Menschen sagen würden: der Zufall –, daß Andreas wieder einmal knapp nach der Zehn-Uhr-Messe ankam. Und es war selbstverständlich, daß er in der Nähe der Kirche das Bistro erblickte, in dem er zuletzt getrunken hatte, und dort trat er auch wieder ein.

Er bestellte also zu trinken. Aber vorsichtig, wie er war und wie es alle Armen dieser Welt sind, selbst wenn sie Wunder über Wunder erlebt haben, sah er zuerst nach, ob er wirklich auch Geld genug besäße, und er zog seine Brieftasche heraus. Und da sah er, daß von seinen neunhundertachtzig Francs kaum noch mehr etwas übrig war.

Es blieben ihm nämlich nur zweihundertfünfzig. Er dachte nach und erkannte, daß ihm das schöne Mädchen im Hotel das Geld genommen hatte. Aber unser Andreas machte sich gar nichts daraus. Er sagte sich, daß er für jede Lust zu zahlen habe, und er hatte Lust genossen, und er hatte also auch zu bezahlen.

Er wollte hier abwarten, so lange, bis die Glocken läuteten, die Glocken der nahen Kapelle, um zur Messe zu gehen und um dort endlich die Schuld der kleinen Heili-

gen abzustatten. Inzwischen wollte er trinken, und er bestellte zu trinken. Er trank. Die Glocken, die zur Messe
riefen, begannen zu dröhnen, und er rief: »Zahlen, Kellner!«, zahlte, erhob sich, ging hinaus und stieß knapp vor
der Tür mit einem sehr großen breitschultrigen Mann zusammen. Den nannte er sofort: »Woitech.« Und dieser
rief zu gleicher Zeit: »Andreas!« Sie sanken einander in
die Arme, denn sie waren beide zusammen Kohlenarbeiter gewesen in Quebecque, zuammen beide in einer
Grube.

»Wenn du mich hier erwarten willst«, sagte Andreas,
»zwanzig Minuten nur, so lange, wie die Messe dauert,
nicht einen Moment länger!«

»Grad nicht«, sagte Woitech. »Seit wann gehst du
überhaupt in die Messe? Ich kann die Pfaffen nicht leiden
und noch weniger die Leute, die zu den Pfaffen gehn.«

»Aber ich gehe zur kleinen Therese«, sagte Andreas,
»ich bin ihr Geld schuldig.«

»Meinst du die kleine heilige Therese?« fragte Woitech.

»Ja, die meine ich«, erwiderte Andreas.

»Wieviel schuldest du ihr?« fragte Woitech.

»Zweihundert Francs!« sagte Andreas.

»Dann begleite ich dich!« sagte Woitech.

Die Glocken dröhnten immer noch. Sie gingen in die
Kirche, und wie sie drinnen standen und die Messe gerade begonnen hatte, sagte Woitech mit flüsternder
Stimme: »Gib mir sofort hundert Francs! Ich erinnere
mich eben, daß mich drüben einer erwartet, ich komme
sonst ins Kriminal!«

Unverzüglich gab ihm Andreas die ganzen zwei Hundertfrancsscheine die er noch besaß, und sagte: »Ich komme sofort nach.«

Und wie er nun einsah, daß er kein Geld mehr hatte, um es der Therese zurückzuzahlen, hielt er es auch für sinnlos, noch länger der Messe beizuwohnen. Nur aus Anstand wartete er noch fünf Minuten und ging dann hinüber in das Bistro, wo Woitech auf ihn wartete.

Von nun an blieben sie Kumpane, denn das versprachen sie einander gegenseitig.

Freilich hatte Woitech keinen Freund gehabt, dem er Geld schuldig gewesen wäre. Den einen Hundertfrancsschein, den ihm Andreas geborgt hatte, verbarg er sorgfältig im Taschentuch und machte einen Knoten darum. Für die andern hundert Francs lud er Andreas ein, zu trinken und noch einmal zu trinken und noch einmal zu trinken, und in der Nacht gingen sie in jenes Haus, wo die gefälligen Mädchen saßen, und dort blieben sie auch alle beide drei Tage, und als sie wieder herauskamen, war es Dienstag, und Woitech trennte sich von Andreas mit den Worten: »Sonntag sehen wir uns wieder, um dieselbe Zeit und an der gleichen Stelle und am selben Ort.«

»Servus!« sagte Andreas.

»Servus!« sagte Woitech und verschwand.

XIV

Es war ein regnerischer Dienstagnachmittag, und es regnete so dicht, daß Woitech im nächsten Augenblick tatsächlich verschwunden war. Jedenfalls schien es Andreas also.

Es schien ihm, daß sein Freund verlorengegangen war im Regen, genauso, wie er ihn zufällig getroffen hatte, und da er kein Geld mehr in der Tasche besaß, ausgenommen fünfunddreißig Francs, und verwöhnt vom Schicksal, wie er sich glaubte, und der Wunder sicher, die ihm gewiß noch geschehen würden, beschloß er, wie alle Armen und des Trunkes Gewohnten es tun, sich wieder dem Gott anzuvertrauen, dem einzigen, an den er glaubte. Also ging er zur Seine und die gewohnte Treppe hinunter, die zu der Heimstätte der Obdachlosen führt.

Hier stieß er auf einen Mann, der eben im Begriffe war, die Treppe hinaufzusteigen, und der ihm sehr bekannt vorkam. Infolgedessen grüßte Andreas ihn höflich. Es war ein etwas älterer, gepflegt aussehender Herr, der stehenblieb, Andreas genau betrachtete und schließlich fragte: »Brauchen Sie Geld, lieber Herr?«

An der Stimme erkannte Andreas, daß es jener Herr war, den er drei Wochen vorher getroffen hatte. Also sagte er: »Ich erinnere mich wohl, daß ich Ihnen noch Geld schuldig bin, ich sollte es der heiligen Therese zurückbringen. Aber es ist allerhand dazwischengekommen, wissen Sie. Und ich bin schon das dritte Mal daran verhindert gewesen, das Geld zurückzugeben.«

»Sie irren sich«, sagte der ältere, wohlangezogene Herr, »ich habe nicht die Ehre, Sie zu kennen. Sie verwechseln mich offenbar, aber es scheint mir, daß Sie in einer Verlegenheit sind. Und was die heilige Therese betrifft, von der Sie eben gesprochen haben, bin ich ihr dermaßen menschlich verbunden, daß ich selbstverständlich bereit bin, Ihnen das Geld vorzustrecken, das Sie ihr schuldig sind. Wieviel macht es denn?«

»Zweihundert Francs«, erwiderte Andreas, »aber verzeihen Sie, Sie kennen mich ja nicht! Ich bin ein Ehrenmann, und Sie können mich kaum mahnen. Ich habe nämlich wohl meine Ehre, aber keine Adresse. Ich schlafe unter einer dieser Brücken.«

»Oh, das macht nichts!« sagte der Herr. »Auch ich pflege da zu schlafen. Und Sie erweisen mir geradezu einen Gefallen, für den ich nicht genug dankbar sein kann, wenn Sie mir das Geld abnehmen. Denn auch ich bin der kleinen Therese soviel schuldig!«

»Dann«, sagte Andreas, »allerdings stehe ich zu Ihrer Verfügung.«

Er nahm das Geld, wartete eine Weile, bis der Herr die Stufen hinaufgeschritten war, und ging dann selber die gleichen Stufen hinauf und geradewegs in die Rue des Quatre Vents in sein altes Restaurant, in das russisch-armenische Tari-Bari, und dort blieb er bis zum Samstagabend. Und da erinnerte er sich, daß morgen Sonntag sei und daß er in die Kapelle Ste Marie des Batignolles zu gehen habe.

XV

Im Tari-Bari waren viele Leute, denn manche schliefen dort, die kein Obdach hatten, tagelang, nächtelang, des Tags hinter der Theke und des Nachts auf den Banquetten. Andreas erhob sich am Sonntag sehr früh, nicht so sehr wegen der Messe, die er zu versäumen gefürchtet hätte, wie aus Angst vor dem Wirt, der ihn mahnen würde, Trank und Speise und Quartier für so viele Tage zu bezahlen.

Er irrte sich aber, denn der Wirt war bereits viel früher aufgestanden als er. Denn der Wirt kannte ihn schon seit langem und wußte, daß unser Andreas dazu neigte, jede Gelegenheit wahrzunehmen, um Zahlungen auszuweichen. Infolgedessen mußte unser Andreas bezahlen, von Dienstag bis Sonntag, reichlich Speise und Getränke und viel mehr noch, als er gegessen und getrunken hatte. Denn der Wirt vom Tari-Bari wußte zu unterscheiden, welche von seinen Kunden rechnen konnten und welche nicht. Aber unser Andreas gehörte zu jenen, die nicht rechnen konnten, wie viele Trinker. Andreas zahlte also einen großen Teil des Geldes, das er bei sich hatte, und begab sich dennoch in die Richtung der Kapelle Ste Marie des Batignolles. Aber er wußte wohl schon, daß er nicht mehr genügend Geld hatte, um der heiligen Therese alles zurückzuzahlen. Und er dachte ebenso an seinen Freund Woitech, mit dem er sich verabredet hatte, genau in dem gleichen Maße wie an seine kleine Gläubigerin.

Nun also kam er in die Nähe der Kapelle an, und es war wieder leider nach der Zehn-Uhr-Messe, und noch einmal strömten ihm die Menschen entgegen, und wie er so gewohnt den Weg zum Bistro einschlug, hörte er hinter sich rufen, und plötzlich fühlte er eine derbe Hand auf seiner Schulter. Und wie er sich umwandte, war es ein Polizist.

Unser Andreas, der, wie wir wissen, keine Papiere hatte, wie so viele seinesgleichen, erschrak und griff schon in die Tasche, einfach um sich den Anschein zu geben, er hätte etwelche Papiere, die richtig seien. Der Polizist aber sagte: »Ich weiß schon, was Sie suchen. In der Tasche suchen Sie es vergeblich! Ihre Brieftasche haben Sie eben verloren. Hier ist sie, und«, so fügte er noch scherzhaft hinzu, »das kommt davon, wenn man Sonntag am frühen Vormittag schon so viele Apéritifs getrunken hat!...«

Andreas ergriff schnell die Brieftasche, hatte kaum Gelassenheit genug, den Hut zu lüften, und ging stracks ins Bistro hinüber.

Dort fand er den Woitech bereits vor und erkannte ihn nicht auf den ersten Blick, sondern erst nach einer längeren Weile. Dann aber begrüßte ihn unser Andreas um so herzlicher. Und sie konnten gar nicht aufhören, beide einander wechselseitig einzuladen, und Woitech, höflich, wie die meisten Menschen es sind, stand von der Banquette auf und bot Andreas den Ehrenplatz an und ging, so schwankend er auch war, um den Tisch herum, setzte sich gegenüber auf einen Stuhl und redete Höflichkeiten. Sie tranken lediglich Pernod.

»Mir ist wieder etwas Merkwürdiges geschehen«, sagte Andreas. »Wie ich da zu unserem Rendezvous herübergehen will, faßt mich ein Polizist an der Schulter und sagt: ›Sie haben Ihre Brieftasche verloren.‹ Und gibt mir eine, die mir gar nicht gehört, und ich stecke sie ein, und jetzt will ich nachschauen, was es eigentlich ist.«

Und damit zieht er die Brieftasche heraus und sieht

nach, und es liegen darin mancherlei Papiere, die ihn nicht das geringste angehen, und er sieht auch Geld darin und zählt die Scheine, und es sind genau zweihundert Francs. Und da sagt Andreas: »Siehst du! Das ist ein Zeichen Gottes. Jetzt gehe ich hinüber und zahle endlich mein Geld!«

»Dazu«, antwortet Woitech, »hast du ja Zeit, bis die Messe zu Ende ist. Wozu brauchst du denn die Messe? Während der Messe kannst du nichts zurückzahlen. Nach der Messe gehst du in die Sakristei, und inzwischen trinken wir!«

»Natürlich, wie du willst«, antwortete Andreas.

In diesem Augenblick tat sich die Tür auf, und während Andreas ein unheimliches Herzweh verspürte und eine große Schwäche im Kopf, sah er, daß ein junges Mädchen hereinkam und sich genau ihm gegenüber auf die Banquette setzte. Sie war sehr jung, so jung, wie er noch nie ein Mädchen gesehen zu haben glaubte, und sie war ganz himmelblau angezogen. Sie war nämlich blau, wie nur der Himmel blau sein kann, an manchen Tagen, und auch nur an gesegneten.

So schwankte er also hinüber, verbeugte sich und sagte zu dem jungen Kind: »Was machen Sie hier?«

»Ich warte auf meine Eltern, die eben aus der Messe kommen; die wollen mich hier abholen. Jeden vierten Sonntag«, sagte sie und war ganz verschüchtert vor dem älteren Mann, der sie so plötzlich angesprochen hatte. Sie fürchtete sich ein wenig vor ihm.

Andreas fragte darauf: »Wie heißen Sie?«

»Therese«, sagte sie.

»Ah«, rief Andreas darauf, »das ist reizend! Ich habe nicht gedacht, daß eine so große, eine so kleine Heilige, eine so große und so kleine Gläubigerin mir die Ehre erweist, mich aufzusuchen, nachdem ich so lange nicht zu ihr gekommen war.«

»Ich verstehe nicht, was Sie reden«, sagte das kleine Fräulein ziemlich verwirrt.

»Das ist nur Ihre Feinheit«, erwiderte hier Andreas. »Das ist nur Ihre Feinheit, aber ich weiß sie zu schätzen. Ich bin Ihnen seit langem zweihundert Francs schuldig, und ich bin nicht mehr dazu gekommen, sie Ihnen zurückzugeben, heiliges Fräulein!«

»Sie sind mir kein Geld schuldig, aber ich habe welches im Täschchen, hier, nehmen Sie und gehen Sie. Denn meine Eltern kommen bald.«

Und somit gab sie ihm einen Hundertfrancsschein aus ihrem Täschchen.

All dies sah Woitech im Spiegel, und er schwankte auf aus seinem Sessel und bestellte zwei Pernods und wollte eben unseren Andreas an die Theke schleppen, damit er mittrinke. Aber wie Andreas sich eben anschickt, an die Theke zu treten, fällt er um wie ein Sack, und alle Menschen im Bistro erschrecken und Woitech auch. Und am meisten das Mädchen, das Therese heißt. Und man schleppt ihn, weil in der Nähe kein Arzt und keine Apotheke ist, in die Kapelle, und zwar in die Sakristei, weil Priester doch etwas von Sterben und Tod verstehen, wie die ungläubigen Kellner trotzdem glaubten; und das Fräulein, das Therese heißt, kann nicht umhin und geht mit.

Man bringt also unsern armen Andreas in die Sakristei, und er kann leider nichts mehr reden, er macht nur eine Bewegung, als wollte er in die linke innere Rocktasche greifen, wo das Geld, das er der kleinen Gläubigerin schuldig ist, liegt, und er sagt: »Fräulein Therese!« – und tut seinen letzten Seufzer und stirbt.

Gebe Gott uns allen, uns Trinkern, einen so leichten und so schönen Tod!

Joseph Roth
von
Stefan Zweig

Ein unersetzlicher Mensch war Joseph Roth, unvergeß-
bar als Mensch und für alle Zeiten durch kein Dekret
als Dichter auszubürgern aus den Annalen der deutschen Kunst. Einmalig waren in ihm zu schöpferischem
Zwecke die verschiedensten Elemente gemischt. Er
stammte aus einem kleinen Ort an der altösterreichisch-
russischen Grenze; diese Herkunft hat auf seine seelische
Formung bestimmend gewirkt. Es war in Joseph Roth ein
russischer Mensch – ich möchte fast sagen, ein Karama-
sowscher Mensch –, ein Mann der großen Leidenschaften, ein Mann, der in allem das Äußerste versuchte; eine
russische Inbrunst des Gefühls erfüllte ihn, eine tiefe
Frömmigkeit, aber verhängnisvollerweise auch jener russische Trieb zur Selbstzerstörung. Und es war in Roth
noch ein zweiter Mensch, der jüdische Mensch mit einer
hellen, unheimlich wachen, kritischen Klugheit, ein
Mensch der gerechten und darum milden Weisheit, der
erschreckt und zugleich mit heimlicher Liebe dem wilden, dem russischen, dem dämonischen Menschen in sich
zublickte. Und noch ein drittes Element war von jenem
Ursprung in ihm wirksam: der österreichische Mensch,
nobel und ritterlich in jeder Geste, ebenso verbindlich
und bezaubernd im täglichen Wesen wie musisch und

musikalisch in seiner Kunst. Nur diese einmalige und nicht wiederholbare Mischung erklärt mir die Einmaligkeit seines Wesens, seines Werkes.

Er kam aus einem kleinen Städtchen, ich sagte es, und aus einer jüdischen Gemeinde am äußersten Rande Österreichs. Aber geheimnisvollerweise waren in unserem sonderbaren Österreich die eigentlichen Bekenner und Verteidiger Österreichs niemals in Wien zu finden, in der deutschsprechenden Hauptstadt, sondern immer nur an der äußersten Peripherie des Reiches, wo die Menschen die mild-nachlässige Herrschaft der Habsburger täglich vergleichen konnten mit der strafferen und minder humanen der Nachbarländer. In dem kleinen Städtchen, dem Joseph Roth entstammte, blickten die Juden dankbar hinüber nach Wien; dort wohnte, unerreichbar wie ein Gott in den Wolken, der alte, der uralte Kaiser Franz Joseph, und sie lobten und liebten in Ehrfurcht diesen fernen Kaiser wie eine Legende, sie ehrten und bewunderten die farbigen Engel dieses Gotts, die Offiziere, die Ulanen und Dragoner, die einen Schimmer leuchtender Farbe in ihre niedere, dumpfe, ärmliche Welt brachten. Die Ehrfurcht vor dem Kaiser und seiner Armee hat sich Roth also schon als den Mythos seiner Kindheit aus seiner östlichen Heimat nach Wien mitgenommen.

Noch ein Zweites brachte er mit, als er endlich nach unsäglichen Entbehrungen diese ihm heilige Stadt betrat, um dort an der Universität Germanistik zu studieren: eine demütige und doch leidenschaftliche, eine werktätig sich immer wieder erneuernde Liebe zur deutschen Sprache. Es ist hier nicht die Stunde, mit den Lügen und Verleumdungen abzurechnen, mit welchen die nationalsozialistische Propaganda die Welt zu verdummen sucht. Aber von all ihren Lügen ist vielleicht keine verlogener, gemeiner und wahrheitswidriger als diejenige, daß die Juden in Deutschland jemals Haß oder Feindseligkeit geäußert hätten wider die deutsche Kultur. Im Gegenteil, gerade in Österreich konnte man unwidersprechlich gewahren, daß in all jenen Randgebieten, wo der Bestand der deutschen Sprache bedroht war, die Pflege der deutschen Kultur einzig und allein von Juden aufrechterhalten wurde. Der Name Goethes, Hölderlins und Schillers, Schuberts, Mozarts und Bachs war diesen Juden des Ostens nicht minder heilig als der ihrer Erzväter. Mag es eine unglückselige Liebe gewesen sein und heute gewiß eine unbedankte, das Faktum dieser Liebe wird doch nie und niemals wegzulügen sein aus der Welt, denn sie ist in tausend einzelnen Werken und Taten bezeugt. Auch Joseph Roths innerstes Verlangen war von Kindheit an, der deutschen Sprache zu dienen und in ihr den großen Ideen, die vordem Deutschlands Ehre waren, dem Weltbürgertum und der Freiheit des Geistes. Er war nach Wien gekommen um dieser Ehrfurcht willen, ein gründlichster Kenner und bald ein Meister der Sprache. Eine umfassende Bildung, errungen und abgerungen zahllosen Nächten, brachte der schmale, kleine, schüchterne Student schon mit an die Universität, und ein anderes noch: seine Armut. Ungern hat Roth von diesen Jahren beschämender Entbehrung in späterer Zeit erzählt. Aber wir wußten, daß er bis zum einundzwanzigsten Jahre nie einen Anzug getragen, der für ihn selber geschneidert worden war, immer nur die abgetragenen, abgelegten von anderen, daß er an Freitischen gesessen, wie oft vielleicht gedemütigt und in seiner wunderbaren Empfindsamkeit verletzt, – wir wußten, daß er nur mühsam durch rastloses Stundengeben und Hauslehrerei das akademische Studium fortsetzen konnte. Im Seminar fiel er sofort den Professoren auf; man verschaffte diesem besten und blendendsten Schüler ein Stipendium und machte ihm Hoffnung auf eine Dozentur, alles schien plötzlich herrlich für ihn zu werden. Da fuhr 1914 die harte Schneide des Krieges dazwischen, die für unsere Generation die Welt unerbittlich in ein Vorher und Nachher geschieden hat.

Der Krieg wurde für Roth Entscheidung und Befreiung zugleich. Entscheidung, weil dadurch für immer die geregelte Existenz als Gymnasialprofessor oder Dozent erledigt war. Und Befreiung, weil sie ihm, dem bisher ewig von andern Abhängigen, Selbständigkeit gab. Die Uniform des Fähnrichs war die erste, die ihm neu und eigens auf den Leib geschneidert wurde. An der Front Verantwortung zu tragen, das gab ihm, diesem unermeßlich bescheidenen, zarten und schüchternen Menschen, zum erstenmal Männlichkeit und Kraft.

Aber es war im Schicksal Joseph Roths in ewiger Wiederholung beschlossen, daß wo immer er seine Sicherheit fand, sie erschüttert werden sollte. Der Zusammenbruch der Armee warf ihn zurück nach Wien, ziellos, zwecklos, mittellos. Vorbei war der Traum der Universität, vorbei die erregende Episode des Soldatentums: es galt eine Existenz aus dem Nichts aufzubauen. Beinahe wäre er damals Redakteur geworden, aber glücklicherweise ging es ihm in Wien zu langsam, und so übersiedelte er nach Berlin. Dort kam der erste Durchbruch. Zuerst druckten ihn die Zeitungen bloß, dann umwarben sie ihn als einen der brillantesten, scharfsichtigsten Darsteller menschlicher Zustände: die Frankfurter Zeitung sandte ihn – dies ein neues Glück für ihn – weit in die Welt, nach Rußland, nach Italien, nach Ungarn, nach Paris. Damals fiel uns dieser neue Name Joseph Roth zum erstenmal auf – alle spürten wir hinter dieser blendenden Technik seiner Darstellung einen immer und überall menschlich mitfühlenden Sinn, der nicht nur das Äußere, sondern auch das Innere und Innerste von Menschen zu durchseelen verstand.

Nach drei oder vier Jahren hatte unser Joseph Roth nun alles, was man im bürgerlichen Leben Erfolg nennt. Er lebte mit einer jungen und sehr geliebten Frau, er war von den Zeitungen geschätzt und umworben, von einer immer wachsenden Leserschaft begleitet und begrüßt, er verdiente Geld und sogar viel Geld. Aber Erfolg konnte diesen wunderbaren Menschen nicht hochmütig machen, das Geld bekam ihn nie in seine Abhängigkeit. Er gab es weg mit vollen Händen, vielleicht weil er wußte, daß es bei ihm nicht bleiben wollte. Er nahm kein Haus und hatte kein Heim. Nomadisch wandernd von Hotel zu Hotel, von Stadt zu Stadt mit seinem kleinen Koffer, einem Dutzend feingespitzter Bleistifte und dreißig oder vierzig Blättern Papier in seinem unwandelbaren grauen Mäntelchen, so lebte er sein Leben lang bohemehaft, studentisch, irgendein tieferes Wissen verbot ihm jede Bleibe, mißtrauisch wehrte er sich jeder Bruderschaft mit behäbig-bürgerlichem Glück.

Und dieses Wissen behielt recht – immer und immer wieder gegen jeden Anschein der Vernunft. Gleich der erste Damm, den er sich gegen das Verhängnis gebaut, seine junge, seine glückliche Ehe, brach ein über Nacht. Seine geliebte Frau, dieser sein innerster Halt, wurde plötzlich geisteskrank, und obwohl er es sich verschweigen wollte, unheilbar und für alle Zeit. Dies war die erste Erschütterung seiner Existenz, und um so verhängnisvoller, als der russische Mensch in ihm, jener russische, leidenswütige Karamasow-Mensch, von dem ich sprach, dies Verhängnis gewaltsam umwandeln wollte in eigene Schuld.

Aber gerade dadurch, daß er damals bis ins Innerste sich selbst die Brust aufriß, legte er zum erstenmal sein Herz frei, dieses wunderbare Dichterherz; um sich selbst zu trösten, um sich selbst Heilung zu geben, suchte er, was sinnloses persönliches Schicksal war, umzugestalten in ein ewiges und ewig sich erneuerndes Symbol; sinnend und immer wieder nachsinnend, warum ihn, und gerade ihn, der niemandem etwas zuleide getan, der in den Jahren der Entbehrung still und demütig gewesen und sich in den kurzen Jahren des Glücks nicht überhoben, das Schicksal so hart züchtige, da mochte ihn Erinnerung überkommen haben an jenen andern seines Bluts, der mit der gleichen verzweifelten Frage: Warum? Warum mir? Warum gerade mir? sich gegen Gott gewandt.

Sie wissen alle, welches Symbol, welches Buch Joseph Roths ich meine, den »Hiob«, dies Buch, das man in eiliger Abbreviatur einen Roman nennt und das doch mehr ist als Roman und Legende, eine reine, eine vollkommene

Dichtung in unserer Zeit und wenn ich nicht irre, die einzige, die alles zu überdauern bestimmt ist, was wir, seine Zeitgenossen, geschaffen und geschrieben. Unwiderstehlich hat sich in allen Ländern, in allen Sprachen die innere Wahrhaftigkeit dieses gestalteten Schmerzes offenbart, und dies ist inmitten der Trauer um den Hingeschwundenen unser Trost, daß in dieser vollkommenen und durch Vollkommenheit unzerstörbaren Form ein Teil des Wesens Joseph Roths gerettet ist für alle Zeiten.

Ein Teil von dem Wesen Joseph Roths, sagte ich, ist in diesem Werk für alle Zeit vor Vergänglichkeit bewahrt, und ich meinte mit diesem Teil den jüdischen Menschen in ihm, den Menschen der ewigen Gottesfrage, den Menschen, der Gerechtigkeit fordert für diese unsere Welt und alle künftigen Welten. Aber nun, zum erstenmal seiner dichterischen Kraft bewußt, unternahm es Roth, auch den anderen Menschen in sich darzustellen: den österreichischen Menschen. Und abermals wissen Sie, welches Werk ich meine – den »Radetzkymarsch«. Wie die alte vornehme und an ihrer inneren Noblesse unkräftig gewordene österreichische Kultur zugrundegeht, dies wollte er in der Gestalt eines letzten Österreichers aus verblühendem Geschlecht zeigen. Es war ein Buch des Abschieds, wehmütig und prophetisch, wie es immer die Bücher der wahren Dichter sind. Wer in kommenden Zeiten die wahrste Grabinschrift der alten Monarchie wird lesen wollen, wird sich niederbeugen müssen über die Blätter dieses Buches und seiner Fortführung, der »Kapuzinergruft«.

Mit diesen zwei Büchern, diesen zwei Welterfolgen,

hatte Joseph Roth sich endlich enthüllt und erfüllt als der, der er war, der echte Dichter und wunderbar wache Betrachter jener Zeit und ihr mild verstehender, gütiger Richter. Viel Ruhm und viel Ehre warben damals um ihn: sie konnten ihn nicht verführen. Wie hellsichtig empfand er alles und wie nachsichtig zugleich, jedes Menschen, jedes Kunstwerks Fehler erkennend und doch verzeihend, ehrfürchtig vor jedem Älteren seines Standes, hilfreich gegen jeden Jüngeren. Freund jedem Freunde, Kamerad jedem Kameraden und wohlgesinnt auch dem Fremdesten, wurde er ein wirklicher Verschwender seines Herzens, seiner Zeit und – um das Wort unseres Freundes Ernst Weiß zu borgen – immer ein »armer Verschwender«. Das Geld floß ihm fort unter den Fingern; jedem, der etwas entbehrte, gab er in Erinnerung an seine einstigen Entbehrungen, jedem, der Hilfe brauchte, half er in Erinnerung an die wenigen, die ihm einstens geholfen. In allem, was er tat, was er sagte und schrieb, spürte man eine unwiderstehliche und unvergeßliche Güte, ein großartiges, ein russisch überschwengliches Sich-selbst-Verschwenden. Nur wer ihn gekannt in diesen Zeiten, wird verstehen können, warum und wie unbegrenzt wir diesen einzigen Menschen geliebt.

Dann kam die Wende, jene fürchterliche für uns alle, die jeden Menschen um so unmäßiger traf, je mehr er weltfreundlich, zukunftsgläubig gesinnt war und im seelischen Sinne empfindlich –, also einen derart zart organisierten, derart gerechtigkeitsfanatischen Menschen wie Joseph Roth am allerverhängnisvollsten. Nicht daß seine eigenen Bücher verbrannt und verfemt wurden, sein

Name ausgelöscht –, nicht das Persönliche also erbitterte und erschütterte ihn so sehr bis in die untersten Tiefen seines Wesens, sondern daß er das böse Prinzip, den Haß, die Gewalt, die Lüge, daß er, wie er sagte, den Antichrist auf Erden triumphieren sah, dies verwandelte ihm das Leben in eine einzige andauernde Verzweiflung.

Und so begann in diesem gütigsten, zarten und zärtlichen Menschen, für den Bejahen, Bestärken und durch Güte Befreunden die elementarste Lebensfunktion gewesen war, jene Wandlung ins Bittere und Kämpferische. Er sah nur eine Aufgabe mehr: alle seine Kraft, die künstlerische wie die persönliche, einzusetzen zur Bekämpfung des Antichrist auf Erden. Er, der immer allein gestanden, der in seiner Kunst zu keiner Gruppe und zu keinem Klüngel gehört hatte, suchte jetzt mit aller Leidenschaft seines wilden und erschütterten Herzens Unterkunft in einer kämpfenden Gemeinschaft. Er fand sie oder er meinte sie im Katholizismus und im österreichischen Legitimismus zu finden. In seinen letzten Jahren wurde unser Joseph Roth gläubiger, bekennender, alle Gebote dieser Religion demütig erfüllender Katholik, wurde er Kämpfer und Vorkämpfer in der kleinen und, wie es die Tatsachen erwiesen haben, recht machtlosen Gruppe der Habsburgtreuen, der Legitimisten.

Ich weiß, daß viele seiner Freunde und alten Kameraden ihm diese Wendung ins Reaktionäre, wie sie es nannten, verübelt haben und sie als eine Verirrung und Verwirrung angesehen. Aber so wenig ich selbst diese Wendung zu billigen oder gar mitzumachen vermochte, so wenig möchte ich mich anmaßen, ihre Ehrlichkeit bei ihm zu bezweifeln oder in dieser Hingabe etwas Unverständliches zu sehen. Denn schon vordem hatte er seine Liebe zum alten, zum kaiserlichen Österreich in seinem »Radetzkymarsch« bekundet, schon vordem dargetan in seinem »Hiob«, welches religiöse Bedürfnis, welcher Wille nach Gottgläubigkeit das innerste Element seines schöpferischen Lebens war. Kein Gran Feigheit oder Absicht oder Berechnung war in diesem Übergang, sondern einzig und allein der verzweifelte Wille, als Soldat zu dienen in diesem Kampf um die europäische Kultur, nebensächlich, in welcher Reihe und in welchem Rang. Und ich glaube, daß er im tiefsten wußte, lange vor dem Untergang des zweiten Österreich, daß er einer verlorenen Sache diente. Aber gerade dies entsprach dem Ritterlichen seiner Natur, sich dorthin zu stellen, wo es am unbedanktesten und am gefährlichsten war, ein Ritter ohne Furcht und Tadel, ganz hingegeben dieser ihm heiligen Sache, dem Kampf gegen den Weltfeind und gleichgültig gegen das eigene Geschick.

Gleichgültig gegen das eigene Geschick und sogar mehr noch – voll heimlicher Sehnsucht nach baldigem Untergang. Er litt, unser teurer verlorener Freund, so unmenschlich, so tierisch wild angesichts jenes Triumphs des bösen Prinzips, das er verachtete und verabscheute, daß er, als er die Unmöglichkeit einsah, dies Böse auf Erden aus eigener Kraft zu zerstören, sich selber zu zerstören begann. Um der Wahrheit willen dürfen wir es nicht verschweigen – nicht nur Ernst Tollers Ende ist ein Freitod gewesen aus Abscheu gegen unsere tollwütige, unsere ungerechte und schurkische Zeit. Auch unser Freund Joseph Roth hat aus dem gleichen Gefühl der Verzweiflung sich bewußt selber vernichtet, nur daß bei ihm diese Selbstzerstörung noch viel grausamer, weil um vieles langsamer sich vollzog, weil sie ein Selbstzerstören war Tag um Tag und Stunde um Stunde und Stück um Stück, eine Art Selbstverbrennung.

Ich glaube, die meisten von Ihnen wissen bereits, was ich jetzt andeuten will: das Unmaß der Verzweiflung über die Erfolglosigkeit und Sinnlosigkeit seines Kampfes, die innere Verstörung durch die Verstörung der Welt hatten in den letzten Jahren diesen wachen und wunderbaren Menschen zu einem heillosen und schließlich unheilbaren Trinker gemacht. Aber denken Sie bei diesem Wort Trinker nicht etwa an einen heiteren Zecher, der lustig und schwatzfreudig im Kreise von Kameraden sitzt, der sich anfeuert und sie anfeuert zu Frohmut und gesteigertem Lebensgefühl. Nein, Joseph Roths Trinken war ein Trinken aus Bitternis, aus Sucht nach Vergessen; es war der russische Mensch in ihm, der Mensch der Selbstverurteilung, der sich gewaltsam in die Hörigkeit dieser langsamen und scharfen Gifte begab. Früher war der Alkohol für ihn nur ein künstlerischer Anreiz gewesen; er pflegte während der Arbeit ab und zu – aber immer nur ganz wenig – an einem Glase Cognac zu nippen. Es war anfangs nur ein Kunstgriff des Künstlers. Während andere zum Schaffen einer Stimulierung bedürfen, weil ihr Gehirn nicht genug rapid, nicht genug bildnerisch schafft, so brauchte er mit seiner ungeheuren Überklarheit des Geistes eine ganz zarte, ganz leise Vernebelung, gleichsam wie man einen Raum abdunkelt, um besser Musik zu hören.

Dann aber, als die Katastrophe hereinbrach, wurde das Bedürfnis immer dringlicher, sich stumpf zu machen gegen das Unabwendbare und gewaltsam seinen Abscheu vor unserer brutalisierten Welt zu vergessen. Dazu benötigte er mehr und mehr dieser goldhellen und dunklen Schnäpse, immer schärfere und immer noch bitterere, um die innere Bitterkeit zu überspielen. Es war, glauben Sie es mir, ein Trinken aus Haß und Zorn und Ohnmacht und Empörung, ein böses, ein finsteres, ein feindliches Trinken, das er selber haßte und dem er sich doch nicht zu entringen vermochte.

Sie mögen sich denken, wie uns, seine Freunde, diese rasende Selbstzerstörung eines der edelsten Künstler unserer Zeit erschütterte. Furchtbar schon, einen geliebten, einen verehrten Menschen neben sich hinsiechen zu sehen und ohnmächtig dem übermächtigen Verhängnis nicht wehren zu können und dem immer näher andrängenden Tod. Aber wie grauenhaft erst, mitansehen zu müssen, wenn solcher Zerfall nicht Schuld des äußeren Schicksals ist, sondern bei einem geliebten Menschen von innen her gewollt, wenn man einen innigsten Freund sich selber morden mitansehen muß, ohne ihn zurückreißen zu können! Ach, wir sahen ihn, diesen herrlichen Künstler, diesen gütigen Menschen, äußerlich wie innerlich in Nachlässigkeit fallen, deutlich und immer deutlicher stand schon das endgültige Fatum in seinen verlöschenden Zügen. Es wurde ein unaufhaltsamer Niedergang und Untergang. Aber wenn ich dieser seiner schrecklichen Selbstverheerung Erwähnung tue, geschieht es nicht, um ihm die Schuld zuzumessen – nein, Schuld trägt nur unsere Zeit an diesem Untergang, diese ruchlose und rechtlose Zeit, die Edelste in solche Verzweiflung stößt, daß sie aus Haß gegen diese Welt keine andere Rettung wissen, als sich selbst zu vernichten.

Nicht also um das seelische Bildnis Joseph Roths abzuschatten, habe ich dieser seiner Schwäche Erwähnung getan, sondern gerade im Gegensinn, nur damit Sie nun doppelt das Wunderbare, ja das Wunder fühlen, wie herrlich unzerstörbar und unvernichtbar bis zum letzten in diesem schon verlorenen Menschen der Dichter, der Künstler blieb. Wie Asbest dem Feuer, so trotzte die dichterische Substanz in seinem Wesen unbeschädigt der moralischen Selbstverbrennung. Es war ein Wunder gegen alle Logik, gegen alle medizinischen Gesetze, dieser Triumph des in ihm schaffenden Geistes über den schon versagenden Körper. Aber in der Sekunde, da Roth den Bleistift faßte, um zu schreiben, endete jede Verwirrung; sofort begann in diesem undisziplinierten Menschen jene eherne Disziplin, wie sie nur der vollsinnige Künstler übt, und keine Zeile hat Joseph Roth uns hinterlassen, deren Prosa nicht gesiegelt wäre mit dem Signum der Meisterschaft. Lesen Sie seine letzten Aufsätze, lesen oder hören Sie die Seiten seines letzten Buches, knapp einen Monat vor seinem Tode geschrieben, und prüfen Sie mißtrauisch und genau diese Prosa, wie man einen Edelstein mit der Lupe untersucht –, Sie werden keinen Sprung finden in ihrer diamantenen Reinheit, keine Trübung in ihrer Klarheit. Jede Seite, jede Zeile ist wie die

Strophe eines Gedichts gehämmert mit dem genauesten Bewußtsein für Rhythmus und Melodik. Geschwächt in seinem armen, brüchigen Leibe, verstört in seiner Seele, blieb er immer noch aufrecht in seiner Kunst, – in seiner Kunst, mit der er sich nicht dieser von ihm verachteten Welt, sondern der Nachwelt verantwortlich fühlte: es war ein Triumph, ein beispielloser des Gewissens über den äußeren Untergang. Ich bin ihm oft schreibend begegnet an seinem geliebten Kaffeehaustisch und wußte: das Manuskript war schon verkauft, er brauchte Geld, die Verleger drängten ihn. Aber mitleidslos, der allerstrengste und allerweiseste Richter, riß er vor meinen Augen die ganzen Blätter noch einmal durch und begann von neuem, nur weil irgendein winziges Beiwort noch nicht das rechte Gewicht, ein Satz noch nicht den vollen musikalischen Klang zu haben schien. Treuer seinem Genius als sich selber, hat er sich herrlich in seiner Kunst erhoben über seinen eigenen Untergang.

Das Gesamtwerk von Joseph Roth ist
in einer sechsbändigen Ausgabe
im Verlag Kiepenheuer & Witsch erschienen:

Joseph Roth, Werke

Band I–III: Das journalistische Werk
Band IV–VI: Romane und Erzählungen
Herausgegeben von Klaus Westermann
Dünndruckausgabe in Schubern
Leinen DM 498.–/öS 3885.–/sFr 498.–
Bestell-Nr. 601-11961-0
Die Werkausgabe kann nur geschlossen
abgegeben werden

Franz Kafka
Meistererzählungen

Mit einem Essay von
Walter Muschg sowie einer Erinnerung
an Franz Kafka von Kurt Wolff

Inhalt: *Die Verwandlung; Der Heizer; Das Urteil; Ein Landarzt; In der Strafkolonie; Ein Hungerkünstler; Ein Bericht für eine Akademie; Der Jäger Gracchus; Vor dem Gesetz* u.a.

»Kafkas Kunst stellt eine Wahrheit dar, die alle Literatur sprengt und den Leser ins Herz trifft.«
Walter Muschg

»Franz Kafka. Wer das ist, das wissen leider noch viel zu wenige. Er ist ein Großsohn von Kleist – aber doch ganz selbständig. Er schreibt die klarste und schönste Prosa, die zur Zeit in deutscher Sprache geschaffen wird.«   *Kurt Tucholsky* (1921!)

»Man wird über diesen versponnenen Prager Juden, der ein vorbildliches Deutsch geschrieben hat, über diesen pedantisch-exakten Phantasten, der viel mehr war als nur ein Phantast und Dichter, noch nachdenken und disputieren, wenn das meiste vergessen ist, was wir heut an deutscher Literatur unserer Zeit schätzen.«   *Hermann Hesse*

»Noch besitze ich das kleine schwarze Buch, Franz Kafka, *Der Heizer*, ein Fragment, Leipzig, bei Kurt Wolff, über Fährnisse bewahrt. Es gab Zeiten, da rettete man, wenn das Haus brannte, die Bibel.«
Wolfgang Koeppen

»Wir werden hier an die Grenzen des menschlichen Denkens versetzt.«   *Albert Camus*

»Seit jener Zeit, als ich *Die Verwandlung* las, habe ich Kafka immer sehr bewundert.«   *Federico Fellini*

Heinrich Böll
Worte töten
Worte heilen

Gedanken über Lebenslust, Sittenwächter und Lufthändler
Ausgewählt und zusammengestellt von Daniel Keel
Mit einem Nachwort von Alfred Andersch

»Bücher sind nicht immer sanfte Freunde, Trostspender, die wie mit zierlichen Gartengeräten die eigene Seele wie einen kleinen Vorgarten pflegen: die Sprache ist etwas zu Gewaltiges, zu Kostbares, als daß sie zu bloßem Zierat dienen sollte, sie ist des Menschen wertvollster natürlicher Besitz: Regen und Wind, Waffe und Geliebte, Sonne und Nacht, Rose und Dynamit; aber niemals nur eins von diesen: sie ist nie ungefährlich, weil sie von allem etwas enthält: Brot Zärtlichkeit, Haß und Tod. Denn alles Geschriebene ist gegen den Tod angeschrieben.« *Heinrich Böll*

»Seine mutige, engagierte, wache und immer wieder mahnende Stimme wird uns fehlen.«
Richard von Weizsäcker

»Unbestechlich, unbeugsam, wo nötig scharf und lauter .« *Willy Brandt*

»Ist Böll wirklich, wie irgend jemand, ich glaube ein Amerikaner, einmal schrieb ›das humane und inkorruptible Gewissen seines Landes, wie einstens Thomas Mann‹? Ich weiß es nicht. Aber ich weiß mit Gewißheit… daß ohne Heinrich Böll die Bundesrepublik Deutschland ein schwächer entwickeltes moralisches Bewußtsein hätte, als dies glücklicherweise der Fall ist: Denn der Sozialist und Katholik Böll ist ein Mann, der sich erinnert.« *Jean Améry*

Meistererzählungen der Weltliteratur im Diogenes Verlag

● **Alfred Andersch**
Mit einem Nachwort von Lothar Baier

● **Honoré de Balzac**
Ausgewählt von Auguste Amédée de Saint-Gall. Mit einem Nachwort versehen von Georges Simenon

● **Giovanni Boccaccio**
Meistererzählungen aus dem Decamerone. Ausgewählt von Silvia Sager. Aus dem Italienischen von Heinrich Conrad

● **Anton Čechov**
Ausgewählt von Franz Sutter. Aus dem Russischen von Ada Knipper, Herta von Schulz und Gerhard Dick

● **Miguel de Cervantes Saavedra**
Aus dem Spanischen von Gerda von Uslar. Mit einem Nachwort von Fritz R. Fries

● **Raymond Chandler**
Aus dem Amerikanischen von Hans Wollschläger

● **Agatha Christie**
Aus dem Englischen von Maria Meinert, Maria Berger und Ingrid Jacob

● **Stephen Crane**
Herausgegeben, aus dem Amerikanischen und mit einem Nachwort von Walter E. Richartz

● **Fjodor Dostojewskij**
Herausgegeben, aus dem Russischen und mit einem Nachwort von Johannes von Guenther

● **Friedrich Dürrenmatt**
Ausgewählt von Daniel Keel. Mit einem Nachwort von Reinhardt Stumm

● **Joseph von Eichendorff**
Mit einem Nachwort von Hermann Hesse

● **William Faulkner**
Ausgewählt, aus dem Amerikanischen und mit einem Nachwort von Elisabeth Schnack

● **F. Scott Fitzgerald**
Ausgewählt und mit einem Nachwort von Elisabeth Schnack. Aus dem Amerikanischen von Walter Schürenberg, Anna von Cramer-Klett, Elga Abramowitz und Walter E. Richartz

● **Nikolai Gogol**
Ausgewählt, aus dem Russischen und mit einem Vorwort von Sigismund von Radecki

● **Jeremias Gotthelf**
Mit einem Essay von Gottfried Keller

● **Dashiell Hammett**
Ausgewählt von William Matheson. Aus dem Amerikanischen von Wulf Teichmann, Walter E. Richartz, Hellmuth Karasek und Elizabeth Gilbert

● **O. Henry**
Aus dem Amerikanischen von Christine Hoeppner, Wolfgang Kreiter, Rudolf Löwe und Charlotte Schulze. Nachwort von Heinrich Böll

● **Hermann Hesse**
Zusammengestellt, mit bio-bibliographischen Daten und Nachwort von Volker Michels

● **Patricia Highsmith**
Ausgewählt von Patricia Highsmith. Aus dem Amerikanischen von Anne Uhde, Walter E. Richartz und Wulf Teichmann

● **E.T.A. Hoffmann**
Herausgegeben von Christian Strich. Mit einem Nachwort von Stefan Zweig

● **Franz Kafka**
Mit einem Essay von Walter Muschg sowie einer Erinnerung an Franz Kafka von Kurt Wolff

● **Gottfried Keller**
Mit einem Nachwort von Walter Muschg

● **D.H. Lawrence**
Ausgewählt, aus dem Englischen und mit einem Nachwort von Elisabeth Schnack

● **Jack London**
Aus dem Amerikanischen von Erwin Magnus.
Mit einem Vorwort von Herbert Eisenreich.

● **Carson McCullers**
Ausgewählt von Anton Friedrich. Aus dem
Amerikanischen von Elisabeth Schnack

● **Katherine Mansfield**
Ausgewählt, aus dem Englischen und mit einem Nachwort von Elisabeth Schnack

● **W. Somerset Maugham**
Ausgewählt von Gerd Haffmans. Aus dem
Englischen von Kurt Wagenseil, Tina Haff-
mans und Mimi Zoff

● **Guy de Maupassant**
Ausgewählt, aus dem Französischen und mit
einem Nachwort von Walter Widmer

● **Meistererzählungen
aus Amerika**
Geschichten von Edgar Allan Poe bis John Ir-
ving. Herausgegeben von Gerd Haffmans. Mit
einleitenden Essays von Edgar Allan Poe und
Ring Lardner, Zeittafel, bio-bibliographischen
Notizen und Literaturhinweisen. Erweiterte
Neuausgabe 1995

● **Meistererzählungen
aus Irland**
Geschichten von Frank O'Connor bis Bernard
Mac Laverty. Herausgegeben von Gerd Haffmans. Mit einem Essay von Frank O'Connor,
bio-bibliographischen Notizen und Literaturhinweisen. Erweiterte Neuausgabe 1995

● **Herman Melville**
Aus dem Amerikanischen von Günther Stei-
nig. Nachwort von Hans-Rüdiger Schwab

● **Frank O'Connor**
Aus dem Englischen und mit einem Nachwort
von Elisabeth Schnack

● **Liam O'Flaherty**
Aus dem Englischen und mit einem Nachwort
von Elisabeth Schnack

● **George Orwell**
Ausgewählt von Christian Strich. Aus dem
Englischen von Felix Gasbarra, Peter Nau-
jack, Alexander Schmitz, Nikolaus Stingl u.a.

● **Konstantin Paustowski**
Aus dem Russischen von Rebecca Candreia
und Hans Luchsinger

● **Luigi Pirandello**
Ausgewählt und mit einem Nachwort von Lisa
Rüdiger. Aus dem Italienischen von Percy Eck-
stein, Hans Hinterhäuser und Lisa Rüdiger

● **Edgar Allan Poe**
Ausgewählt und mit einem Vorwort von Mary
Hottinger. Aus dem Amerikanischen von Gi-
sela Etzel.

● **Alexander Puschkin**
Aus dem Russischen von André Villard. Mit
einem Fragment ›Über Puschkin‹ von Maxim
Gorki

● **Joachim Ringelnatz**
Ausgewählt von Winfried Stephan

● **Joseph Roth**
Ausgewählt von Daniel Keel. Mit einem Nachwort von Stefan Zweig

● **Saki**
Aus dem Englischen von Günter Eichel. Mit
einem Nachwort von Thomas Bodmer und
Zeichnungen von Edward Gorey

● **Alan Sillitoe**
Aus dem Englischen von Hedwig Jolenberg
und Wulf Teichmann

● **Georges Simenon**
Aus dem Französischen von Wolfram Schäfer,
Angelika Hildebrandt-Essig, Gisela Stadel-
mann, Linde Birk und Lislott Pfaff

● **Henry Slesar**
Aus dem Amerikanischen von Thomas Schlück
und Günter Eichel

● **Muriel Spark**
Aus dem Englischen von Peter Naujack und
Elisabeth Schnack

● **Stendhal**
Aus dem Französischen von Franz Hessel,
M. von Musil und Arthur Schurig. Mit einem
Nachwort von Maurice Bardèche

● **Robert Louis Stevenson**
Aus dem Englischen von Marguerite und Curt Thesing. Mit einem Nachwort von Lucien Deprijck

● **Adalbert Stifter**
Mit einem Nachwort von Julius Stöcker

● **Leo Tolstoi**
Ausgewählt von Christian Strich. Aus dem Russischen von Arthur Luther, Erich Müller und August Scholz

● **B. Traven**
Ausgewählt von William Matheson

● **Iwan Turgenjew**
Herausgegeben, aus dem Russischen übersetzt und mit einem Nachwort versehen von Johannes von Guenther

● **Mark Twain**
Mit einem Vorwort von N.O. Scarpi

● **Jules Verne**
Aus dem Französischen von Erich Fivian

● **H.G. Wells**
Ausgewählt von Antje Stählin. Aus dem Englischen von Gertrud J. Klett, Lena Neumann und Ursula Spinner